鲁南硝烟

邵磊 著

中国文史出版社

图书在版编目（CIP）数据

鲁南硝烟 / 邵磊著. -- 北京 : 中国文史出版社,
2025. 9. -- ISBN 978-7-5205-5306-3

Ⅰ. I247.5

中国国家版本馆 CIP 数据核字第 202505CP98 号

责任编辑：刘华夏

出版发行：中国文史出版社
社　　址：北京市海淀区西八里庄路 69 号院　　邮编：100142
电　　话：010-81136606　　81136602　81136603(发行部)
传　　真：010-81136655
印　　装：济南精致印务有限公司
经　　销：全国新华书店
开　　本：1/16
印　　张：28　　　　　　字数：333 千字
版　　次：2025 年 9 月第 1 版
印　　次：2025 年 9 月第 1 次印刷
定　　价：96.00 元

谨以此书纪念鲁南战役那段光辉的革命历程！

缅怀那些用鲜血和生命在战场上抛头颅、洒热血，为中国革命胜利牺牲的先烈！

序　言

红色历史是中国共产党人创造的，红色文化是革命先烈用鲜血浇灌的。山东枣庄是一片红色沃土，是一个英雄辈出的地方，在抗日战争、解放战争中产生了“五大革命力量”，发生了“五大战役”，为打败日本帝国主义、推翻国民党反动统治、完成新民主主义革命、建立中华人民共和国，做出了重大牺牲和贡献。枣庄属于“沂蒙革命老区”，这里的革命故事多、红色印迹深。在中国共产党的领导下，枣庄人民利用地理优势、社会人脉，凭借赤诚之心、坚定信仰、革命斗志，不怕牺牲，创造出了不少英雄业绩。从地理上讲，枣庄北部岭脉相延、群山连绵，与泰沂山区连成一体；南面地势平坦，有 2000 多年的大运河穿境而过；西与微山湖对接，南与江苏相连。当时区域内交通发达，有津浦铁路、枣台铁路与连云港、徐州陇海线对接。现在京沪高铁、京台高速公路、菏临高速公路在此交汇，是典型的战略要地。由于向北绵延不断的山脉隐蔽性强，向南有铁路、水路交通可进可退，这里成了革命武装的汇集地。

人的作用、事的情节，串联成一部有骨头有血肉的文学大作。相信这部小说，会在红色文化弘扬中展现风采、产生影响、发挥作用。

《沙沟受降》是以抗日战争为题材，将日军受降地“沙沟”作为创作背景。讲述了发生在枣庄地区抗日战争的斗争经过、日军投降的真实情况、枣庄人民英勇抗日的故事，歌颂了共产党领导的人民军队，揭露了日军在枣庄地区所犯的滔天罪行。作品让我们记住国家蒙辱、人民蒙难、文明蒙尘的屈辱历史。相信此作品既可与其他抗日文学作品相媲美，也会在爱国主义教育中发挥作用。

《鲁南硝烟》以鲁南战役（峄枣战役）为背景，叙述的英雄人物、红色故事、战斗历程、军民团结，皆是鲁南战役的真实写照。小说展现了人民军队应有的特征，证明了共产党领导的人民军队是一支战无不胜的军队，鲁南战役的胜利是人民的胜利，是军民团结的结果。

《初心本色》歌颂了中国共产党组织在枣庄的发展，反映了中国共产党领导人民群众坚持抗战斗争、建立人民政权、发展人民武装、解放劳苦大众的革命历程。小说还讲述了枣庄早期党的建设活动情况，歌颂了中共枣庄特委、峄县县委、苏鲁豫皖特委在枣庄地区革命斗争的壮举。小说以党的组织建设为红线，以共产党人的特质为本色，以革命斗争为基本内容，讲事、说人、论情，是一部较为完美的长篇文学作品。小说的创作出版，会对枣庄地区中国共产党领导的革命斗争史进一步完善补充，增光添彩。

《运河儿女》这部文学作品以八路军第一一五师领导运河支队抗战斗争为素材，讲述了枣庄段大运河两岸的英雄儿女参加革命抗战的历史。小说讲述了一名女共产党员，在抗战斗争中的英雄气概，以及运河支队在抗日战争、解放战争时期活跃在苏鲁大地、运河两岸的抗战英雄故事。

小说将运河传统文化、红色革命文化、枣庄风土人情相融合，把女英雄气概和运河女性的内在美，表述得入情入理，是一部既有抗战特色又有运河文化底蕴的文学作品。出版发行后，能让读者了解枣庄大运河的文化内涵、革命抗战英雄故事，也会对弘扬中国共产党的革命精神产生积极影响。

五部小说的创作是一个大型文化工程，又是命题小说。从创意、选题、立纲、定篇等方面，创作指导人和作者都做了认真思考和斟酌。总的创作指导思想是：坚持以习近平新时代中国特色社会主义思想为指导，按照小说创作规则，采用文学创作基本方式，纪实叙述红色故事，力创红色经典作品，为培养社会主义核心价值观提供红色素材，达到启智润志、培根铸魂、释放社会正能量的目的。为了创作好这五部长篇小说，创作指导人对每部小说进行了立意、定性、把关，从故事情节到小说人物，都与作者做了深入交流，形成了创作思维上的无缝衔接，有效提高了五部长篇小说的创作质量。

在创作过程中，创作指导人要求作者盯住四个问题：一是向历史学。学党史、学革命史、学文化发展史，把党的历史进程中三个关于若干历史问题的决议作为创作的政治遵循。要求作者讲党性、遵历史、重实际，坚定创作的信仰、信念、信心。二是走出去学。启发作者灵感，组织作者走入“大别山区”，向革命老区学习，激发灵感，拓宽路径，增加素材，提高觉悟。让五部长篇小说充满红色文化底蕴，展现革命风采。三是向故事发生地学。为把命题小说写实、写真、写好，要求作者到故事发生地学习调研，取得第一手真实素材。每位作者全部走到故事发生地，与知情人面对面交流，了解故事发生的背景、人物的生活经历、革命斗争的真相、抗战取胜的真况、党与百姓的真情，力争小说的内容真实、文创高尚、语言流畅、有情有味。四是向文学经典学。五位作者虽然都有文学创作的经历，也都有文学作品，但是创作红色革命历史题材纪实小说还是第一次。创作指导人，要求作者总结创作经验，向文学经典学，向红色著作学，从而找到新的创作理念，注入新的创作动能，激发新的创作灵感，把每部小说创作成红色纪实小说的典范。经过两年的创作，每位作者都圆满完成了创作任务。在中华人民共和国成立 75 周年之际出版发行，这是对国家的大爱、人民的真爱、文学的热爱，也为深耕红色文化、厚植爱国情怀，撰写了五部红色典籍。

小说的创作成功，主要取决于作者的艰辛创作、用心耕耘。《国民书店》的作者邵磊，不光有厚实的文学创作功底，还有良好的政治素质，完全具备写好这部长篇小说的能力。这部小说的创作，政治站位高、文学语言好、故事情节多，有高山流水之美，有曲径通幽之感，内容引人入胜，阅后收获颇多，是一部典型的优秀红色文学作品。对于不忘初心、坚定信仰有积极影响。《沙沟受降》的作者张玉军，有扎实的文学创作功底，有良好的政治觉悟，出版过多部文学作品。这部小说准确把握了抗日战争的历史，完整地叙述了日军在枣庄投降的全过程。看后能激发读者的爱国热情、增强爱国认知。《鲁南硝烟》的作者邵磊，是在创作指导人经过谨慎斟酌、反复衡量之后，确定的最佳人选。读完这部作品，犹如亲临鲁南战役战场。作者塑造了鲜活的英雄形象，把战役中军人的担当、牺牲、力量、情意化作战无不能的军魂。同时，还把战役中产生的英雄故事、军民情怀融合到小说之中，是一部有血、有肉、有情感、有担当、有使命的红色纪实小说，有战地火花分外重之感。《初心本色》的作者殷振峰，是一位有经验、有品位的作者，从事文学创作多年，又在地方党校任职，对写好具有地方性党组织发展历史的作品是完全胜任的。这部作品对歌颂枣庄地区早期党的组织活动，以及革命斗争有着重要意义。《运河儿女》的作者晏宝银，擅长文学创作，有良好的写作基础，从事过法教工作，出生在大运河岸边，对运河文化颇有研究，对红色文化更有情怀，是承担这部作品的最佳人选。《运河儿女》是一部歌颂运河支队抗战历程的作品，小说对于赓续红色血脉、传承运河文化有积极作用。这五部长篇小说既有弘扬红色文化的共性，又有文学作品的纪实性，还有故事的独特性，出版发行后，会在社会上产生积极的文化反响。

文学作品永远相传，红色经典永不褪色，相信这五部长篇纪实小说，会成为枣庄文化发展史和文学创作史上的重要一笔。集成创作出版大型红色历史纪实性小说，是文学创作的大动作，也是文学创作创新的体现，在我国文学创作史上有不少范例。但是一个地方同时集成连续出版五部长篇红色纪实小说是少有的。实践证明，创作指导人与作者们的坚毅奋进，艰辛创作，排除困难，消除干扰，用两年时间全部完成创作出版任务，这在枣庄文学史上是一个创举，是无私的奉献。在五部作品的创作过程中，创作指导人、作者、协助人员付出大量艰辛的劳动，没有经费、没有报酬，全靠个人拿退休金、工资外出调研、寻找资料，如果没有坚强的党性、崇高的信仰、奉献的精神是办不到的。在创作过程中，创作指导人多次召开动员会、协调会、推进会、审定会，对每部作品全篇通审两遍，提出问题，写出评语，寄予希望，推动小说顺利完成创作。在创作过程中，创作指导人还对小说应遵循的原则、把握的篇章、故事的情节做出系统安排，在会上从每部小说的创作点评，到审后评语，都做了精心指导。

这五部红色历史题材纪实小说的创作，对于枣庄革命老区红色遗迹的保护宣传、红色资源的挖掘利用，都具有重要意义。小说全面完整地把枣庄老区红色文化进行了创新提升、挖掘弘扬、传承延续，是对中国共产党人在枣庄革命历史真相的有力还原和褒扬。通过文学方式将红色经典提升到更高、更远、更深的层面，是对红色经典的致敬，也是对红色历史负责。在枣庄文化发展史上，曾有一部《铁道游击队》长篇小说把枣庄宣传到全国，提升了枣庄的知名度。相信这五部红色长篇小说也会像《铁道游击队》一样，进一步扩大枣庄对外影响力，并形成一体效应。多部长篇小说共同发力，会更好地拓展枣庄文化内涵，增强文化自信，推动枣庄经济社会全面发展。枣庄市革命老区建设促进会自 2019 年 10 月 16 日成立以来，就把弘扬红色文化、利用红色资源、传承红色基因作为己责。我作为枣庄市革命老区建设促进会会长，想在心里、抓到手上、干到实处，编辑出版了《枣庄红色记忆》《枣庄革命老区发展史》，记录了枣庄百年红色历史。如果说那几部红色书籍是对枣庄革命历史真实情况的盘点和保护，那么这五部长篇红色纪实小说更是对枣庄红色经典的传承和奉献。文化的力量是无穷的，红色文化的生命力会更强，通过文学作品将红色文化转化为社会正能量，对助推爱国主义教育、社会主义核心价值观的培育，将起到重要作用。这五部小说的底色和成色是饱满的，可以说底色正、成色足，对于坚持习近平新时代中国特色社会主义思想，推进强国建设、民族复兴伟业，建设中国式现代化，推动革命老区乡村振兴，将产生积极作用。

红色纪实小说的创作，要坚守灵魂、遵守道义、保守品格，作品创作坚持什么、反对什么、弘扬什么是底线，也是文学作品应把握的问题。这五部红色小说皆遵循了这些基本原则，应该说都具有马克思主义立场观点，具有中国共产党人的精神品格，具有中华优秀传统文化的脉络内涵，具有文学作品创作的情操，具有可读应知的红色故事，具有作者朴素高尚的真挚感情。在小说中形成了一个系统的文学体系，用生动具体的实例、科学合理的情节、高尚的情操，让红色历史可感可及、可读可学。在计划创作这五部红色经典时，我作为创作指导人，思考最多的有两个问题：一是找谁来创作？二是在什么时间节点完成？第一个问题是最难确定的，在我的谋划中，凡是在国内我了解的文学创作爱好者都与我做过沟通，见面交谈的有 20 多人，按我确定的作者标准，“政治信仰坚定、文学功底扎实、情怀境界高尚、无私奉献担当”的人可作为创作人选，最后确定现在的四位作者。从创作成果来看，这个决定是成功的，达到了我想要的结果。在完成的时间节点上，用两年时间赶到中华人民共和国成立 75 周年前出版发行，体现革命老区工作者的爱国之心。2024 年也是《中华人民共和国爱国主义教育法》实施的第一年，从各个时间节点看，本套书出版发行意义重大，对于坚定文化自信，弘扬革命精神，从优秀经典中汲取营养和智慧，延续红色血脉，萃取思想精华，展现红色魅力，升腾民族意志都会产生重要影响。

小说的创作需投入精力，更需时间打磨，还需各方配合。一次性创作出版五部红色纪实小说，工作量可想而知。特别是作者邵磊，承担了两部作品的创作任务，实属不易，更不简单。这五部共计 230 多万字，从调研采风、素材收集，用时半年，征集史料达 3 万多份，创作指导人和作者都付出了艰辛劳动。在这里首先要感谢作者。小说的创作出版是一项综合性工程，不仅需要有作者的文学智慧和奉献精神，还要有为红色纪实小说出版发行的服务者，没有他们给予的支持也是办不到的。在这里，要衷心感谢中国文史出版社给予的支持和肯定，感谢山东诗韵书坊文化发展有限公司给予的大力帮助。再好的愿景预期，没有众人的支持是无法成功的。枣庄市革命老区建设促进会有关人员，为红色经典创作提供了热情服务，值得称赞。五部红色纪实小说在各方的帮助下，创作出版才得以圆满成功。这五部小说除了在内容上用心用情创作外，小说的封面也做了精心设计。封面景照为北京八达岭长城，意在“江山就是人民，人民就是江山，红色文化有人民的贡献”。压底照片采用“大运河枣庄段画面”，意在大运河 2000 多年的文化史孕育了枣庄这片有温度、有情感、有血性的热土，产生了许多红色文化、红色故事，体现了枣庄特色。小说的出版发行，是对枣庄革命老区红色文化传承的贡献，也是向红色经典致敬的最好形式。作为创作指导人，深感高兴。红色纪实小说的出版发行，也填补了枣庄历史题材长篇红色纪实小说创作的空白，无论对枣庄、山东，乃至对全国都是一份厚重的文化大礼。枣庄市革命老区建设促进会对这份厚礼会倍加珍惜，积极呼吁社会各界搞好宣传，并在此基础上做好影视作品的创作生产，为宣传沂蒙枣庄革命老区做出积极贡献。

枣庄市革命老区建设促进会会长

2023 年 12 月 12 日

目录

魯南戰役紀念地

引　言

1946年，冬月。

皓月当空，却照不透阴郁的森林。

银白色的雪中交横着迷离的疏影，像手指缝深深埋进盐堆。

一片片枯黄的树叶大概是被初冬长夜的寒霜侵袭了，随着朦胧的夜纷纷扬扬坠满山间小路。

整条山路寂静无声，唯有一个女人正背负着满满一大包羊毛沿下山的路走去。

汗珠从妇女额头渗出，红彤彤的脸颊完全袒露在寒冷的西风中，任凭秀发披拂。

只见她身上穿着的棉衣和裤子都打满补丁，手上的粗白绳手套也因沾满污秽而显得发黄。

健康的肤色给女子平添了几分质朴，与一般乡下的劳作妇女并无二致。

但若是你见到她那双流淌着快活和神气的黑眸，一定会认为她的心里藏着一只骄傲的小鹿。

而她背后的那一大包羊毛中，正紧紧包裹着一张敌军在峄县的军事布防图。

“此行意义重大，万望小心。”

“又是一个难熬的冬天。”她的眼睛直勾勾地望着远方绵延山脉的上空，那黑压压的沉云中，嵌着月光的一点白。

“但我们总能熬过去的。每年都是这样，熬过去，就是春天了。”

她想起了孤儿院的孩子们，那是一张张不相信苦难的脸，不相信飘落的雪会融化，不相信盛放的花会枯萎，他们相信爱，相信希望，相信长大后世界装满了希望和阳光。

如果能长大的话……

一定能，春天，春天就快来了。

女人脸上忧郁的线条被浅浅笑容轻快地洗涤：到时候，要在山上、路上，在乡亲们的院子里，种满最红、最艳的石榴花。

忽然一片雪花落到妇女的眉毛上，她随即把眼睛闭上，“哎呀”轻叫一声，同时感到眼皮上有点发凉。

不远处传来像蛇爬行的窸窸窣窣的响声，森林中朦朦胧胧地出现了几条若隐若现的黑影。

这时一种莫名的沉重感笼罩在她全身，凉意从她的眉毛蔓延到指尖。

这是长期身处战斗中所培养出的对危险的敏锐感，虽然并没有看到敌人，但她清楚地知道，自己因为大意，已经踏入敌人的包围圈中。

睁开双眼，周围依旧是一片死寂，但当秃鹫盘旋而至时，连月光都显得那么刺眼。

她迅速地将自己的围巾系在一棵树的树杈上，假装小解，急中生智地将情报藏在了大石头底下。

“我已被捕，快跑！”这是撤退的信号。

远在一旁的地下党看到这一幕，便得知国民党动手了，我们的同志被捕了。远处的地下党顿时心如刀绞，但是，为了党的计划，还是忍住悲痛发出撤退的信号，保住了更多的地下党。

走到这里，远远地，她已经能看见山脚下袅袅升起的白烟，指尖开始泛起柴火送赠的温暖。

可是，还能走到那里吗？

她亲手掀开这暮色的一角，在月色最黯淡的时候钻了进去。

长夜未尽，黎明将至，却不见那只小鹿，再奔跑于皑皑白雪之间。

峄县国民党警察局审讯室。

在一个阴暗潮湿的房间里，中间有一个大大的十字形刑架摆在那里，两边则是各种各样的刑具，上面有些暗红色的血迹，旁边还有一个烧得红红的炉子，到处弥漫着血腥的气息。

“快走，快走！”女人被两个人羁押着，坐上了老虎凳，国民党开始对她进行又一轮的折磨。

国民党特务五天五夜没有让她睡觉，这是一种对精神和肉体的双重折磨。

恍恍惚惚的，她仿佛看到了自己的哥哥张子林，看到他们一起接受新思想的画面；看到了自己和心爱的人一起加入中国共产党的骄傲和自豪，想到了他们一起宣的誓言：“对党要有绝对的忠诚，我要继续完成任务，帮助战友脱离危险。”

她被国民党折磨得死去活来，意志和灵魂却坚定得可怕。

女人瘫坐在老虎凳上，双手被死死捆绑在靠背之后，绳索深深嵌入她的肌肤，勒出一道道青紫泛红的血痕，每一道血痕都像是命运刻下的残酷印记。

袒露着的肌肤上布满铜钱大小的血红窟窿，几缕鲜血如蜈蚣般蜿蜒着从伤口爬出，流淌在脚边凝成了黑乎乎的一片，散发出一股浓烈刺鼻、令人作呕的腥味，在这狭小的空间里弥漫开来，让人几近窒息。

“各位长官，你们究竟为啥要为难我这平头小百姓哟？”女人双眼呆滞，神情恍惚，嘴唇不停地颤抖，一直只重复这一句话。

身前的国民党军官并不言语，只是一味地清洗着手里锐利光滑的小刀，在确认刀上的血迹清洗完毕后，有节奏地抖落着刀上的水珠子。

军官熨烫笔挺的制服袖口沾着星点褐渍，当他俯身时，领口隐约露出一道横贯锁骨的旧刀疤。

清洗刀具的动作带着诡异的仪式感——先用浸透酒精的棉布擦拭三遍，再就着灯光检查刃口，最后将沾血棉布整齐叠放在檀木匣中，匣盖内侧用金漆绘着朵九瓣莲花。

军官将下巴凑近女人的耳垂，阴森森地呼着气说道：“我们不是神仙，你也不是小百姓。”他的声音低沉而冰冷，如同寒夜中呼啸而过的冷风，带着刺骨的寒意，让人脊背发凉，浑身的血液都仿佛瞬间凝固。

说罢，他猛地将手腕一抖，动作干净利落，没有丝毫拖泥带水，一道银光如闪电般划过，伴随着一声沉闷的声响，又是干净利落地从妇人的肩上旋出一块血窟窿。

他呵呵地笑着，笑声在房间里回荡，充满了邪恶的意味，将手中沾着肉片的刀尖在女人眼前晃了几下，那刀尖上的肉片还在微微颤动，散发着浓烈的血腥味，那刀尖犹如恶魔的獠牙：“我听闻，古代凌迟行刑，最多的，能割上三千五百七十刀。你说，你要挨上几刀，才肯承认你就是张子英？老实说，你去给谁送情报？”他的眼神中透露出一种疯狂的渴望，仿佛在期待着一场更加残酷、更加刺激的游戏。

“长官大人！你们认错人了，认错人了啊！”

她的哀号在寂静的空间里回荡，如同踩入陷阱，双腿被铁夹子夹断的待死母狼。

“好，好，好！行，行，行！你的骨头比我想的硬多了。那我倒要看看，你的心肠是不是也是这么硬！”国民党军官直起身来，狠狠地拍了几下手掌，“带进来。”

在来者被推入房间的一瞬，房间的声音似乎被全部扼断在妇女上下滚动的喉咙里，她的双眼一时间浮现起那满山荡漾的灵魂，昏蒙的视线里，突然流溢出撕裂黑暗的灿烂。

“是我输了，但，我们，可没输……”

第一章　横山霜难

1928 年，峄县，横山村。

横山村坐落在千年古县峄县的东南角。

峄县因山而得名，这座山指的是葛峄山，也叫“天柱山”。群山连绵的山脉从邹县的皂峄（峄山），一直延伸到峄县的葛峄山（天柱山），古人“概以峄名之”，峄山位于山脉之首，葛峄山位于山脉之尾。自夏朝建立鄫国 4000 多年来，峄县一直为州县治所。金朝 1193 年置峄州，带有“峄”字的行政区划开始进入人们的视野。峄县有三宝：石榴、羊汤和红枣。

横山村村前有一条小河，清澈的河水常年潺潺流淌。

秋风萧瑟，天空只剩一线残阳，黯红的余晖洒向茂密无边的高粱地里，风声中断断续续传来秋虫的低吟。

风在高粱叶中穿梭，发出沙沙的声响，与断断续续传来的秋虫低吟交织在一起，宛如一首凄凉的挽歌，向这动荡不安的乱世诉说着无尽的哀伤。

村庄西北角的荒草野坡，两座矮小而孤寂的坟头静静矗立在那里。

它们埋葬的，不仅仅是入土为安的双亲，更是一段被岁月尘封、逐渐被人遗忘的过往。

“爹、娘，你们怎么这么狠心丢下我们，我和妹妹可怎么活呀！”一位少女声泪俱下，她倾诉着内心深处无尽的悲哀。可在这山河破碎、沉沦于黑暗的乱世之中，眼泪与人命，竟真的轻如鸿毛，甚至比不上一包干净的面粉来得珍贵。

在这个残酷的时代，生命如同风中残烛，随时可能熄灭，而人们的痛苦与悲伤，也往往被无情地忽视。

远方，几声归雁的鸣叫划破了长空的寂静，那声音悠长而又带着几分凄凉，仿佛是它们在这浩瀚天空中发出的孤独呐喊。

空旷的天际，仿佛只剩下它们那落寞的身影，在斜阳的余晖下缓缓移动，映衬着这满目疮痍、充满苦难的人间，使这人间更显寂寥与哀伤。

一个年幼的女孩，正呆呆地蹲在一旁，目不转睛地望着蚂蚁从木板子上歪歪扭扭的字迹间缓缓爬过。

她的眼神中充满了迷茫与困惑，怎么也想不明白，几天前还挂着满脸笑意、慈爱地摸着她脑袋的爹爹，为何如今却和娘一样，永远地躺在了这个冰冷而又陌生的土堆里。

她那稚嫩的小手紧紧地揪着衣角，像是在寻找一丝安慰。她眨巴着那双早已哭得红肿不堪、如同熟透了的桃子般的眼睛，又往身旁少女的胳膊处紧紧靠了靠，试图从她身上得到一丝温暖和安全。

“姐姐……”女孩的嗓子早已因为长时间的哭泣而变得沙哑不堪，声音微弱得如同风中的一缕轻烟，随时可能消散，“我想回家。”她的声音里充满了无助和渴望，那是对曾经温暖小家的深深眷恋，也是对如今孤独处境的恐惧与逃避。

没有喇嘛那悠扬的诵经声为逝者超度，没有唢呐那悲怆的哀鸣声送别亲人，爹一辈子是个穷秀才，就这么简简单单、草草地被埋进了土里。

和天真无邪、懵懂无知的妹妹不同，张子英的心里却如同明镜一般——这天地虽然广阔无垠，可她们姐妹二人，却已然失去了最后的归宿，再也没有家了。

那个曾经在夏天会漏雨、冬天会灌风的小茅屋，虽然破旧不堪，却承载着她们一家人无数的欢笑与温暖，如今也随着爹爹的离去，彻底失去了它的意义，变得冷冷清清，如同她们此刻的心境。

“姐姐，二叔。”顺着妹妹那纤细的手指所指的方向望去，张子英的眼神瞬间变得冰冷而锐利，像是两把锋利的刀子，直直地看向那个正慢悠悠、大摇大摆迈着步子走来的男人。

从爹爹生病卧床不起到埋进土里，她从没见过这个所谓的二叔。在爹爹口里，他是那个进过城、见过世面、出手阔绰的人。

可如今爹爹尸骨未寒，他却在这个时候突然出现，张子英的心中不禁涌起一股深深的怀疑，他到底能安什么好心？“我的大侄女哟！我的好哥哥哟！”二叔一边扯着嗓子大声呼喊着，一边伸出那双黑黢黢、满是污垢的手，使劲地揉搓着自己干巴巴的眼窝。

他装出一副悲痛欲绝的模样，可那挤不出一滴眼泪的眼睛却暴露了他的虚伪。

他的手在眼窝上搓了半天，依旧没有挤出半滴眼泪，无奈之下，他偷偷地往手心里吐了口唾沫，然后迅速地往眼皮上一抹，便立刻摇摇晃晃地朝着坟头扑了过去，那夸张的动作就像是在舞台上表演的小丑。

“咱老张家这是造了什么孽啊，命咋就这么苦嘞！”

二叔一边假惺惺地哭诉着，一边伸出手狠狠地拧了下自己的鼻子，似乎这样就能让自己的表演更加逼真：“我哥这前脚刚进地里，那王兴恒大财主后脚就跟疯了似的嚷嚷开了，非说这地是他们家的，咱自家的坟，竟然都不让埋！”他的声音尖锐而刺耳，在这寂静的坟场里显得格外突兀。

“放他娘的屁！”张子英的脖子瞬间梗得通红，像是一只被激怒的小兽，用一股远超她 15 岁年龄的泼辣劲儿大声嚷道，那声音里充满了愤怒、不甘与倔强，“这三分地，从爷爷那辈起咱家就开始种，怎么平白无故成他家的了？”

她的双手紧紧地握成拳头，手背上的青筋因为愤怒而高高凸起，她的眼神中闪烁着坚定的光芒，毫不畏惧地直视着二叔的眼睛，仿佛在向这个不公平的世界发出挑战。

“我的傻侄女哟，你还小，有些事情你不懂。”二叔的脸上露出一丝狡黠的笑，他微微向前倾了倾身子，故作神秘地说道，“你娘几年前治病，花了恁多钱，你爹实在没办法，早拿这块地卖给王家了。”

他一边说着，一边拍了拍自己的裤腿，然后慢悠悠地站起身来，脸上的表情显得有些得意：“你可别不信，那王举人，刚才还拿着地契在我面前晃悠呢，那架势，就好像在说这地本来就是他们家的一样。”

他的眼神中透露出一丝贪婪和算计，似乎在盘算着如何从这件事情中牟取更多的利益。

老话常说，人要入土为安。爹才刚下葬，如今却要面临迁坟的困境，这让他在地下如何能安息？张子英的心中涌起一股强烈的悲愤之情，她的身体因为愤怒而微微颤抖。

“我不同意！”张子英强忍着抖动的肩膀，紧紧咬着牙根，从牙缝里挤出这几个字，每一个字都仿佛带着千钧的重量。

她的眼神中透露出一种坚定的决心，仿佛在告诉所有人，她绝不会轻易妥协，绝不会让爹爹在地下也不得安宁。

“那咱家得被告到官府去了。”二叔的脸上装出一副无奈的表情，他轻轻地叹了口气，那声音就像是从嗓子眼儿里挤出来的，带着一丝虚伪。

他的眼珠子滴溜一转，像是一只狡猾的狐狸，然后迅速地凑到张子英的耳根旁，压低声音说道：“你叔我倒是有个主意，你看你也到了该嫁人的年纪，要是你能嫁进那王家，做那王举人的九房姨太太，唉！他又怎么会不给面子呢！”

他的声音里带着一丝诱惑，仿佛在为张子英描绘一幅美好的未来画卷，可实际上却暗藏着不可告人的目的。张子英顿时恍然大悟，她终于明白了这个老狐狸的真正意图。

她的脸上没有丝毫的表情，只是冷冷地盯着这个“苦口婆心”的好叔叔，那眼神仿佛能看穿他的灵魂，让他的虚伪和贪婪无所遁形。

她的心中充满了厌恶和不屑，这样的主意，亏他想得出来。

二叔见她不为所动，于是动之以情，晓之以理：“你看哪，咱家这个样子，你个小姑娘怎么养活自己还有妹妹？你要嫁过去了，不仅你自己能过上好日子，你妹妹也能跟着沾光，以后吃穿不愁。别怪你二叔说话难听，你爹死的时候，心里肯定也希望你能找个好归宿，让你们姐妹俩有个依靠。”他的声音变得更加柔和，像是在哄骗一个不懂事的孩子，可张子英却听得清清楚楚，每一个字都像是一把锋利的刀子，刺痛着她的心。

张子英的脑海中不由自主地浮现出那个尖嘴猴腮、满脸奸诈的老学究——王举人。

她想起他那满嘴被烟泡熏得黑黄黑黄的大牙，想起他那色眯眯的眼神，不禁感到浑身一阵寒意，仿佛有无数只蚂蚁在她的皮肤上爬行。

她怎么能嫁给这样一个人，成为他的姨太太，从此陷入无尽的痛苦和屈辱之中？

但她也清楚地知道，如今她们姐妹二人势单力薄，在这个弱肉强食的世界里，除了虚与委蛇，暂时别无他法。

她强忍着内心的厌恶和愤怒，硬生生地挤出一个笑脸，声音细如蚊蝇地说道："还是二叔有法子。"

她的心里却在暗暗盘算着，一定要尽快摆脱这个困境，不能让二叔的阴谋得逞。二叔见她终于松了口，顿时眉开眼笑，脸上的皱纹都像是盛开的菊花。

他兴奋地啪啪拍着自己的大腿，那声音在寂静的坟场里显得格外响亮："咱家侄女就是明事理，我呀，这就去王家说去。"

他一边说着，一边转身离去，嘴里还不停地喃喃自语："咱老张家攀上高枝咯……"他的身影渐渐远去，那得意忘形的样子，仿佛他已经从这件事情中得到了巨大的好处。

看着二叔渐渐走远，张子英的心情逐渐平静下来，开始冷静地盘算着接下来该怎么办。她深知，如今她们姐妹二人就像是站在悬崖边上，稍有不慎就会粉身碎骨。

一旦自己被送进王家，那将是一辈子的暗无天日，不仅自己会陷入万劫不复的深渊，等妹妹长大了，也一样会遭到迫害。她绝对不能让这样的事情发生。

如今唯一的法子，就是把几年前去抱犊崮追随孙美尧参加建国自治军的哥哥找回来。

哥哥是他们家的顶梁柱，只有他回来，他们才有足够的力量去对抗这些恶势力，才能保护好自己和妹妹。

张子英的眼神中透露出一丝坚定和希望，她紧紧地搂住身旁正瑟瑟发抖的妹妹，仿佛在给她力量，也在给自己打气。

是的，得赶紧想办法托人尽快找到哥哥，等哥哥回来，一切都会好起来的。

远方，时长时短的鸟鸣悄悄攀上月牙尖尖。

那轮弯月，宛如一个巨大的银钩，洒下斑驳的碎光，照亮了这片黑暗的大地，也照亮了张子英心中那一丝微弱却又坚定的希望。

日子在艰难中默默地苦熬着。

峄县地处鲁南，是个土地集中、资源丰富、文化久远的富足之地。全县有名的大财主就有八九家。崔、宋、黄、梁、李、金、鲍、王，牛山孙、南常褚和郗山殷，他们掌控着峄县的土地。

北伐军来到峄县。这个大变化就像朝庄稼地那片阴沉沉的死水里，扔了一颗手榴弹，满村庄的人都坐不住了，大家集结在村头大槐树下，互相打听、猜测、议论。

北伐军的军容军貌比张宗昌的整齐多了。

他们带来了《打倒列强》的歌：

我们一定要北伐，

打倒奉鲁军，

铲除新军阀，

不怕死，

不爱钱，

为民为国家。

小孩子们很快都学会了，随军的宣传队还有女的，还带来了“国民革命”的说法，乡绅们带领大家热心研究“国民革命”干些什么，最早的传说是“革命以后就没有穷人了”。

这时，王财主的大老婆大骂道：“没有穷人，我可不能活！我不认得开锅，更不会炒菜做饭。”

接着她冷嘲热讽地又说道：“地瓜是个好东西，可惜都让穷人吃了。”

张子英听不下去了，说道：“穷人也是人，有什么该叫人看不起的？看不起穷人，也就看不起人，你看不起人家，人家也就看不起你。”

一个乡绅推了推老花镜，看了看张子英：“我以为是谁哪，原来是不裹脚的疯丫头，不可理喻。”

掌灯时分。

张子英从邻居，外号叫狗肉黄那里打听到，哥哥几年前去参加了孙美尧的山东建国自治军，那是多大的旗，多响当当的名堂，谁也没有料想到他们去火车上绑架了外国人的肉票，捅了天大的窟窿，后来，都被杀的杀，逃的逃。

张子英不相信，狗肉黄神神秘秘地告诉她说：“你不相信我？我为了这点卖狗肉的营生，起早贪黑地到处收狗，十里八乡的事，数我知道得最清楚。你看看这张告示上，写的就是剿杀抱犊崮土匪。”

张子英的手死死箍紧那告示，每一根指关节都因用力过度而泛出森冷的白色，那只手却不受控制地剧烈颤抖，那张告示在指尖簌簌抖动，宛如在为这令人绝望的噩耗而低泣哀号。

她无数次在心底勾勒哥哥归来的画面，可残酷的现实却将她的希望彻底碾碎——

那个她日思夜盼、唯一能为她们撑起一片天、回来主持公道的哥哥，竟在那战火纷飞、混乱无序的战乱中失去了踪影，仿佛被黑暗的深渊无情吞没，再无一丝消息。

她的脑海不受控制地浮现出哥哥张子林那张憨厚朴实的脸庞，曾经那脸上总是挂着温暖宠溺的笑容，可如今，这画面却被鲜血与恐惧扭曲得面目全非。

她拼命想要甩开这个可怕的念头，却发现那画面如鬼魅般紧紧缠绕。

她不敢想，哥哥会死在北洋军阀的乱刀杀戮下，再也无法对她们露出温柔的笑意，再也无法用宽厚的手掌抚摸她们的头。

她仿佛听到远处传来粗犷的《马子歌》：

一群山大王，个个热心肠。

杀，杀尽天下贪官污吏。

劫，劫光人间富豪银两。

活有人样，死有鬼样……

门外，天色正以一种令人胆寒的速度渐渐暗沉，恰似一块巨大无边的黑色幕布，正缓缓却又不容抗拒地落下，将整个世界拖入无尽的黑暗。

张子英双腿一软，像是被抽去了全身的筋骨，只能无力地靠在门框边上，整个人仿佛被绝望定格，双唇紧闭，一言不发。

她就如同手中那张被反复揉皱的告示，脆弱得不堪一击，一旦沾染上这如墨的暮色，便瞬间被绝望浸透，满心的悲伤与痛苦如汹涌的潮水，却找不到一丝宣泄的出口，只能在心底不断翻涌。

她的目光下意识地朝妹妹的方向投去，可仅仅一瞬间，又像触碰到了滚烫的炭火般迅速移开。她实在不忍心再看妹妹那被接二连三的打击折磨得麻木、毫无生气的模样。

这些残酷的遭遇，本不该降临在她们两个柔弱女子身上，可命运却如此无情，像一只冰冷的大手，将她们的生活搅得支离破碎。

“姐姐……”一声弱弱的、带着哭腔的呼喊，宛如一记重锤，直直击中了张子英内心那座用坚强堆砌起来的堤坝。她的眼眶瞬间被泪水充盈，那些压抑已久的悲伤与痛苦，如决堤的洪水般汹涌而出。

她悄悄转过头，只见妹妹那瘦小的身躯正紧紧蹭着墙壁蜷缩起来，像一只被猎人追捕、走投无路的受惊小动物。

如今，妹妹唯一的依靠，就只剩下她这个姐姐了。

张子英无比清醒地意识到，如果自己再不坚强起来，她们姐妹俩就会像待宰的羔羊，永远也无法逃离这如恶魔般的重重困境。

留在这里，家里的地没了，那些心怀不轨的人，就像几头贪婪狡猾的大尾巴狼，整日在周围游荡徘徊。被他们算计、被吃得一干二净，只是时间问题。必须得走！而且要以最快的速度离开！

张子英胸腔剧烈起伏，努力平复着内心翻涌的情绪，缓缓走到妹妹身前，缓缓蹲下。

她的动作轻柔得如同春日里最柔和的微风，生怕惊扰到妹妹那脆弱的神经，她轻轻抚摸着妹妹那令人心疼的小脑袋，声音温柔却又透着不容动摇的坚定：“妹妹，我带你离开这儿，咱们走吧。”

妹妹水汪汪的大眼睛里写满了迷茫，那眼神恰似一只迷失在黑暗森林深处的小鹿，充满了恐惧与无助：“姐…… 咱们去哪儿呀？”

是啊，去哪，能去哪，茫茫人世间，两姐妹如同汪洋大海中一片孤零零的落叶，一个微不足道的小浪花，就能将她们彻底打翻，让他们粉身碎骨。

张子英的思绪乱成一团麻，千头万绪却找不到一个出口，如同千百只夏蝉在耳边疯狂鸣叫，吵得她头疼欲裂，大脑一片混乱。

她感觉自己的五指仿佛失去了所有知觉，软绵绵地搭在妹妹的肩上，一时间竟被这迷茫与无助淹没，不知该说些什么。

“姐姐。”一双纤细稚嫩的小手突然揽上张子英的脖子，一股暖流从幼嫩的指尖传递到张子英的胸膛，仿佛黑暗中燃起的一丝希望之火。

妹妹的声音虽小，却如同划破黑暗夜空的一道曙光：“姐姐，你去哪儿，我就跟着你去哪儿！”这简简单单的一句话，却有着神奇的魔力。

原本汹涌澎湃的绝望波涛瞬间风平浪静，勇气的战鼓在张子英胸中轰然敲响，力量在她的双手指缝间缓缓游走，让她重新找回了在黑暗中前行的勇气和决心。

“好，咱们，咱们一起好好活下去！”说罢，张子英便迅速行动起来。

她颤抖着从床底下抽出一条破旧不堪、满是补丁的床单，双手忙乱地将姐妹俩仅有的几件还能穿的衣物一股脑堆在上面，又小心翼翼地把屋子里剩下的、少得可怜的地瓜干一一放好。

接着，她费力地从角落提溜出一根还算结实的木棍，费了好大一番力气，才将床单紧紧系好。这，便是姐妹俩如今的全部家当，简单到极致，却承载着她们对未来的全部希望。

屋外头，阵阵寒风犹如来自地狱的凶猛野兽，发出凄厉的呼啸，疯狂地吹得窗子啪啪作响，好似有人在黑暗中绝望地哭泣。

张子英的眼睛直勾勾凝望着窗外山头的上空。那里，黑压压的云层层层堆积，如同一只巨大的黑色怪物，将月亮那一抹微弱的白光无情吞噬。

“趁着天黑，咱们现在就走。”

姐妹俩轻轻推开家门，动作轻缓得如同生怕惊扰了沉睡在黑暗中的恶魔，每一个动作都小心翼翼，尽力不发出一点儿声响。

外边的空气仿佛被寒冬的恶魔死死握住，冰冷刺骨，每一次呼吸都像是在吞咽冰块。

整个世界仿佛被一层死寂的幕布笼罩，万籁俱寂，鸡犬无声，只有那呼啸的寒风，像是在为她们的逃亡奏响一曲哀伤的乐章。

顺着这条石子路走到村口，再沿着水渠子一路往北，就是峄县城里。小时候，爹爹曾牵着她去赶集，走的就是这条路。

张子英紧紧牵着妹妹的手，像童年时爹爹牵着自己去地里，去赶集一样。

她在心中默默盘算着，等到了城里，自己就去找份工做。她会打猎，还会织羊毛线，爷爷还教自己识过不少的字，她在心底不断给自己打气，她不怕找不到活，一定能找到活的，一定能带着妹妹熬过这艰难的日子。

想到这里，张子英的心里逐渐燃起对未来的期望。她想着，到时候要把自己会的手艺，都毫无保留地教给妹妹，以后，还要给妹妹找个好人家，让她过上幸福安稳的生活。

“姐姐！”突然，妹妹的声音随着风声传来，带着明显的颤抖。

张子英的视线顺着她伸出的手指望去，只见黑暗的尽头，几团明灭不定的火光如鬼火般闪烁跳跃，隐隐还传来几声犬吠，在这寂静的夜里显得格外阴森恐怖。

姐妹二人如同被施了定身咒一般，瞬间僵立在原地，不敢动弹分毫。

她们的心猛地提到了嗓子眼儿，紧张地看着火光中的一团缓缓向她们靠近。

那火光在黑暗中摇曳，仿佛随时都会熄灭，却又带着一种诡异的吸引力，让人毛骨悚然。

笼罩在朦胧中的身影渐渐清晰起来，跳跃的火光旁，闪烁着一张看似忠厚老实的脸——是二叔，张翰林。

“大侄女，大半夜不睡觉，跑这老远来？”看着二叔脸上挂着的亲切笑容，张子英却感觉胃里一阵翻江倒海，一阵强烈的反胃感涌上心头。

她强忍着不适，像一只护雏的母鸡，迅速而坚定地将妹妹护在身后，眼神中透露出警惕与决绝。

“外边天冷，我们来接你回家。”嘶哑尖厉的声音从二叔身后传来，那刺耳的音调仿佛砂纸用力摩擦过粗糙的木桌，让人浑身的汗毛都竖了起来，难受至极。

厚实宽大的毛皮袍子披在男人瘦塌的肩膀上，狭长的眼角几乎攀爬到太阳穴上，一双浑浊的眼珠子在黑暗中闪烁着诡异的光，上下打量着姐妹俩，好似一只隐匿在黑暗中的阴冷的秃鹫，正死死盯着奄奄一息的猎物，只等猎物断气，便会毫不犹豫地扑上去撕咬。

零落的树叶在寒风中沙沙作响，仿佛也在为姐妹俩的悲惨命运而悲叹哭泣。

月光被黑云吞噬殆尽，夜的黑暗如同一头凶猛的巨兽，无情地笼罩在姐妹二人的身上，将她们那如小鸟羽翼上的光芒彻底剥夺，前路一片漆黑，未知的恐惧如潮水般将她们淹没 。

一缕阳光从窗户的缝隙泻进屋子，将张子英从睡梦中唤醒。晨曦初破，那缕宛如轻纱般的阳光，带着破晓的温柔与希望，从窗棂那窄窄的缝隙中蜿蜒而入。

它像是一位轻柔的使者，小心翼翼地拂过屋内的每一寸昏暗，最终停留在张子英的面庞上，将她从那如墨般浓稠的梦境深渊中缓缓唤醒。

她的意识尚在混沌与清醒的边缘徘徊，昨夜的可怖经历，却如汹涌的潮水，不由分说地将她彻底淹没。

那些画面，像一幕幕惊悚的默片，在她脑海中不断循环出现——漆黑的夜幕下，二叔带着王家的爪牙，如鬼魅般隐匿在她们的必经之路旁。

月光洒在他们脸上，勾勒出贪婪与丑恶的轮廓。

当他们一拥而上，将她和妹妹擒住的那一刻，张子英感觉自己仿佛坠入了无底的黑暗深渊，恐惧与绝望如影随形。

之后，她被粗暴地锁进这间狭小的屋子，与妹妹天各一方，那种无助与担忧，如同千万根钢针，深深刺痛着她的心。

张子英缓缓从床上坐起，她的眼神中还残留着未散尽的迷茫与倦意，可当她的目光透过那扇满是灰尘的窗户，触及门口那个熟悉又令她作呕的身影——二叔时，所有的困倦瞬间消散，取而代之的是熊熊燃烧的怒火，那怒火仿佛是一座被压抑已久的火山，此刻终于找到了宣泄的出口，汹涌喷发。

她的双眼瞪得滚圆，眸中燃烧着愤怒的火焰，那火焰炽热而浓烈，仿佛能将眼前的一切都焚烧殆尽。

她的胸膛剧烈地起伏着，每一次呼吸都裹挟着无尽的恨意。她毫不犹豫地伸出手，抄起放在床边的凳子，那凳子在她手中仿佛有了生命，随着她的愤怒而颤抖。

紧接着，她用尽全身的力气，将凳子狠狠砸向地面，“砰”的一声响，凳子瞬间成了一堆零散的木块。

那声音在这狭小的空间里回荡，如同她内心深处绝望与愤怒的呐喊。

听到屋内传来的剧烈声响，二叔像是被突然敲响的警钟惊起。他的身体猛地一颤，脸上露出一丝慌乱的神情。

他急忙转身，手忙脚乱地打开房门，动作间尽显狼狈。

张子英死死地盯着二叔那张因得意而略显扭曲的脸，她的目光犹如两把锋利的匕首，直直地刺向二叔的内心深处。

她的眼神中充满了厌恶与仇恨，仿佛眼前的这个人不是她的亲人，而是她不共戴天的仇人。

她的胸膛剧烈地起伏着，每一次呼吸都像是在咆哮，恨不得用目光将他烧个灰飞烟灭。

“大侄女呀，我再怎么说也是你叔，别像看仇人一样哇！”二叔咧开嘴，脸上挤出一个油腻而又虚伪的笑容，那笑容如同涂抹在伤口上的盐水，让张子英感到更加难受。

他的声音带着几分讨好，又夹杂着一丝故作亲昵的腔调，传入张子英耳中，却如同尖锐的指甲划过粗糙的黑板，令她浑身不适。

张子英只觉得一阵强烈的恶心感涌上喉头，她厌恶地扭过头去，鼻腔里发出一声充满不屑的冷哼：“别跟我说这些虚头巴脑的，快告诉我，我妹被你们带哪去了？”

她的声音冰冷而坚定，如同寒夜中的北风，裹挟着不容置疑的威严，每一个字都像是一颗冰冷的子弹，射向二叔的心脏。

“瞧你这话说的，难道我还会害了我小侄女不成？她现在在王家吃好的住好的，都吃上白面馒头了。别说她，你长这么大，吃过几回白面馒头？”二叔一边说着，一边伸出手在空中挥舞着，像是在展示着什么了不起的东西。

他的脸上堆满了得意的笑容，眼睛眯成了一条缝，仿佛在向张子英炫耀着他为妹妹安排的“好归宿”。

见张子英依旧一脸冷漠，不为所动，他又故意清了清嗓子，那声音在这寂静的屋内显得格外刺耳，随后接着说道："我看，你们就安心住在王家，能吃亏吗？"

张子英听了这话，忍不住发出一声冷笑，那笑声清脆而又冰冷，如同寒夜中冰裂的声音，充满了嘲讽与不屑。

她用力往地上啐了一口，那啐声仿佛是她对二叔和王家的唾弃，恶狠狠地说道："是我姐妹不吃亏，还是你不吃亏？"

她的眼神中闪烁着愤怒的火花，那火花仿佛能将眼前的虚伪与丑恶都点燃。

二叔脸皮再厚，听了这话也不由得微微一怔，脸上闪过一丝尴尬的神情，那神情稍纵即逝，却没能逃过张子英的眼睛。

他下意识地挠了挠脑袋，干笑了两声，那笑声空洞而又无力，像是在掩饰内心的慌乱。

"这话怎么能这么说，你爹走了，我不得跟你爹一样照顾你俩，多少也是收了点聘礼嘛。"他的声音越来越低，像是在给自己找借口，又像是在逃避张子英那如刀般的目光。

"说你无耻，都是给你脸上贴金了。"张子英毫不留情地回怼道。她的声音清脆响亮，如同洪钟般在屋内回荡，每一个字都像是一把重锤，狠狠地砸在二叔的心上。

她的眼神中充满了鄙夷，仿佛在看着一个无比丑陋的怪物。

"欸，怎么说话呢？你这妮子，没大没小！"二叔的脸瞬间涨得通红，像是被点燃的灯笼，那红色从他的脸颊蔓延至耳根。

他提高了几分音调，试图在张子英面前找回自己作为长辈的威严："你再怎么有心眼子，咱也是你亲叔叔。"

他一边说着，一边向前跨了一步，做出一副威严的样子，可那微微颤抖的双手却暴露了他内心的慌乱与不安。

“好个亲叔叔，那你说说，我娘痨病没钱治，怎么不见你这亲叔叔出过几枚钢镚子，我爹爹被蝎子蜇了没钱找先生，怎么不见你这亲叔叔影儿？”

张子英扭过头来，满满的不屑与愤怒，她的眼神中带着一丝玩弄的意味，仿佛在看着一个跳梁小丑：“我张子英，没有你这满口假仁义，脸皮厚得像粪坑里的石头又臭又硬的叔！”

她的声音越来越高，情绪也越来越激动，每一句话都像是一把利刃，刺向二叔的要害。

她的眼中闪烁着泪光，那是愤怒与委屈交织的泪水，在眼眶中打转，却倔强地不肯落下。

二叔的脸瞬间涨得通红通红，额头冒出豆大的汗珠，一颗颗汗珠顺着他的脸颊滑落。

他的嘴唇紧紧抿成一条线，一条深深的皱纹从紧咬的嘴唇处气势汹汹地往下巴延伸而去，整个人显得无比狼狈。

只见他脖子上的青筋暴起，像是一条条小蛇，在皮肤下蜿蜒游走。

他怒极反笑，嘴角挂着一抹嘲讽的笑：“脸皮厚？好，好，我是脸皮厚，那你猜猜，你这短命娘、苦命爹的病都怎么来的。你猜猜，我这傻哥哥的地，怎么到王家的手里的？”

他的声音中带着一丝疯狂，像是在挑衅，又像是在发泄内心积压已久的不满。

“想当年，你爷爷那是何等的威风，挣下了万贯家财，只可惜，你爹爹虽然是个秀才，可是他不好好读书，偏偏稀里糊涂地当了马子参加峄县逍遥村庄劫皇纲，抢劫皇银，那可是死罪。官方先‘要’他的功名，再取他的人头，你爷爷变卖了所有家产，才保住了你爹的命。”他的眼神中闪烁着诡异的光芒，那光芒让张子英感到一阵寒意从脊梁上升起。

“咱们家过上这样的日子，全都是拜你父亲所赐，是他祸害了这个家，我就是要他付出代价。”二叔歇斯底里地叫唤着。

这些话如同雷霆般的轰鸣在张子英脑海中轰然炸开，她只感觉浑身的血液猛地直冲头顶，大脑一片空白。

她的双眼瞪得滚圆，眼神中充满了震惊与愤怒，仿佛不敢相信自己听到的一切。

那一刻，时间仿佛凝固了，整个世界都安静了下来，只有她剧烈的心跳声在耳边回响，那心跳声急促而沉重，仿佛在敲打着命运的丧钟。

一瞬间，所有的事情都能联系上了。他们这个小家以前不说富贵，起码是吃穿不愁，但自从身体一向健康的娘突然得了痨病，一切都急转直下。

原来都是她那亲叔叔搞的鬼！这一切的罪魁祸首，竟然是她一直当作亲人的二叔！她的心中涌起一股强烈的悲愤，那悲愤如同汹涌的潮水，将她彻底淹没。

她的身体开始颤抖，那是愤怒与绝望交织的颤抖，她感觉自己仿佛被整个世界背叛，陷入了无尽的黑暗深渊。

她只觉得悲愤填膺，胸膛剧烈地起伏着，仿佛有一团熊熊的火焰在心中燃烧。

她双眼喷火地瞅着布满灰尘的墙角，望着破窗户上头随风飘荡的蜘蛛网，那蜘蛛网在微风中轻轻摇曳，仿佛在嘲笑她的悲惨命运。

她的双拳紧紧握在一起，发出嘎吱的声响，那声响仿佛是她内心愤怒与不甘的宣泄。

她的呼吸变得急促而沉重，每一次呼吸都像是在咆哮，在向这个不公的世界发出抗议。

随着二叔那刺耳的笑声在耳边炸响，她再也无法抑制胸膛里咆哮的野兽。

她的眼神中闪过一丝决绝，她猛地一下，像一只凶猛的猎豹般将眼前的男人扑倒在地。

她的十指如铁钳般紧紧扣住他的脖子，指甲深深地嵌入他的皮肤，仿佛要将他的生命彻底扼杀。

她的脸上充满了愤怒与疯狂，那是被仇恨蒙蔽双眼的表情，她的心中只有一个念头——复仇。

二叔先是被这突如其来的攻击吓得一愣，随即开始拼命挣扎，他的双手在空中胡乱地抓挠着，试图挣脱张子英的束缚。

他的双腿用力蹬地，地面上扬起一片灰尘，那灰尘在阳光的照射下，如同飞舞的幽灵，弥漫在整个房间。

他的喉咙里发出沉闷的声音，像是被扼住了喉咙的野兽，拼命地想要呼吸。眼睛瞪得滚圆，眼神中充满了恐惧与绝望，那原本得意的神情早已消失得无影无踪。

张子英的手依旧紧紧掐着，她的眼神中充满了疯狂与愤怒，仿佛被仇恨蒙蔽了双眼。

只见二叔的呼吸声越来越微弱，眼神渐渐涣散，身体也逐渐失去了力气。

直到“咔嗒”一声，他像被抽走了脊椎骨，整个身躯软绵绵地散在地上，没了一点儿生机。

那一刻，房间里安静得可怕，只有张子英剧烈的喘息声在空气中回荡，那喘息声中既带着一丝解脱，又带着一丝恐惧。

张子英感觉全身的血液都在脑门里游走沸腾，她的大脑一片混乱，几乎已经无法思考刚刚发生了什么。

她的眼神中充满了迷茫与恐惧，仿佛置身于一个黑暗的深渊，找不到出口。

她的双手还保持着掐住二叔脖子的姿势，微微颤抖着。

她的嘴唇微微张开，想要说些什么，却又发不出声音。

幸好一阵大风吹来，将门“砰”的一声狠狠关上，那巨大的声响才将她从恍惚中惊醒。

逃！这个念头如同一道闪电划过她的脑海。

张子英努力平息着自己紊乱的呼吸，她的胸膛剧烈地起伏着，像是一只疲惫的小鹿。

她的嘴唇发着暗光，苍白的脸仿佛是被露水打湿的花朵，显得无比脆弱。

她的眼神中透露出一丝坚定，那是对自由和正义的追求，也是对妹妹的牵挂。

她强行镇定住颤抖的双手，哆哆嗦嗦从屋里翻出一把剪刀，缠上布条往腰间一塞。

轻轻打开大门，小心翼翼地探出脑袋，确定门外并无一人后，方才沿着昨天的路匆匆走去。

走在田野间，举目顾盼，远方，千山万壑中似乎有无数只飞蛾翻飞抖动，天地仿佛一夜间成了灰白色。

大抵是，峄县今年的第一场雪迈过山林，正铺天盖地悄声而来。

第二章　暗夜寻踪

一夜之间，冰冷而坚硬的雪花，如一笔挥毫，纷纷扬扬往峄县洒来。

张子英踩在泥泞的路上，满天的飞雪既模糊了她的视线，也捉弄着她纷乱的思绪。

直到一颗雪粒被嘶哑的寒风灌进她宽大的衣袖，冰凉的寒意刺痛着她脆弱的肌肤。一瞬间，强烈的反胃感如汹涌澎湃的潮水，一波接着一波，狠狠地撞击着她的胸膛。

她的身体不受控制地蜷缩起来，双手紧紧捂住胸口，缓缓地蹲在覆盖着薄薄一层灰雪的路边。

她的嘴唇微微颤抖，牙齿紧紧咬着下唇，仿佛这样便能将内心的痛苦死死地锁在心底。

她的眼神中满是痛苦与绝望，仿佛被黑暗的深渊吞噬，找不到一丝希望的曙光。

她缓缓抬起头，望向那灰暗得如同被沉重铅块压顶的天空。天空中，团团形状各异、参差不齐的云朵肆意地飘浮着，仿佛是一群迷失了方向的幽灵。

在云间，是那如凶猛野兽般席卷而来的寒流，裹挟着纷纷扬扬的雪花，以一种不可阻挡的气势，像是要将整个世界都彻底冰封，吞噬在这无边无际的寒冷与黑暗之中。

这看似纯洁无瑕的白雪，此刻却如同一块沉甸甸的巨石，重重地压在张子英的心间，将她内心深处那如四方阴霾般的痛苦与悲伤，压得更加深沉。

她的思绪不由自主地飘回到了童年时光，那座用泥土砌筑的小屋，虽然简陋，却充满了温暖与欢笑。

每到傍晚，那袅袅升起的炊烟，带着家的味道，弥漫在整个小院，成为她记忆中最温暖的画面。

可如今，这一切都已化作霜雪凝结的几丛荒草，在这凛冽的寒风中，孤独而无助地摇曳不止，就像她此刻漂泊无依、被命运肆意摆弄的人生。

短短几天之间，命运的巨轮无情地碾压过她的生活，将她的世界搅得支离破碎。

父亲骤然离世，那如山般坚实的依靠瞬间崩塌，只留下她和妹妹在这冰冷的世界中孤独地挣扎。

与妹妹离散，骨肉分离的痛苦如同一把锋利的刀，绞割着她的心。

而二叔，那个曾经熟悉却又变得陌生的人，也惨死在自己的手中。

她曾经的确对二叔恨之入骨，恨他的贪婪，恨他的背叛，恨他将自己的生活搅得一团糟。

但她似乎又记得，在遥远的童年，二叔还是那个总是笑眯眯的庄稼汉，他会用粗糙却温暖的大手，轻轻揉揉自己的小脑门，然后神不知鬼不觉地从腰间掏出几颗冰糖，那甜蜜的滋味，瞬间在她的舌尖绽放，至今仍残留在记忆的味蕾上，成为她童年最美好的回忆之一。

他究竟是何时变成了如今这个陌生而又可怕的魔鬼？

是在那繁华却又充满诱惑的城里，被那大染缸般的世界染得面目全非？

还是说，这个动荡不安的乱世，将人性的丑恶尽情展现，善良与美好只能在黑暗中隐匿？

“……姐姐……姐姐……你去哪？你去哪……我就去哪……”

恍惚间，妹妹那软绵却又带着坚定的声音，如同天籁般在她耳边响起。

张子英感觉一股彻骨的寒意，猛地蹿进了鼻腔，她的眼眶瞬间湿润，泪水在眼眶中打转，仿佛下一秒就会决堤而出。

她仿佛看见，妹妹披着一件破旧的棉袄，瘦弱的身躯在寒风中瑟瑟发抖，正蹲在一大片白茫茫的雪丘上，双手捂住自己的头，试图抵御这无尽的寒冷。

妹妹的眼中光影斑驳，那纯真的视线透过层层叠叠如纱般的雾霭，正一眨不眨地直直看着她，眼神中满是依赖与信任，她是妹妹在这世间唯一的依靠。

然而，就在这一瞬间，一阵刺眼的光芒毫无征兆地闪烁而过。

紧接着，那漫天的雪刹那间全部消融化作了浓稠的血水，眼前的世界仿佛被一只无形的黑手扭曲。

一张散发着令人作呕腥臭的深渊血口，突然出现，猛地叼住妹妹宛如麻雀般娇小脆弱的身子，而后瞬间将其拖进了那暗无天日的血海之中。

“不！”

张子英发出一声凄厉的尖叫，那声音仿佛要将这寒冷的空气都撕裂。

她的眼神中充满了恐惧与绝望，双手疯狂地挥舞着，试图抓住那早已消失不见的妹妹。

她的身体剧烈地颤抖着，仿佛被一场可怕的噩梦紧紧纠缠，无法挣脱。

她猛地抓起地上的雪，用力地往脸上重重一抹，那冰冷的雪刺痛了她的皮肤，却也让她渐渐清醒过来。

冷，好冷。

这不仅仅是身体的寒冷，更是从心底涌起的寒意。

她在心中一遍又一遍地告诉自己：我不能将妹妹一个人留在村子。我得回去，得回去找她。

她在哪儿？想必，想必被关在王家大院里。

可是，自己就独自一人，救出妹妹又谈何容易。二叔的尸体大抵已经被发现，如今村子里的人一定戒备森严慌乱成一锅粥。

这可如何是好……

“喂，大妹子！你哪个村的？”一声呼喊打断了张子英的沉思。

她慌乱地转过身，只见路旁满脸胡碴儿的大叔正歪着脑袋，一脸疑惑地望向这边。

“雪下那么急，不搁屋里头待着，蹲路边做什么呢！”只见大叔肩上挑着装着琳琅货物的担子，想必是走城串巷的行商。

“啊！我横山村的，这正往家里赶呢，昨天进城里找针线活干了。”张子英偷摸着深深呼吸，努力让自己的声音听起来平静一些，脸上挤出一个勉强的笑容，笑盈盈地说道。

“哟，那你还挺赶趟，运气真好，你都不知道，昨晚，就你们村，走水了！”

“什么？昨晚？”张子英的眼睛瞬间瞪大，眼神中充满了震惊与担忧，她的心跳陡然加快，仿佛一只受惊的小鹿。

“哎哟，你这小姑娘怎么还不信的样子，我骗你干什么。就昨晚，那火！老凶了！欸，跑这么急，嘿，你说现在这些小孩！”大叔一边说着，一边无奈地摇了摇头。

一定不能有事啊！张子英清晰地感觉到自己左胸深处出现了一阵尖锐的慌乱，那种慌乱如同一把锐利的匕首，直直地刺进她的心脏。

即使轻轻按住胸口，也难以平复内心那如汹涌波涛般的不安。

人世间，她只有妹妹一个亲人了……

褐色的泥土夹杂在洁白的雪中，随着她匆忙的步伐扬起又落下，身后留下一串凌乱而醒目的痕迹。

雪一直下，铺天盖地。

天色暗了下来，只见一个灵敏小巧的身影从王家大院的高墙上翻过，趁着没人经过的间隙，蹿进一间没有灯火的房间猫了起来。

张子英轻轻拍着胸口，平复急促的呼吸，为顺利潜入王家院子而暗喜。

这时，从堂屋的方向传来了鲁南《拉魂腔》的唱段：

埋怨一声秦香莲，
你击我堂鼓为哪般。
相爷别把俺来怨，
皇姑打俺你没看见。
埋怨一声小千岁，
苦打秦香莲为何情……

傍晚，她进入村子时，发现的确昨晚村子莫名其妙着了一场大火，幸好并未听说有人因此伤亡，更值得欣喜的是，也因此并未有人发现二叔身亡。

原来二叔是暗中与王家勾结，为了落个好名声，并未向外声张囚禁两个侄女的事情，没想到阴差阳错，使得张子英能够平常般进出村子。

张子英弓着腰，在黑暗中慢慢摸索，忽地摸到绵绵软软的被褥，想必这是王家某个人的房间。

这时门口传来声响，张子英连忙身子一缩钻进床底，紧紧捂住嘴巴，生怕发出一点声音。

床底的缝隙中，隐隐约约看见两个人步入房间，紧接着其中一人便开了口：

“五妹！你瞧你刚瞎说什么呢，没见着老爷正在气头上吗？”

另一人似乎有些不满，尖着嗓子说道：“哼，我说的又不是没道理，咱们姐妹八个，天天端茶洗澡服侍他个白胡子老头，他还嫌不够？那个小骚狐狸，叫什么？英？让老爷子这么惦记，难道是什么天仙虞美人？为了个小骚狐狸，全家上下忙里忙外地大动干戈……”

话音戛然而止，只听到后者发出“呜呜”的声音，从影子看似乎是给另一人捂住了嘴。

“嘘，嘘！五妹！这话可不能瞎说！咱俩能给老爷买来，只伺服着他一个，早是天大的福气，不成？你还想回那迎春苑，做一辈子的万人骑？”

那个“五妹”后退两步，好像是在唉声叹气：“唉，那还不是因为四姐你跟我亲嘛。你说咱姐妹，以前在迎春苑那会儿，不说是头花，那也得是有头有面的小白脸才能跟咱咬乖乖。你那时候，不是还跟丰庆德当行的公子吊上膀子，到了今头，成天捧这老印度的臭脚。”

那个被叫作“四姐”的女人，看来是被这言语吓得不轻，连忙往门外张望几眼，急急忙忙把门关上，房间顿时又陷入黑暗。

“你说你，说这赖话也不想着小点声，这要是给旁人听去，咱真得翻着跟头回去喽！我的好祖宗，咱再怎么不容易，那外边也是喊咱们姨太太，再说，一个人的臭脚八个人轮流洗，也比那时候一个人洗八个人的强。这王家怎么着也是不愁吃不愁穿，哪像那小狐狸的妹子，不知道卖到什么地方，唉，难咯！”

听到这，张子英心头一紧，这不就是说的自家妹妹吗！难道，她如今不在王家？

“嗐，那丫头片子也是命苦，虽然咱们进迎春苑那会儿，也是像她这么大，那也是家里养不了，怎么着也得讨口饭吃，自个儿给嬷嬷养了五六年才做生意，哪像她小小的年纪，好端端，给自家亲叔叔卖了去，说不定，已经让人给糟蹋了。”

“什么？那个二叔他当真如此畜生不如？听说她二叔是为了逼迫小狐狸精就范嫁给老爷做九姨太，故意拿她妹妹当人质的。”

这下张子英更是气急攻心，脸部的肌肉狰狞地抽搐着，一不留神，脑袋砰地撞到床板。

“什么东西！”

听到这声大喊，张子英知道没法再躲下去，奇怪的是，遇此突变，她反而压抑住满腔怒火，脑袋里轰隆隆的血液刹那间冷却下来。

她如田野里撒奔的猹嗖地从床底蹿了出来，转眼间，一直挂在腰间的那把剪刀便架在其中一人的脖子上。

“想活命，就闭嘴！”

那女子眼前盯着泛着光的剪刀，喉咙里不停地吞咽口水，另一女子也是拼命地点着头。

“听着。”张子英见二人乖乖就范，冷冷开口，“我，便是你们口里的小骚狐狸。不过我跟你们前世没仇，今生没怨。我只想知道，我妹妹给卖到哪去了？”

还没等她们张嘴，窗户纸上不知何时映着一道人影：

“五姨太太？你房里没出什么事吧？”

夜色如墨，浓稠得化不开，唯有那惨白的月光，像一层薄纱，艰难地穿透窗户，在屋内投下一片凄清的光影。

只见被刀架着脖子的五姨太，在这清冷月光的映照下，脸色惨白，毫无一丝血色。

她的嘴唇不受控制地哆嗦着，牙齿也在咯咯作响，许久，声音颤抖得如同寒风中飘零的枯叶，缓缓开口说道：“是赵管家？”

那声音，带着无尽的惊恐与慌乱，仿佛一只被困在陷阱里的小鹿，无助地哀鸣。

“是啊！我大老远听着你房里一阵动静，又听你喊了一声，过来看看，你这没什么事吧？”

赵管家关切又带着几分疑惑的声音，从门外悠悠传来，在这寂静得近乎诡异的夜里，格外清晰，就像一把锐利的剑，划破了夜的宁静。

此时一旁的四姨太太反应极快，像是一只敏捷的兔子，瞬间跳了出来。

她扯着嗓子，故作轻松地应声道：“哎哟喂，你瞧瞧，一只蟑螂就给赵管家惊来了，五妹，你这胆子哟！”

她的声音里，带着刻意营造的欢快，试图掩盖刚刚那惊心动魄的一幕，可微微颤抖的尾音，还是泄露了她内心的紧张。

“四姨太也在。嘿，我还以为怎么得了，没什么事我可不打扰您们了，奇怪，大冬天哪来的蟑螂？赶明儿我让小青子给您房里好好打扫打扫。”

赵管家的声音渐渐远去，带着释然与轻松，仿佛刚才的一切只是一场无关紧要的小插曲。

“得嘞，谢谢赵管家了。”五姨太笑着回应，那笑容里，藏着劫后余生的庆幸。

“瞧您这话说得多见外哟。”只见窗户上的人影随着脚步的远离渐渐消失。

等那脚步声彻底消失在夜色中，她才长舒了一口气，那口气，仿佛积攒了许久的恐惧与压力，此刻才终于得以释放。

张子英这才发现，自己的额发已经被冷汗浸湿，一缕缕黏在脸颊上。

她的心还在急速跳动，仿佛要冲破胸膛，每一次跳动，都像是在敲打着命运的战鼓。

她的手心全是汗水，握着剪刀的手微微颤抖，那是紧张与后怕交织的颤抖。

四姨太这时悄声说道，声音轻柔得如同怕惊扰了沉睡的夜：“大妹子，你看，咱没仇没怨，有话好好说呗，不是非得动刀动枪的。我就明着跟你说，我们姐妹也不想你让老爷给捉了，你这么年轻漂亮，以后老爷子眼里哪里还会有我们，是这个理不？”

她的眼神里，透着诚恳与无奈，像是在对多年的老友倾诉着心底的秘密。

她微微向前倾着身子，双手不自觉地搓着衣角。

张子英听着，心中一软，看着眼前这两个和自己一样，在这世间苦苦挣扎的女子，她们的眼神里，有着同样的无奈与悲伤。

既然都是苦命人，她缓缓放下手中的剪刀，用布条仔细包好，重新塞回腰间。

五姨太像是被抽去了所有力气，浑身一软，直愣愣地瘫靠在门边，大口大口地喘着粗气。

她的胸脯剧烈起伏，脸上还残留着未散尽的惊恐，眼神中满是迷茫与无助。

牛鼻子似的急溜溜吐着气说道："老爷给了你叔叔钱，却没有把你娶进门，正在四处找你。你倒好，自己送上门来了。"

张子英冷哼一声，眉头紧紧一横，双手叉腰，直直发问，声音里带着不容拒绝的强硬："别扯没有用的，我只想知道，我妹妹现在到底在哪？"

她的眼神里，燃烧着焦急与愤怒的火焰，仿佛要将眼前的一切都点燃。

四姨太叹着气，走上前，往张子英肩头轻轻拍了几下，那动作带着几分安抚，又带着几分无奈。

她的声音低沉而缓慢，仿佛在讲述一个悲伤的故事："妹子，不是我们不告诉你，你问我们也没用，我们也真的不知道呀。"

五姨太接着说道："听说那天一大伙男丁跟着老爷，让你叔领着头去逮你姐妹。你二叔给老爷说先把你妹妹押在这里，等他把你料理说服好了，再把你高高兴兴地送来。当时你妹子被带到王家柴房锁着了。"

四姨太接着说道："好像那天傍晚你叔就来见老爷了，说你死活不从，告诉老爷让你妹妹给老爷当暖脚丫鬟，结果老爷说他只要你做他的九房姨太太，你家妹子年纪太小，他不好这口，让你叔该领哪儿领哪儿。听说当天夜里，就让你婶给拉去城里卖了。你问我们，我们往哪儿知道去？"

她的眼神里，透着一丝怜悯，看着张子英，仿佛看到了曾经的自己。

张子英听完，沉默着站在那里，一动也不动。

她的眼神空洞而迷茫，仿佛灵魂已经游离出了身体。唯有那微微颤动的手指，泄露了她内心的惊涛骇浪。

她的脑海中不断闪过那些错失的可能，倘若自己那时候没有折回村子，继续往城里走，或许此刻妹妹已经在自己的身边，安然无恙。

她的心中充满了自责与悔恨，那情绪，如同汹涌的潮水，将她彻底淹没。

如今，当务之急是赶紧赶到城里，想办法找到妹妹。

想到这，张子英双手抱拳，向二人拱手道谢，声音里带着几分感激，又带着几分急切：“多谢告知，今夜多有得罪，抱歉！”

她的眼神里，透着坚定与决绝，仿佛下定了决心，要与命运抗争到底。

五姨太缓过神来，终于直起身来，尴尬地笑着：“妹妹啊，其实到王家，也没什么不好的，不过人各有志，姐姐喜欢你的脾气，以后若遇到什么为难之处，姐姐我帮你，希望你能顺利找到你妹妹。”

她的眼神里，有着一丝羡慕，又有着一丝祝福。

张子英努力地挤出几分微笑，轻轻点了点头，那笑容里，藏着苦涩与无奈。

她悄悄打开一道门缝，谨慎地观察着门外，每一个动作都小心翼翼，生怕惊动了什么。

见门外四下无人，她便猫着腰，像一只敏捷的野猫，钻了出去。

她沿着墙边，小心翼翼地挪动着脚步，大气都不敢出，每一步都踏得极为轻巧，仿佛走在薄冰之上。

月光洒在她的身上，拉出一道长长的影子，那影子，孤独而寂寞。

很快，她找到了翻进来的那面墙，双手稳稳地往墙头一扒，提了一口气，纵身一跃，翻了出去。

此时，夜已深，整个村子都沉浸在一片静谧之中，乡亲们都已沉沉入睡。

张子英放心地往自家方向走去，脚步急促而坚定，每一步都带着对妹妹的牵挂与担忧。

雪越下越急了，大片大片的雪花纷纷扬扬地飘落。

寂静的村道上空无一人，只有张子英孤独的身影在雪中穿梭。那身影，显得格外渺小与无助。错落有致的房屋瓦舍上，白雪皑皑。

寒风如同一头凶猛的野兽，呼啸着扑面而来，几乎要将她单薄的衣裳刺穿。

她不禁打了个寒战，那寒战，从脚底一直蔓延到头顶。

她加快了步伐，心中只有一个念头，那就是早点回到家里落脚，躲避这刺骨的寒冷。

她的头发被寒风吹得凌乱不堪，发丝在风中肆意飞舞。

很快她便走到熟悉的小屋前，小茅屋在寒风的侵袭下显得摇摇欲坠，仿佛下一秒就会被这狂风连根拔起。

大门紧闭着，像是一个沉默的守卫，又像是在抗拒着什么。门上的木板已经破旧不堪，被岁月侵蚀出一道道深深的沟壑，仿佛在诉说着曾经的故事。

张子英踏进破败的院落，白雪上夹杂着几根荒草和零落的枯叶，在寒风中瑟瑟发抖，仿佛是在为这凄凉的景象而哭泣。

窗纸早已破损，在寒风中发出阵阵簌簌的声响，像是在低声诉说着这屋子的沧桑与无奈。

她推开门，屋里也一片狼藉，仅存寥寥无几的残破家什，东倒西歪零落满地。

正当张子英为这家里曾经拥有过的点点温馨伤感之时，突感有尖锐之物抵在自己的后背上。

张子英浑身的血液瞬间凝固，冷汗直流，一股强烈的寒意将她紧紧包围。她的心跳陡然加速，时间仿佛也在这一刻静止。

她的脑海中一片空白，只有无尽的恐惧在蔓延。

一片寂静，唯有那阴森森的笑声在屋内每个角落回荡，如同恶魔的低语：“大侄女，你还是落到我手上了。”

第三章　蒙冤入狱

突然遭到袭击，让张子英始料不及。

她的心，仿若被一只无形的大手，狠狠地拽入了无尽黑暗的深渊，每一次跳动都带着沉重的绝望。

她缓缓地、机械地转过身，动作僵硬得如同被操控的木偶。

当她的目光触及那张熟悉却又因愤怒与仇恨而显得狰狞可怖的面孔时，身体不受控制地剧烈颤抖起来，像是寒风中瑟瑟发抖的残叶。

她的声音也跟着颤抖，带着明显的惊惶与恐惧，艰难地从干涩的喉咙中挤出："二婶，你……你怎么会在这里？"

二婶黄菊花那胖乎乎的脸上，肌肉如同被一只无形的手肆意拉扯，抽动间划过一道诡异的弧度，仿佛是暗夜中扭曲的鬼影。

她手中那尖锐之物又无情地往前顶了顶，锋利的尖端几乎要刺破张子英的衣衫。

"哼，我要是不在这，怎么能逮住你这丫头片子。"她的语气中充满了恶意，每一个字都像是从牙缝中挤出来的，带着刺骨的寒意。

张子英强忍着内心深处不断蔓延的恐惧，那恐惧如同汹涌的潮水，几乎要将她彻底淹没。

她的鼻翼微微张开，急促地呼吸着，又缓缓闭上，努力平复着内心的慌乱。

她的嘴唇微微颤抖，试图挤出一道勉强的微笑，那笑容里满是苦涩与无奈，她想用这最后的亲情纽带，去打动眼前这个冷酷无情的女人：“二婶，我只想找到我的妹妹，我们说到底不还是一家人嘛，你把她还给我吧。”

她的声音带着一丝哀求，在这寂静的房间里，显得那么无助。

“还给你？”二婶黄菊花突然仰头大笑起来，那笑声尖锐而刺耳，在这寂静的夜里显得格外阴森可怖。

她脸上那横七竖八的肥肉随着笑声不停颤动着，像是一堆蠕动的肥肉，让人作呕：“你以为这是过家家吗？你妹妹已经卖给别人家当童养媳了！想见她？下辈子吧！”

张子英的双手紧紧握着。她的身体微微颤抖着，那是愤怒与不甘的颤抖，她咬紧牙关，从牙缝中挤出坚定的话语：“二婶，你行行好吧，告诉我，你把她卖到哪里去了？”

她的眼神中燃烧着炽热的火焰，那是对妹妹的牵挂与寻找的执着。

二婶黄菊花眼神一凛，原本眯着的眼睛突然瞪大，透露出凶狠的光芒，仿佛一只被激怒的恶狼，恶狠狠地说道：“告诉你又怎样？你能找到她吗？就算你找到了，你也救不了她！”

她转到张子英前面，又向前跨了一步，气势汹汹地逼近张子英，试图用自己的气势压倒她。

张子英挺起胸膛，毫不退缩地与二婶黄菊花对视着，眼中仿佛燃烧着一团火焰，那火焰中蕴含着坚定与决绝，仿佛能将一切黑暗都燃烧殆尽：“我不管有多难，我一定要找到她。要是你不告诉我，我做鬼都不会放过你。”

她的声音坚定而有力，在这狭小的房间里回荡，充满了不屈的斗志。

二婶黄菊花脸色一沉，原本就狰狞的面容更加扭曲，她扬起那蒲扇般的大手，带着呼呼的风声，一巴掌狠狠地甩在张子英的脸上。

“啪”的一声清脆耳光响起，在这寂静的空间里格外响亮。

张子英的脸颊顿时肿了起来，皮肤迅速泛起红印，嘴角甚至渗出了一丝血迹。

可她却一声不吭，只是用那充满怒火的眼神死死地盯着二婶，那眼神仿佛能将二婶千刀万剐。

二婶被她那倔强的眼神看得有些发毛，心中涌起一丝莫名的恐惧，但她还是强装镇定，语气稍微缓和了一些，但依然充满了威胁：“好啦，好啦，只要你乖乖听话，我或许可以考虑。”

她的眼神中闪烁着算计的光芒，像是一只狡猾的狐狸。

张子英深吸一口气，强压下心中的怒火，那怒火在她的胸腔中燃烧，几乎要将她的理智吞噬。她的双手紧紧攥着衣角，指甲深深嵌入掌心，试图用疼痛来让自己保持冷静。

“好，二婶，我听你的，你说吧，你要我怎么做？”她的声音低沉而压抑，仿佛是暴风雨来临前的平静。

黄菊花奸笑一声，那笑声中满是阴谋，让人不寒而栗。

她一双细眼几乎缩进了肥肉里，只剩下一条细细的缝隙，闪烁着贪婪与狡黠的光：“那你先跟我走，到时候我自然会告诉你。不过，你要是敢耍什么花招，可别怪我不客气！”

她一边说着，一边用手中的尖锐之物比画着，威胁着张子英。

张子英犹豫了一下，内心挣扎不已。

她深知二婶黄菊花的为人，那是一个自私自利、心狠手辣的女人，跟她走无疑是羊入虎口。

但为了找到妹妹，她别无选择，那是她在这世间唯一的牵挂，是她活下去的希望。

最终，她还是点了点头，那点头的动作沉重而艰难，仿佛承载着千斤的重量。

二婶黄菊花用力地推搡着她，将她推出房门，那粗暴的动作让张子英一个踉跄，差点摔倒。

屋外，鹅毛般的大雪纷纷扬扬，无休无止。

每一片雪花都像是一个冰冷的精灵，在空中肆意飞舞，而后轻轻落在大地上。

整个世界仿佛都被这白色的幕布笼罩，一切都变得模糊不清，仿佛置身于一个虚幻的梦境之中。

张子英的脑海如同眼前这白茫茫的世界一般，一片茫然，她不知道前方等待她的是什么，是希望还是绝望。

天寒地冻之中，她的双脚陷入深深的积雪里，每一步都走得艰难无比，脚下的积雪发出“咯吱咯吱”的声响，仿佛在诉说着她内心的忐忑与不安。

那声音单调而沉闷，如同她此刻沉重的心情。寒风无情地吹打着她的脸庞，如刀割般疼痛。可这身体上的疼痛，却不及她心中的痛苦万分之一。

她在这漫天风雪中，艰难地挪动着脚步，心中只有一个念头——找到妹妹，无论付出怎样的代价。

张子英被二婶黄菊花那双粗糙且有力的手紧紧扭着，推搡着来到峄县的国民党的警察局。

一路上，张子英望着苍茫的天空，彻底陷入了困境。在这个狂风肆虐、暴雪纷飞的寒夜，整个天地仿若被一只巨手狠狠攥住，陷入无尽的冰寒与黑暗。

寒风，如同一头脱缰的猛兽，在街巷间横冲直撞，发出凄厉的嘶吼，似要将世间的一切都撕成碎片；雪，恰似漫天的鹅毛，纷纷扬扬地飘落，肆意地掩盖着世间的丑恶与苦难，却怎么也遮不住那从底层散发出来的悲凉与绝望。

张子英的胳膊被二婶黄菊花那粗粝且有力的手死死夹住，都被夹得生疼。

黄菊花的指甲深深嵌入她的皮肉，留下一道道殷红的血痕。

她就这样被一路推搡着，脚步踉跄，跌跌撞撞，每一步都充满了艰难与屈辱。

峄县警察局内，灯光昏黄如豆，在这冰冷而压抑的空气中摇曳不定，仿佛随时都会熄灭，徒留一室黑暗。

墙壁上的阴影随着灯光的晃动而张牙舞爪，好似一群隐匿在黑暗中的鬼魅，正伺机而动，将恐惧一点点渗入人心。

那压抑的氛围，犹如一块沉重的铅板，沉甸甸地压在每个人的胸口，让人几乎喘不过气来，连呼吸都带着一丝沉重的苦涩。

张子英双唇紧闭，一言不发，她的心好似被寒冬的坚冰层层包裹，冷到了极点。

尽管她心性坚韧，远超同龄人，但终究只是个正值花季的少女。

面对铁面无情，如张牙舞爪巨兽般的政府机构，即便她浑身是胆、本领高强，此刻也已陷入绝境，束手无策。

她的眼神中透着倔强与不甘，可更多的却是对未知命运的深深恐惧，那恐惧如同深渊一般，将她的灵魂渐渐吞噬。

她的双手不自觉地攥紧衣角，微微颤抖着，泄露了她内心的恐惧和不安。

她缓缓扭过头，冷冷地看向身后的二婶黄菊花。

只见二婶将肥胖的双臂枕在脑后，高高地跷着二郎腿，那副模样活像一只养尊处优、傲慢无比的肥母鸡。

她脸上的肥肉堆积，随着动作一颤一颤，恰似一堆蠕动的蛆虫，令人作呕。

她嘴里时不时哼着不成调的小曲，那曲调在这压抑得近乎窒息的环境中显得格外刺耳，仿佛是对这悲惨世界的无情嘲讽。

她得意扬扬地向张子英挑动着眉头，嘴角微微上扬，露出一口被烟熏得发黄的牙齿。

“你们都说了很多了，都记下来。你们还有什么要补充的吗？”警察局局长曹远山稳稳地坐在椅子上，肥胖的身躯如同一座小山，将椅子压得吱呀作响，仿佛随时都会散架。

他的肚子高高隆起，像一个充满气的皮球，几乎要把衣服撑破。

脸上的肥肉层层堆叠，眼睛被挤成了两条细缝，却时不时闪烁着狡黠的光。

他面无表情地看着眼前的二人，声音低沉而冰冷，宛如从地狱深渊传来的恶鬼咆哮，在这空旷而死寂的房间里回荡，无情地宣告着少女的末日审判。

然而，他的眼神却时不时地闪烁，那一丝狡黠在眼底处涌动，就像一只隐藏在黑暗中的狐狸，双眼幽幽地冒着绿光，让人毛骨悚然。

这时，曹局长的一个手下行色匆匆地进入房间，他猫着腰，快步来到局长身边，俯下身，与局长咬着耳朵窃窃私语着。

听着听着，曹局长原本紧皱的眉头舒展开来，脸上浮现出一丝不易察觉的得意笑意，那笑容如同夜空中划过的一道诡异闪电，稍纵即逝。

他的手指在桌面轻轻敲击，发出有节奏的声响，让人心弦紧绷，忐忑不安。

他微微向前倾身，压低声音回应着手下。

他将拳头放在嘴前，生硬地轻咳几声，那咳嗽声在这寂静得可怕的房间里显得格外突兀，好似夜枭的啼鸣，打破了短暂的平静："那么，你们俩跟我们一起去现场，搜集完证据，我再宣布如何处置。"

他的声音中带着一种不容置疑的威严，说罢，他靠回椅背，双手交叉放在肚子上，露出一副胜券在握的神情。

二婶黄菊花听了，顿时喜笑颜开："青天大老爷，全靠您主持公道了！"

她的声音尖细而谄媚，如同夜空中飘荡的一缕邪音，在这压抑的空气中回荡，更添几分丑恶。她一边说着，一边点头哈腰，脸上堆满了讨好的笑容。

曹局长领着众人，气势汹汹地来到二叔家。

一进门，曹局长就开始大声吆喝着，指挥手下们四处搜寻。他们如同饿狼扑食一般，翻箱倒柜，把家里弄得一片狼藉。

那些原本被二叔夫妻俩小心翼翼珍藏的钱财，被他们粗暴地兜底而出，钱币散落一地，发出清脆的声响，却好似绝望的哀鸣。

连地契也被他们从隐秘的角落找了出来，曹局长拿起地契，眼中闪过一丝贪婪的光芒，那光芒犹如饿狼看到猎物时的凶狠，让人胆寒。

他用手指轻轻摩挲着地契，嘴角微微上扬，露出一丝得意的笑，仿佛已经将这些财物据为己有。

二婶黄菊花看着眼前发生的一切，那张原本就肥胖的脸此刻涨得通红，犹如熟透了的番茄，随时都会迸裂。

她的双眼圆瞪，眼神中充满了愤怒与震惊。

但她却不敢发出一点儿声响，大抵是心底仍抱有一线虚幻的期望，希望这一切只是一场荒诞的噩梦，醒来后便能重回平静。

她的身体微微颤抖着，嘴唇也在不停地哆嗦，却始终不敢发出一声抗议。

只见曹局长看着堆在脚边的财物，双眼闪烁着贪婪的光芒，嘴角不自觉地上扬，露出一丝得意的笑。

他将双手背在身后，挺直了腰板，装出一副正气凛然的模样，朗声道："张子英，你涉嫌杀害你二叔，证据确凿，现将你收监羁押！"

他的声音在这空旷的房间里回荡，充满了虚假的正义，恰似恶魔披上了天使的外衣。

他一边说着，一边用眼角余光扫视着周围，观察着众人的反应，那眼神中透露出一丝得意与傲慢。

张子英冷冷地看着神色各异的众人，轻蔑地笑道："呸，什么证据？蛇鼠一窝。"

那笑声清脆而冰冷，在这充满阴谋与丑恶的空气中显得格外响亮，仿佛是对这黑暗世界的有力控诉。

她的脸上带着一丝倔强的神情，挺直了腰杆，毫不畏惧地直视着曹局长的眼睛，那眼神仿佛在说，即便身处这黑暗的深渊，她也决不屈服。

曹局长转过身去，对手下吩咐道："把这些证据也一同带到局里去。"

他的声音中带着一种不容置疑的命令口吻，仿佛他的话就是金科玉律，无人敢违抗。

他挥了挥手，示意手下赶紧行动，那动作干脆而果断，尽显他的专横。

二婶黄菊花顿时呆若木鸡，她的眼神中充满了绝望与无助，仿佛一只待宰的羔羊。她跪倒在局长腿边，双手紧紧扯着曹局长的裤脚，哭诉道："官爷，官爷！这些都是咱家自家的东西啊，怎么成，成什么证据了呢？"

她的声音带着哭腔，在这冰冷的空气中显得格外凄凉，宛如寒夜中孤雁的哀鸣。

她的泪水夺眶而出，顺着脸颊滑落，滴在局长的鞋子上，却换不来一丝怜悯。

曹局长用力将腿一甩，嫌弃地拍拍裤子，仿佛二婶黄菊花是什么脏东西，碰一下都会玷污了自己："你是在教我们办案吗？"

他的声音中充满了厌恶与不耐烦，仿佛二婶黄菊花的存在就是一种罪过。

他皱了皱眉头，脸上露出一丝嫌恶的表情，往后退了一步，远离了二婶黄菊花。

"滚！"

曹局长一个手下更是往二婶黄菊花身上踹了一脚，可怜她如同肉球一般在地上打了几个滚。

她蜷缩在地上，发出痛苦的呻吟，那声音仿佛受伤的野兽，在这冰冷的世界里无助地挣扎。

她的头发凌乱地散落在地上，衣服也被扯得破烂不堪，显得无比狼狈。

原来，曹局长早就暗中通过手下的调查，把张子英二叔家的情况摸得一清二楚。

曹局长深知张子英的二叔祖辈曾经很富裕，他做点小本生意，表面上老实巴交，暗地里却是表里不一的奸猾小人。平日里为了些许蝇头小利干起了和财主一起坑害别人的勾当，在十里八乡也是个招人恨的角色。

如今二叔死了，家里就剩下一个势单力薄、毫无反抗之力的二婶黄菊花，比起逮住张子英，吃绝户，填腰包才是他的头等大事。

在这黑暗的世道里，权势与贪婪肆意横行，正义与公道早已被践踏在脚下，化为齑粉。

张子英仅仅瞥了瞥可怜又可笑的二婶黄菊花一眼，随着门“砰”的一声关上，屋里传来受伤的野兽般的哀号，凄绝而悠长。

张子英被关进牢房。

阴暗潮湿的牢房，弥漫着腐臭的气息，角落里的老鼠肆意乱窜，仿佛在嘲笑张子英的无助。

她蜷缩在冰冷的地面上，眼神空洞地望着头顶那昏黄的灯光，心中五味杂陈。

她不知道妹妹如今身在何处，是否遭受着苦难，每念及此，心如刀绞。但她并未放弃希望，在这黑暗的绝境中，她的眼神依然坚定，如同夜空中闪烁的寒星。

“纵有千难万苦，我也会找到你的，妹妹，等着我。”她一遍又一遍地默默念叨着。

可是，究竟要在这暗无天日的地方待到何时，或者再也无法逃离，抑或……

每当想到此处，她脑海里就浮现出最坏的可能性。

月光浅浅，昏暗中，只见微微仰起的脸，泛着点点湿意。

她轻轻踱步到铁窗前，握着铁栏杆，她的身体摇摇欲坠，无言的痛蔓延到每根发丝，那张脸像一朵幽幽而绽的昙花，轮廓不定，只待天明而谢。

迷迷糊糊之中她闭上双眼后，缓缓收起周身的破碎，任由月光在肩膀上翩翩起舞，嘴角泛起倔强的笑意。

一定可以的，即使前方是悬崖，那也不过是……

“喂，在发什么疯呢！”

狱警端着一碗“饭”，粗暴地塞进栏杆里，哐当一声滚落到张子英的脚边。

每日，狱卒会提着一个破旧的木桶，沿着牢房通道挨个儿分发。

那所谓的饭，不过是一些发霉的粗粮窝头，散发着刺鼻的馊味，上面还沾着些许灰尘和老鼠屎。

偶尔改善伙食，能喝上汤，那是一桶浑浊的液体，看不清里面有什么，偶尔会漂着几片烂菜叶，喝起来一股酸涩的味道，仿佛是从臭水沟里舀上来的。

面对这唯一能够让自己坚持活下去的食物，张子英每每都是捏着鼻子，硬逼着自己吞咽下去。

但每当到了需要入睡的时候，她总会翻来覆去无法入眠，未卜的命运如一把悬在头上的利剑，不知在何时便会落下。

牢房是用木栅栏隔离的一个个房间，张子英牢房的右边是一个男监所。虽然里面关着五个人，但是，只有一个人常常慷慨激昂地演讲。

她在牢里认识了这一位难友，是同盟会会员，他叫刘丹锡，潍县人，是个教书先生。

他们很快成了知己，刘丹锡告诉张子英很多国家大事，知道了全国到处都有忧国忧民之士，在那里英勇斗争。她知道了什么是三民主义，什么是共产主义，什么是共产党。

她记住了刘丹锡先生说的“实现了共产主义，也就是世界大同，天下为公”。

峄县的牢房是非常可怕的地方，张子英却在那暗无天日的地方，看到了民族的光明。

张子英不再害怕王兴恒、警察局长那一伙人，充其量也不过是小小的跳梁小丑。

日落星移，冬天的寒冷退去。

春天来了，不知过了多少天，正当张子英浑浑噩噩地背靠在墙壁上，看着铁窗外变绿的树枝，渐渐消失的太阳轮廓时，狱卒丁零哐啷地打开她房间的门。

“张子英，出狱！”

张子英错愕地看着那张不耐烦的脸：“出狱？”

“磨叽什么呢？赶紧走！你还不知道是五姨太出面保释的你，曹局长真是给足了面子。”

说着便被狱卒粗鲁地拽起身来，推推搡搡出了监狱。

当张子英踉踉跄跄地踏出监狱大门，看着许久未见的阳光，即使是临近落山，也居然格外刺眼。

这就重获自由了？未免，未免……

她低下头，看着自己满身的污垢，用力地拍打着身上的泥土，每一下都带着对过去那段屈辱时光的愤怒与不甘。

可即便如此，一股恶臭还是从那破破烂烂、几乎看不出原色的衣服上散发出来。

她愣了愣神，心中泛起一阵酸涩，没想到在那段漫长而煎熬的日子里，自己竟渐渐习惯了这让人难以忍受的气味，仿若被黑暗彻底同化。

重获自由的第一时间，她跌跌撞撞地跑到最近的河边。

河水清澈见底，在夕阳的余晖下闪烁着粼粼波光。

她迫不及待地踏入水中，任由清凉的河水包裹住自己，洗去身上的污垢，也试图洗去那些不堪的记忆。

她的双手用力地搓洗着身体，仿佛这样就能将那段黑暗的过往从生命中彻底抹去。

清洗了身上的污垢，迈着凌乱的步伐，回到家里，翻出那些许久未穿、带着淡淡陈旧气息的干净衣服，仔细地穿戴整齐，重新收拾自己，试图找回曾经那个充满希望的自己。

接下来的几天，她精心调养，身体逐渐恢复了力气。

同时，她不放过任何一个可能的线索，四处打听妹妹的消息。

她穿梭在大街小巷，逢人便问，眼神中满是焦急与期待。

然而，回应她的只有一次次的失望。

妹妹依旧杳无音讯，反而是在那些闲言碎语中，听到了二婶黄菊花的消息。

二婶黄菊花死了。

当这个消息传入她耳中时，她的心中涌起一阵复杂的情绪，有惊讶，有怜悯，更多的是对这荒诞世界的无奈。

据说，那天他们走后，二婶黄菊花便踏上了漫长而绝望的申诉之路。

她拖着疲惫且沉重的身躯奔波于各个衙门之间。她声泪俱下地讲述着自己的冤屈，声音因为过度的呼喊而变得嘶哑，每一句话都饱含着绝望与无助。

然而，那些坐在衙门里的人无人理睬她的哭诉。那些人或是被曹局长收买，或是早已习惯了对底层百姓的苦难视而不见，懒得去管这闲事，纷纷对她关上了大门。

他们冷漠的眼神、敷衍的态度，如同冰冷的寒风，一次次刺痛着二婶黄菊花的心。

后来，她在峄县城里遇到了一个叫陈半仙的算卦大师。

陈半仙用六爻给她算了一卦，说："此乃山地剥卦，现在外爻只剩下一点阳，所谓'硕果仅存'，阳一点一滴剥削完了，只剩下最后一点唯一的生机，此事尚有转机。"

二婶黄菊花如同抓住了救命稻草。

随后，陈半仙以为她补财库、立堂口、度劫难等借口让她借了高利贷"印子钱"。

最终，在那无尽的绝望之中，二婶黄菊花走上了绝路。

她失魂落魄地来到村外的小河边，河水潺潺流淌，仿佛在诉说着世间的沧桑。

她一步一步地缓缓走进河水，眼神空洞而绝望，任由河水一点点淹没自己的身体。

她没有挣扎，仿佛死亡对她来说，是一种解脱。

据说走向河里时，她是唱着拉魂腔《罗成算卦》：

大唐老祖坐金銮，全凭武将和文员……

不是罗家男子汉，叫我算来把卦占，

叫声卦主你先听，算你今年大寿到，

多说能活三四天，罗成七窍生了烟，

大骂先生说话颠，徐家三哥算过卦，

说我阳寿七十三……

最后，她的身影消失在滔滔的河水中，只留下一圈圈涟漪在水面上荡漾，那涟漪仿佛是她最后的控诉，在诉说着这世间的不公与悲惨 。

第四章　无奈出嫁

二叔二婶的死，让张子英的命运变得更加曲折和艰难。

阳春三月，阳光慵懒地洒在偏僻而宁静的小村庄阡陌纵横的田野上，仿佛给大地披上了一层金色的纱衣。

张子英从监狱回到了离别已久的村子后，生活变得更加艰难。每天白天劳作在田间地头，晚上拼命替财主家纺织，家里没有一粒粮食，她只能到邻居家去借，才勉强度日。

她身姿苗条，眉眼间透着一股与生俱来的清秀，恰似一朵盛开在山间的百合，纯净又淡雅。

可当她踏入村子的那一刻，却惊觉一切早已物是人非。

村里的人看向她的眼神中，满是躲避与恐惧，仿佛她是一个携带着瘟疫的不祥之人。

只因那如恶魔低语般的传言——她杀过人。那传言像一片浓重的乌云，沉甸甸地压在她的头顶，让她无处可逃。

其实，埋着张子英父母的那块地，财主根本就瞧不上，之前的一切不过是二叔为了逼迫张子英屈服而故意编造的谎言罢了。

那谎言，似一条隐匿在黑暗中的毒蛇，悄无声息地咬伤了张子英，也毒害了整个村子对她的信任。无论张子英如何辩解，都无法改变众人对她的偏见。

春天的午后， 邻村袁山村的媒婆袁三姑上门来了，她扭动着肥胖的身躯，像一只笨拙的鸭子，一摇一摆地来到张子英面前。

她的脸上挂着几分怜悯，眼底却闪烁着功利的光芒，假惺惺地劝说道："姑娘啊，日子总归是要过下去的呀。你看看你，年纪轻轻的，总不能一辈子就这么孤孤单单的吧。你人长得标致，千万不能死心眼儿。"

她一边说着，一边用手帕轻轻擦拭着额头的汗水，那手帕上绣着的鲜艳花朵，在这灰暗的氛围中显得格格不入。

"我有一个远房的亲戚是四马寨村的姓马的人家，家道中落不算富裕，但还算能吃上顿饱饭。家里祖上传下来的手艺，编席为生，日子过得还算是安稳。只是马家的长子前后娶了两个媳妇，都没有那个享福的命。你命硬，肯定能白头到老。"

张子英望着那片熟悉又陌生的土地，思绪万千。

她想起曾经的欢声笑语，想起父母温暖的怀抱，又想想自己如今的处境，心中满是无奈与凄凉。

她微微叹了口气，缓缓点了点头，仿佛在那一刻，她彻底向命运低下了头。

于是，在媒婆的撮合下，她决定嫁给一个比自己大十几岁的农民。马力身体十分瘦弱，面容丑陋，虽然娶过两个媳妇，不知什么原因都撒手西天，也都没有生下一男半女，正是这个缘故，多年来他一直讨不到媳妇。

他与张子英的结合，无非就是为了延续香火，传宗接代，在他眼中，张子英更像是一个生育的工具，而非一个有血有肉的人。

在一个阴霾密布的日子里，张子英被媒婆袁三姑带到了四马寨村的马家。

四马寨村离峄县县城很近，交通方便，虽然是个山丘陵地，买卖东西倒是便利。

马家的院子里，几张破旧的桌椅随意摆放着，桌子上面铺了一张红纸，看起来有些喜庆，空气中弥漫着一股喜气洋洋的气息。

马力穿着一件打着补丁的粗布麻衣，那衣服上的补丁像一块块丑陋的伤疤，诉说着他生活的艰辛。

他局促地站在一旁，双手不安地揉搓着衣角，那瘦弱的身体显得有些僵硬，丑陋的面容上带着几分紧张与期待。

他的眼神中闪烁着一丝渴望，又夹杂着一丝自卑，似乎不敢相信自己竟然能够娶到媳妇。

婚礼进行得十分简单，只有几桌粗糙的饭菜和几个邻居前来捧场。

那些邻居，只是出于好奇和凑热闹的心态而来，他们的脸上没有真心的喜悦，只有冷漠和敷衍。

木木讷讷的新娘只听到族长大声喊道："一拜天地，二拜高堂，夫妻对拜，送入洞房。"

张子英面无表情地站在那里，眼神空洞，仿佛这一切都与她无关。

她的心中没有一丝喜悦，只有无尽的悲伤和无奈，她就像是一个被命运抛弃的玩偶，任由他人摆布。

当夜幕降临，星星点点的烛光摇曳在破旧的房间里，那微弱的光芒，仿佛随时都会被黑暗吞噬。

张子英默默地坐在床边，眼神呆滞地望着前方，仿佛她并不是今晚的主角。

马力走了进来，他看着张子英，眼中闪烁着复杂的光芒，有期待，有紧张，也有一丝不知所措。

他犹豫了一下，还是伸出手，轻轻地握住了张子英的手。

张子英的身体微微颤抖了一下，像是被电击了一般，但她没有反抗，只是静静地坐着，任由泪水在眼眶里打转。

那一刻，她的心仿佛被一把锋利的刀狠狠刺痛，她知道，自己的命运从此将被彻底改变。

婆家人对她十分戒备，看得死死的。公公婆婆起初因传言对她还有些许担心也有些惧怕，仿佛她是一个随时会爆发的火山，让人不敢轻易靠近。

可没过多久，他们发现张子英能吃苦，很善良，并非传说中那般，是个十恶不赦、杀人不眨眼的女魔头。

于是，他们的态度逐渐发生了转变，那原本的警惕变成了肆意的欺凌和压迫。

他们开始频繁地打骂张子英，将家中所有脏活累活都丢给这个身材单薄瘦弱的女人。

张子英就像一个永不停歇的陀螺，被命运的鞭子无情地抽打着，不停地旋转。

婚后的日子，对张子英来说，是一场无尽的折磨，每一天都像是在地狱中煎熬。

每天清晨，天还未亮，黑暗依旧笼罩着大地，张子英就被婆婆那尖锐的嗓音唤醒，她睡眼惺忪地从床上爬起来，拖着疲惫的身体，开始一天繁重的劳作。

她要去田里耕种那似乎永远都耕不完的土地，每一次锄头落下，都像是在与命运做着无谓的挣扎。她的双手磨出了血泡，又变成了厚厚的老茧，可她依然咬牙坚持着。

中午时分，炽热的阳光烘烤着大地，整个世界像被放进了一个巨大的蒸笼。

张子英拖着疲惫的身躯回到家中，迎接她的却不是片刻的休息，而是一堆等着她清洗的碗筷和需要缝补的衣物。

婆婆总是站在一旁，不停地唠叨着，嫌她干活太慢，不够利落。

那唠叨声，像一只嗡嗡叫的苍蝇，在她耳边不停地盘旋，让她心烦意乱。而丈夫马力，虽然身体虚弱，但脾气却并不温和。

他常常因为一点小事就对张子英发脾气，有时候甚至会动手。拳头落在张子英身上，每一下都像是在她心上划了一道口子。

张子英只能默默忍受着这一切，她不敢反抗，也无处倾诉。她的心中充满了痛苦和委屈，却只能将这些情绪深深埋在心底。

夜晚，当其他人都进入了梦乡，张子英却还在昏暗的灯光下缝补着衣物，纺织羊毛线，编织苇席。

那灯光昏黄而黯淡，仿佛随时都会熄灭。

她的手指因为长期的劳作而变得粗糙，布满了一道道伤痕，眼睛也因为过度劳累而布满血丝。

但她知道，第二天还有更多的活等着她，她不能停下来。

她就像一只被困在牢笼里的鸟儿，无论怎么挣扎，都无法逃脱这悲惨的命运。

无意中，邻居家的方大娘悄悄地告诉她一个秘密：她婆婆在镇上找陈半仙算了一卦，卦象上说，新媳妇的命太硬，夫妻相克。若是打压住，尚能过日子。

张子英终于知道，为什么她的日子这么难过了。

日子就这样一天天过去，张子英仿佛陷入了一个无法逃脱的旋涡。

她的身体越来越消瘦，原本红润的脸颊变得苍白如纸，眼神也变得越来越空洞，仿佛失去了灵魂。

然而，她心中对妹妹的思念却从未减少，那是她在这黑暗的日子里唯一的一丝光亮。

她常常在夜深人静的时候，望着窗外的明月，轻声呼唤着妹妹的名字，那声音里饱含着无尽的思念和牵挂。

她依然幻想着有一天能够与妹妹团聚，过上平静的生活。

但这似乎只是一个遥不可及的梦，在这残酷的现实面前，显得那么渺小，那么脆弱。

时光悄然流逝，转眼间又是一年的秋天来了，日子过得平平稳稳。张子英的勤劳与坚韧渐渐有了成果。

她喂的牲口个个膘肥体壮，仿佛是她用汗水浇灌出的生命奇迹；田里的庄稼在她的悉心照料下，也长得格外茂盛，籽粒饱满。

她和马力的孩子已经能在地上瞎跑，仿佛一切都往好的方向发展。

年少时心口上的伤疤也在时光的轻抚下渐渐痊愈，只是偶尔会在夜深人静时隐隐作痛。

直到 1931 年的多事之秋，命运的无常再次笼罩在这个偏僻的小山村上空。

1931 年，九一八事变爆发，战争的阴影越发浓重。日本在东北扶持伪满洲国，不断向华北渗透。边境冲突频繁发生，战火随时可能蔓延到内地。

国内各方势力在抗日问题上意见不一，国民党内部亲日派与抗日派斗争激烈，导致抗日行动难以形成统一有力的部署。

经济形势持续恶化，大量难民涌入城市，城市就业压力剧增，失业人口众多，物价飞涨，粮食短缺，普通百姓生活越发艰难。

农村地区因青壮年劳动力或被抓壮丁，或投身抗日，农业生产遭到严重破坏，饥荒时有发生。

同时，社会治安混乱不堪，土匪趁乱四处劫掠，绑架勒索成为常态，许多家庭因此支离破碎，像张子英所在的村庄，也笼罩在这种不安的氛围中，村民们时刻担心自身安危，生活充满不确定性。

这一年徐州特委派郭子化以行医作为掩护到枣庄开展党的工作，建立了同春堂药店。谁也没有料到，从此，改写了张子英的命运。

烈日当空，张子英戴着破旧的草帽，在田间熟练地挥动着锄头，汗水早已湿透她的衣裳，毒辣的阳光将她的脸颊晒得通红。

“啧，今天的日头咋那么毒。”张子英拽起领子擦了擦满额头的汗，“哎，歇会儿。”

她将锄头放在脚边，往一旁的田埂子上一坐，痛快地喝了大半壶水。

“欸，子英，今天也是自己下地呢？”原来是村里的王嫂正挑着尿桶从旁边经过，村里邻居就数她跟张子英好，平日见到总会聊上两句。

张子英乐呵呵地答应一声：“是啊，马力今天进城里去了。”

“哎哟，真不是我说，他马力家，真是祖坟冒八辈子青烟娶到你这个媳妇，全村上下谁不知道，就马家媳妇最能干。”

“哪有哪有，那还是靠着王嫂你们平时多帮衬着嘛。”张子英连连摆手道。

“我又没说错，你编织的喜席，都卖出了名气。十里八乡谁家娶媳妇都点名道姓要买你编织的喜席。你能养活一大家子人。”

“哎，现在这世道，乱得要命。我听说前几天，又有人家在进城时，半路上给人劫了道，媳妇都给拐上山去。你家马力下次进城，你也得叮嘱点。”

“是吗？最近怎么这么多土匪冒出，真听得人心慌。”

“世道不行，乱！到处打仗，到处死人，赚钱的活不多，要命的事不少，官家又不管，山贼土匪能不多吗？还是以前好，哪有这么乱。我第一次听说这附近有土匪，还是两年前呢！”王嫂放下尿桶，也是叉起腰叹着气。

“两年前？”张子英敏感地捕捉了这个时间点。

“那可不是嘛，两年前快入冬那会儿，我听说城里来了户有钱人家，买了个小女孩说是带回去养着以后当媳妇，回去路上就给人抢了，一家人都不见了！多恐怖啊！”

王嫂思索一番，又补充道：“听说那小女孩也就五六岁的样子，父母双亡还是给自家人卖的，命苦命苦……”

犹如一道晴天霹雳直击脑门，张子英只觉脑袋里“轰”的一声，天旋地转。

王嫂后来说了什么，她都没听进去，稀里糊涂打了声招呼，就扛着锄头往家里走。

她失魂落魄地回到家里，面色苍白如纸，眼神空洞呆滞。

张子英将农具都收拾好后，便坐在床边，泪水如决堤的洪水般肆意流淌。

她双手死死地抓住被子，身体不停地颤抖，内心的痛苦绝望如汹涌的洪水猛兽般难以遏制，任由泪水打湿一片。

“娘，你怎么哭了？娘，我饿。”孩子的声音让她心情慢慢平复，她起身为孩子做饭，如提线木偶般做着熟悉的家务活。

夜很快降临，孩子们都进入梦乡，她本想做些针线活，可一旦安静下来，她便控制不住开始哽咽。

“砰”的一声，马力醉醺醺地撞开家门，看着张子英眼角的泪痕，借着酒劲便开始破口大骂。

“哭？狗娘养的小婊子，哭什么哭？家都给你哭穷了！是不是就觉得我们姓马的对不起你？嫁给我委屈你了，你也觉得我是个废物，是不是？！是不是下边痒了想着偷人了？”

马力满脸通红，酒气熏天，嘴里蹦出的话粗俗不堪，孩子给惊醒起来，呜呜哇哇哭个不停。

见了这场面，马力更是火冒三丈，扬起手便要给张子英一巴掌。

“砰！”

马力重重地摔在地上，激起一小片尘土。

他狼狈地坐在那儿，头发乱糟糟的，像个鸟窝，脸上还糊着刚才摔倒时蹭上的土，显得既滑稽又可怜。

他挠了挠脑袋，一脸茫然，怎么也想不明白，一向逆来顺受的张子英，今天怎么突然变了个人似的。

往常他当着孩子们的面肆意羞辱虐待张子英，张子英总是默默忍受，像一只任人宰割的羔羊，连一句反抗的话都没有。

可今天，她竟然猛地一把将他推倒，这让马力着实吃了一惊。

只见张子英霍地站起身，动作干脆利落，双眼瞪得滚圆，像是要喷出火来，胸脯剧烈地起伏着，大口大口地喘着粗气，仿佛这些年积压在心底的委屈与愤怒，都要随着这呼吸一股脑儿地宣泄出来。

张子英死死盯着丈夫。

马力被她的这副模样吓了一跳，原本因为醉酒而混沌的脑袋，瞬间清醒了几分，眼神里闪过一丝慌乱和恐惧。

他从没见过温顺的妻子这般模样，那是被压迫到极致后爆发出来的力量，让平日里作威作福的他，也不禁打了个寒战。

张子英的声音带着哭腔，那是多年来痛苦的宣泄，可又异常坚定，仿佛是从心底发出的呐喊："我受够了！你再这样对我，我就跟你拼命！"

说着，她顺手操起一旁的扫帚，双手紧紧握住扫帚柄，颤抖地指着丈夫。

马力被她的气势震慑住了，像被施了定身咒一样，呆若木鸡地愣在原地，嘴巴微微张开，似乎想说些什么，可又被张子英的眼神逼了回去，喉咙里发出几声含糊不清的声音，却终究没能说出完整的话。

过了好一会儿，他才尴尬地站起身，一边拍着身上的尘土，一边嘟嘟囔囔地念叨着，像是在给自己找台阶下，又像是在掩饰内心的慌乱："什么东西，谁怕谁？是骡子是马，拉出来遛遛？"

随后，他摇摇晃晃地走到床边，"扑通"一声躺了上去，不一会儿便鼾声如雷。

张子英望着窗外，月光如水，洒在她憔悴的脸上，勾勒出她坚毅的轮廓。

这一夜，她辗转反侧，彻夜未眠。脑海里不断浮现出这些年所遭受的种种苦难，也反复思索着自己未来的路该如何走。

此后的一段时间，张子英仿佛变了一个人。

她坚决拒绝做家里的所有活计，态度强硬得令人咂舌。

每日，她只是缓缓地搬张凳子到院子里，一坐就是一天。

阳光洒在她身上，拉出一道长长的影子，显得格外孤独和落寞。

孩子们见她目光空洞地望着远方，脸色阴沉，嘴唇紧闭，仿佛被一把无形的锁锁住了。

他们都吓得躲在一旁，不敢靠近她。偶尔偷偷望向她的眼神里，满是恐惧和疑惑，不明白妈妈为什么突然变成了这样。

马力一开始还试图像以前那样对她发火，他涨红了脸，脖子上的青筋暴起，大声呵斥着，但看到她那冷冷的眼神，像寒夜中的冰霜，他心里“咯噔”一下，意识到这次张子英是真的不一样了。

“张子英疯了，真的魔怔了。”他内心有些害怕。

那眼神让他心里一凛，原本到嘴边的怒骂，也被他硬生生地咽了回去。

无奈之下，马力只能试着对她态度好转，时不时地说些软话。

他走到张子英身边，脸上堆起讨好的笑容，可那笑容却显得有些僵硬和不自然：“媳妇，别生气了，都是我不好。”

看着丈夫的转变，张子英心里明白，这只是因为她一时的强硬，他永远是个欺软怕硬的人，一辈子也改不了。

她在心里暗暗冷笑，这世间的人情冷暖，在丈夫身上体现得淋漓尽致。

随着日子一天天过去，她心中对妹妹的思念越发浓烈，像一团燃烧的火焰，在她心里越烧越旺。妹妹的音容笑貌时常在她脑海中浮现，那是她坚持下去的动力。

一天晚上，孩子们都睡了，她把马力叫到了面前，马力面带笑容，语气中带着讨好之意：“怎么了媳妇？今儿是什么好日子？”

可他的眼神中，分明仍带有一丝不情愿。那是一种“大男子”被逼迫后的无奈。

“你能不能，帮我找我的妹妹，她一定还活着！只要肯找，一定能找得到的！”张子英的眼神中透露出坚定与决绝，颤抖的声音里掺杂着一丝哀求。

她的双手紧紧抓住丈夫的胳膊，仿佛生怕他会拒绝，那是她此刻唯一的希望。

马力面露难色，眉头紧紧皱在一起，他沉默了许久，内心在不停地挣扎，却也不知道如何拒绝。

沉默许久，方才无奈地开口说道：“现在日本人已经打过来了，你知道吗？上海都给这些鬼子占领了，外边乱得很，出去不就是送死吗？咱俩谁有个三长两短，孩子们可咋办？”

张子英听着这些话，手又握紧了几分，指节因为过分用力咯咯作响。

她的身体微微颤抖着，只见她泪水在眼眶中打转，却依然倔强地说道：“不管怎样，我一定要找到我的妹妹。”

她的眼里闪烁着泪花，却又无比坚定。

马力深深叹了口气，深知张子英这执拗的性子，一旦说出口的话一定做到，只好先敷衍地点头，给答应了下来，说会想想办法，可那语气里满是敷衍和无奈。

张子英明白要想找着妹妹，就丈夫这敷衍的态度，他是一定靠不住的。

她暗暗下定决心，一定要攒够钱，用这笔钱找到妹妹！

她望着远方，眼神里透着坚定和希望，仿佛已经看到了与妹妹重逢的那一天。

看着张子英坚决的眼神，马力知道他是没法拦住她了，只好无奈地摇摇头，唉声连连地回屋里睡觉了。

此后的日子，张子英打定了主意：一定要找到妹妹，生要见人，死要见尸。

天色微亮，晨光像是被稀释过的牛奶，轻柔地洒在那座略显破败的农家小院里。

张子英身着一件洗得有些发白的粗布衣衫，衣角上还打着几个补丁，却被她收拾得干干净净。

她的发丝有些凌乱，几缕碎发垂落在脸颊旁，更衬出她眉眼间的利落劲儿。

此刻，她正提着装满粗食的竹篮，步伐轻盈地穿梭在陈旧的土坯围墙之间，每一步都带着多年劳作养成的干练。

她先是来到用茅草和树枝搭起的猪圈旁，那些肥硕的猪一见到她，瞬间兴奋起来，原本慵懒趴在地上的身躯纷纷立起，将脑袋挤在围栏上，发出欢快的哼哼声，眼巴巴地望着她手中的竹篮。

张子英嘴角微微上扬，露出一抹温柔的笑意，那笑容里藏着对这些家畜的喜爱与疼惜。

她轻轻将粗食抖落进猪槽，嘴里还念叨着："别急别急，都有份儿。"

随后，她又移步到鸡窝前，一群毛色鲜亮的鸡"咯咯咯"地围拢过来，它们扑腾着翅膀，有的甚至跳起来想要抢先吃到食物。

张子英同样细致地将食物撒下，看着这些家禽吃得欢，她的脸上满是欣慰。

她蹲下身子，伸出手轻轻抚摸着一只母鸡的羽毛，那母鸡也不躲闪。

尽管院子的墙面斑驳不堪，几处剥落的地方露出了泥土的本色，显得破败又沧桑。一旁破旧的水缸孤零零地立在那里，里面的水浑浊不堪，水面上还漂浮着几片枯黄的树叶。但张子英却仿佛从未在意过这些，她的脸上时刻洋溢着希望的光彩。

她深知，只有将这些家禽家畜养得膘肥体壮，才能换来更多的收入，因为她如今把寻找妹妹当作自己人生的首要目标，为此她必须拼命赚钱。

夜幕降临，万籁俱寂，只有偶尔传来的几声虫鸣。

张子英坐在昏黄的灯光下，灯光摇曳，将她的身影拉得长长的。

她的面前是一台略显陈旧的织布机，木质的机身被岁月打磨得光滑。

她拾起织羊毛的手艺，手指灵动地在织布机上穿梭，动作行云流水，仿佛与这古老的织布机融为一体。

她的眼神专注而坚定，盯着手中的羊毛线，每一针每一线都饱含着她的心血与精湛技艺。

她织出的羊毛制品货真价实，手艺精湛，每一件都倾注了她无数的时间和精力。因此她的羊毛制品深受县城里有钱人家的喜爱，找她干活的人越来越多。

峄县教堂信奉天主教的德国人，对她的货品青睐有加，赞不绝口，每周定期都向她订货。

他曾用不太流利的中文对张子英说："你的手艺，非常棒，在我们国家，也很难见到如此精美的羊毛制品。"

张子英只是微笑着点头致谢，她的内心虽然喜悦，但更多的是对这门手艺能带来收入的期待。

这天晚上，正当张子英坐在织布机前，手指灵动地穿梭时，马力打开家门摇摇晃晃地走进来。

他浑身散发着浓烈的酒气，像是一个行走的酒桶，手里还拎着空酒瓶子，脚步踉跄，每一步都踩得虚浮，仿佛一阵风就能将他吹倒。

他脸上堆满油腻笑容，脸颊因为醉酒而泛着不正常的红晕，与身上整洁的大褂显得格格不入，活脱脱像个套马鞍的老黄牛，滑稽又怪异。

张子英扭过头，不想看见她那不争气的丈夫，就连同处一个房间内呼吸也感觉酸臭。

“媳妇，你这是什么意思？”马力的语调犹如猫爪子从喉咙刮过。

“我说过多少次，你别总和那些不三不四的人混在一起，瞧瞧，除了败光你兜里那几枚铜板，还有什么好处？”

张子英皱着眉头，语气中满是无奈与责备。

她停下手中的活儿，抬起头看着马力，眼神里有失望，也有一丝恨铁不成钢的无奈。

“你懂什么？就靠你这些下人干的活，咱们家什么时候能出人头地？我马力什么时候能光宗耀祖？”

马力越说越起劲，脖子上的青筋都暴了起来，手在空中胡乱比画着，口水喷得张子英满脸都是。

他的眼睛因为激动而瞪得滚圆，里面闪烁着一种不切实际的狂热。

“老话说了，富不过三代，穷也穷不过三代！我马家虽然家道败落，到了我这代以种田编席为生，这不赶上了！这乱世，就是我这种人出头的时候。懂吗？乱世才能出英雄！刘邦知道不？四十岁还是个小流氓混混，五十岁就做皇帝了！你不觉得，他跟我很像？”

马力手舞足蹈，脸上写满了自命不凡。他一边说着，一边用手指着自己的鼻子。

张子英听着这番没头没脑的胡言乱语，一时语塞，只是冷笑一声。

她不再理会马力，低下头继续专注自己手里的活儿，手中的针线在布料间快速穿梭，仿佛在诉说着她内心的不满与无奈。

“你什么意思？”马力见妻子不搭理自己，恼羞成怒，一把夺过张子英手里的针线，动作粗暴得差点扯坏了布料。

“村里，县城里，但凡有头有脸的，跟我一桌吃饭，谁不给我面子？你什么葱什么菜，甩脸给谁看呢？”

他涨红了脸，大声吼道，脖子上的青筋像一条条蚯蚓，在皮肤下蠕动。

张子英不语，只是冷冷地盯着他。

她的嘴唇紧闭，脸上没有一丝表情，只有眼中燃烧着的怒火，像是在压抑着即将爆发的火山。

马力被她盯得心里发毛，眼神开始闪躲，自讨没趣，便讪讪地回自个儿屋里去了，离开时还故意重重地摔了下门，发出“砰”的一声巨响。

原来，经乡保长程金义介绍，马力结识了峄县警察局狱管员陈四海。

老陈为人豪爽，说话声音洪亮，笑声爽朗，一见面就给人一种热情似火的感觉。他身材魁梧，穿着一身整洁的制服，胸前的徽章在阳光下闪烁着金属的光泽。与马力相谈甚欢，仿佛是命中注定的缘分。

两人初次见面，便在酒馆里推杯换盏，聊得热火朝天。

老陈拍着马力的肩膀，大声说道：“兄弟，一看你就是个有抱负的人，以后咱一起干，肯定能闯出一片天地。”

马力听了，笑得合不拢嘴，脸上堆满了谄媚的笑，忙不迭地给老陈倒酒。

没过多久，老陈便给了马力一个临时看守的活儿。

马力得知这个消息后，兴奋得满脸通红，眼睛里闪烁着激动的光芒。

他一路小跑着回到家，还没进门就大声嚷嚷起来：“媳妇，你知道吗？我现在可是警察局的监狱的看守了，以后咱也是有身份的人了。”

张子英眉头紧皱，眼神中透露出不容置疑的坚定，严肃地说道：“马力，这不是正道，咱坚决不能干。你难道不知道现在的监狱里有多少冤屈的人吗？那些狱卒和看守为了钱，简直就是丧心病狂，咱们可不能干随着酒意如汹涌的潮水般迅速上头，他的眼神逐渐变得迷离恍惚，整个人仿佛被一只无形的大手托举起来，飘飘然地悬浮在了云端，彻底沉浸在自己精心编织的虚幻美梦里，无法自拔。

他近乎粗暴地将家里唯一的那张桌子清理干净，桌上随意摆放着几碟粗陋的咸菜和干瘪的花生米，在昏暗的光线中显得毫无生气，可他却视若珍馐，将其当作了丰盛的下酒菜。

他又费力地点燃了一根蜡烛，那微弱的烛火在黑暗中摇曳不定，昏黄的光晕忽明忽暗，仿佛也在为他这疯狂而荒诞的行径而瑟瑟发抖。

他一屁股坐在桌前，身体随着酒意左摇右晃，一边大口大口地将酒往嘴里猛灌，一边扯着嗓子大声哼着不成调的小曲，那跑调的声音在寂静幽深的夜里肆意回荡，显得格外刺耳突兀，仿佛是夜的伤口上撒下的一把盐。

他大声地哼着小曲，倒背着双手，满嘴里之乎者也，幻想着自己未来的生活：

百炼千锤一根针，一颠一倒布上行。
眼睛长在屁股上，只认衣冠不认人。

他模仿着平日里那些养尊处优、阔绰傲慢的老爷，将双脚跷在桌子上，那破旧的桌子被他的动作震得嘎吱作响，仿佛在发出无声的抗议。

他嘴里嘟囔着："哼，要不了多久，我马力就能大把大把地赚大钱，住上宽敞气派的大房子，顿顿都能吃香的喝辣的，让那些曾经小瞧我的人都瞪大眼睛瞧着！"

他时而又像个失控的木偶，在狭小逼仄的房间里手舞足蹈，转着圈，嘴里还念念有词，仿佛自己已然成为众人簇拥、高高在上的大人物，正接受着无数人的欢呼喝彩与顶礼膜拜。

为了显得更有派头，让自己看起来更像个有身份地位的人，他像发了疯似的翻箱倒柜找出一件还算“新”的衣裳。

那件衣服其实早已褪去了原本的色泽，领口和袖口都被岁月摩挲得发白，布料也变得稀薄，可他却如获至宝，得意扬扬地穿在身上。

他在房间里走来走去，每迈出一步都刻意地昂起头，挺起胸，试图展现出一副威风凛凛的派头。

嘴里还不停地念叨：“春风得意马蹄疾，一日看尽长安花。我马力马上就要飞黄腾达了，那些曾经对我不屑一顾的人，都得对我毕恭毕敬，刮目相看。”

他甚至找来一些破旧不堪的布，在房间里胡乱地摆弄布置起来，他一边灌着酒，一边肆意地放声大笑，那笑声空洞而又疯狂，充满了虚幻的满足感，仿佛这就是他即将拥有的真实生活，他已然忘却了现实世界的残酷与冰冷。

他的行为变得越发疯狂，整个人像是被一股邪恶的力量死死拽着，一步步迈向了更深不见底的深渊。

他完全将生活的艰难困苦抛诸脑后，对妻子的担忧置若罔闻，也彻底忘却了自己应尽的责任与担当，只沉浸在自己编织的虚幻梦境里，越陷越深，无法回头。

而张子英就静静地站在一旁，目睹着丈夫这一系列疯狂而又荒唐的举动。她的眼神中满是疲惫与无力，仿佛承受了太多生活的重压。

她的嘴唇微微颤抖，好几次欲言又止，那些想要劝阻的话语，最终都化作了一声无奈的叹息，消散在这冰冷的空气中。

她深知马力已经被一时的兴奋冲昏了头脑，陷入了自己编织的美梦中无法自拔，可她却感到无比的无助，不知道该如何才能将他拉回现实的正轨。

马力在监狱工作的日子里，彻底放纵了自己。

他与狱卒们整日厮混在一起，称兄道弟，每天都沉浸在纸醉金迷、花天酒地的腐朽生活中。

狱管员的头头陈四海，一有空就拉着他去赌博，那些花花绿绿的纸牌在他手中翻飞，却也翻走了他的良知与底线。

每次赌博都输钱，陈四海总是把他赌博输的钱给补上。时间不长，陈四海手里已经有了厚厚的一叠马力的欠账单。

马力成了狱管员的头头陈四海的死党，对他唯命是从。

他们沉迷于酗酒，每次都喝得酩酊大醉，醉倒在街头巷尾，完全将自己的职责抛到了九霄云外。

马力的眼神变得浑浊不堪，脸上时常带着宿醉后的疲惫与颓废。

转眼间，半年的时间过去了。这天晚上，张子英看着窗外漆黑一片，夜深了，马力迟迟未归，这让张子英心中涌起一股不安。

她的眉头紧紧地皱在一起，眼神中透露出无尽的焦虑与担忧。

她在房间里不停地来回踱步，脚步急促而慌乱，每走一步都重重地踏在地上，仿佛这样就能驱散心中的恐惧。

她不时地望向门口，眼睛里满是期待，希望能看到马力那熟悉的身影出现，可每一次的张望都换来一次失望。

家中的鸡叫过头三遍，她披上一件破旧不堪的外套，匆匆出门，朝着监狱方向走去。那外套上的补丁层层叠叠，就像她生活中的一道道伤痕。

一路上，寒风如刀割般呼啸着，无情地吹乱了她的发丝，发丝肆意地飞舞着，遮住了她的视线，可她却浑然不觉。

她的心中只有一个念头，那就是找到马力，确认他是否平安。

她的脚步越来越快，到最后几乎是小跑着前进，那急促的脚步声在寂静的夜里显得格外清晰，仿佛是她内心的呐喊。

到了监狱门口，她焦急地向门卫打听马力的情况。

门卫皱着眉头，脸上的神情严肃而凝重，冷冷地告诉她："马力犯事被抓了，他私自藏匿烟土，现在已经被关起来了。"

张子英听到这个消息，顿时感觉天旋地转，一阵强烈的眩晕感袭来，她的双腿一软，差点瘫倒在地。她怎么也无法相信，马力竟然会做出这样的事，会被关进自己曾经看守的监狱。

她呆呆地站在监狱门口，泪水不受控制地夺眶而出，顺着她那憔悴的脸颊滑落。

她的肩膀微微颤抖，整个人仿佛被抽去了所有的力气，心中充满了绝望与无助。

她不明白，马力为什么会如此糊涂，为什么要走上这条不归路，她的内心在痛苦地挣扎，仿佛被无数把利刃同时刺痛。

马力父母得知消息后，心急如焚。

老父亲的眼眶里蓄满了浑浊的泪水，泪水顺着他那布满皱纹、饱经沧桑的脸颊滑落，他止不住地抽泣着，嘴里念叨着："我儿怎么就这么不争气啊，这可怎么办呀，我们马家怎么摊上这种事啊。"

老母亲则是捶胸顿足，双手不停地用力拍打着自己的胸口，声音带着哭腔，凄厉地喊道："这可怎么办呀，我儿究竟是做了什么才会被关进去啊。我们马家这下可完了。"

张子英想去见马力一面，她带着马力的父母一起前往监狱。

在监狱那冰冷阴森的探视室里，隔着一道冰冷坚硬的铁栅栏，张子英看着牢房里的马力，心中又气又急。

她的眼神中充满了失望与愤怒，那愤怒的火焰仿佛要将马力吞噬，却又带着一丝怜悯，怜悯他的糊涂。

她不明白马力为何会做出这样的事，明明知道这是违法犯罪，会毁掉自己和整个家庭，却还是心存侥幸，一步步走向了深渊。

马力父母把家里所有的积蓄都拿了出来，那些钱是他们多年来省吃俭用、含辛茹苦积攒下来的，每一分每一毫都饱含着他们的血汗与艰辛。

他们颤颤巍巍地将钱递给陈四海，双手因为紧张和期待而剧烈颤抖，那颤抖的幅度大得几乎拿不住钱。

他们眼中满是哀求，希望能让马力早日获释。

可是陈四海收了钱后，却只是无奈地摇了摇头，脸上露出一丝为难的神情，缓缓地说："这次事情闹得太大了，上面查得很严，我也无能为力。"

马力父母顿时瘫坐在地上，脸上写满了绝望。他们的眼神空洞而无神，仿佛失去了所有的希望，整个世界在这一刻都崩塌了。

他们不知道该如何是好，只能眼巴巴地看着牢房里的马力，心中充满了痛苦与无奈，那痛苦的感觉就像一把钝刀，一下一下地割着他们的心。

马力被关进牢房后，整个人惊慌失措。他在狭小昏暗的牢房里来回踱步，脚步急促而慌乱，每一步都重重地踏在冰冷的地面上，发出沉闷的声响。

他嘴里不停地嘟囔着："我怎么这么糊涂啊，怎么就做出了这种事。我真是鬼迷心窍了。"他时而抬手狠狠地给自己两巴掌，那响亮的巴掌声在牢房里回荡，仿佛是对他自己的严厉惩罚。

他的眼神中充满了恐惧与迷茫，就像一只被困在笼子里的野兽，四处乱撞，却找不到一丝逃脱的希望。

张子英心急如焚，四处打听消息。她从监狱的一个看守那里得知，最近国民政府对烟土查收极为严格，马力却知法犯法，利用职务私自藏匿烟土。这一行为就像在雷区行走，最终触碰到了底线，被抓了个正着。

马力被关进监狱后，张子英的世界仿佛瞬间崩塌，陷入了无边无际的黑暗与绝望之中。

那几日，她茶不思、饭不想，整个人像是丢了魂一般。

每天，天还未亮，张子英就已出门，穿梭在城市的大街小巷。她的脚步急促而慌乱，眼神中满是焦虑与迷茫。

监狱附近的街道，她不知走过了多少遍，街边的每一块石板、每一处角落，都印刻下了她焦急的身影。

她一家一家地拜访可能有关系的人，每一次都满怀希望地去，心中怀揣着一丝曙光，可每一次都失望而归，那希望的曙光一次次被现实的黑暗吞噬。

她的脚步变得越来越沉重，每一步都像是踩在泥泞的沼泽里，艰难无比，可她依然没有放弃，因为她知道，马力不能就这么被关着，他是孩子的父亲，她必须想办法让他出来，哪怕只有一丝微弱的希望，她也要紧紧抓住。

婆婆去县城南门请陈半仙六爻卜了卦，他眯着双眼，神神秘秘地说道："这个是雷地豫卦，此乃逢凶化吉的吉祥卦象，象征青龙得位，预示转机。但是……"陈半仙欲言又止。

张子英婆婆马方氏赶紧将钱塞到他的手上，陈半仙装模作样地继续说道："但是，你们家阴宅需要布置布置，坟前丁字路必有刀伤枪决之人。"

马方氏扑通一声给陈半仙跪下：“神仙呀，俺们家的祖坟还真是前面有个丁字路口，这可怎么办呀？”

“不急，不急，我自有办法化解，只是……他用手抖了抖口袋。”

“神仙呀，只要你帮我们家渡过难关，砸锅卖铁都不会亏待您。”马方氏拍着胸口连连说道。

陈半仙阴阳怪气地说道：“三天以后是初九，是好日子，我去府上化解，准备好钱便可万事大吉。”

张子英压根儿就不信这一套，她知道，必须找到证据，证明马力无罪，才是根本。

这天，她在监狱附近的街道上眉头紧锁，目光急切地向路人打听着关于烟土买卖的线索。

她的眼神憔悴而又急切，在人群中不停地搜寻着，不放过任何一个可能知晓消息的人。

她的嘴唇干裂起皮，却浑然不觉，只是机械地重复着询问的话语：“老乡，您知道哪个地方有买卖大烟的吗？”

她逢人便问，声音因过度的疲惫和焦急而变得沙哑，可回应她的，大多是冷漠的摇头或是同情的叹息。

不知不觉中她走近了一座房子，里面传来“人之初，性本善，性相近，习相远。苟不教，性乃迁……”的读书声。

张子英站在窗外，呆呆地发愣，他们的孩子什么时候也能坐在这样的教室里读书呀？眼下的灾难如何才能化解？想着想着她竟然放声大哭起来，释放着心中压抑许久的委屈和苦难。

这时，屋内的老师注意到了她的焦虑神情。只见那老师从教室走了出来，他看着张子英无助且绝望地哭泣，一下子认出来，原来他们曾经是监狱里的难友。

老师走上前，轻声问道："大姐，我是刘丹锡，咱们在牢房里认识的，你忘了吗？"

"刘先生，我怎么会忘记，你还好吧？"张子英擦了擦眼泪。

"你是不是遇到什么难事了？"刘丹锡关切地问道。

他的声音低沉而柔和，像是山间潺潺流淌的清泉，又似夜空中轻柔拂过的微风，在这略显压抑的氛围里，给张子英带来一丝慰藉，让她原本紧绷的心弦，微微松弛了下来。

张子英缓缓抬起头，动作迟缓而沉重，仿佛每一个动作都耗尽了全身的力气："刘先生，您怎么在这里？"

"从监狱出来后，我现在是这所民生学校的老师。"

她目光有些呆滞地打量着眼前这个难友，像是在黑暗中寻觅一丝曙光。

只见他面容和善，眉眼间透着真诚与关切，那温暖的目光，恰似冬日里最炽热的暖阳，瞬间穿透层层阴霾，让张子英那颗冰冷绝望的心有了一丝温度，一丝许久未曾感受到的希望的热度。

张子英犹豫了片刻，内心的痛苦与无助如汹涌的潮水，将她彻底淹没，让她在这一瞬间，选择了相信眼前这个充满善意的人。

于是，她缓缓开口，声音带着哭腔，每一个字都像是从心底最深处挤出来的，带着无尽的痛苦与委屈。

她将丈夫马力被抓的事情，一五一十地说了出来，那些痛苦的回忆如决堤的洪水，汹涌而出。

说到伤心处，她的泪水夺眶而出，一颗颗晶莹的泪珠顺着她那憔悴的脸颊滑落。

刘丹锡老师听闻此事后，沉思片刻，仿佛在梳理着所有的线索与可能，眼中满是同情与愤慨，说道：“这几天，有不少人在议论买卖烟土的事，我早有耳闻，你丈夫是被人恶意陷害的。这些人为了牟取私利，竟将无辜之人当作替罪羊。”

随后，他语气诚恳地继续说道：“这个世道太黑暗了！别担心，我在这方面有些关系，绝不能坐视无辜之人蒙冤受屈，或许能帮你想想办法。”

他的语气诚恳而坚定，每一个字都像是一颗定心丸，让张子英心中燃起了一丝希望的火苗，那火苗虽微弱，却在黑暗中顽强地闪烁着，带来了生的希望。

“那您能帮我想想办法吗？我真的不知道该怎么办了。”她的声音带着一丝颤抖，那是对希望的极度渴望，也是对未知的深深恐惧。

她的双手不自觉地抓紧衣角，指尖因用力而泛白，仿佛这样就能抓住那一丝来之不易的希望，抓住生活的最后一根稻草。

刘丹锡老师坚定地点了点头，说：“我有个朋友在警察局，他一直对这种违法乱纪的行为深恶痛绝。你先别着急，咱们从长计议，我会通过朋友去了解情况，寻找证据。”

两天后，张子英按照约定的时间来到学校。

刘丹锡与张子英一同前往监狱，走进监狱，昏暗的光线、潮湿的空气，以及压抑的氛围，让人不寒而栗。

见到了陈四海，陈管狱员坐在办公桌前，脸上带着一丝傲慢与冷漠，仿佛这世间的一切都与他无关。

他的手指在办公桌上随意地敲击着，发出单调而沉闷的声响，一下又一下，敲打着这冰冷的空间。

刘丹锡一脸严肃地走到陈管狱员面前，他的眼神中透着一股不容置疑的威严，仿佛能穿透这层层黑暗，直击人心。

“陈管狱员，我知道马力犯了错，但他家中还有妻子和年迈的父母，如今他被关在这里，一家人都陷入了绝境。”

他的声音低沉而有力，在这空旷的房间里回荡，带着一种震撼人心的力量：“我并非要为他开脱，但能否看在他初犯，且有悔改之意的分上，给他一个机会？”

他的目光紧紧盯着陈管狱员，那锐利的眼神仿佛能看穿他的内心，洞悉他每一丝犹豫与挣扎。陈管狱员皱了皱眉头，脸上露出一丝犹豫。

他的眼神中透露出一丝挣扎，手指不自觉地在办公桌上敲击得更急促了，发出“嗒嗒”的声响，每一下都敲在紧张的氛围之上，让空气都变得越发凝重。

他微微向后靠在椅背上，身体紧绷，眼神游离不定，似乎在思考着自己的未来，权衡着每一个选择的利弊。

刘丹锡继续说道：“听说，买卖那些烟土，也并非马力的主意，料他也没有那个本事，他背后一定有主谋。”

刘丹锡话锋一转：“我愿意为他作保，若他日后再犯，我愿承担相应的责任。而且，马力在狱中也已深刻反思自己的过错，他的悔改之意是真诚的。”

他的声音中带着一丝恳切，那是为了帮助他人而放下身段的真诚请求：“陈管狱员，您也是有家人的人，想必能体会他们此刻的痛苦。”

他微微向前倾身，继续说道：“如果这个案子，继续追查下去，说不定就会追查到谁。到时候，恐怕不好收场了。”

他身体前倾的角度里带着无尽的诚意与压力，让自己的话语更有威慑力，直击陈管狱员的内心深处。

陈管狱员听了刘丹锡的话，沉默了许久。

他的眼神中透露出一丝迷茫，仿佛在黑暗中迷失了方向，不知何去何从。

刘丹锡一脸真诚地对陈管狱员说：“陈管狱员，我知道你一直想盖一座大瓦房。我恰好有土木建造方面的朋友，他们能给你提供最优惠的价格。但前提是你得想办法把马力放了。”

陈管狱员皱了皱眉头，有些犹豫。

刘丹锡老师继续说道：“你又不是不知道，马力被抓本来就冤屈，他是被人陷害的。你如此行事，不仅有违良心，一旦事情败露，还会深陷其中，遭受牵连。与其冒险犯错，倒不如做个顺水人情。”

陈管狱员听了刘丹锡的话，还是沉默不语。

刘丹锡接着说：“我已经调查清楚了这件事，证据都在我手里。我可以保证，只要你放了马力，我会帮你解决建造大瓦房的事情。这对你来说是个双赢的事情。”

陈四海的脸上露出一丝苦笑，他轻轻地叹了口气，那声叹息中充满了无奈与纠结，像是在向现实妥协，又像是在为自己的决定而感到无奈。

陈管狱员权衡一番，最终答应了刘丹锡的要求。

马力终于被释放了出来。

张子英看着丈夫，激动地流下了眼泪。

她的眼神中充满了喜悦与感激，仿佛在这一刻，所有的痛苦都烟消云散，生活重新迎来了曙光。

她飞奔到马力身边，脚步急切而欢快，紧紧地抱住他，仿佛生怕他再次消失，那拥抱里满是失而复得的珍惜与眷恋。

马力被释放走出监狱的那一刻，阳光洒落在他身上，可他却像被抽去了脊梁，微微颤抖着。

表面上，他仿佛真的脱胎换骨了。

原本总是斜睨着的眼睛，此刻低垂着，不再有往日的浮躁与张狂，取而代之的是一副满含悔恨与坚定的神情。

他缓缓转过身，看到张子英的瞬间，双腿一软，“扑通”一声重重地跪在地上，泪水不受控制地夺眶而出，顺着他那饱经风霜、粗糙干裂的脸颊滑落。

“媳妇，我错了，我真的错了。”他的声音带着浓重的哭腔，每一个字都像是从喉咙里挤出来的，饱含着深深的悔恨，那是对过去错误的深刻反思与自责，“我不该被那些歪门邪道所迷惑，不该做出那些对不起你和家人的事。我以后一定好好做人，走正道，再也不让你受苦了。”

他一边说着，双手一边紧紧抓住张子英的衣角，手指微微颤抖。

然而，若凑近去看，便能发现他低垂的眼眸中，不时闪过一丝慌乱与闪躲。

这慌乱并非单纯因犯错而产生的愧疚，更像是一个被当场抓住的窃贼，担心自己尚未藏好的赃物被发现。

他的眼神游移不定，偶尔偷偷望向远处，那目光中藏着一丝难以察觉的渴望，那是对曾经那些“歪门邪道”带来的轻松与利益的留恋。

“赶快谢谢咱们的救命恩人。”张子英一边说，一边将丈夫拉到刘老师面前。

刘丹锡看着马力，诚心诚意地说：“以后一定要走正道，不要再被那些歪门邪道迷惑了。”他的声音低沉而温和，带着关怀与期望，仿佛在叮嘱一个犯错的孩子，希望他能真正改过自新。

马力抬起头，迎着刘丹锡的目光，重重地点了点头，眼中满是感激与坚定。

“刘老师，您放心，我一定记住您的话。这次的事让我彻底醒悟了，我会用行动来证明自己的。”他说得斩钉截铁，声音坚定而有力。

可就在他低下头的瞬间，嘴角微微抽搐了一下，那是一种不易察觉的、略带嘲讽的苦笑，似乎在嘲笑自己的这番说辞，又像是对即将面临的“正道生活”的无奈与不屑。

当他再次抬起头时，眼中的坚定已被一丝阴翳笼罩，偶尔看向街边那些曾经熟悉的“生意伙伴”的背影时，眼神中流露出的复杂情绪，有怀念，有不甘，仿佛他内心深处的挣扎从未停止，只是在这看似诚恳的外表下，隐藏得更深了。

第六章　乱世抉择

马力深陷买卖烟土旋涡，遭受牵连，差一点丢失性命。

几经折腾，马家变卖了所有的家产，家里已经是债台高筑，负债累累。

这是张子英第一次直面见识国民政府组织里的腐败，那一幕犹如噩梦般在她脑海中挥之不去。

阴暗潮湿的房间里，昏黄的灯光在腐朽的空气中摇曳不定；几个官员围坐在一张破旧的桌子前，桌上堆满了金银财宝。

他们的脸上挂着贪婪的笑容，眼神中透露出对权力和金钱的无尽渴望。

那些见不得人的交易，那些为了私利而践踏公平正义的行为，像一记记重锤，狠狠地砸在张子英的心上，激起了她内心深处强烈的反抗情绪。

然而，生活的洪流无情地奔腾向前，日复一日的劳作、琐碎的家务，如同细密的针线，慢慢缝补着她内心的创伤，也逐渐消磨了那股反抗的力量。

随着时间的推移，那曾经汹涌澎湃的反抗涟漪，在平凡日子的消磨下，渐渐归于平静，只留下一丝若有若无的痕迹，藏在她心底最深处。

塞翁失马，焉知非福。马力经历牢狱之灾后，性情大变，表面上收敛了许多。

曾经那个整日游手好闲，穿着破旧的衣衫，在街头巷尾唾沫横飞地吹嘘自己的马力，已消失得无影无踪。

如今，每天清晨，天边还泛着鱼肚白，马力就已扛起那把略显破旧的锄头，走向田间。

他的身影在晨雾中若隐若现，显得有些单薄。来到田间，他弯下腰，双手紧紧握住锄头的木柄，高高举起锄头，然后重重地落下，泥土被翻起，散发出一股质朴的气息。

豆大的汗珠从他额头滚落，顺着他那饱经风霜、布满皱纹的脸颊滑落，滴进泥土里，仿佛在诉说着他对过去的忏悔和对未来的期许。

偶尔帮张子英打理生意琐事时，他总是小心翼翼，眼神专注地盯着手中的活计。动作略显笨拙，拿起羊毛制品时，手指微微颤抖，像是生怕弄坏了这些承载着家庭希望的物件。

他不再像从前那般夸夸其谈，话少了许多，可每当他望向家人时，眼神里多了一份沉稳与内敛，那是一种经历磨难后的沉淀，仿佛在无声地诉说着对过往错误的反思，以及对曾经伤害家人的深深懊悔。

只是，他在监狱里受了风寒，始终咳嗽不止，本来就瘦弱的身体变得越来越差。

这时，张子英为了还债维持生计、供孩子们读书，更加频繁地前往县城做生意。

她的羊毛制品和编织的喜席因其优良的品质和实惠的价格，受到了越来越多顾客的喜爱，生意也越做越红火。每次去县城，张子英都会特意绕道去民生学校旁边的书店，为自己和孩子们精心挑选一些书籍。

峄县国民党党部，为了宣传革命办了一个“雪花书店”，坐落在民生学校旁边一条幽静的小巷里，木质的招牌在微风中轻轻晃动，发出“嘎吱嘎吱”的声响。一踏入书店，那弥漫在空气中的淡淡书香，总能让她的心情瞬间平静下来。

她在书架间缓缓踱步，脚步轻盈而又坚定，眼神温柔而又专注。

她常常购买一些进步书籍，有蒋光慈的《少年漂泊者》，左干臣的《征鸿》，鲁迅的《呐喊》《彷徨》《热风》。

她的手指轻轻滑过一本本书籍，仔细挑选着适合孩子们的读物，脑海中不时浮现出孩子们阅读时专注的模样。

她拿起一本带有精美插画的故事书，嘴角微微上扬，露出一丝欣慰的笑容，仿佛已经看到孩子们捧着书，沉浸在奇妙的故事世界里的场景。

她的大儿子马大明聪明伶俐，在乡村私塾里识字后，开始对知识有着浓厚的兴趣和强烈的渴望。

张子英正在精心挑选书籍，忽然传来一阵嘈杂的声音：“该死的郑继勤在吗？”

店员武汉山十分紧张，急急忙忙地说：“店长，这个混混张三耀，又来找碴儿了。”

张三耀一脚踢开书店的门，大声嚷嚷着：“郑继勤，你卖给我的书，缺页少字，就不怕我把书店砸了？”说着，一把抓过郑继勤的领口，“啪啪”就是两个大巴掌。

随从一个扫堂腿把郑继勤重重地摔倒在地上，大声呵斥道：“跪下！”

郑继勤连声求饶：“张三爷误会呀，您大人大量千万别与小弟计较，改天我备桌酒席给您赔礼道歉。”

“那好，明天丰盛楼大酒店见。”说罢，扬长而去。

张子英看到眼前发生的一幕，心里五味杂陈，她之前就听说郑继勤是国民党党员，竟然给张三耀下跪了，什么国民党党员，原来他们都是软骨头。

当夜幕降临，张子英回到家中。

昏黄的灯光在破旧的屋子里摇曳，马大明总会迫不及待地翻开母亲带回来的书。

他坐在那张破旧的木桌前，身体微微前倾，眼睛紧紧盯着书页，眼神中闪烁着对知识的渴望。

时而，他会因为书中有趣的情节而嘴角上扬，露出纯真的笑容；时而，又会因为故事中的波折而眉头紧皱，陷入沉思。

看着儿子这副模样，张子英心中满是欣慰，她知道，知识正在慢慢塑造儿子的未来，她内心里多么希望儿子逐渐成长为像刘老师那样有思想、有见识的人。

张子英同样盼望女儿能够读书识字。在这个重男轻女观念根深蒂固的时代，她深知女孩子能有文化是多么难得的事情。她给女儿起的名字叫马瑾侠，希望女儿能像巾帼英雄秋瑾那样，为国家为民族做出贡献。

婆婆封建思想严重，一开始叫给瑾侠缠足，张子英怎么也不让步，坚决反对，最后，还是顶住了压力。

经历了马力因买卖烟土被抓一事，她更加深刻地认识到知识的重要性。

她渴望自己的孩子都能接受良好的教育，将来能有出息，不再遭受他人的欺辱，能够明辨是非，拥有独立思考的能力，不被世俗的偏见和愚昧左右。

然而，生活总是充满了变故。

命运似乎总爱捉弄人，就在生活慢慢趋于平静时，不幸接踵而至。

张子英的公公去世了。马力被抓进监狱时，老人受到惊吓，积劳成疾，老人的离世，让这个本就风雨飘摇的家庭更加雪上加霜，瞬间将整个家庭笼罩在悲痛的阴影之中。

几经打击的马力病倒了，张子英只好强忍着内心的剧痛，红肿着双眼，奔波忙碌。一边安慰悲伤的婆婆，一边料理公公的后事。

她的身影在忙碌中显得疲惫不堪，却又透着一股坚韧不拔的力量。她心里清楚，在这个艰难时刻，自己必须坚强，必须成为这个家的顶梁柱。

处理完老人的后事，家里已经是四壁空空。张子英一边精心照顾丈夫，一边又全身心地投入生意和孩子们的教育中。

她每天起早贪黑，不辞辛劳，用自己瘦弱的身躯，为这个家撑起一片小小的天空。

平静的日子并未持续太久。天有不测风云，日子才刚刚有了一点起色，意想不到的事情发生了。

峄县城里的一个富贵人家因为妻妾不能生育，将目光盯上了张子英。

这家人觉得马家债台高筑，很需要钱，并且张子英长相清秀，做事踏实靠谱，最重要的是身体健康，能生养，便一心想让她给自己传宗接代。

那富贵人家姓钱，名钱福堂。祖上三代单传，虽然家境富裕，现如今仍然没有生出男娃。

钱家是重金请了城里最有名的媒人牛大保，由于他能说会道，大家送他个外号牛大嘴巴。

钱福堂财主不仅花了大价钱给了牛大嘴巴，并且还给了他一匹上等的好丝绸，千叮咛万嘱咐，无论如何都要把张子英“请”过来，甚至放话，就算是绑也得绑过来。

牛大嘴巴琢磨一番后，决定先去找马力。

他把马力约到了峄县城里有名的“祥瑞大酒楼”，酒楼里人声嘈杂，喧闹非凡，酒客们的谈笑声、划拳声交织在一起，一片喧嚣。

牛大嘴巴点了一桌子丰盛的酒菜，鸡鸭鱼肉摆满了一桌，酒香四溢。

马力是什么人，有人请他吃饭喝酒，他肯定不会错过这种千载难逢的机会啊。

马力一进酒楼，看到这满桌的美食美酒，眼睛瞬间瞪得溜圆，像饿狼看到了猎物，眼中闪烁着贪婪的光。

他的嘴巴微微张开，露出一口泛黄的牙齿，脸上的肌肉因为兴奋而微微颤抖。

他二话不说，端起酒杯，“咕咚咕咚”两碗酒下肚，辛辣的酒水顺着喉咙流下，呛得他咳嗽几声，脸涨得通红，可他却毫不在意，一抹嘴，就热情地搂住牛大嘴巴的肩膀，脸上堆满了讨好的笑容，称兄道弟起来。

牛大嘴巴心里对马力这副没见过世面、贪婪的样子十分鄙夷，可碍于“生意”还没谈成，只能强忍着厌恶，脸上挤出一丝笑容。

他轻轻拿开马力搭在自己肩膀上的手，那只手因为常年劳作而粗糙干裂，牛大嘴巴的手指碰到时，微微皱了下眉头。

牛大嘴巴清了清嗓子，说道：“马老弟，今天找你来，是有一件大喜事要和你商量商量。”

马力一听“喜事”二字，来了精神，拍着胸脯，豪爽地说：“牛老兄，有啥事你尽管开口，只要你兄弟能帮得上忙，绝对不含糊，我一定两肋插刀。”

他说话时，嘴里喷出一股浓烈的酒气，溅到了牛大嘴巴的脸上。

牛大嘴巴脸上堆起谄媚的笑，说道："马老弟，我可不是来麻烦你的，是来和你做一笔大生意的。"

"哦？什么生意，你快说说。"马力一听"生意"，眼睛里的光更亮了，身体前倾，几乎要贴到牛大嘴巴的脸上，迫不及待地追问。

牛大嘴巴神秘兮兮地凑近马力，压低声音说："兄弟，你知道什么叫借财气吗？"

马力一脸疑惑，挠了挠头，头上的头发因为长期未洗而油腻打结，几根发丝被他挠得竖了起来。

"哦？你说说看。"马力此时才意识到这个人口中的喜事可能并非喜事。

牛大嘴巴端起酒杯，喝了一口酒，慢悠悠地解释道："借财气啊，就是想办法和大富大贵的人家攀上关系，把他们的财气借一点过来用一用，以后咱们也能跟着沾光发财。"

马力撇了撇嘴，不屑地说："哪有那么容易的事，人家凭啥把财气借给咱们？"他一边说，一边用手抠着牙缝，显得十分粗俗。

牛大嘴巴嘿嘿一笑，故意卖了个关子，顿了顿说："欸，还真有，兄弟认不认识峄县的钱家？"

牛大嘴巴说这句话的时候特意把声音压得更低，眼神里透着神秘，还警惕地看了看四周。

"你是说咱们峄县的首富吗，知道是知道，可跟咱们这种小老百姓有啥屁关系？"马力一边说，一边又给自己倒了一杯酒。

牛大嘴巴见时机成熟，凑近马力，一字一句地说："钱家老爷说了，只要你愿意将张子英借给他，给钱家生一个男孩子，那他就会给你们一大笔钱……那钱的数目，够你下半辈子衣食无忧了。”

“你说什么？”牛大嘴巴话还没说完，马力“噌”的一下从椅子上站起来，双手用力拍在桌子上，桌上的碗筷被震得“叮当”作响，好几道菜都被震得撒了出来。

他脸涨得通红，脖子上的青筋暴起，像一条条蚯蚓，愤怒地吼道：“你个老杂毛，绕了半天，原来是要我卖老婆！”

他的眼睛瞪得滚圆，里面布满了血丝，仿佛要吃人一般。

牛大嘴巴吓得一哆嗦，身体本能地往后退了一步，差点摔倒。

他赶紧站起身，赔着笑脸说：“兄弟，你先别激动，这可不是卖老婆。这是为了去借钱家的财运啊，你想想，越王勾践还卧薪尝胆呢，咱们这是为了以后能发达。再说了，张子英是你老婆，为了你的财运，牺牲一下又咋了？而且，要是张子英给钱老爷生下孩子，她就是钱家少爷的亲妈，你四舍五入不就成了钱家少爷的义父了吗？到时候，还怕没有财气吗？”

牛大嘴巴一边说，一边用手比画着，试图说服马力，他的额头冒出了细密的汗珠，眼神中透露出一丝紧张和期待。

马力听了牛大嘴巴这番话，原本愤怒的神情渐渐缓和下来，脸上露出一丝犹豫。

他的眼神开始闪烁不定，一会儿看看牛大嘴巴，一会儿看看桌上的酒菜，脑海中不断盘算着。

其实马力一直对张子英性格太逞强好胜，凡事强势而心存不满，觉得张子英抢了他的风头。

张子英在生意上的成功，让他觉得自己颜面尽失，乡亲们背后的议论更是像一根根刺，扎在他心里。

此刻，听到牛大嘴巴这番话，他心底那些阴暗的想法开始蠢蠢欲动。

既能拿到一大笔钱，又能摆脱张子英的“压制”，还能出一口心中的恶气，这么好的事，上哪找去？

“好，我答应你。”马力脸上露出贪婪的笑容，眼睛里闪烁着对金钱的欲望。

他的嘴角微微上扬，露出一口参差不齐的黄牙，脸上的皱纹因为这笑容而更加明显，显得格外丑陋。

他搓了搓手，迫不及待地说：“兄弟，那这事儿就这么说定了，你可别糊弄我，钱什么时候能到手？”

“说快，就快！说慢，就慢！那就看你的啦……”

他的双手因为激动而微微颤抖，仿佛已经触摸到了那一大笔钱。

不用什么本钱，就能得到一大笔钱，他突然欣喜若狂自言自语道：“什么卖不卖老婆，这是借财运，说不定借完财运以后就轮到我马某人发大财、换媳妇了。”

傍晚时分，马力回到家里。

昏暗的屋里还没有点灯，他看见正在缝补衣服的张子英，脸上露出苦涩的样子：“眼下正是春天青黄不接的时候，家里的粮食没剩下几斤了。过两天，孩子们就没有吃的了，怎么办呀？”

“我天未明忙到晚，编的席卖点钱，还不够给你还账的。之前把你从监狱里救出来时，借的钱，到现在还欠很多。今天袁村的刘家又来要账，说了很多不中听的话。”张子英一边忙碌着一边嘟囔着。

马力唉声叹气道：“这日子没法过了，孩子们眼看就要饿死，咱们把孩子送人吧，给他们找条活路。”

“虎毒还不食子，你怎么这么狠心？”张子英惊恐地看着眼前这个男人。

“有什么法子，总不能眼看着让孩子饿死。”马力装模作样地说道。

“吃糠咽菜也不能卖孩子！”张子英哭泣着喊道。

“那……实在不行，咱不卖孩子，眼下有一个办法，不知道你想不想救咱们的孩子？”

张子英看着马力这一副窝囊的表情，没好气地说：“有话快说，有屁快放。”

马力被这一句话噎住了，不过话都说到这里了，怎么都得继续往下说。

马力硬着头皮说：“媳妇，峄县城里的钱家老爷看上你啦，只要你给他生一个男孩，他说会给我们一大笔钱……”

话还没说完，张子英如五雷轰顶，一巴掌就抽在马力脸上，她怎么都想不到丈夫连这种话都说得出来。

她顿时感到头晕，一股想呕吐的冲动涌了上来。

张子英吸了一口气，眼泪却止不住往下滴，此时她心里充满着无数的委屈压得她心中绞痛。

她看向马力：“我就算死也不可能做这种事情。”她的声音在颤抖，她的身体在抽搐。

马力缓过来的时候怒气油然而生，他想抽张子英一巴掌，但是却怕伤了她的脸钱老爷看不上了，又怕打坏了她的身体怀不上孩子了。

他一气之下抓起了他们年幼的闺女瑾侠，把她牢牢控制在怀里，用手抓着他闺女的脖子，一只手指着张子英：“熊娘们，你到底去不去！”

他们的闺女因为马力这一举动，害怕得嘴唇发白了，一直喊着：“娘！娘！”

听见屋里的响声，跟着马力来的牛大嘴巴带着一伙人就冲了进来，马力叫他们把张子英捆起来送到峄县钱家去。

张子英这辈子没有这么无力过，她甚至不敢反抗，因为她不敢保证那个畜生会不会伤害自己的孩子，她闭着眼睛，将所有委屈咽进肚子里，对着孩子说：“瑾侠，别害怕，不用担心娘，娘很快就会回来的。”

而后任由他们押着去往钱家。

“进去。”钱家家丁抓着张子英的手，将张子英拉到一间客房里，然后往里面一推，迅速将房门锁紧。

家丁扯着嗓子喊道：“大妹子，你当家的都把你卖了，你就老老实实地在这里待着，只要你乖乖听话，老爷是不会亏待你的，你别不知好歹。”

他的声音粗哑而蛮横，在房间里回荡，带着一股威胁的意味。

说完，张子英就听到那人吩咐了一句看门的，然后脚步越来越远。

只留下她独自在黑暗中，恐惧如潮水般将她淹没。

如果是一般人被这样对待估计已经放弃了，可张子英硬是压下内心无限的委屈和苦楚。

她用颤抖的手擦干眼泪，深吸一口气，努力让自己镇定下来，开始冷静地观察客房的布局，逐步计划着如何逃出去。

房间里有一套雕刻着一朵朵牡丹的木桌和椅子，那牡丹雕刻得栩栩如生，花瓣层层叠叠，仿佛散发着淡淡的花香。每一片花瓣的纹理都清晰可见，细腻而精致，看得出工匠花费了不少心思。

木桌和椅子的颜色偏红，透着一股古朴而典雅的气息，在昏暗的灯光下，更显得庄重而神秘。

一面铜镜镶嵌在精致的梳妆台之上，镜子边缘雕刻着精美的花纹，那些花纹蜿蜒曲折，相互交织，组成了一幅幅美丽的图案。

在昏暗的灯光下，镜子反射出微弱的光芒，那光芒有些朦胧，却又带着一丝诡异。

剩余的是一张能够睡下至少三人的大床，床上铺着红色的床单，那红色鲜艳夺目，像燃烧的火焰，象征着喜庆，却又在这压抑的氛围中显得格外刺眼。

木床上刻着寓意生男孩的双鱼纹，两条鱼相互缠绕，栩栩如生，仿佛在诉说着主人对子嗣的渴望。

除此以外，还有几扇用木板封死的窗户，只留下几条狭小的缝隙，透进一丝微弱的光线。

张子英坐到床上，她的眼神中透着迷茫和无助，却又带着一丝坚定。

就在这时，她听见一阵缓慢无力的脚步声由远及近，那脚步声拖沓而沉重，每一步都像是踩在她的心上。

正当她疑惑之际，门被刚刚将她抓进来的家丁打开了。

家丁侧身站在一旁，做出请的动作。他的脸上带着一丝冷漠和不耐烦，眼睛里透着一丝鄙夷。他的身后跟着一个有点佝偻的老男人。

等那名家丁侧身做出请的动作时，张子英这时候才看清来的老男人的样子。

他身穿用高级绸缎制成的浅蓝色长袍马褂，那绸缎在灯光下闪烁着柔和而华丽的光泽，上面绣着精致的金丝图案，每一针每一线都彰显着他的身份和地位。

他看起来五十来岁，头发稀疏而花白，虽然保养得很好，但是脸上布满了深深的皱纹。

他戴着一块绿得发黑的戒指，拄着一根雕着麒麟纹的木制拐杖。

他看到张子英的脸后，脸上的皱纹挤到一起，形成一块笑脸，露出发黑的牙齿，那牙齿参差不齐，散发着一股难闻的气味。

他带着笑意说：“美人，对这个房间还满意吗？”

说罢，便迈着缓慢而沉重的步伐，一步一步凑到了张子英身前。

他低下头，用他那满是大烟味的嘴贴向张子英的脸，那股刺鼻的味道让张子英差点呕吐出来，她的眉头紧紧皱起，脸上写满了厌恶。

张子英被他突然的举动吓得不轻，身体本能地往后缩，眼睛瞪得滚圆，里面充满了恐惧和惊慌。

她不自觉地把脸往后缩了一下，谁知那老男人看见她嫌弃的样子，竟伸出他那满是皱纹、干枯如柴的手，一把抓住她的下巴，那双手粗糙而冰冷，像一双铁爪，紧紧地钳住她的下巴。他硬是把她的脸抓到自己面前，然后伸出舌头，往张子英脸上舔了一口。

“啊！”张子英惊恐地尖叫一声，那声音尖锐而凄厉，划破了房间里的寂静。

她的身体拼命往后躲，双手在空中慌乱地挥舞，试图挣脱老男人的控制。

她哆嗦着手，用尽全身力气把老男人推了出去。

此时，那老男人露出他凶恶的嘴脸，脸色瞬间变得狰狞，脸上的肌肉扭曲在一起，像一个恶魔。

“啪”一记耳光打在张子英的脸上。

“臭婊子，老子给你脸了。”老男人恶狠狠地说道，“给你那没用的男人那么多钱就是让你来好好伺候我的。”

他抖了抖衣服，眯着一双淫荡的眼睛说道：“骚娘们，把老爷我弄得舒服一点，还有赏钱。”

话音刚落，他竟伸手试图去脱张子英的衣服。

张子英急中生智，连忙解释道：“老爷不可，昨日刚来了月事，万万不可。常言说，骑马拜堂，家败人亡。”

老男人啐了一口唾沫，对她的话将信将疑：“呸！臭婊子，真晦气。”冷哼一声，摔门出去。

虽然刚被抽了一巴掌，还差点被强暴了，张子英的心里只有一个念头：逃出去。

在那老东西亲她的时候，她看准时机在推他的同时顺手把他身上的钥匙拿了下来，因为推他的力度很大，所以那老东西也没感到钥匙被拿了。

她的心跳急速加快，手心里全是汗水，紧紧地握着那把钥匙，仿佛握着自己的救命稻草。

夜晚，万籁俱寂，只有偶尔传来的几声虫鸣打破这夜的宁静。

她打算趁着夜色悄悄离开，然后回家带着她的孩子尽快逃跑。

她趴在门上，透过门上的细缝，看见本应该在看门的家丁正在呼呼大睡，鼾声如雷，在寂静的夜里格外响亮。

张子英小心翼翼地用钥匙开了门，每转动一下钥匙，她都紧张得屏住呼吸，心脏在胸腔里剧烈地跳动，仿佛要冲破胸膛。

门打开后，她蹑手蹑脚地走了出去，每一步都走得极其小心，生怕发出一点声响。

走之前还把被子卷了起来，营造一种还在睡觉的假象。

张子英出了院子之后，难题接踵而至。

钱家宅邸太大了，庭院深深，四通八达。

张子英在黑暗中摸索着，她贴着墙根，一步一步地走着，眼睛警惕地观察着四周。

一路上都有各种仆人巡视，他们手里提着灯笼，灯光在黑暗中摇曳，像鬼火一样，忽明忽暗。

张子英只能藏匿在夜色中，每当有脚步声靠近，她就赶紧找个角落躲起来，身体紧紧地贴在墙壁上，大气都不敢出。

当她摸索到一间非常宽大豪华的房间外面时，透过窗户的缝隙，她发现里面的灯居然亮着。

她听见里面传来两个人的交谈声，听声音应该是那钱家老爷在和一名男子交谈，或许是生意伙伴。

不过听钱老爷的语气，好像十分尊敬对面的人。

钱老爷的声音带着几分谄媚和讨好，与他之前对待张子英的凶狠模样截然不同。

来不及细想，她知道自己不能在这里久留，张子英继续摸索出去的道路，她的脚步急促而慌乱。

就在刚刚要出院子的时候，在墙拐角处正好撞见一名正在巡逻的家丁。

家丁的灯笼照亮了张子英的脸，他先是一愣，眼睛瞪得大大的，脸上露出惊讶的神情。

然后大声喊道："老爷的女人跑了！"

紧接着，他敲响手上的铜锣，那铜锣声在寂静的夜里格外刺耳，打破了夜晚的宁静，声音在宅邸里回荡，久久不散。

一下子十几名家仆从四面八方将张子英围住，他们手里拿着棍棒，脸上带着凶狠的表情。

他们的眼神中透着敌意和警惕，一步步向张子英逼近，将她围在中间，像一群恶狼围住了猎物。

钱老爷在听到铜锣声之后，赶紧推开门出来，在他身边还跟着一名年轻人。

钱家老爷拄着他那拐杖，三步并作两步，走到张子英面前，抬手就给了她一巴掌。

这一巴掌打得张子英头晕目眩，身体摇晃了几下，差点摔倒在地。

她的耳朵里嗡嗡作响，眼前金星直冒。钱老爷恶狠狠地说：“来人，给她腿打断。”

他的声音因为愤怒而变得沙哑，脸上的表情狰狞而可怕。

“慢着。”说话的正是那个年轻人，张子英此时才看清他的脸，是刘丹锡。

“刘老师，救我。”张子英迅速求救，她的声音带着哭腔，充满了绝望和期待。

因为她刚刚在房外偷听对话的时候，就感觉钱老爷很怕刘丹锡的样子，这个时候也没办法了，只能死马当成活马医了，总不能就让他们打断腿吧。

刘丹锡看见这个场景,直接喝道:“慢！这不是马嫂子吗？赶快松绑。”

钱老爷哪经得起刘丹锡这样呵斥，他的身体微微颤抖，脸上露出惊恐的表情。

他的眼神中满是畏惧和慌张，像一只受惊的老鼠。

他赶紧吩咐：“让你们松绑没听见吗？一群没眼力的狗东西。”

然后也不敢多问，立刻对刘丹锡赔笑，贼眉鼠眼地说：“刘先生，我也不知道她跟您有关系啊，如果知道，您给我一百个胆子我也不敢这样。”

张子英这个时候立刻对刘丹锡说：“他们强抢民女，还用我的孩子威胁我，不给他生孩子就……”

“什么叫强抢民女，我这是付了钱的。”张子英话还没说完，钱老爷立刻就打断，并且伸手要捂住她的嘴。他的动作急切而粗暴，脸上的表情扭曲而狰狞。

“啪”，一声清脆的响声，刘丹锡一巴掌甩在钱老爷的脸上。这一巴掌打得钱老爷眼冒金星，身体晃了晃，差点摔倒。

他的脸上瞬间浮现出一个清晰的掌印，格外醒目。

钱老爷低着头，一句话也不敢说，他的身体微微颤抖，像一片在风中颤抖的落叶。

刘丹锡说：“放人，送她回去。”

他的声音坚定而有力，不容置疑。

张子英紧接着说：“他要是想报复我们呢？”

她的眼神中透露出担忧和恐惧，看向刘丹锡的目光中充满了期待。

钱老爷此时真的想骂人，但还是带着哭腔说：“姑奶奶，我绝对不敢。我对天发誓，报复你我永远生不出儿子。”

然后，他立刻吩咐管家连夜将张子英送回家去。

她不明白，为什么连钱老爷都要害怕刘丹锡，究竟是什么缘故？

张子英在心底无数次暗自庆幸，命运的丝线将她与刘丹锡牵系在一起。

在她过往的岁月里，从未遇见过这般才学出众、谈吐优雅的人。

刘丹锡身上，像是自带一种熠熠生辉的气场，那是不向世间恶势力低头的凛然正气。

张子英从送她回家的管家口中得知，他是在不久前才来到峄县做生意的富商，钱老爷的生意有八成都是这位先生家的买卖。

之前都是他父亲与钱老爷交往，不知道为什么，刘家大少爷接管了全部生意。

峄县还有许多生意，包括中兴公司、德福典当行、民生学校都有他们家的股份。

她似乎明白，又有些不明白，钱老爷害怕刘丹锡的缘由。

刘老师举手投足间都散发着儒雅的气质，言语温和有礼，给人一种难以言喻的信任感，一定是个好人。

虽然人们对他的更多的来历一无所知，但他那果断的大手笔和高雅的神秘气质让大伙都对他的背景不敢多问。

平日里，在县城最繁华的街道上，那几家招牌显眼、规模宏大的商行便是他家的产业。

从堆积如山的粮米仓库，到摆满精美布匹的店铺，他的商业版图不断扩张，在当地商界的威望与日俱增，这也正是钱老爷对他忌惮有加的缘由。

他总是身着一袭剪裁极为合身的高级西装，面料上乘。

与人交谈时，他的声音温和而富有磁性，嘴角总是露着一抹恰到好处的微笑，那笑容里满是真诚，自然而然地，就让人对他生出强烈的信任感。

张子英虽对他的真实身份和那些隐秘的活动几乎一无所知，但这份毫无根据的信任，就像一颗在石缝中顽强生长的种子，在她心底扎下了根，逐渐发芽、抽枝。

清明节过后，一个阳光格外明媚的午后，日光毫无保留地倾洒在院子里，给一切都镀上了一层暖黄的光晕。

张子英坐在院子角落，专心致志地梳理着羊毛。

她手中的木梳，在洁白的羊毛间有节奏地穿梭，发出细微却规律的沙沙声。

突然，院门口传来一阵轻微的脚步声，这声音虽不响亮，却在这安静的午后显得格外清晰。她下意识地抬起头，眼前的一幕让她愣住了。

刘丹锡老师，那个救过她和丈夫性命的人，时常出现在她脑海中的身影，此刻正站在自家门口。

阳光洒在他身上，勾勒出他修长的轮廓，整个人仿佛被笼罩在一层金色的光幕之中。

张子英的心中顿时涌起一阵慌乱，这种慌乱像是被惊扰的鸟群，在胸腔里扑腾。

她急忙站起身来，双手在围裙上紧张地擦拭着，试图擦去手上的羊毛碎屑，又像是想借此平复内心的紧张。她的嘴唇微微颤抖，结结巴巴地说道："刘…… 刘先生，您怎么来了？"

刘丹锡脸上挂着温和的笑容，迈着稳健的步伐走进院子。

他的目光温和地看着张子英，说道："马嫂，冒昧打扰了。"

他的声音低沉而醇厚，像是山间缓缓流淌的清泉："我今天来，是想跟你商量一件事。"

两人在院子里的石凳上相对而坐。

刘丹锡微微前倾，双手交叠放在膝盖上，神情专注而诚恳。

他缓缓开口，声音压得很低，像是生怕惊扰了周围的宁静，又像是在守护着一个重要的秘密。

刘丹锡的声音低沉而诚恳，没有过多的解释，只是希望张子英能够帮他做一些事情。

"北伐的军队开走了，宣传队也走了，革命思想的宣传不能丢，我们想请你参加宣传队，不知你是否同意？"刘丹锡老师询问道。

"同意，北伐军队的宣传队在大街上讲话的方式和内容，我都记得八九不离十，他们走了，我就接着讲。"张子英重重地点了点头。

“这些是宣传材料和报刊宣传的内容，你用心看看。”刘老师将材料从书包里掏了出来。

从那之后，张子英的生活悄然发生了改变。她一个人拿着一面三角的纸旗，要讲什么就在上面写那句口号。

她到了峄县县城，在马路上找个地方站着，把小旗展开，就有人来看热闹，等聚到十个八个的，她就讲，人就围得越来越多，女人多的时候，她就从妇女放脚说起，再讲妇女在社会上家庭里受的苦受的罪，而后再讲妇女怎样才能不受压迫，不挨欺负的道理。

有时候是男的多，她就讲：中国人要爱国，要日本兵退出，讲近代的国耻。

她三天两头去讲，逢人就讲三民主义，因此有了一个绰号，叫“三民主义”。

天太冷了，亲戚邻居劝她别去了：“你倒是图个啥？又没人管你吃，给你钱。”劝她的人不理解张子英的心情。

“图个啥？我想图个做我该做的事，尽个国民的义务，这是我多年求之不得的机会呀！”

上街宣传，听的时候大多数点头，听完就走散了，效果总是不明显。

刘丹锡老师介绍她去了田庄小学教书，她用心琢磨并组织了一场话剧，引起了很大的轰动。

当时峄县县党部组织农民斗地主，抓了牛山后的土豪劣绅许鲁阳到县城游了街。

张子英把宣传土豪劣绅的罪恶用话剧的形式表演出来，乡亲们争相观看，津津乐道，起到了很好的宣传效果。

夏初，县党部办了农民训练班，张子英带着闺女瑾侠到了训练班学习，毕业后，她当了妇女协会主席。

农民训练班让张子英大开眼界，大街小巷贴着打倒贪官污吏，打倒土豪劣绅的标语，训练班里也讲得头头是道。

讲农民运动，还提出了“打倒王、鲍、梁，打倒许鲁阳，武官不怕死，文官不贪赃。峄县虽破败，也能成为模范县”。

讲国民党的演变，张子英知道了国民党是由同盟会来的，她真想拼命干出一番事业来。

妇女协会的成立和农民训练班的学习，让张子英的革命热情更加高涨。她提出了下乡成立各级妇女协会，县党部说乡下乱，实际上峄县城里并不能指挥四乡的地方势力。

峄县土地集中，大地主多有枪支，有保家局子，还有商办山东峄县中兴煤矿有限公司，有教会，有大大小小的土匪帮派，峄县的事情都是他们说了算。

每隔一段时间，她便会早早起身，趁着晨光还未完全照亮天空，走进那间堆满羊毛的小屋。她在一捆捆羊毛中仔细翻找，眼神专注而认真。

她精心挑选出那些纤维最细密、质地最柔软的羊毛，用手轻轻抚摸，感受着它们细腻的触感。接着，她将熬制好的羊油，小心翼翼地装进干净的陶罐里，每一滴羊油都承载着她的心血。

不同的是，现在的背篓里，除了这些她赖以生计的物品，如今还多了一些刘丹锡交给她的神秘物件。

那些用油纸层层包裹的小盒子，纸张泛着淡淡的米黄色，每一层都包裹得严严实实，看不到里面的东西；还有那些封得密不透风的信件，信封上的字迹工整而有力，仿佛藏着改变世界的力量。

她踏上那条熟悉得不能再熟悉的通往峄县县城的小路。

路旁的野草在微风中轻轻摇曳，草尖上挂着晶莹的露珠，在阳光的照耀下闪烁着细碎的光芒。

微风温柔地拂过她的脸颊，撩动着她耳边的发丝，带来丝丝凉意。

走进县城的街巷，瞬间被热闹嘈杂的市井气息包围。

街道两旁，店铺和招牌林立，各种叫卖声此起彼伏。

卖糖葫芦的小贩举着插满糖葫芦的草靶，大声吆喝着。

卖布的老板站在店门口，热情地招揽着顾客。

张子英熟练地穿梭在人群中，脚步轻盈而坚定，朝着指定的枣庄同春堂药店走去。

同春堂药店里，郭子化掌柜满脸笑容地迎上来。

那笑容看似热情，可仔细观察，便能发现他眼神中带着一丝不易察觉的谨慎。

他接过张子英的背篓，小心翼翼地查验着里面的羊油，不住地点头称赞："马嫂，你这手艺真是越来越好了。"

随后，他会从柜台里取出一叠钱，递到张子英手中，笑着说："这次的价格，可比往常要高一成呢。"

张子英接过钱，心中涌起一丝喜悦，但更多的是对完成这份秘密任务的成就感。

在苏杭丝绸店，老板娘同样热情地招呼她坐下。店里弥漫着淡淡的胭脂香气，让人闻之舒心。

老板娘给她倒上一杯热气腾腾的茶，茶叶在水中翻滚、舒展，散发出阵阵清香。

老板娘这才不紧不慢地检查货物，她仔细查验着里面的羊毛线，拿起来放在鼻下轻轻嗅了嗅，又仔细查看羊毛线的色泽和质地，满意地点点头。

每次交易完成，张子英都会将那些钱仔细地收好，放进衣服内侧的口袋里，用手轻轻按按，确认它们的安全。同时，张子英都会在心里默默叮嘱自己，一定要保守这个秘密，不能有丝毫疏漏。

张子英并不明白自己做的这些事情到底有什么用处，那些神秘的物件究竟承载着怎样的使命。

但她坚信刘丹锡的为人，在她心中，刘丹锡是值得信赖的。

所以，她对待每一次的任务都格外用心，从挑选羊毛，到包装物件，再到完成交易，她都一丝不苟，不敢有丝毫马虎。

每一个步骤都做得稳妥谨慎。

每次从县城回到家中，张子英都会感到一种莫名的成就感。

这种感觉，不仅仅是因为多挣了些钱，能够改善家里的生活，更是因为她知道自己在为一个重要的人做着重要的事情。

她就像一个忠诚的守护者，默默地守护着这份秘密。

在无数个寂静的夜晚，她躺在床上，望着窗外的月光，心中都在期待着有一天，能明白这一切背后的真正意义。

第七章　意外救助

妇女协会刚刚成立，峄县党部就开始频繁地换人，一个又一个，一个不如一个。

一个个官僚作风，贪污腐化，随后发生的事情越来越反动。

大地主王宝田死在了外地，按照老规矩死尸是不能进城的。可是王宝田的儿子王崇章当了峄县保卫团的团长，手里有了枪。

“老子就是要看一看，谁的枪把子厉害！”王崇章有恃无恐地叫嚷着。

这时的他比先前更有势力、更威风，打破惯例，把尸体运进了县城，大张旗鼓地出殡。

他根本不把中华民国的规矩放在眼里，居然摆出清朝的全副执事，日月龙凤旗，金瓜钺斧朝天镫。

好大的场面，土豪劣绅，贪官污吏，比从前还耀武扬威了百倍，国民党峄县党部连屁都不敢放一个。

张子英从懵懵懂懂的少女到经历了一场轰轰烈烈的大革命，尽管很快烟消火灭，但是全社会见到了光明，社会正在前进，忽然整个沉了下去，沉到了黑暗的深渊。

张子英有些失望，她心中又气又急，实在想不明白，去民生学校找刘丹锡老师。

她将自己的苦恼说了出来，刘老师痛心地说道："最近很多事情发生了变化，你注意了没有，墙上的口号：

打倒赤白帝国主义！

打倒恶化势力！

打倒腐化势力！"

"什么意思？"张子英有些不解。

"恶化势力指共产党。怎么个恶化，我没有见过。腐化势力我看到了，那不正是高喊过革命口号的国民党党部吗？"刘丹锡老师气愤地说道。

"是的，我看到了，国民党的党员向封建势力屈膝投降。"张子英想起来在雪花书店看到的国民党党员给土豪劣绅下跪的那一幕。

"峄县的人民归纳了国民党县党部的三大工作：打气枪、打麻将、贪钱款。"刘老师用鄙视的眼神看向远方。

"刘老师，我在农民训练班上，陈为民班长要我参加国民党，好几回他们拿着表格叫我填写，我都回绝了。"

"那，后来呢？"刘老师关切地问道。

"我告诉他们，我是出来做事的，不想在党。"

停顿了一瞬间，张子英继续说道："出来还是有好处的，我见了世面，看了书籍，在烦恼的时候，想到了鲁迅的《野草》里面的《过客》一文，我觉得自己的处境和'过客'差不多，周围是落日、凉风、破屋、枯树，一个声音在前面叫我。"

“子英，无论前面是什么，你都不能后退，也不能停止。”

“可是，怎么前进？向谁斗争？”张子英一脸的茫然。

“我这里有一首《这样的战士》，希望你走‘过客’的路，做‘这样的战士’。”

两人相谈甚欢，不知不觉中，已到了午后时分。

刘丹锡老师今天正好有空，他们一同前往同春堂药店。

“今年的夏天是真热，一直也不下雨，庄稼都快旱死了。”张子英念叨着，如同往日一般，将准备好的中药材篓筐交给同春堂药店的郭掌柜。

郭掌柜向外面张望了一番后，谨慎地查验着货物：“干旱也有干旱的好处，不然，哪里有这么好的中药材。”

看着张子英逐渐熟练的模样，刘丹锡满目春风的眼神里流露出几分由衷的欣赏。

他微微颔首，嘴角上扬，形成一道温暖的弧线，那笑容里满是认可与鼓励，恰似一位严师见证得意门生成长时的欣慰。

正当张子英从笑吟吟的掌柜手上接过银圆时，听到门外熙熙攘攘的人群里爆发出几声惊恐的尖叫。

刘丹锡“噌”地站起身，动作敏捷而利落，如同一只蓄势待发的猎豹。

他抬手轻轻拍了拍略显慌乱的张子英的肩膀：“别急，我去看看怎么了。”

他的语气坚定而有力，让张子英原本慌乱的心瞬间安定了几分。

此刻，他转身朝门口走去，那高大笔直的背影，宛如一座巍峨的山峰，坚定而可靠，给张子英带来十足的安全感。

在这份纯粹的感激与信任里，张子英心中满是对刘丹锡为人的敬重，并无一丝旖旎心思，只有对高尚品德的尊崇和对善意援手的感恩。

在刘丹锡走出门外后，张子英缓缓坐下，认真清点手中的银圆。

她的手指修长而灵活，轻轻翻动着银圆，这些银圆发出清脆悦耳的碰撞声，那声音在寂静的店内格外清晰。

她的目光专注，逐一点数，然而，还没等她数完，店外喧闹声便如潮水退去般迅速消失，刹那间安静下来。

这突如其来的寂静，让她对这个神秘男人的能力产生强烈好奇。

她的眼神中满是疑惑，眼眸深处闪烁着探寻的光芒，脑海中不断猜测刘丹锡在外面究竟做了什么，竟能如此迅速地平息这场骚乱。

就在张子英满心疑惑时，刘丹锡扛着一个伤痕累累的男子缓缓走进店内。

那男子衣衫破碎不堪，布条随着刘丹锡的走动肆意飘动，上面血迹斑斑，颜色暗沉，仿佛在诉说着刚刚经历的惨烈。

男子脸上和身上布满瘀青与伤口，瘀青呈现出深浅不一的紫色，伤口处的皮肉外翻，有些还在渗着血水，模样十分凄惨。

郭掌柜见状，急忙放下手中活计，快步上前帮忙扶住。

只见男子双目紧闭，面色惨白如纸，毫无血色，已然陷入深度昏迷。

“麻烦郭掌柜家的帮我倒杯水，赶快救救他！”

刘丹锡略带歉意地向郭掌柜笑了笑，郭掌柜摆摆手，表示完全赞同。

张子英也站了起来，将身后的椅子搬了过去。

只见刘丹锡小心翼翼侧过身，轻轻将男子扶到椅子上靠住，仔细查看男子伤势。

他的眼神专注而关切，眉头微微皱起，透着担忧，见男子除了微弱起伏的胸膛仍是没有半分动静，看来是真的昏迷了。

“你，认识他？”

张子英抬起脑袋，眼中满是疑惑，明亮的眼眸紧紧盯着忙得满头大汗的刘丹锡。

她的眼神中带着一丝好奇，又有几分担忧。

刘丹锡摇摇头，目光温和，如同春日里的微风，轻声道：“不认识难道就不能扶一把吗？”他的声音里透着坚定，仿佛在坚守某种高尚的信念，那是一种对生命的尊重和对善良的执着。

在这个人人只求自保的乱世，刘丹锡这种秉持儒家仁爱之风的行为，让张子英由衷敬佩。

她静静地站在一旁，看着刘丹锡悉心照料昏迷的男子。

他眼神专注关切，仿佛整个世界只剩下眼前这个受伤的人。

他的动作有条不紊，先是轻轻解开男子的领口，让他呼吸更顺畅，然后用手帕轻轻擦拭伤口周围的血迹。

不一会儿，郭掌柜家的端来了水。

刘丹锡老师轻轻地扶起男子，一只手稳稳托住他的后背，另一只手端起水杯，缓缓将水送到男子嘴边，试图喂他喝一些。

然而，男子依旧没有苏醒的迹象，水顺着他的嘴角流了下来，打湿了他破旧的衣衫。

刘丹锡并不气馁，他用手帕轻轻擦干男子嘴角的水渍，再次尝试。

时间一分一秒流逝，刘丹锡的眉头始终紧紧皱着，仿佛刻满了对伤者的担忧。

他目光中满是忧虑，不时用手轻轻擦拭男子额头的汗珠，嘴里还轻声念叨着：“坚持住，一定要坚持住。”

他的声音轻柔而坚定，仿佛在给男子传递力量。

张子英在一旁也跟着揪心，心中的担忧如潮水般漫延。

她忍不住开口问道：“他会不会有事啊？”

她的声音里带着一丝颤抖，那是对生命的担忧和对未知的恐惧，她的眼神中也充满了关切与不安。

刘丹锡沉默了片刻，说道：“我也不知道，但只要有一线希望，咱们就不能放弃。”

他的话语如同重锤，敲在张子英的心上，让她对刘丹锡的善良和担当有了更深的认识。

就在这时，男子的手指微微动了动。

刘丹锡和张子英的眼睛瞬间亮了起来，眼神中充满惊喜与期待。

他赶忙凑近，轻声呼唤着：“兄弟，醒醒，醒醒！”

他的声音温柔急切，每一个字都饱含着关切。

男子的眼皮颤动了几下，终于缓缓睁开了眼睛。

他的眼神中充满了迷茫和虚弱，像是在黑暗中迷失了方向，眼神游离。

刘丹锡连忙问道：“你感觉怎么样？发生了什么事？”

声音里满是关切，身体微微前倾，想要听得更清楚。

在看到刘丹锡的脸庞后，男子仔仔细细地端详了一番，忽地瞳孔中放射出一抹亮光。

男子张了张嘴，喉咙干涩，发出沙哑的声音：“我……遇到了……”

他一边断断续续说，一边吃力地用手指了指衣服的袖口，又无力地闭上了眼睛。

刘丹锡摸了摸袖口，发现有东西，他迅速地撕开衣服，是一张叠得方方正正的纸片，打开一看，原来是一张地图。

刘丹锡转头看向郭掌柜说道：“快，赶快抬到里面，看来他需要好好休息调养一阵子。”

他的语气中带着一丝疲惫，但更多的是欣慰，欣慰男子暂时脱离了危险。

“这里人来人往，不安全，还是我把他带走吧。”刘丹锡老师担心地说道。

郭掌柜说道：“刘老师，你学校里更不方便，交给我吧！”

刘丹锡和张子英赞同地点了点头。

她的心中对刘丹锡的敬佩又多了几分。她此时的内心，满是对刘丹锡善举的赞叹，再无其他杂念，只想着如何能帮上忙，让伤者尽快康复。

刘丹锡的善良和担当让张子英对他更加敬重。而她此时的内心，正在不知不觉间泛起了层层疑问。

这个人是谁？那张地图是干什么用的？

“刘兄……”

身后传来的幽幽声音，将张子英吓了一跳。

她猛地转过身，一张凶狠的刀疤脸映入眼帘，更是让她心惊胆战。

那刀疤从眼角一直延伸到嘴角，像一条狰狞的蜈蚣趴在脸上，在昏暗的光线下显得格外可怖。刀疤男身材高大魁梧，肌肉紧绷，仿佛一座随时可能爆发的火山，给人强烈的压迫感。

他的眼神中透着一股凶狠和冷酷，让人不寒而栗。

刀疤脸目露凶光，嘴边却是挂着怪怪的不怀好意的笑，这让他本来奇怪的脸庞显得更加扭曲。

他的牙齿微微露出，像是一只择人而噬的野兽。“你交代我的事情办完了。”他的声音低沉而沙哑，带着一丝阴冷，仿佛从地狱传来，在寂静的店内回荡。

刘丹锡并未接过话头，而是友好地点头示意。

刘丹锡的脸上挂着淡淡的笑容，眼神中却透着一丝警惕，右手不自觉地微微收紧，像是在防备着什么。

刘丹锡微微侧身，似乎在保护着身后的张子英和受伤的男子。

刀疤脸冷冷地瞥了张子英一眼，嘴角带着一抹轻蔑的笑容，鼻子重重地哼了一声便转身离去，留下一头雾水的张子英傻愣愣望着刘丹锡。

刘丹锡老师无奈地撇着嘴，脸上露出一丝苦笑，对张子英说道："别放在心上。"

可他的眼神里却透着一丝忧虑，这让疑惑越发充斥在张子英的胸膛。

她的心中充满了疑问，这个刀疤脸是谁？他和刘丹锡老师之间到底有着怎样的关系？这一切的谜团，如同厚重的迷雾，笼罩着她，让她越发渴望探寻真相。

安顿好伤者，已近黄昏时分。

暖橙色的余晖洒落在街巷，给一切都蒙上了一层朦胧的薄纱。

刘丹锡转过身，面向张子英，脸上挂着温和的笑容，那笑容如同春日暖阳，暖到了人的心坎里。

他伸手将装中药材的袋子交到张子英手中，笑吟吟地向她道别："今天也是麻烦你了。"

他开口说道，声音低沉而富有磁性，带着几分感激，又透着一贯的儒雅。

他的眼神里满是友善，微微眯起的双眼弯成好看的弧度，眼角的细纹里藏着岁月沉淀下来的温和。

张子英仰起头，看着眼前这个熟悉又陌生的男人，心中似有千言万语，却又不知从何说起。

她的嘴唇微微动了动，最终还是选择将满心的疑惑默默咽下。

她对刘丹锡，始终抱着十足的信任，这份信任，在过往的相处中在她心底生了根发了芽。

她嘴角扯出一抹淡淡的微笑，轻声说道："不麻烦，应该的。"

那笑容里，带着几分释然，也藏着一丝难以察觉的怅惘和疑惑。

刘丹锡老师转身离去，他的背影在余晖中显得格外修长。

他迈着沉稳的步伐，每一步都走得坚定有力，身影逐渐融入熙熙攘攘的人群之中。

张子英的目光却像被磁石吸引，依旧紧紧追随着他，眼神中满是专注，不知不觉间出了神。

正当看着刘丹锡渐渐远去的背影，不由得出了神时，张子英眼角的余光瞥见了拐角的阴影里，有个熟悉的身影正鬼鬼祟祟地隐匿其中。她心中一紧，定睛一看，竟是今天下午在同春堂药店见到的奇怪刀疤脸。

刀疤脸身形高大魁梧，像一座小山，此刻却蜷缩在阴影里，尽量让自己不被察觉。

他的脸上带着一种诡异的神情，眉头紧皱，双眼死死地盯着刘丹锡远去的背影，眼神中透着一种难以言喻的东西。

这一幕让张子英的好奇心瞬间被点燃，内心的疑惑如同被浇了油的火焰，越发强烈。

她眼睁睁地看着刀疤脸在刘丹锡即将消失在人群尽头之时，像是收到了某种无声的指令，身体微微一僵，随后如同一只嗅到猎物气息的野兽，动作敏捷地跟了上去。

张子英见状，心中"咯噔"一下，来不及多想，下意识地急急迈开步子。

她在拥挤的人群中艰难地穿梭，不断地侧身、避让，双手下意识地护在身前，努力挤出一条道，紧紧尾随着刀疤脸。

她的心跳急剧加速，每一步都迈得小心翼翼，眼睛死死地盯着前方那个高大的背影，生怕一个不留神就跟丢了。

当她跟随二人来到一处暗巷时，四周的光线陡然暗了下来，狭窄的巷子弥漫着一股潮湿的气息，还夹杂着一丝腐臭的味道。

暗巷里安静得可怕，只有她急促的呼吸声和慌乱的脚步声。

就在她全神贯注地盯着前方时，一个不留神，刀疤脸那高大的身影竟消失不见了。

张子英心中一惊，连忙加快脚步，四处张望，然而回应她的只有空荡荡的暗巷和自己越发急促的呼吸声。

正当她满心焦急，准备转身寻找时，刀疤脸小山般的身子突然一晃，出现在她身前。

他的身形极为庞大，几乎占据了整个巷子的宽度，将张子英的退路完全堵住。

“你跟了一路了。你，究竟想干什么？”

刀疤脸开口质问道，语气生硬而冰冷，每一个字都像一把锋利的冰碴儿，透着浓浓的敌意。

他双手交叉在胸前，肌肉紧绷，那结实的臂膀仿佛蕴含着无尽的力量，青筋在皮肤下若隐若现。

一双三角白眼冷冷地盯着张子英，眼眸中透着寒光，如同寒冬之时湖面上结的冰，让张子英的呼吸都为之一滞，身体也忍不住微微颤抖起来。

男子那充满压迫感的目光，让张子英的脊背升起一股寒意，心里不禁产生了深深的恐惧。

但她还是强忍着内心的恐惧，双手紧紧握成拳头。

她鼓起勇气反问道：“明明是你跟了刘先生一路，你究竟想干什么？”

她的声音虽然有些颤抖，却带着一股不容置疑的坚定，那是出于对刘丹锡的信任和对弄清楚真相的执着。

刀疤脸显然是没想到张子英会将他的提问原封不动地奉回，一时间竟愣在了原地。

他的脸上露出一种极为怪异的表情，先是一怔，眼睛瞪大，脸上的肌肉微微抽搐，随后忍不住失声笑道："我？哈哈哈哈。我？"

他一边笑，一边捧着肚子，笑得前仰后合，身体都微微颤抖起来，笑声在狭窄的暗巷里回荡，显得格外诡异。

张子英被男子这怪异的反应弄得一头雾水，心中充满了疑惑，一时间有些不知所措。

她瞪大了眼睛，看着眼前这个行为举止怪异的男人，脸上写满了惊愕。

她的嘴唇微微张开，想要说些什么，却又不知道该如何开口。

刀疤脸用粗糙的手指在自己狭长的眼角揉了揉，止住了笑声，脸上还残留着一丝笑意，哑声道："亏你还为他做了这么久的事。你，什么都不知道。我一直为他办事。"

说完，似乎觉得还不够，又补充了一句："跟你一样。"

张子英根本无法将眼前这个凶神恶煞的男人和儒雅和煦、气质不凡的刘丹锡联系到一起，她愤怒地喝道："骗人！那你为什么跟着他！你还没有回答我！"

她的眼神中充满了质疑和愤怒，直直地盯着刀疤脸，试图从他的脸上找到一丝破绽。

她的脸颊因为愤怒而微微泛红，胸口剧烈地起伏着，大口喘着粗气。

刀疤脸见她一脸认真的模样，不禁又笑了起来，乐呵呵地说道："除了为他办事，我还是他的保镖，暗中。"

他一边说，一边微微抬起下巴，脸上露出一丝得意的神色，仿佛在炫耀着自己的特殊身份。

“保镖？”这个陌生的词语让张子英一时有些反应不过来。

她微微皱起眉头，眼中满是疑惑，重复着这个词：“他为什么需要保镖？”

她的声音里带着一丝迷茫，脑海中不断思索着刘丹锡需要保镖的原因。

刀疤脸整了整衣领，被她的天真弄得有些无奈，像是被什么东西哽住了喉咙。

他深深地看了张子英一眼，那眼神里带着几分怜悯，缓缓说道：“你，真的什么都不知道。他很危险。”

他的声音低沉而凝重，仿佛在诉说着一个不为人知的秘密。

“你究竟在说什么？他是个大好人！”张子英忍不住反驳道，在她的心中，刘丹锡一直是那个善良、正义，给予她帮助和安全感的人，她无法接受刀疤脸对刘丹锡的评价。

她的眼神中充满了坚定，仿佛在捍卫着自己心中的信仰。

“他的身边很危险，他做的事，也很危险。”刀疤脸并没有理会张子英的反驳，只是淡淡地重复着。

他的眼神望向远方，似乎在回忆着什么，脸上的表情变得有些凝重。

张子英对刀疤脸这冷不丁的话有些摸不着头脑，她的大脑一片混乱，各种思绪交织在一起。

她沉默在了原地，心中不断地思索着刀疤脸所说的话，试图从中找到一些线索。她的眼神中透露出一丝迷茫，眉头紧锁，嘴唇微微抿起，陷入了深深的沉思。

刀疤脸转过身去，只丢下一句话给了她："我也奉劝你，别为他做这些了，不是什么好事。他，不是好人。"

说完，他的身影渐渐消失在黑暗的巷子里，那高大的背影在黑暗中显得有些模糊，只留下张子英一个人呆呆地站在原地，周围的空气仿佛都凝固了。

回到家后，张子英倚靠在窗台，望着窗外天边孤零零的月亮，细细琢磨着认识刘丹锡老师之后的事。

月光洒在她的脸上，勾勒出她疲惫而又迷茫的轮廓。

她的眼神空洞，思绪飘回到了认识刘丹锡之后的点点滴滴。

她发觉，她的确对这个男人一无所知。

他所蕴含的能量，他的气质，他冷静处理任何事情的方式，都像是一层神秘的面纱，又如同一张空白的面具，让张子英始终看不清他真实的面孔。

但即使如此，两次出手相救，足以让她报恩。她心中对刘丹锡的那份无比的感激，却如同深深扎根的大树，难以撼动，她依旧心甘情愿为他处理这些她并不了解的事情。

她扭头看向熟睡中的孩子们，他们的小脸在月光下显得格外宁静。

张子英纠结地叹了一口气，自言自语："滴水之恩，涌泉相报。只要不伤害到孩子们。他对我们家有着大恩，报答他是应该的。"

但如果真的将孩子们置于险境呢？

就像，就像那时无法保护妹妹一般。

这段令人窒息的往事，如同一块沉重的石头，压在她的心头，让她胸口隐隐作痛。

只见远方的黑云正被大风拢在一起，越来越厚，严严实实地吞噬了整片天空的月光，仿佛压在她的胸膛上，无法呼吸，无法逃离。

转眼间，到了 1937 年，夏日的骄阳似火，炽热的阳光毫无遮拦地倾泻而下，仿佛要将整个大地点燃。

外面的世界发生了重大变化。1937 年 7 月 7 日爆发了卢沟桥事变。

日本侵略者迅速增兵华北，扩大对华战争，并扬言三个月内灭亡中国，中华民族面临亡国灭种的危险。

全国上下一片恐慌，学校也停课了。

天气和形势一样焦灼，每一寸空气都弥漫着炸裂的气息，路旁的树木被晒得低垂着头，树叶蔫蔫地蜷缩着，毫无生气。

这一年，从立春到盛夏，一滴雨也没有下，土地干裂得像小孩子的嘴巴，空气中仿佛被点燃了一般，火辣辣的。

就连平日里热闹喧嚣的街道，此刻也被这酷热逼得安静了许多，偶有几个行人匆匆而过，也是脚步急促，神色难耐。

张子英面色苍白如纸，脸颊上的汗珠不断地滚落，她那娇弱的身躯在这酷热中显得越发无力，仿佛一阵稍大些的风就能将她吹倒。

她微微颤抖的手轻轻抚着微微隆起的腹部，此刻正传来阵阵不适，孕吐的折磨让她本就憔悴的面容更添了几分苦楚。

她的嘴唇干裂起皮，每一次呼吸都像是在拉扯着身体里的每一根神经，难受极了。

然而，就在这艰难的时刻，她接到了刘丹锡让她秘密送情报的任务。

那一瞬间，她的内心仿佛被投入了一颗巨石，激起千层浪，陷入了极度的纠结之中。

脑海中不断浮现出刀疤脸那充满暗示和威胁的话语，每一个字都像沉重的石块压在她的心间，压得她喘不过气来。

“他不是好人。”

“他做的事，很危险。”

这些话语如同恶魔的低语，在她的耳边盘旋回荡，让她心烦意乱。

犹豫再三，张子英那清澈而坚定的眼眸中闪过一丝决然。

当她得知，这是一份关于建立临（临城）、郯（郯城）、费（费县）、峄（峄县）四县边联常备队的重要情报时，张子英立即接受了下来。

她强忍着身体的不适，迈着略显沉重的步伐，朝着苏杭丝绸店缓缓走去。

每一步都仿佛用尽了她全身的力气，每一步都承载着她内心的挣扎与坚定。

当她踏入苏杭丝绸店的那一刻，闷热的空气里混杂着绸缎的气味，让她的胃里又是一阵翻涌。

那个熟悉而令人心生畏惧的刀疤脸的身影再次映入她的眼帘。

刀疤脸身材高大魁梧，像一座小山一般矗立在那里，身上那件黑色的粗布短衫紧紧地绷在他结实的肌肉上，似乎随时都会被撑破。

他的眉毛又浓又黑，像两条毛毛虫，此刻因为不耐烦而紧紧地拧在一起。

眼睛里闪烁着凶狠的光芒，像恶狼一般，让人不寒而栗。

他的眼神依旧充满了不耐烦，如同看着一件令他厌恶至极的东西。

他伸出粗糙且布满老茧的手，手上青筋暴起，指甲缝里还残留着污垢，粗暴地从张子英颤抖的手中一把夺过情报。

那动作带着一种不容抗拒的力量，使得张子英的身体微微一晃，差点摔倒。

张子英望着他，眼中透着疑惑和愤怒，那清澈的眼眸中燃烧着怒火。

她忍不住大声反问："你说刘丹锡老师不是好人，那你为何帮他做事？"

她的声音在这略显安静的丝绸店内回荡，带着一丝颤抖，却又充满了质问的力量。

刀疤脸的眼神闪躲了一下，那一瞬间，他眼中闪过一丝慌乱，但很快便被凶狠取代。

随后，他恶狠狠地瞪着张子英，嘴角抽搐着，如同一只被激怒的野兽，从牙缝中挤出声音："哼，你这不知天高地厚的女人，真是不识好歹。告诉你，是你挡了我的财路，只要你以后不再帮刘丹锡做事，我可以帮你找你妹妹。"

他说话时，嘴里喷出一股难闻的气味，熏得张子英差点作呕。

张子英心头猛地一震，妹妹的下落一直是她心中最深的牵挂，如同一块巨石，沉甸甸地压在她的心底。

听到刀疤脸提及妹妹，她的眼神中闪过一丝动摇，但很快又恢复了坚定。

可她坚信，刘丹锡所做之事是为了拯救更多的人，那是正义的事业，如同黑暗中的明灯，照亮着前行的道路。

她深吸一口气，努力让自己镇定下来，挺起胸膛，尽管身体依旧虚弱，可她的眼神中却透着无比的坚定。

她大声说道："我不会为了自己的私利放弃正义，刘丹锡老师做的是对的，我会一直支持他！"

刀疤脸冷哼一声，脸上的肌肉因愤怒而扭曲："你别不识好歹，以后有你后悔的时候。"

说完，他转身匆匆离去，只留下张子英独自站在原地。

张子英望着他离去的背影，眼神中没有丝毫的畏惧，只有无比的坚毅。

她知道，前方的道路充满了未知的危险，如同置身于茫茫黑夜中的荆棘丛，但她绝不会因为恐惧而退缩，她的心中有一团正义的火焰在燃烧。

张子英缓缓走出苏杭丝绸店，阳光洒在她身上，可那炽热的阳光却驱不散她心底的阴霾。

她的脚步有些虚浮，每一步都仿佛承载着千斤重担。

回到家中，张子英疲惫地瘫坐在椅子上，思绪如乱麻般交织。

她想起刀疤脸那凶狠的表情和威胁的话语，心中不禁一阵后怕，身体也微微颤抖起来。

但一想到刘丹锡的信任和托付，以及那份为了正义而奋斗的使命，她又觉得自己不能退缩，一股力量在她心底悄然升起。

夜晚，月光透过窗户洒在张子英的脸上，那清冷的月光仿佛给她的脸庞蒙上了一层银纱。

她躺在床上，翻来覆去难以入眠，身下的床铺被她辗转的身体弄得凌乱不堪。

丈夫在一旁鼾声如雷，对她所经历的一切浑然不知。

张子英望着黑暗的窗外，她默默在心中祈祷，希望自己能够顺利完成任务，保护好家人，也不辜负刘丹锡老师的期望。

她的双手不自觉地放在腹部，感受着新生命的律动，那微弱的胎动仿佛给了她无尽的力量。

突然，她敏锐地察觉到，刀疤脸此人对自己的情况竟是那般了如指掌。

每一个细节，每一段过往，仿佛都被他刻在心底。

他知道她还有个妹妹，并且还知道，妹妹的下落对她意味着什么，甚至可能知道她心中对刘丹锡的信任和对正义的执着。

这一惊觉，让张子英的心猛地一颤，仿佛被一只无形的手紧紧揪住。

她的呼吸变得急促起来，心脏在胸腔里剧烈跳动。

她仔细回忆那既熟悉又陌生的语调，那独特的发音方式，那带着乡音的尾调。

这才恍然惊觉，他的口音虽然有些南腔北调，但是细心琢磨竟是源自自己那魂牵梦绕的乡土乡音。

那熟悉的乡音，本应带给她温暖和亲切，此刻却让她感到无比的恐惧和困惑。

第二天清晨，第一缕阳光透过窗户洒在张子英的脸上，张子英早早地起身，尽管身体依旧虚弱，双腿有些发软，但她的眼神中多了一份决然。

她深吸一口气，试图让自己疲惫的身体振作起来。

她开始为家人准备早饭，动作有些迟缓，准备给家人擀面条。

她将面粉倒入盆中，加入适量的水，开始揉面，双手在面团上用力揉搓，仿佛要将所有的不安和恐惧都融入这平凡的烟火之中。

当她再次出门时，张子英深深地吸了一口气，清新的空气涌入她的肺部，让她感到一丝清爽。

她告诉自己一定要勇敢，尽管心中的恐惧并未完全消散，但她知道，自己不能退缩。

然而，她不知道的是，一场更大的危机正在悄然逼近，如同暴风雨前的宁静，危险正隐藏在这看似平静的表象之下，等待着将她吞噬。

鲁南的夏天，庄稼地里都是一望无际的玉米。

天气闷热且让人烦躁不安，如往常一般，张子英从地里拔了一些喂兔子的青草，匆匆地赶路回家，怀孕的负担和烦琐的劳作已经让她无法顾及太多的疑问。

暮色四合，墨色的浓云如汹涌的黑色浪潮，在天边翻涌汇聚，沉甸甸地压向大地，仿佛要将世间万物都吞噬殆尽。

转眼间，浓密的雨滴裹挟着呼啸的狂风，毫无征兆地倾盆而下，瞬间织成了一张密不透风的雨幕，天地间一片混沌。

张子英裹紧身上那件洗得发白的旧布衫，在风雨中艰难地前行。

每一步都踏在满是积水的泥泞里，溅起的水花打湿了她的裤脚，寒意顺着肌肤往上蔓延。

豆大的雨点噼里啪啦地砸落在她身上，打得脸颊生疼，凌乱的发丝紧紧贴在额头和脸颊上，湿漉漉的几缕遮住了她的眼睛，她抬手胡乱地将头发别到耳后，可那发丝又很快被风雨重新吹乱。

这段日子，秘密情报传递工作越发繁重，各种复杂的任务和突发状况让她应接不暇，根本无暇顾及心中那些盘根错节的疑问。

她的脑海里总是被各种接头暗号、传递路线填满，神经时刻紧绷着，如同一张拉满的弓。

就在她艰难地蹚过一处积水，水花溅湿了她的裤脚时，一个身影骤然闯入她的眼帘。

不远处，路边的角落里，一个年轻男子无力地瘫倒在泥水中。

他的衣衫褴褛不堪，破碎的布条仿佛随时都会被风扯碎。

一道道狰狞的伤口肆意绽露，皮肉外翻，鲜血混着雨水，汩汩而出，在地上漫延开来，洇红了身下的土地。

男子的眼神中充满了痛苦与无助，犹如陷入绝境的困兽，绝望而迷茫，他的嘴唇微微颤抖，干裂的嘴唇间发出微弱的呻吟："救救我……"

在这电光石火的瞬间，刘丹锡的身影如同划破夜空的璀璨星辰，在张子英的脑海中骤然闪耀。

她想起刘丹锡那一次次毫不犹豫挺身而出的勇敢模样，面对恶势力时，他身姿挺拔，眼神坚定，毫无惧色；想起他那一双总是饱含悲悯与坚定的眼眸，望向受苦之人时，眼中满是温柔与同情，望向正义之路时，又透着决然与执着；还有他为了正义和善良，不计回报地付出一切的身影，那些过往的场景如同一把把火炬，点燃了张子英内心深处的勇气。

她深吸一口气，试图让狂跳的心镇定下来，胸腔随着呼吸剧烈起伏，冰冷的雨水顺着脖颈灌进衣领，她却浑然不觉。

于是，她定了定心神，暗暗下定决心，决定学着刘丹锡老师的样子，向这个受伤的男子伸出援助之手。

张子英轻手轻脚地靠近男子，她的脚步轻柔得如同飘落的雪花，生怕惊扰了这脆弱的生命。

狂风呼啸着，吹得她站立不稳，她一手扶着旁边的墙壁，缓缓蹲下身子。

雨水顺着她的脸颊滑落，滴在男子身旁的泥水中。她的目光中满是怜惜与关切，轻声说道："别怕，我会帮你的。"

男子微微抬起头，那黯淡的眼神中闪过一丝微光，像是抓住了救命稻草。

张子英费力地扶起男子，那男子的身躯沉重而虚弱，几乎将全部重量都压在了她身上。

她咬着牙，额头上沁出细密的汗珠，与雨水混在一起，顺着脸颊滑落。

她的双腿微微颤抖，每迈出一步都十分艰难，泥水溅到两人身上。

张子英谨慎地左右张望一番，确认四周无人后，费力地搀扶着那受伤的男子，一步一步向自家院子挪去。

一路上，风雨不停地吹打，她好几次差点摔倒，但都凭借着顽强的意志稳住了身形。

将男子藏在自家院子的织布房里，这织布房平日里冷冷清清，只有她一人会来此劳作，倒是个隐蔽的好去处。

张子英顾不上擦拭脸上的雨水和汗水，便急忙开始为他包扎伤口。

织布房里光线昏暗，只有几缕微弱的光线透过破旧的窗棂缝隙挤了进来，在地上投下斑驳的光影。

她在角落里翻找出一个旧箱子，里面装着一些简单的医药用品，那是她平日里为家人准备的。

她的双手微微颤抖，却依然动作轻柔，在照顾男子的过程中，张子英的心中满是紧张与担忧。

她用温水浸湿毛巾，轻轻擦拭着伤口，男子疼得微微皱眉，她轻声安慰："忍一忍，马上就好。"

在照顾男子的过程中，张子英的心中满是紧张与担忧。

她的心跳如急促的鼓点，每一次呼吸都带着不安，她担心男子的伤势，担心被人发现这个秘密，可一旦被发现，不仅自己会有危险，还会连累家人。

但在这不安之中，更多的是一种从未有过的满足感。

她知道，自己正在做一件正确的事情，就像刘丹锡一直以来所做的那样。

她的眼神中闪烁着坚定的光芒，那光芒如同夜空中最亮的星，照亮了这昏暗潮湿的角落。

在交谈中，她得知男子叫高小山，原本满怀期待地从上海过来到中兴煤矿公司看望亲戚，怎料途中遭遇劫匪，不仅财物被洗劫一空，还落得一身伤痛。

张子英望着眼前这个面容憔悴的年轻人，心中不禁涌起一股怜悯之情。她的目光中透着温柔与同情，思绪也不由自主地飘远。

他的脸上满是疲惫与沧桑，眼神中透着迷茫与无助。

她想着，如果自己那早逝的哥哥还在这世上，应该也和他一般年龄。

这般想着，张子英便自作主张决定把他留下来养伤。

“小山，你就在这儿安心养伤，别担心，有我在。”张子英的声音轻柔而坚定，犹如春日里的微风，给高小山带来了一丝温暖和安慰。

高小山感激地看着张子英，眼中闪烁着泪花，声音沙哑地说道：“大姐，您的大恩大德，我无以为报。”

张子英微笑着摇摇头，轻轻拍了拍他的肩膀：“别说这些，好好养着，等伤好了再说。”

此后的日子里，张子英总是趁着无人注意的时候，悄悄给高小山送来食物和药品。

清晨，她会早早起床，在厨房忙碌一番，将热乎乎的饭菜用布包好，小心翼翼地揣在怀里，哪怕饭菜的热气透过布包烫到了皮肤，她也毫不在意。

午后，她会在集市上佯装挑选货物，实则悄悄买下治疗伤口的草药，眼神警惕地观察着周围，生怕被人察觉异样。

每次进入织布房，她都带着满心的关怀，脚步轻盈而谨慎，每走一步都竖起耳朵听着外面的动静，生怕被人发现这个秘密。

而高小山在张子英的悉心照料下，伤势也渐渐有了好转。

他原本苍白如纸的脸上开始泛起一丝血色，眼神不再那般黯淡无光，开始有了生机和希望。

他会在张子英来的时候，强撑着坐起身，和她聊上几句，感激之情溢于言表。

但好景不长，打破这番宁静的人还是出现了。

第八章　风波再起

俗话说，天下没有不透风的墙。

藏匿小山的事情，就像一颗投入平静湖面的石子，在村里激起层层涟漪，化作一道道风言风语，迅速传播开来。

那些流言蜚语，如同八级大风，无孔不入，最终传进了马力的耳朵里。

虽然张子英与小山之间清清白白，并没有什么苟且之事，但在那些好事者和心怀叵测之人的嘴里，张子英瞒着丈夫，将一个年轻男子藏在自己家里，这简直就是板上钉钉的偷情行径。

他们添油加醋、绘声绘色地描述着，仿佛亲眼所见一般，使得谣言越传越离谱。

有人说看到张子英和那男子在院子里亲昵交谈，还有人说深夜听到织布房里传出暧昧的声响。这些毫无根据的谣言，就像毒药一般，在村子里肆意蔓延。

掌灯时分，马力醉醺醺地回到家中。他刚踏入家门，一阵风便裹挟着家中异样的气氛扑面而来。

平日里熟悉的温馨与宁静荡然无存，取而代之的是一种莫名的压抑与紧张，仿佛空气中都弥漫着一股诡异的气息。

妻子张子英的神情更是透着难以掩饰的慌张，她的眼神闪烁不定，像一只受惊的兔子，不敢与丈夫对视。

当马力的目光触及她时，她的眼神迅速闪躲，双手不自觉地揪着衣角，微微颤抖。

马力的心中本就疑云密布，看着张子英这副模样，心中的疑虑瞬间被放大。

在他看来，张子英这般表现，不就是典型的此地无银三百两吗？

白天村里人的议论在头脑中反反复复出现，顿时他怒火中烧，认定了张子英分明是不守妇道，定是背着他做下了苟且之事。

“好好好，张子英，我马力这么多年对你，再怎么样，也是说得过去，村里人这几天说我马力做了王八，做了绿毛龟，亏我还解释。你这么做，对得起谁，对得起咱们的孩子吗？”

马力的声音因愤怒而变得沙哑，每一个字都仿佛裹挟着无尽的怒火，在狭小的屋子里回荡，震得窗户上的纸都簌簌作响。

他的双眼圆睁，死死地盯着张子英，仿佛要用目光将她穿透。

说罢，他猛地拽起一根烧火棍。那烧火棍在他手中微微颤抖，仿佛也感受到了主人的愤怒。他的眼神中透着凶狠与决绝，一副要上演一出捉奸大戏的架势。

他的胸膛剧烈起伏，粗重的喘息声犹如破旧风箱发出的声响。

张子英知道，要是真让马力发现了小山，即使自己是清白的，那也百口莫辩，跳进黄河也洗不清了。

她的心脏在胸腔中疯狂跳动，恐惧如潮水般将她淹没，她甚至能听到自己心跳的轰鸣。

她不顾一切地张开双臂，试图阻拦愤怒得几近失去理智的丈夫。

她的身体微微颤抖，像风中的一片落叶，声音因极度的惊恐和焦急而颤抖不已："当家的，你先冷静冷静，千万莫要冲动，这里面定是有误会的呀！"她的声音带着哭腔，在颤抖中显得格外无助。

丈夫怒目圆睁，额头上青筋暴起，如同一条条扭曲的蚯蚓，随时可能爆裂。

他大声吼道："你这贱人，还敢狡辩。今日我若把那奸夫找出来，定饶不了你们这对狗男女！"他的脸上写满了愤怒与厌恶，那眼神仿佛要将张子英生吞活剥。

他向前跨了一步，手中的烧火棍高高举起，似乎下一秒就要落下。张子英的泪水在眼眶中打转，苦苦哀求道："当家的，你一向是明白我的为人的，我张子英嫁与你这些年，何时做过对不起你的事？你莫要这般不分青红皂白就冤枉我。你听我慢慢解释，切莫这般冲动行事，伤了夫妻间的情分。"

她的声音带着哭腔，充满了委屈与无奈，本来就有孕在身，笨拙的身体也随着哀求微微摇晃。

丈夫根本不听，用力甩开张子英的手，继续朝着屋内冲去。那股力量之大，让张子英一个踉跄，险些摔倒。她的手臂被甩得生疼，仿佛脱臼一般。

但她又迅速站稳，再次扑过去抱住丈夫的腿，声嘶力竭地喊道："当家的，就算你不为我着想，也为咱们这个家想想啊。咱们夫妻多年，一直和和睦睦，从未有过这般争吵。倘若今日因为误会闹得不可开交，日后这日子还怎么过下去？”她的指甲深深地嵌入丈夫的裤腿，仿佛这样就能留住他的脚步，泪水不停地滴落在地上。

高小山在这千钧一发之际，慌乱得如同受惊的小鹿。

他全然不顾身上那尚未痊愈的伤痛，紧咬着牙关，使出浑身的力气，艰难而仓促地爬上了房梁。

他的动作笨拙而狼狈，每爬一步都仿佛用尽了全身的力气。

他的伤口因剧烈的动作而撕裂，鲜血渗出，染红了他的衣衫，钻心的疼痛让他几近昏厥，但恐惧让他不敢停下。

他的呼吸急促而沉重，他紧紧地贴在房梁上，大气都不敢出，眼睛死死地盯着下方，生怕发出一点声响。

马力此刻犹如一头被彻底激怒的狂狮，双眼瞪得滚圆。

他的脸上肌肉因愤怒而剧烈抽搐着，脸上的青筋根根暴起。

他疯狂地咆哮着冲进屋内，那怒吼声仿佛能将屋顶掀翻。

他的双手如狂风般肆意地挥动，将屋内的物件粗暴地推倒、扔掷。

桌椅被掀翻在地，发出沉闷的声响；所有的东西被摔得粉碎，碎片四溅。一时间，屋内一片狼藉。

他一边声嘶力竭地怒吼着：“贱妇，今日我定要将那奸夫揪出来。”一边像个疯子般四处搜寻，不放过任何一个角落。

他的喘息声粗重如牛，每一次呼吸都带着无尽的怒火。

眼神中透着疯狂与决绝，在屋内疯狂地扫视着，不放过任何一个可疑之处。他将柜子里的衣物全部倒在地上，一脚踢开角落里的杂物，嘴里不停地咒骂着。

张子英的心脏急速跳动，仿佛要从嗓子眼儿蹦出。她的双手死死地攥着衣角，仿佛要将衣角撕裂。

她的声音带着哭腔，几近哀求地说道：“马力，你信我一回，真的不是你想象的那样，求求你别这样。”

她的眼神中充满了绝望与无助，泪水不停地流淌下来，打湿了她的衣衫。她跟在马力身后，试图拉住他的手臂，却一次次被甩开。

丈夫哪里听得进去这苦苦的哀求，依旧如疯魔般不停地翻找，嘴里吐出的咒骂之词越发恶毒难听。他的情绪已经完全失控，被愤怒冲昏了头脑，根本听不进任何解释。

他一脚踢开织布机旁的凳子，凳子撞在墙上，发出巨大的声响。

所幸，高小山藏身之处极为隐蔽，这才侥幸没有被发现。

马力找遍了每一个角落，都没有发现他所认为的“奸夫”。

看着织布房里的一地鸡毛，马力这才冷静几分，狠狠地吐出一口恶气，嘶声道：“别给我逮到。”

他的声音中依旧带着浓浓的恨意，胸膛还在剧烈起伏。然后留下一片狼藉和跪在地上掩面而泣的张子英，摇摇晃晃地摔门而去。

那摔门声在寂静的院子里格外响亮，仿佛是这场闹剧的落幕，但张子英心中的伤痛和担忧却如汹涌的潮水，久久无法平息 。

捉奸风波过后，张子英等丈夫醒酒以后，把高小山的来龙去脉说得清清楚楚，明明白白。

马力终于明白和理解了妻子的善良，相信张子英的所作所为是光明正大的。他也知道，救人一命，胜造七级浮屠的道理。

日子仿若缓缓流淌的溪流，重新恢复了往日的平静与安宁。在一个阳光格外温柔的午后，整个世界都被笼罩在一片暖融融的氛围里。

澄澈如洗的天空，宛如一幅无边无际的湛蓝绸缎，没有一丝杂质，干净得让人忍不住想要伸手触摸。

洁白似雪的云朵，仿若蓬松的棉花糖，悠悠飘浮其中，自在又闲适，时而变幻出各种奇妙的形状，给这单调的蓝天增添了几分灵动与俏皮。

微风轻悠悠地拂来，像是大自然派出的使者，携带着田野间清新的青草气息与野花的馥郁芬芳，俏皮地溜进了宁静的小院。

小院里的树叶被风轻轻吹动，发出沙沙的声响，似在低声吟唱着一首温柔的歌。

墙角的几株不知名的小花，在风中轻轻摇曳，它们舒展着娇嫩的花瓣，仿佛在向世界展示着自己的美丽与坚强。

就在这宛如世外桃源般宁静祥和的氛围中，张子英与高小山两人，成了患难与共的朋友。

温暖的阳光透过树叶那细密的缝隙，如缕缕金色的丝线般轻柔地洒落在小院里，在地面上形成一片片斑驳的光影。

这些光影随着微风的吹拂，不断地变幻着形状，仿佛在诉说着时光的故事。

高小山好像十分好奇，许多个为什么追着问张子英。从周围村庄的情况，县城的土匪，监狱的设施，私塾先生，到风土人情，婚丧嫁娶，吃喝穿戴，野生动物等等，什么都问。

张子英有问必答，心里十分好笑，心想："真是个大上海的城里人，农村的事什么也不懂。"

她安坐在一个小板凳上，整个人都被那柔和且温馨的光线笼罩，周身仿佛散发着一层淡淡的光晕，宛如一幅静谧美好的油画。

她微微仰起头，眼神时而黯淡如深不见底的幽潭，在回忆起往昔的困苦时，仿佛暗夜中即将熄灭的星辰，满是疲惫与无奈。

讲到她小时候，年纪尚小，童年也有过幸福的时光，爷爷常常教她识字，日子过得还不错。

后来，爹爹出了事，家里的情况一落千丈，她虽然身形瘦弱得如同秋日里的一片落叶，却不得不独自挑起生活那沉甸甸犹如千斤巨石般的重担。为了生计，她常常天不亮就起身，在昏暗的灯光下忙碌。

她的双手，因长期的劳作布满了老茧和伤口，每一道伤痕都记录着她曾经的艰辛与不易。

说到嫁过来后的操劳，她不自觉地微微蹙起眉头，眼角那如鱼尾般的细纹仿佛也在幽幽地诉说着岁月的无情与冷酷。

这些细纹，就像岁月留下的刻痕，每一道深深浅浅的纹路里，都隐匿着一个个不为人知的辛酸故事。

家里家外的大小事务，她都要操心，从照顾老人孩子，到操持家务，再到田间劳作，她从未有过一刻清闲。

农忙时节，她在田间顶着烈日辛勤劳作，汗水湿透了她的衣衫，数不清的汗水滴落在脚下的土地里。

“每个季节种什么粮食？能收多少斤？”高小山天真地问道。

张子英总是耐心地讲给他听。讲到农闲时，她又要忙着操持家务，为家人准备一日三餐，缝补破旧的衣衫。

她讲述着邻里间的矛盾与纷争，分享着村里的趣事和温馨时刻，仿佛这些看似平凡的故事中，都深深埋藏着她难以言说的复杂情感。

高小山静静地坐在一旁雕刻着简单花纹的石凳上，目光中满是专注和认真。

他的眼神随着张子英的娓娓叙述而不断变化，时而流露出如潺潺溪水般的深切同情，那同情在他眼底缓缓涌动，似乎能感同身受张子英的痛苦。

时而闪过一丝如熊熊烈火般的愤慨，那愤慨似燃烧的火苗，在他的眸中跳跃闪烁，为张子英所遭受的不公而不平。

他的双手安静地放置在膝盖上，修长的手指偶尔会不自觉地微微蜷缩，仿佛在诉说着他内心的起伏波动。

他的身体微微前倾，全神贯注地聆听着张子英的每一句话，生怕错过任何一个细节。

他深深地被张子英的经历所触动，那紧紧锁住的眉头和抿得紧紧的嘴唇，无一不彰显着他内心的同情与不忍。

他在心里默默感叹，这个看似柔弱的女子，竟有着如此坚韧的内心。

她就像一朵在风雨中顽强绽放的花朵，无论遭遇多少艰难困苦，都能勇敢地面对生活，这种精神让他既敬佩又心疼。

末了，高小山的脸上渐渐浮现出一抹纠结之色，他的眉头紧紧锁住，犹如两道相互纠缠、怎么也解不开的粗实绳索。

嘴唇微微颤抖着，仿佛被一阵无形且凛冽的寒风吹拂着。

他的内心似乎正在进行着一场激烈无比的鏖战，那矛盾与挣扎如同汹涌的波涛，清晰地呈现在他的面庞之上。

他的眼神中透露出一丝犹豫和不安，时不时地看向张子英，又迅速移开目光，仿佛在思考着什么重要的事情。

犹豫再三之后，他终于还是鼓足了勇气开了口。

只见他的双手不安地搓着衣角，那衣角在他略显焦躁的揉搓下变得皱皱巴巴，犹如他此刻纷乱如麻的心情。

他的眼神中带着一丝犹如孩童般的恳切和期盼，犹如溺水之人绝望中望见了救命的稻草，急切地说道：“大姐，我的伤情也快好了，过几天我要离开了。有个不情之请，想拜托您帮我个忙。我在这村里人生地不熟的，也没啥信得过的人，思来想去，只能求您帮忙了。”

他的声音微微颤抖，带着一丝紧张和期待。

张子英微笑着轻轻点头，那笑容温暖而亲切，示意他继续说下去。

她的眼神中充满了鼓励和信任，让高小山原本紧张的心情稍微放松了一些。

高小山深吸一口气，仿佛要将内心所有的忐忑与不安全部深深地压下去，接着说道：“我想拜托您帮我到峄县城里的中华邮政寄送一封信。这信对我来说很重要，我离开家有些日子了，家中的父母一定很着急，寄封信，给父母报个平安。我本想自己去，可实在是腿脚不便。大姐，您心地善良，为人又厚道，我相信您一定能帮我把这信送到。”

他的语气诚恳而急切，眼神中充满了炽热的期待和毫无保留的信任，那目光炽热得仿佛能瞬间将人的心融化。

他的双手不自觉地握紧，仿佛在为自己加油打气。

“放心吧，我帮你。”张子英没有丝毫的迟疑，干脆利落地一口应下了这个请求。

张子英答应下高小山寄信的请求后，次日清晨，天际刚刚晕染出一抹极其微弱、宛如轻纱般的鱼肚白。

此时，夜色还未完全退去，浓稠的黑暗在四周弥漫，远处的山峦和树木影影绰绰，像是一幅水墨丹青在缓缓洇开。

万籁俱寂，唯有偶尔传来的几声鸟鸣，在寂静的清晨中格外清脆，却又转瞬即逝，更衬出这村庄的宁静。

张子英虽然有孕在身，但因有事情要办，便悄无声息地起了床，生怕惊扰到还在沉睡的家人。

她轻轻穿上衣裳，整理好领口和袖口，对着镜子微微转身，眼中满是珍惜与满足。

出门前，她再一次极其郑重地确认那封信安然无恙地揣在贴身的衣兜里。

她微微低下头，凑近衣兜，似乎想要再次确认信件的存在。

行走在乡间那蜿蜒曲折的小路上，微风恰似温柔慈爱的母亲那温暖的双手，轻柔地、缓缓地拂过。

路旁的野花野草在微风的轻抚中欢快地摇曳着身姿，散发出阵阵淡雅清幽、令人心醉神迷的清香。

嫩绿的草尖上挂着晶莹剔透的露珠，在微光的映照下，闪烁着细碎的光芒，宛如无数颗珍珠散落在草丛间。

偶尔有几只早起的蝴蝶，在花丛中翩翩起舞，它们五彩斑斓的翅膀在阳光下闪烁着迷人的色彩。

然而，此刻的张子英却全然无暇欣赏这如诗如画般的迷人美景。

她眉头微微紧蹙，那两道弯弯的眉毛就如同两片被浓重愁绪压弯的柳叶，透着丝丝缕缕的焦虑与不安。

目光坚定而急切，仿佛前方有一个十万火急、亟待她奔赴的神圣使命。

脚下的步伐迈得又快又稳，每一步都带着坚定不移、不容置疑的决心，仿佛脚下的土地都能感受到她内心的焦灼与急切。

她的身影在晨曦中匆匆掠过，带起一阵微风，吹得路边的野花野草轻轻晃动。

到了县城上，这天正是古老的峄县大集，她瞬间置身于熙熙攘攘、喧闹嘈杂的街头，商贩此起彼伏的叫卖声交织缠绕在一起。

张子英被挤在人群中，眼神中透露出一丝紧张与不安，她不断地环顾四周，警惕着周围的一切。

她额头上渐渐沁出了细密的汗珠，这时，她的目光精准地锁定了一位面容和善、慈眉善目的老者，快步走上前去，询问道：“老人家，请问中华邮政怎么走呀？”

老者热情地为她指路：“往前走过一个十字路口，再往左拐弯，三五十米就到了。”她认真地听着，并点头致谢。

道谢之后，她又脚步匆匆地径直朝着中华邮政的方向快步走去，她的眼神中唯有坚定不移的执着和一往无前的决心。

她的脚步没有丝毫的迟疑，在人群中穿梭自如，仿佛周围的一切都与她无关。

来到中华邮政门口，张子英停下脚步，微微喘着粗气，胸脯起伏不定，如同风中摇曳的花朵。她的发丝有些凌乱，被汗水浸湿后贴在脸颊上，显得有些狼狈。

她伸出手，轻轻抚平衣服上的褶皱，又仔细整理了一下有些凌乱的发丝，那动作轻柔而又细致，仿佛在呵护一件易碎的珍宝。

她深吸一口气，试图让自己那颗急速跳动、几近跃出嗓子眼儿的心平静下来，然后迈着坚定有力的步伐走进中华邮政。

中华邮政里的人不算多，张子英小心翼翼地从衣兜里掏出那封信，双手将其递给中华邮政的工作人员。

她的眼神中满是郑重其事，声音略微颤抖却又无比坚定地认真交代着：“同志，麻烦您一定要把这封信寄送到指定的地方，这对寄信的人来说太重要了。”

正在交谈之际，刘丹锡老师莫名其妙地出现了：“马嫂，你这是给谁寄信？”

“刘老师，你怎么也在这里？我给别人帮个忙。”张子英一边说，一边将手中的信扬了扬。

刘丹锡老师接过信，看了看说：“这个信封没有封好，我帮你密封好。”

等刘老师整理好之后，张子英郑重其事地将信投入邮袋。

完成送信的任务后，张子英那颗一直高高悬着、紧绷着的心这才缓缓落了下来。

被别人信任的幸福感，是她以前所没有体会过的。她长长地舒了一口气，露出如释重负的笑容。那笑容如同春日里绽放得绚烂至极的花朵，灿烂而温暖。

她又沿着来时的路，踏上了回家的征程，脚步轻快而又满足，每一步都洋溢着完成使命后的轻松与愉悦。

然而，她不知道的是，高小山在与她交谈时，偶尔会不经意间流露出一些奇怪的习惯动作，比如在提到某些地方时，眼中会闪过一丝异样的光芒，那光芒里藏着一种难以言说的渴望和野心。

他对周围环境的观察也极为细致，常常在不经意间询问一些关于村庄布局、人员往来的细节，看似随意的聊天，却隐隐透露出一种不寻常的目的。

这些细节，都被张子英忽略了，而它们，正如同隐匿在黑暗中的恶魔，等待着在未来的某一天，掀起惊涛骇浪。

第九章　铲除间谍

虽然立秋了，可天气仍然不凉爽。

云层像是被一只无形且暴虐的大手肆意揉搓，杂乱无章地堆叠在一起，将天空捂得密不透风，仿佛整个世界都被装进了一个巨大的灰色牢笼。

仅有的几缕阳光，如同困兽般奋力挣扎，才从云间那狭小的罅隙中挤出，化作一束束孱弱又摇摇欲坠的丝线，零零散散、有气无力地洒落在张子英家那略显破败的小院里。

院里的花草被这微薄到近乎绝望的光线笼罩，毫无生机可言，蔫蔫地耷拉着枝叶，每一片叶子都仿佛承载着无尽的压抑，在这死寂的氛围里瑟缩着，仿佛也被这令人窒息的压抑氛围彻底感染。

张子英将信顺利寄出，拖着仿若灌了铅般沉重的步伐，缓缓靠近家门。

还未进门，她便隐隐觉得有些不对劲。往常这个时候，院子里总会传来邻居家孩子充满活力的嬉笑打闹声，或是远处传来的几声犬吠，为这平凡的午后增添几分烟火气。

可此刻，四周却安静得有些诡异，静得让人头皮发麻。

她下意识地放慢脚步，每一步都踏得小心翼翼，眉头紧紧皱起，眼神中满是警惕，不安地朝四周打量着，那目光仿佛能穿透墙壁，探寻这寂静背后隐藏的秘密。

她抬手推开院门，门轴发出“嘎吱”一声刺耳的声响，在这死寂的氛围里格外突兀，仿佛是一声凄厉的尖叫，划破了平静的表象。

她迈进院子，脚下的泥土软绵绵的，像是踩在棉花上，每一步都带着难以言说的疲惫，更像是踩在自己那忐忑不安的心上，每一步都让心跳越发剧烈。

她的发丝被汗水浸湿，一缕缕地贴在脸颊上，显得狼狈不堪，眼神中透着深深的倦意，整个人仿佛被抽去了力气，可内心的不安却如野草般疯狂生长。

张子英缓缓走进织布房，陈旧的气息扑面而来，那是一种混合着潮湿、灰尘与岁月痕迹的味道，就像一座尘封已久的古墓，弥漫着腐朽与神秘的气息。

织布机的木质框架上，有着被岁月打磨出的斑驳痕迹，每一道划痕都仿佛记录着一段不为人知的故事，在这昏暗的光线下，显得格外阴森。

那架古老而沉默的织布机静静地伫立在角落里，仿佛一位饱经岁月风霜的老者，正无声地诉说着往昔那些惊心动魄却又被岁月掩埋的故事，可这故事里，似乎藏着让人毛骨悚然的秘密。

就在这时，一阵轻微却又透着诡异的脚步声从身后悄然传来。

这脚步声极轻，轻到几乎难以察觉，但在这寂静得近乎真空的织布房中，却如同一记重锤，狠狠地敲在张子英的心上，震得她心脏猛地一颤。

她的心瞬间提到了嗓子眼儿，脊背瞬间发凉，全身的血液仿佛都在那一刻凝固，手脚也变得冰凉。

她缓缓转过头，刹那间，一个身影如鬼魅般闪入屋内，瞬间打破了这原本沉闷的寂静。

居然是那个让人不寒而栗的刀疤脸，竟在不知不觉间跟随张子英来到织布房。

还没等张子英从惊愕中缓过神来，刀疤脸的眼中骤然闪过一丝冷酷至极的杀意，那目光犹如寒夜中的利刃，直直地刺向屋内的小山。

他的眼神中没有一丝温度，仿佛眼前的一切都只是他杀戮的对象，整个世界在他眼中都如蝼蚁般渺小。

紧接着，他的动作快如闪电，粗壮的大手迅速从腰间抽出一把匕首，那匕首在微弱的光线中闪烁着冰冷的寒芒，仿佛在急切地宣告着死亡的降临。

匕首的刃口锋利无比，寒光闪烁，让人不寒而栗，那光芒仿佛能直接刺进人的灵魂深处，搅乱所有的理智。

随后，他如同一头凶猛的猎豹，带着一股无法阻挡的气势朝着屋内的小山猛扑过去。

他的脚步急促而有力，地面都似乎随着他的奔跑而微微震动，每一步都像是踏在张子英的心上，让她的心都跟着颤抖。

小山显然被这突如其来的变故吓得面如死灰，双脚发软，慌乱地往后连退几步，每一步都踏得踉跄，仿佛脚下的土地都在摇晃。

他的脸上没有一丝血色，嘴唇微微颤抖，发出微弱的呜咽声，那声音仿佛是从地狱传来的绝望呼喊，眼神中充满了极度的恐惧与绝望，仿佛一只陷入绝境的羔羊，无助地等待着命运的裁决，那眼神里的恐惧，也深深刺痛了张子英的心。

然而，刀疤脸的动作实在太过敏捷，仅仅眨眼之间，就已经跨越了两人之间的距离。

只见刀疤脸高高举起匕首，手臂上的肌肉紧绷，青筋暴起，随后，他用尽全身力气朝着小山的胸口狠狠刺去，那动作带着一种破釜沉舟的狠劲，仿佛要将所有的仇恨都发泄在这一刺之中。

高小山惊恐万分，本能地抬起双手试图抵挡这致命的一击，可他那瘦弱的手臂又怎能敌得过刀疤脸的凶狠进攻。

刹那间，匕首无情地穿透了他的手掌，鲜血四溅，那鲜血飞溅在空气中，形成一道道血痕，仿佛是命运的诅咒在空中划过。

紧接着又深深地扎进了他的胸膛。

小山的双眼瞬间瞪得极大，眼中满是难以置信与痛苦，仿佛不敢相信这残酷的现实，喉咙里挤出一声微弱的惨叫，那叫声仿佛是对这个世界最后的控诉，随后身体缓缓向后倒下，重重地摔在地上，发出沉闷的声响，仿佛是命运的丧钟被敲响。

鲜血如汹涌的喷泉般从伤口处汩汩涌出，迅速在他身边蔓延开来，将那片地面染成了一片刺目的鲜红，那鲜艳的红色在这昏暗的织布房中显得格外惨烈，仿佛是生命被肆意践踏的证明。

鲜血在地面上流淌，汇聚成一滩，散发着刺鼻的腥味，那味道弥漫在空气中，让张子英几乎窒息，每一次呼吸都像是在吞咽着恐惧。

张子英目睹着这血腥而恐怖的一幕，整个人如遭雷击，瞬间呆立在原地，身体仿佛被一股无形的力量禁锢，无法挪动分毫。

她的脸上写满了震惊与恐惧，双眼圆睁，额头上豆大的汗珠滚滚而落，每一滴汗珠都仿佛带着无尽的恐惧。

眼神中透露出无尽的茫然与不知所措，仿佛置身于一场无法醒来的噩梦之中，灵魂都被这突如其来的变故深深震撼。

她的嘴唇微微张开，想要发出声音，却发现喉咙干涩，发不出半点声响，只能眼睁睁地看着这一切发生，内心的恐惧如同汹涌的潮水，将她彻底淹没。

在那狭小而昏暗的织布房内，暗淡的光线仿若被恐惧吞噬，仅能勾勒出四周模糊的轮廓。

角落里，一张破旧的桌子歪歪斜斜地立着，上面的物件杂乱无章，仿佛也被这恐怖的氛围搅乱了秩序。

空气中弥漫着一股刺鼻的血腥味，与令人几近窒息的紧张气息交织在一起，每一丝空气都仿佛因刚刚发生的惨状而被冻得僵硬。

张子英的目光看到高小山的瞬间，整个人如遭电击，脚步猛地顿住。

她的瞳孔急剧收缩，眼中满是难以置信的惊恐。

只见高小山直挺挺地躺在冰冷的地面上，殷红的鲜血从他身体各处涌出，在地面上漫延开来，形成一片触目惊心的血泊。

那鲜血还在不断地流淌，顺着地面的缝隙，蜿蜒出诡异的形状，仿佛是恶魔的爪痕。

他的双眼圆睁，眼神中似乎还残留着未散尽的惊恐与不甘。嘴唇微微张开，仿佛还想要诉说着什么，却被这突如其来的死亡永远地堵住了嘴。

张子英的心脏仿佛被一只强有力的大手紧紧揪住，一阵剧痛袭来，她的呼吸也变得急促而沉重，仿佛每一次吸气都带着无尽的痛苦。

她的眼眶在刹那间便被泪水充盈，视线变得模糊不清。

高小山，尽管认识他的时间并不算长，可那毕竟是一条鲜活且充满生机的生命啊，怎能在这转瞬之间，就这般毫无预兆、不明不白地消逝了呢？

张子英紧咬下唇，嘴唇因用力而泛白，甚至渗出了一丝血迹。

她的脑海中不由自主地浮现出与高小山相处的点点滴滴，他那真诚的笑容，他那充满感激的眼神，此刻都如针般刺痛着她的心。

她深吸一口气，胸脯剧烈地起伏着，试图让自己狂乱的心跳稍稍平复。

她的双手不自觉地紧握成拳，手背上的青筋也高高凸起，仿佛是她内心愤怒与恐惧的具象化。

而后，她用尽全身的力气，微微颤抖着朝着刀疤男艰难地跨出一步。

“你怎么能这样草菅人命？”张子英开口质问道，声音起初还有些颤抖，带着一丝难以掩饰的恐惧，可随着话语的吐出，愤怒如同汹涌的潮水，将恐惧逐渐驱散，让她的声音越发坚定。

“他到底犯了什么不可饶恕的错，你要下此狠手？”

她的双眼瞪得滚圆，死死地盯着刀疤男，眼中燃烧着愤怒的火焰，那火焰仿佛要将眼前这个恶魔吞噬。

她的脸颊因为愤怒而微微泛红，额头上也渗出了细密的汗珠。

然而，话刚一出口，张子英便瞬间意识到自己的冲动。

她的脸色瞬间变得煞白，如同一张惨白的宣纸，没有一丝血色。

眼神中闪过一丝惊恐与懊悔，她后悔自己的鲁莽，担心这会给孩子带来更大的危险。

她的心脏猛地一缩，仿佛被一只无形的手紧紧攥住。

她转过头，目光急切地投向房间的角落。

只见她的闺女瑾侠居然正蜷缩在那里，小小的身体如风中的落叶般瑟瑟发抖。

瑾侠的双眼瞪得极大，充满了无尽的恐惧，那眼神仿佛一把锋利无比的尖刀，直直地刺入张子英的心底，让她痛不欲生。

孩子的嘴唇微微颤抖，想要呼喊妈妈，却又被恐惧堵住了喉咙，只能发出微弱的呜咽声。

她的小手紧紧地抓住自己的衣角，仿佛那是她唯一的救命稻草。

张子英的呼吸变得急促而沉重，她的身体微微前倾，似乎想要立刻冲过去将孩子紧紧护在怀中。

但她的脚步却像是被钉在了地上，无法挪动分毫。

她的双腿发软，每一次试图迈步，都被内心的恐惧和对孩子的担忧阻止。

她的膝盖微微弯曲，身体也在微微颤抖，仿佛随时都会瘫倒在地。

她只能在心中默默祈祷，希望这场如同噩梦般的灾难能够快点结束，希望自己和孩子能够平安无事地度过这一劫 。

刀疤男听闻张子英的质问，那原本犹如寒潭般冷漠狠厉的眼神，瞬间被寒霜彻底笼罩，变得深邃而阴鸷。

他的脸上没有一丝表情，仿佛是一座冰冷的雕塑，只有那微微跳动的太阳穴，显示出他内心的愤怒。

他的嘴角微微抽搐，露出一丝不易察觉的冷笑，仿佛在嘲笑张子英的天真与勇敢。

此时的他恰似一头蛰伏已久，被彻底激怒的猛兽，周身散发着令人毛骨悚然的杀意。

他毫无迟疑，甚至连头都未曾抬一下，只是机械地将手中那仍在滴血的匕首，缓缓从高小山的尸体上抽出。

他的手上沾满了鲜血，那鲜血顺着他的手指滴落在地面上。

“妨碍我的人，都得死。”

他的声音低沉且冰冷，仿佛是从地狱深渊径直传来，不带一丝一毫的温度："这，便是下场。"他的声音在房间里回荡，每一个字都像是一颗冰冷的子弹，射向张子英的心脏。

语毕，他如同丢弃一件毫无价值的废物一般，随手将匕首甩向一旁。

伴随着"噗"的一声闷响，匕首深深扎进墙壁之中，在墙上留下一道触目惊心的痕迹。

匕首周围的墙壁上，出现了一道道细小的裂纹，仿佛是这恐怖场景的见证者，也在恐惧中颤抖。

紧接着，他缓缓站起身，迈着沉稳且缓慢的步伐，朝着张子英步步逼近。

他的身影在昏暗的光线中显得格外高大，犹如一座不可逾越的山峰，给张子英带来巨大的压迫感。每一步，都似重锤般，踏在张子英的心上。

在距离张子英仅有一步之遥处，他停下身形，微微低头，居高临下地俯视着张子英，眼神中充斥着满满的不屑与冷酷。

他的眼神仿佛能看穿张子英的内心，将她的恐惧和无助尽收眼底。

"管好你自己，还有你的孩子。不然，下一个，倒霉的就是你们。"

他一字一顿，冷冷地说道，那声音仿佛能将周围的空气瞬间冻结，仿佛世间万物于他而言，皆如蝼蚁般渺小而微不足道。

他说话时，呼出的热气喷在张子英的脸上，让她感到一阵恶心和恐惧。

第十章　揭秘真相

天，黑了下来。

在那间狭小逼仄、光线昏黄而黯淡的房间里，散发着一股令人几欲作呕的血腥气息。

那气息仿佛一层浓稠得化不开的阴霾，沉甸甸地压在张子英的心头，让她每一次呼吸都充满了沉重与压抑。

墙壁上，那盏老旧的油灯散发着微弱而摇曳不定的光，火苗在黑暗中痛苦地挣扎跳跃，像是被一只无形的手肆意摆弄着，忽高忽低，仿佛随时都会被黑暗彻底吞噬。

这微弱的火光，将刀疤男和张子英的身影，扭曲而怪诞地投射在地面上，恰似张牙舞爪的鬼魅，随着光影的晃动，为这阴森的氛围更添几分诡谲。

地上蜿蜒流淌的血迹，在昏黄光线的映照下，宛如恶魔肆意留下的狰狞爪印，散发着令人胆寒的气息，无声地诉说着这里刚刚发生的残酷一幕。

刀疤男眉头紧紧拧在一起，额头上的皱纹如同干裂的土地，刻满了冷酷与无情。

他的眼神中透露出冰冷与麻木，仿佛刚刚消逝的生命，不过是世间最微不足道的尘埃。

他的双手好似铁钩一般，粗壮有力且沾满了鲜血，毫不犹豫地抓住高小山的脚踝，将尸体拖曳至房间的角落。

那簌簌的摩擦声，在寂静的房间里格外刺耳，就像一把钝刀在张子英的神经上反复拉锯。随后，他随手扯过一块破旧不堪、满是污渍的布，随意地将其覆盖在尸体上，那布的一角还耷拉在外面，像是死者不甘的挣扎。

处理完毕，他轻轻拍了拍手，随后，转身迈着大步，径直朝张子英走去。

张子英此刻面色惨白如纸，毫无血色，嘴唇干裂，微微颤抖着，眼神中写满了惊恐与无助，身体不受控制地微微颤抖着，恰似寒风中瑟瑟发抖的残叶，在恐惧的狂风中摇摇欲坠。

刀疤男伸出那粗壮有力、犹如铁钳般的大手，紧紧地抓住张子英纤细的胳膊，那力量大得仿佛要将她的骨头捏碎。

张子英顿时吃痛，忍不住倒吸一口凉气，“嘶”的一声轻呼，脸上瞬间浮现出痛苦的神情。

然而，恐惧如同无形的枷锁，束缚着她的行动，她不敢有过多的挣扎，只能脚步踉跄地被刀疤男拖曳着，朝着院子外匆匆走去。

一路上，她的发丝凌乱地飞舞，心中满是绝望与恐惧，脑海中不断回响着高小山那惨死的画面，那画面如同噩梦一般纠缠着她。

不知道走了多久，他们来到了一处院落。

刘丹锡身着一袭剪裁精致的黑色长衫，身姿笔挺如松，静静地站在一张古色古香的书桌前。他双手背于身后，神色严肃而庄重，深邃的眼眸中透着一股与生俱来的不怒自威的气势。

他的脸庞线条刚硬，如同被岁月雕刻的磐石，透着沉稳与坚毅。

见刀疤男和张子英来到跟前，他微微抬起头，目光如同一束锐利的光，直直地落在张子英身上，那目光仿佛能看穿她的内心，洞察她心中的每一丝恐惧与疑惑。

沉默片刻后，他缓缓开口，声音低沉而有力，仿佛从幽深的谷底传来："子英，你所见到的那个高小山，绝非表面这般简单。他是日本人，是上海东亚同文书院的学生，那所学校是日本人专门进行'中国学'研究的高等间谍学府。他看似在四处游历，探究中国各地的风土人情，实则是个阴险狡诈的间谍。"

张子英微微一怔，眼中瞬间闪过一丝茫然与困惑，嘴唇不由自主地微微颤抖着，轻声嗫嚅道："间…… 间谍？那究竟是什么？"

她的确从未听闻过这个词，即便身处这动荡不安的年代，对局势的复杂有所感知，但对于"间谍"这个概念，她依旧是懵懂的。

她的眼神中满是迷茫，眉头轻皱，试图从刘丹锡的表情中寻找到一丝线索，来解开心中的疑惑。

刘丹锡老师微微叹了口气，眼神中不经意间流露出一丝忧虑，如同平静湖面泛起的涟漪："据可靠情报显示，高小山此行收集情报是为日本人南下做准备。"

他微微低下头，沉思片刻，接着缓缓说道："所谓间谍，便是为其他国家窃取情报的人。这些日本间谍，隐匿在我们之中，如同隐藏在黑暗中的毒蛇，四处搜集各类信息，为他们那罪恶的侵略行径精心谋划、铺就道路。”

张子英眉头紧锁，如同打了一个死结，努力地想要理解刘丹锡所说的话，然而，她的脑海中却依旧是迷雾重重。

她虽不明白间谍的确切含义，但平日里听不少富家太太绘声绘色地描述过日本人的残暴行径，那些血腥惨烈的场景，如同梦魇般在她的脑海中不断盘旋，挥之不去，让她对日本人本能地生出深深的恐惧与厌恶。

她的双手不自觉地攥紧衣角，心中涌起一股莫名的不安。

刘丹锡似乎洞悉了张子英心中的疑惑，他轻轻转过身，从书桌上拿起一叠《申报》《中央日报》报纸，递向张子英，神情凝重地说道：“你仔细看看这些，或许便能明白。”

张子英犹豫了一下，眼神中闪过一丝迟疑，随后缓缓伸出手，接过报纸。

此刻，她全神贯注地辨认着报纸上的文字，一行又一行，一页复一页。

报纸上，一篇篇报道触目惊心，宛如一把把利刃，刺痛着张子英的心：日军所到之处，烧杀抢掠，无数无辜百姓在他们的屠刀下惨遭屠戮，尸横遍野；他们在各地秘密建立据点，如同毒瘤般在黑暗中肆意生长，暗中进行着那些不可告人的罪恶勾当。还有那些看似平凡普通的人，实则是为日军传递情报的间谍，如同隐藏在暗处的毒刺，随时可能给国家带来致命的伤害……

张子英的脸色越发苍白，如同冬日里的残雪，眼睛越睁越大，仿佛要将这些残酷的事实深深地烙印在心底。

她双手紧紧地攥着报纸，仿佛要将报纸揉碎，以宣泄心中的愤怒。

她的脑海中，浮现哥哥的脸，那样的无邪，又是那样的无畏。

读到后面，张子英的身体开始剧烈地颤抖，仿佛被狂风肆虐的树枝，无法自控。

她的眼中燃烧着熊熊的愤怒火焰，那火焰仿佛要将一切邪恶焚烧殆尽。

她终于彻底明白，刀疤男所杀掉的高小山，看似是一个温文尔雅、文质彬彬的学生，实则是一个披着羊皮的恶狼，一个隐藏在暗处，犹如恶魔般企图将中国推向万劫深渊的敌人。

她的心中如同打翻了五味瓶，涌起一阵复杂而又难以言喻的情绪。

既有对高小山真实身份的愤怒与痛恨，那愤怒如同汹涌的潮水，在她心中澎湃翻涌，恨不得将高小山的伪装彻底撕碎；更重要的是对自己替高小山寄信感到后怕，那后怕如同一根冰冷的刺，扎在她的心间，她有点语无伦次："那…… 寄出去的信，可怎么办…… "

刘丹锡老师看出她的焦虑和不安，告诉她："放心吧，那天在邮政大厅信封内的信纸被我抽出来了。"

虽然如此，她仍然感到窒息和忧虑，那忧虑如同沉甸甸的巨石，压在她的心头，让她喘不过气来。

自己太天真了，差点助纣为虐。

她不禁在心中默默祈祷，希望这黑暗的日子能早日过去，希望自己和孩子能在这乱世中寻得一丝安宁。

刘丹锡老师静静地看着张子英，目光中既有理解，也有期待。

他微微眯起眼睛，眼神中透露出一丝温和，轻声说道："子英，我看中你善于学习，面对恶势力敢于抗争，又有一颗善良无私的心，所以才想与你合作。"

他微微顿了顿，脸上浮现出一丝忧虑的神情，眉头轻轻皱起，仿佛在回忆那些危险的过往，继续说道："但很多时候，你虽勇气可嘉，但对局势的认识还不够深刻。就像这次，你救下的高小山，实则是日本间谍特务。若不是及时处理，我们的组织恐怕就会暴露，后果不堪设想。”

他的声音低沉而凝重，每一个字都像是在敲响警钟，回荡在张子英的耳边。

“组织？什么组织？国民党的组织还害怕暴露？”张子英不解地问道。

刘丹锡老师欲言又止，看了看刀疤男。刀疤男嚷嚷着：“别这么多好奇心，以后该让你知道的时候，你自然会明白。”

张子英似乎明白，又似乎想不明白。她想起自己此前的莽撞，不禁面露赧色。

她微微低下头，不敢直视刘丹锡老师的眼睛，低声道：“我……我当时确实没认清形势，险些闯下大祸。”

她紧紧咬着嘴唇，双手习惯性地又开始不自觉地揪着衣角，仿佛在为自己的失误而自责。

过了一会儿，她抬起头，眼神坚定地看着刘丹锡，说道：“刘老师，您放心，我明白了。以后我一定不会再莽撞行事，我要和你们一起，对抗侵略者！”

她紧紧地咬着嘴唇，眼神中透露出坚定的决心，双手不自觉地握成拳头，仿佛在向这个动荡的世界宣告着自己的誓言。

刘丹锡老师微微点头，眼中闪过一丝欣慰，他的嘴角微微上扬，露出一丝不易察觉的笑容。

他拍了拍张子英的肩膀，说道：“子英，我相信你。接下来的路会很艰难，但我们必须携手前行，共同面对遇到的一切困难。”

他的眼神变得严肃而专注，紧紧盯着张子英的眼睛，继续说道：“我们的行动每一个细节，每一次判断，都关乎着国家的安危。我们要更加谨慎，不能再给敌人任何可乘之机。”

他的声音虽然低沉，但充满了力量，如同黑暗中的一盏明灯，给张子英带来了勇气和信心。

张子英感受到刘丹锡老师的信任，心中涌起一股暖流，她挺直了腰杆，回望着刘丹锡，眼神中充满了坚定与希望，仿佛在回应着这份期许，准备迎接即将到来的艰难挑战。

自从这次铲除间谍特务事件后，张子英的内心像是历经了一场灵魂的涤荡，觉悟宛如破土而出的新芽，以惊人的态势蓬勃生长。

她清晰而深刻地意识到，自己所投身的事业，与国家的命运、民族的未来息息相关。

每一个行动，每一次抉择，都承载着无比厚重的使命与深远的意义。

自那一刻起，张子英仿佛被点燃的火炬，学习热情熊熊燃烧，越发高涨。

她精心制订了一份详尽的学习计划。她从刘丹锡老师的那里借来了《水浒》《三国演义》《聊斋》《大学》《中庸》等，还读了《鉴湖女侠》，接受了很多进步思想，提高了自己判断是非的能力。

每日，当黎明前的黑暗还未完全退去，第一缕晨曦尚未照进窗户，她便轻手轻脚地起身，动作小心翼翼，生怕惊扰到身边的丈夫与孩子。

借着微弱的晨光，她缓缓翻开从刘丹锡老师手中借来的各类书籍，似一名无畏的勇士，从军事战略的典籍里汲取克敌制胜的力量，还像一位敏锐的观察者，透过时事评论的字里行间洞察局势的风云变幻。

遇到晦涩难懂的内容时，她不再有丝毫退缩与放弃的念头，而是一遍又一遍地反复研读。

时而，她眉头紧锁，眼神中透露出深深的思索与困惑，仿佛在与书中的难题进行一场激烈的较量；时而，她又恍然大悟，脸上绽放出豁然开朗的神情，嘴角微微上扬，露出一丝满足的微笑。

倘若遇到实在无法理解的地方，她便会带着虚心求教的态度，向知识渊博的刘丹锡老师请教。

每当这时，她的眼神中满是对知识的渴望，仿佛能将刘丹锡所传授的知识都牢牢吸进心底。

为了让自己在面对各种复杂且危险的情况时能够迅速做出准确而有效的反应，她常常在脑海中模拟各种危险场景，反复思考应对之策。

她在房间里来回踱步，脚步略显急促，嘴里念念有词。

她设想自己身处敌人的重重包围之中，四周危机四伏，犹如置身于一座无形的牢笼，思索着该如何巧妙地寻找破绽，突出重围，成功脱身，确保情报能够安全、准确地送达。

她的眼神坚定而专注，仿佛眼前这些虚拟的场景已然成为真实的战场，容不得她有丝毫懈怠。

她时而停下脚步，目光凝视着远方，仿佛在寻找着突破口；时而又加快脚步，嘴里快速地说着各种应对方案。

不仅如此，张子英还养成了每日主动看报的习惯。

她深知，报纸就如同洞察外界局势的一扇关键窗口，透过它，能够敏锐地捕捉到敌人的一举一动，精准地洞察局势的微妙变化。

每当拿到报纸，她便如获至宝，迫不及待地寻一个安静的角落，全身心地投入研读中。

她的目光犹如灵动的飞鸟，在字里行间快速穿梭，手中的笔则如勤劳的蜜蜂，不停地标记出关键信息。

若是发现与敌寇相关的线索，她会反复琢磨，如同一位技艺高超的雕刻师，将每一个细节都深深镌刻在心底，仔细思考如何将其巧妙地转化为对组织极具价值的情报。

有时，她会因为一则重要的消息而兴奋得心跳陡然加速，血液仿佛都在沸腾，脸上洋溢着激动的神情。

更有时，会因敌人的恶行而气得紧握拳头，眼中燃烧着愤怒的火焰，恨不得立刻冲出去与敌人战斗。

在家庭与使命的天平两端，张子英艰难地寻找着平衡。

公公离世后，生活的重担犹如一座巍峨大山，沉甸甸地压在她一人肩头。两个孩子还未长大，正是对母亲十分依赖的时期。

家中衣食住行、吃喝拉撒，桩桩件件，都如丝线般缠绕着她，需要她一一操心。

而丈夫呢，面对家庭的重重困境，他总是一副手足无措的模样，眼神中满是迷茫与无助，根本无法为张子英分担分毫。好在婆婆帮助她，也能理解她，这让她得到了很多宽慰。

送情报，参加活动，意味着要常常离家，短则半天，长则数日。

每次出发前，张子英的心就像被密密麻麻的细针深深刺入，疼得揪紧。夜幕深沉，万籁俱寂，孩子们都已酣然入睡。

她轻手轻脚地走进那间狭小昏暗的卧室，月光如水，透过斑驳的窗棂，洒在孩子们稚嫩的脸上。

她缓缓蹲下身子，半跪在床边，伸出那双因常年劳作而略显粗糙的手，轻轻抚摸着孩子们的头发。

她的眼神中，是无尽的慈爱与眷恋，可那眼底深处，却又藏着深深的不舍与愧疚，那是身为母亲却无法时刻陪伴孩子的无奈与自责。

“娘要出趟远门，你们要乖乖听奶奶的话……”她微微俯身，凑近孩子们的耳边，轻声呢喃，饱含着一位母亲对孩子无尽的牵挂。

随后，她缓缓起身，蹑手蹑脚地走到那略显破旧的衣柜前，轻轻打开柜门，翻找出家里仅有的几件厚衣服。

她仔细地将衣服叠放整齐，而后将它们放在床边最显眼的位置，嘴里还不停地念叨着：“天气变了，记得给孩子们添衣……”

尽管她深知，婆婆会把孩子们照顾好，但她依旧不厌其烦地重复着这些琐碎的话语，仿佛这样，就能为孩子们筑起一道温暖的防线，撑起一片小小的、宁静的天地。

那是一个闷热得让人窒息的午后，乌云如墨般翻涌，沉甸甸地压在天际，仿佛一场暴风雨即将来临。

张子英正陪着孩子们在院子里玩耍，突然，刘丹锡神色匆匆地赶来，带来了一份十万火急的情报，要求她立刻出发送往联络点。

就在这时，大儿子突然发起了高烧，小脸烧得通红，眼神迷离，嘴里还含糊不清地喊着：“娘，娘……”

张子英的心瞬间像被一只无形的大手紧紧揪住，疼得几乎无法呼吸。

她毫不犹豫地一把将孩子抱在怀里，动作慌乱地在柜子里翻找药，一边翻找，一边轻声安慰着：“孩子，别怕，娘在这儿，娘在这儿……”她的声音微微颤抖，带着难以掩饰的焦急与担忧。

一边是病重的孩子，小脸滚烫，脆弱得如同风雨中的幼苗；一边是十万火急的情报，关乎着无数人的安危。

她的内心在痛苦地挣扎着，仿佛有两个小人在激烈地争吵。

她紧紧地抱着孩子，感受着他滚烫的体温，心中的煎熬如汹涌的潮水般一波接着一波，几乎要将她彻底淹没。

她咬了咬牙，像是用尽了全身的力气，狠下心，将孩子托付给了婆婆。离开家的那一刻，她脚步沉重地缓缓转身，回头望了望那扇紧闭的门，泪水再也不受控制，夺眶而出，顺着她的脸颊肆意流淌。

一路上，她的脑海里全是孩子那稚嫩的脸庞和微弱的呼喊，仿佛一道道无形却坚韧的绳索，紧紧地牵扯着她的心。

但她的脚步却一刻也没有停下，每一步都迈得沉重而坚定，每一步都像是在与内心的痛苦和不舍做着艰难的抗争。

因为她深知，她肩负的不仅是一个母亲的责任，更是一个战士的使命，为了国家，为了无数孩子的未来，她必须前行 。

尽管困难重重，但张子英从未有过一丝退缩的念头。

她就像一棵在狂风暴雨中屹立不倒的大树，用自己的身躯为家人和国家撑起一片希望的天空 ，在岁月的磨砺中，绽放出属于自己的光芒，成为家人心中的依靠，国家背后的无名英雄。

七七事变的消息，仿佛一道划破长空的惊雷，自遥远的北平轰然炸响，其影响迅速如汹涌的潮水，以排山倒海之势扩散开来。

即便身处山东，那紧张与惶恐的气息也无孔不入地弥漫在每一寸空气中，让人喘不过气来。

时光如白驹过隙，匆匆流逝，冬天到了。

身处这动荡不安的岁月，张子英刚刚生下第三个孩子，正处于坐月子的关键时期。她和丈夫商量着给孩子取名字叫三亮，寓意明亮、光亮的意思。

简陋的屋子里，弥漫着产后的虚弱气息与婴儿的啼哭，更添了几分凄凉与无助。

长期的营养不良使张子英面色苍白如纸，毫无血色，恰似冬日里最冰冷的残雪，脆弱而又惹人怜惜。

然而，她的眼神中却闪烁着一种别样的倔强，那光芒穿透了这乱世的阴霾，直直地刺向远方，仿佛在向命运宣告着她的不屈。

她静静地靠在床头，发丝凌乱地散落在脸颊两侧。

一旁的丈夫马力，正眉头紧锁，满脸愁容地在屋里来回踱步。

他的眉头仿佛被一条无形的绳索紧紧捆绑，怎么也解不开，额头上深深的皱纹里，填满了焦虑与不安。

嘴里不停地念叨着："这世道，怕是要彻底变天了，听说日本人在北平闹得那叫一个天翻地覆，咱们这山东，恐怕也没法太平。"

"还有那些从上海逃难过来的人，都吓傻了。日本鬼子见人就杀，看见房子就烧，只要是个女的，不论年龄大小统统被轮奸后再捅死。逃难的那个人是被捅伤后假死亡才逃过一劫，那场面真是惨。咱们这也不安全了，得赶紧想办法。"

他的声音中带着深深的忧虑，他突然停下脚步，转身看向张子英，目光中满是担忧与急切："我寻思着，咱们带着孩子逃到抱犊崮山里去吧，在那或许能躲一阵子。"

张子英轻轻摇了摇头，几缕发丝从她略显凌乱的发髻中滑落，如同风中凌乱的柳絮，在她苍白的脸颊边轻轻飘动。

她缓缓开口，声音虽虚弱，却如洪钟般坚定有力地说道："躲到山里又能怎样？要是日本人真打来了，躲到地下都没用。与其像丧家之犬般四处逃窜，不如挺直脊梁，奋起反抗！"她的每一个字都像是一颗掷地有声的石子，在这狭小的屋子里激起层层回响，久久不散。

马力满脸疑惑，凑近张子英，问道："你怎么知道这些？你一个妇道人家，可别乱说，小心惹祸上身。"

张子英心里一惊，脸上却故作镇定，她微微别过头，避开丈夫那探寻的目光，手不自觉地抓紧了被角。

片刻后，她勉强挤出一丝笑容，搪塞道：“我也是听村里的人说的，大家都在议论纷纷呢，说得有鼻子有眼的，我也就跟着琢磨了些。”

可她的心里却早已打定了主意，那是一个不能轻易说出口的秘密。

在这乱世之中，她似乎看到了一条不一样的路，一条充满危险却又无比坚定的抗争之路。而她正准备踏上这条未知的旅程，只是此刻还不是向家人坦白的时候。

在这动荡岁月的灰暗色调中，马力宛如一只热锅上的蚂蚁，整日里忙得晕头转向，仿佛被命运的巨轮无情地碾压着。

晨曦微露，天边才刚刚泛起一丝鱼肚白，他便匆匆起身，收拾家当，准备逃亡。

破旧的房屋中，他弯着腰，在昏暗的角落里仔细翻找着那些平日里积攒下来的零碎物品。

口中还念念有词：“这干粮可得多备些，山里冷，厚衣裳也不能落下，孩子们可经不起冻……”

此时的张子英，刚刚艰难地熬过了月子。

产后的虚弱并未消磨掉她眼中的坚毅光芒，反而像是在那柔弱的身躯里注入了一股更为强大的力量，让她越发坚韧。

峄县县城的街道上，人来人往，熙熙攘攘，嘈杂的叫卖声此起彼伏。

她身着朴素的粗布衣衫，步伐匆匆却又小心翼翼。

这次踏入城里，那喧闹的场景都无法掩盖她内心的紧张感与使命感。她接受了对群众进行抗日宣传教育的工作。

原来，中共中央在 7 月 8 日通电全国，呼吁实行全民族抗战。中共苏鲁豫皖边区特委在抱犊崮山区召开特委会，传递了中央指示，部署抗日救亡工作，并形成三条决议：

（一）积极进行城乡抗日民主统一战线工作；

（二）积极开展对群众的抗日宣传教育工作；

（三）发动和组织在共产党领导下的人民抗日武装，开展游击战争。

峄县最早组织起了三支抗日武装力量：鲁南抗日自卫团、大北庄抗日武装、同乡会战地服务宣传队武装。

峄县的抗日情绪异常高涨，张子英不顾产后身体的虚弱，积极地投身抗日的队伍中。

她手中拿着小红旗，站在高处，历数七七事变以来日本侵略者的种种暴行，呼吁大家行动起来，抗击日本帝国主义的侵略。

她带领大家高喊："打倒日本帝国主义！""不做亡国奴！"

宣传活动结束后，她的目光如隼，敏锐地在人群中搜索着接头的信号和可能出现的危险，每一个眼神都透着警惕，不放过任何一个细节。

而那个刀疤男，总是如鬼魅般出现在她的视野里。

每次相遇，张子英都会不自觉地心跳加速，仿佛有一只小鹿在心头乱撞。

但如今，在这紧张的局势下，她对他的感觉竟悄然发生了变化，多了几分复杂的信任，那是在乱世中，对一个神秘而又可靠的同伴的信任。

张子英深吸一口气，在县城一条幽静的小巷里拦住了刀疤男。

她的双脚像是被钉在了地上，双手紧紧地握成拳头。微风轻轻拂过，吹起她额前的几缕发丝，却无法抚平她内心的波澜。

"我妹妹…… 她到底在哪里？我真的不能再等了，求你告诉我吧！"

她的声音带着哭腔，那哭腔里满是对亲人的无尽思念和担忧。眼眶中闪烁着泪花，泪水在眼眶里打转，随时都可能夺眶而出，每一滴都承载着她对妹妹的牵挂。

刀疤男静静地站在那里，宛如一尊雕塑，只是静静地看着她那深邃的目光中闪过一丝不易察觉的怜悯，但瞬间又恢复了平静，仿佛什么都没有发生过。

他微微皱了皱眉，欲言又止，似乎在内心进行着一场激烈的挣扎，是坚守秘密，还是满足她的渴望，这让他陷入了两难的境地。

但最终，他还是缓缓地转过身，迈着沉重的步伐离去。

他的背影在夕阳的余晖下显得格外落寞，仿佛承载着无数的秘密和无奈，每一步都像是在诉说着他的艰难抉择。

只留下张子英孤独地站在巷子里，望着他远去的背影，泪水无声地滑落。

那心中对妹妹的牵挂和疑惑，在这寂静的小巷中越发浓烈，如一张无法挣脱的网，将她紧紧束缚。

她的肩膀微微颤抖，双手无力地垂在身旁，仿佛被抽去了所有的力气，整个世界仿佛都在这一刻崩塌，只剩下她对妹妹的思念，如潮水般汹涌澎湃。

第十一章　烽火困途

时光的车轮无情地碾压至 1938 年 1 月。

乡亲们都在传说，日本侵略者马上要打到峄县了。战火的硝烟味越发浓烈，仿佛一张无形的巨网，弥漫在峄县的每一寸空气之中。

天空像是被一块巨大的铅板覆盖，压抑得让人喘不过气来。

街边的树木在寒风中瑟瑟发抖，枯黄的树叶纷纷飘落，仿佛是这个破碎世界的无声叹息。

马力，这位浪子回头金不换的一家之主，在历经无数个日夜的操劳与奔波后，总算是将家中的一切安置得稍有头绪。

他家那座破旧的小院里，到处都堆满了已打包好的行李。粗糙的麻布袋鼓鼓囊囊，里面塞着为数不多却弥足珍贵的家当。

几件打着补丁的旧衣裳，被仔细地叠放整齐，每一道褶皱都饱含着生活的艰辛与不易，那是他们抵御寒冬的重要依靠；一袋袋粗粮，马力是和张子英一同从牙缝里省下的，此刻静静躺在角落里，散发着质朴的气息，那是他们生存的希望。

他弯着略显佝偻的脊背，双手在行李间不停穿梭，再次仔细检查着每一个包裹，生怕遗漏了什么关键物品。

马力正站在院子中央，抬头望向那阴霾笼罩的天空，眉头紧锁，深深吸了一口气，心中默默念叨着："终于能带着全家离开这鬼地方了，但愿一切顺利。"

那饱经风霜的脸上，写满了对未知旅途的担忧，但更多的是一丝即将逃离险境的庆幸。

他的脸上刻满了岁月的痕迹，一道道皱纹里藏着生活的苦难与无奈。

他缓缓转身，迈着沉重的步伐走进屋内。

屋内，张子英正坐在床边，轻柔地哄着怀中哭闹的孩子。

她面容憔悴，产后虚弱的身体还没有恢复，眼神中却透着一股倔强与坚韧。

孩子的哭声在这寂静的房间里显得格外刺耳，她一边轻轻摇晃着手臂，一边低声哼唱着不成调的摇篮曲，试图安抚孩子的情绪。

马力走到张子英身旁，蹲下身子，看着孩子，又抬头看着张子英，轻声说道："都准备好了，咱赶紧出发吧，这地方不能再待了。"他的声音有些沙哑，带着几分急切。

张子英微微点头，眼中闪过一丝忧虑，但还是迅速起身，收拾孩子的一些零碎物品。

他们带着孩子，一路上风餐露宿，走走停停，到了枣庄住在火车站旁边的车马店。

枣庄因为枣树较多且味道甜美而得此名，是从唐宋时期就在此建立的村落。

那时的枣庄还是一个无人知晓的小村落。到了明清时期，朝廷允许百姓自己挖矿。而枣庄地下拥有着丰富的煤炭资源，就像蒙尘的宝珠拂去灰尘一样，默默无闻的枣庄也渐渐被外界知晓。

1912 年《中兴公司章程》中注明：“总矿在峄县城北枣庄。”那是洋务运动中李鸿章兴办的中兴煤矿公司。

至此，枣庄这个地方虽然是个镇子，有了中兴公司就不一般了，由于拥有煤炭，日本人早就盯上了这块肥肉。

他们打算买火车票从枣庄坐火车去济南，投靠表叔家。

就在这时，一阵嘈杂的脚步声和慌乱的呼喊声从外面传来。马力心中涌起一股不祥的预感，急忙跑出门去查看。

只见街头巷尾挤满了神色慌张的人，人们奔走相告着那个令人绝望的消息：火车停运了。日军已沿着津浦铁路气势汹汹地南侵，而韩复榘的部队“闻风四十五，听信一百一”，一个劲儿地朝后跑，竟毫无作为，未做丝毫抵抗。

“打倒日本帝国主义！不做亡国奴！反对不抵抗政策！”一群年轻的学生，手里举着小旗，高声呼喊着，从车站前面一路走来。

刹那间，整个城市陷入了一片混乱与恐慌。

人们的脸上写满了恐惧与绝望，四处都是慌乱的身影，仿佛世界末日即将来临。

火车站内，原本热闹非凡的景象已荡然无存，只剩下一片死寂。

那冰冷的铁轨在灰暗的天色下显得格外孤寂，仿佛在诉说着被战争无情打断的故事。

候车大厅里，寥寥无几的旅人或瘫坐在长椅上，眼神空洞地望着天花板，仿佛灵魂已被战争抽离；或焦急地在大厅里踱步，嘴里不停地咒骂着这该死的战争和不作为的军队，那声音中充满了愤怒与无奈。

墙上的列车时刻表，那些原本清晰的车次和时间，如今已被工作人员用大大的红叉画得面目全非，就像一道道狰狞的伤口，宣告着火车班次的全部取消，也宣告着人们逃生希望的破灭。

火车站旁边的车马店附近，更是一片狼藉。

平日里靠出租马车维持生计的车夫们，此刻都像受惊的兔子般，躲在阴暗的角落里。

他们那满是污垢的脸上，恐惧之色溢于言表，嘴里不停地嘟囔着："这仗要是打起来，咱这小身板哪能经得起折腾，出去就是送死啊！"

那些原本健壮的马匹，此刻也低垂着头，无精打采地站在马厩里，身上的鬃毛杂乱无章，偶尔甩动一下尾巴，仿佛在表达着对这动荡局势的不满。

马厩周围弥漫着一股混合着草料和粪便的刺鼻气味，在这压抑的氛围下更显难闻。

中兴公司的煤炭也运不出去了，那些依靠贩卖煤炭为生的南来北往的煤炭商人焦虑不安。

偶尔有几个面露焦急之色的人匆匆赶来，想要租用马车逃离。他们大声呼喊着车夫的名字，声音中带着哭腔和绝望。

然而，车夫们却像商量好了似的，纷纷摇头拒绝，甚至不敢直视这些人的眼睛。

一位老者颤颤巍巍地走到一位车夫面前，双手合十，苦苦哀求道："行行好，带我一程吧，我这把老骨头不想死在这儿啊。"

车夫面露难色，别过头去，咬着牙说道："大爷，不是我不想帮您，这兵荒马乱的，我家里还有一大家子人等着我呢，实在是不敢啊！"他的声音中带着无奈与愧疚，那是在战争面前的无力。

马力面对这突如其来的变故，整个人瞬间僵在了原地。

他的双手无力地垂在身体两侧，微微颤抖着，眼神中满是绝望与迷茫。

那原本带着些许希望的目光此刻已变得空洞无神，他张了张嘴，想要说些什么，却发现喉咙干涩，发不出一丝声音。

许久，他才缓缓蹲下身子，双手抱住头，将脸深埋在臂弯里，那并不宽厚的肩膀不停地抖动着，像是在无声地哭泣。

他怎么也没想到，他们一家人辛苦筹备的逃生之路，竟会在这一瞬间被战争的洪流彻底冲垮。

万般无奈之下，他们又回到峄县四马寨的家中。

而未来，在这战火纷飞的乱世中，他们又将何去何从呢?

战火的硝烟在空气中越发浓烈，刺鼻的气息仿佛能钻进人的每一个毛孔，局势如同紧绷到极致的弦，每一秒都可能“砰”地断裂，让人们陷入更深的绝境。

在这令人窒息的紧张氛围里，张子英接到任务，前往兰陵那间神秘的吉祥胭脂店。

那是一个阴霾笼罩的日子，铅灰色的云层沉甸甸地压在天空上。

张子英身着一件补丁摞补丁的粗布衣衫，一头乌发被她利落地盘在脑后，几缕碎发垂落在脸颊两侧，更衬出她面容的坚毅。

她迈着沉稳而警惕的步伐走在街道上，眼睛如同鹰隼般敏锐地扫视着周围的一切。

街道两旁的店铺大多门可罗雀，偶尔有几个行人也是行色匆匆，低垂着头，脚步急促，似乎生怕被这乱世的风暴卷入其中，多停留一秒都可能招来灾祸。

当她来到吉祥胭脂店门口时，那古旧的招牌在风中微微晃动，发出“嘎吱嘎吱”的声响，仿佛在诉说着岁月的沧桑。

推开门，一股脂粉的香气扑面而来，混合着些许陈旧的气息。

店内的光线有些昏暗，货架上摆满了各式各样精美的胭脂盒，五彩斑斓的颜色在这黯淡的环境中显得格格不入，像是黑暗中的一抹虚幻的亮色。

张子英不动声色地走向柜台，眼睛的余光留意着店内的伙计。

那伙计是个年轻的后生，眼神机灵，脸上带着职业性的微笑，但在这微笑背后，似乎也隐藏着一丝不易察觉的紧张，他的手指不自觉地在柜台上轻轻敲击，暴露了他内心的不安。

“掌柜的，有没有老款式的琉璃胭脂盒？”张子英按照之前得到的指示，轻声问道。

“蓝色的卖完了，只有红色的，是那种石榴花颜色的红。”掌柜的回答道。

“我更喜欢石榴花开红似火的颜色。”

暗号对上了，简短而隐晦的话语在这安静的店内回荡，每一个字都像是一颗投入平静湖面的石子，泛起层层涟漪。

完成交接后，她迅速将一个小巧的包裹藏入怀中，再次环顾四周，确保没有异常后，便匆匆离开了胭脂店。

然后，她迅速地赶往同春堂大药房，将东西交给郭掌柜。

事后她才知道，那个小包袱里是极其珍贵的西药盘尼西林，那是一种消炎药。

然而，自那之后，日子如同陷入了无尽的泥沼，漫长而又煎熬。

刘丹锡老师仿佛从人间消失了一般，再也没有在张子英的生活中出现过，没有新的任务，没有任何消息，只有令人心慌意乱的寂静，那寂静如同一张无形的大网，将张子英紧紧笼罩。

张子英每日在不安中度过，她望着家中简陋的陈设，心中的担忧如同野草般疯狂生长。

墙壁上的裂缝在不断扩大，像是要将这个家吞噬，陈旧的桌椅在昏暗的光线下显得格外孤寂。

终于，她决定主动去探寻一些蛛丝马迹。

她来到县城的集市上，集市上也是一片萧条景象。

往日喧闹的叫卖声如今已被稀稀落落的讨价还价声取代。摊位上的货物稀稀拉拉，摊主们满脸疲惫，眼神中透着无奈与绝望。

她在一个破旧的报摊前停下脚步，摊主是个老男人，满脸皱纹如同岁月的沟壑，每一道皱纹里都藏着生活的苦难，眼神中透着疲惫与无奈。

张子英从兜里掏出几枚铜板，买下了一份报纸。

当她展开报纸的那一刻，仿佛有一股无形的力量重重地撞击着她的心脏。

报纸上那些醒目的黑体字，像是一把把尖锐的匕首，无情地刺向她的眼睛——日军已经占领了山东滕县等地。

她的双手开始不受控制地颤抖起来，她紧紧地咬住下唇，眼中满是惊恐与忧虑。

滕县，她曾听刘丹锡老师提及他要去滕县处理重要的事情，如今滕县已成了日军的囊中之物，难道刘老师在那里遇到了麻烦？

她的脑海中不由自主地浮现出刘丹锡在滕县活动的身影，那些模糊的画面在她的脑海中不断闪现，时而清晰，时而模糊，让她心急如焚。

“不行，我得去看看，说不定能找到些什么。”

张子英在心中暗自下定了决心。她回到家中，翻找出家中仅存的一些羊油，用一块粗布仔细地包裹起来，手指微微颤抖，却依然小心翼翼，仿佛那羊油是她最后的希望。

再次出门时，她的眼神中透着一股决绝的光芒，尽管她的双手依然微微颤抖，但脚步却异常坚定。

一路上，她的心跳声如同密集的鼓点，在她的耳边回响，震得她耳膜生疼。

她不时地回头张望，眼睛警惕地观察着身后的每一点动静。

街道上的风吹过，扬起一些尘土，眯住了她的眼睛，但她丝毫不敢停下脚步，只是用力眨了眨眼睛，继续前行。

当她来到民生学校的时候，学校大门紧闭。大门上贴着一张纸，上面写着：接上级通知，因战事紧张，学校放假，返校时间另行通知。

她十分失落，转身走到旁边的杂货店，店内的气氛似乎更加压抑。

她深吸一口气，走进店内，将羊油放在柜台上，轻声对伙计说道："掌柜的，我想打听点事儿。"

伙计看了她一眼，眼中闪过一丝犹豫，但还是微微点了点头，那点头的动作有些僵硬，像是被什么东西束缚着。

张子英急切地询问："你认不认得一个叫刘丹锡的老师，他是民生学校的老师。"

伙计告诉她："我才来没几天，不认识。"

她继续询问着关于滕县打仗的消息，伙计却只是摇头，表示一无所知，他的眼神闪躲，不敢直视张子英的眼睛。

张子英的心中充满了失望，但她还是强忍着内心的失望，转身离开了杂货店，脚步有些沉重，却依然保持着镇定。

在回家的路上，一种强烈的直觉告诉她，自己被跟踪了。

她的脊背瞬间冒出一层冷汗，每一根汗毛都竖了起来，像是被一只无形的手紧紧揪住。

她努力让自己保持冷静，眼睛快速地在周围搜索着可以躲避的地方。突然，她发现了一条狭窄的小巷。小巷的入口处弥漫着一股潮湿的气味，墙壁上爬满了青苔，似乎许久没有人经过。

她毫不犹豫地加快脚步，朝着小巷走去，脚步急促却又尽量不发出声响。走进小巷后，她发现这里比她想象的还要幽静，脚下的石板路有些湿滑，发出“咯吱咯吱”的声响，每一声都像是在提醒她的危险处境。

她在转角处看到一个破旧的门洞口，迅速侧身躲了进去，动作敏捷得如同一只受惊的小鹿。她紧紧地贴在门后的墙壁上，屏住呼吸，眼睛透过门缝紧张地观察着巷口。

跟踪她的人很快就出现了，那是一个身材瘦小的男人，穿着一件黑色的长袍，头上戴着一顶帽子，看不清容貌，那身影在昏暗的小巷中显得格外诡异。

他的脚步声在小巷中显得格外清晰，每一步都像是踩在张子英的心跳上，让她的心提到了嗓子眼儿。

男人在巷口停顿了一下，左右张望了一番，似乎在疑惑目标为何突然消失了。

他慢慢地走进小巷，眼睛不停地搜索着周围的角落。张子英的心提到了嗓子眼儿，她紧紧地捂住嘴巴，生怕自己发出一点声音。

男人越来越近，她甚至能听到他轻微的呼吸声，那呼吸声在寂静的小巷中显得格外沉重。

就在男人快要走到门洞前时，张子英在心中默默祈祷着。“喵喵！

喵喵！”突然，一只狸花猫在对面的房屋顶叫了两声。

也许是上天眷顾，男人突然停下脚步，再次环顾四周后，不甘心地转身离开了。

张子英在门洞里足足等了几分钟，直到那脚步声彻底消失在远处，她才缓缓地松了一口气。

她的双腿有些发软，但她还是努力支撑着自己，慢慢地从门洞里走出来。

她再次回头看了看小巷，心中充满了劫后余生的庆幸。然后，她整理了一下衣衫，拍了拍身上的尘土，继续踏上了回家的路，脚步依然坚定，眼神中却多了一丝警惕。

尽管此时她的心中依然充满了担忧，但她知道，在这乱世之中，她必须坚强地面对一切未知的危险，就像在黑暗中寻找光明的行者，永不放弃。

两日的时光悄然流逝，可在张子英的心中，对刘丹锡的牵挂与担忧却似春日里疯长的藤蔓，越发枝繁叶茂，紧紧地缠绕着她的心房，令她坐立难安。

这两天她知道了由于国民党山东作战长官韩复榘轻易放弃黄河防线，不战而逃，使日寇沿津浦线一路向南屠杀，千万人民，惨遭不幸，鲁南沦陷。

每一个寂静的夜晚，她躺在床上，双眼直直地盯着头顶的房梁，思绪却飘向了远方，心中不断猜测着刘丹锡的安危，辗转反侧，难以入眠。

那些日子里，她常常对着家中那扇破旧的窗户发呆，眼神空洞却又满含焦虑，脑海中不断地像放映默片一般，循环播放着刘丹锡老师的音容笑貌以及可能遭遇的种种危险场景。

他的微笑、他的叮嘱、他匆匆离去的背影，都在她的脑海中挥之不去，而每一次浮现，都伴随着对他身处险境的担忧，让她的心揪成一团。

终于，这份煎熬促使她再次鼓起勇气，决定带着纺织好的羊毛线前往县城同春堂药店，试图从那里寻得一丝关于他的消息，仿佛那是她在这黑暗迷茫的乱世中，唯一能抓住的救命稻草。

晨曦微露，淡淡的金色光辉如薄纱般轻柔地洒在尘土飞扬的街道上，却丝毫无法穿透那浓厚的阴霾，驱散弥漫在空气中令人窒息的紧张与压抑。

张子英早早地起身，简单地梳理着那一头略显凌乱的头发。

她的眼神中透着深深的忧虑，那是对未知的恐惧，也是对友人的牵挂。

她轻轻地挎上一个用藤条编制而成的篮子，里面装满了洁白如雪的羊毛线，那是她家中为数不多的珍贵物品，也是她此刻唯一能用来换取消息的筹码。

她迈着略显急促却又有些蹒跚的步伐，缓缓地朝着同春堂药店的方向走去。

街道两旁的房屋像是被抽去了生机，破败而灰暗；墙壁上的裂缝如同狰狞的伤口，记录着战争的残酷。

偶尔有几只瘦骨嶙峋的野狗在街角徘徊，发出几声有气无力的呜咽，更添了几分凄凉。

一路上，她的眼神中透着难以掩饰的焦虑与急切，那目光如同燃烧的火焰，在眼眶中跳跃闪烁。她不时地加快脚步，脚下的布鞋扬起阵阵尘土，引得路人纷纷侧目。

她却丝毫不在意，心中只有一个念头，那就是尽快赶到同春堂药店。

当她终于来到同春堂药店的门口时，才发现药店关门了。

她看了看周围，发现好几家店铺都是关闭的，对面的苏杭丝绸店还在营业。

那精美的招牌在阳光的照耀下闪烁着耀眼的光芒，“苏杭丝绸店”招牌上的字迹苍劲有力，彰显着这家店曾经的辉煌。

然而，在这战火纷飞的乱世之中，它也如同风中残烛，虽竭力维持着表面的体面，却难掩其内在的衰败与萧条。

周围的建筑大多破败不堪，墙壁上的砖石剥落，露出了里面灰暗的泥土，仿佛是岁月在无声地诉说着战争的残酷。

张子英站在店门口，停顿了片刻，深深地吸了一口气，试图让自己那慌乱的心跳稍微平静一些。

她微微抬起头，望着那招牌，眼神中闪过一丝复杂的情绪，她的手指不自觉地抓紧了篮子的边缘。

随后，她缓缓地迈进了店内。

店内的景象与店外截然不同，琳琅满目的绸缎整齐地悬挂在货架上，五彩斑斓的颜色交织在一起，形成了一幅绚丽多彩的画卷。

整个店内只有寥寥几个顾客，他们的交谈声也显得格外低沉，仿佛生怕惊扰了这脆弱的宁静。

绸缎店里气氛怪怪的，张子英总觉得哪里不对。

这家店换主人了。

掌柜的是一位年过半百的老者，岁月在他的脸上刻下了一道道深深的皱纹。

他的头发已经斑白，稀疏地分布在头顶，却被梳理得一丝不苟。

眼睛明亮而有神，透露出一股历经世事的精明与沉稳。

此刻，他正站在柜台后面，低头看着账本，手中的毛笔在账本上不停地游走，发出轻微的“沙沙”声。

张子英慢慢地走到柜台前，将手中的篮子轻轻地放在地上，那动作轻缓而又小心翼翼，生怕惊扰了这店内的宁静。

她微微抬起头，看着掌柜的，眼神中带着一丝期待与紧张，轻声说道：“掌柜的，你们收购羊毛线吗？”

“唉，现在兵荒马乱的，生意不好，不收。”老者头也不抬地说道。

“我想打听点事儿。”

掌柜的听到声音，微微抬起头，目光从账本上移开，落在了张子英的身上。

他的眼神中闪过一丝疑惑，但很快又恢复了平静，微笑着说道：“你想问什么？”那微笑中带着一丝客气，却又让人感觉有些距离。

张子英犹豫了一下，嘴唇微微颤抖，似乎在斟酌着用词。

过了片刻，她缓缓说道：“我有个姓刘的朋友，之前从滕县那边过来做收购羊毛的生意，不知道为什么，最近没有过来做生意，我听说那边不太平，不知道您有没有听到什么消息？”

说这话时，她的眼睛紧紧地盯着掌柜的，生怕错过他脸上任何一个细微的表情变化。

掌柜的听了她的话，皱了皱眉头，眼神中闪过一丝忧虑。

他放下手中的毛笔，双手交叉放在胸前，思考了片刻，说道：“滕县的事儿啊，听说日本人已经打进来了，我也不太清楚。你这羊毛是要卖吗？”

那语气中带着一丝委婉的拒绝，让张子英的心瞬间沉了下去。

张子英听到掌柜的回答，心中一阵失落，仿佛有一块巨石沉甸甸地压在心头。

但她还是强忍着内心的失落，点了点头，说道：“嗯，是的。”

她的声音有些低沉，带着一丝无奈，眼神中也失去了刚才的光彩。

就在这时，店内突然走进来几个顾客，一时间，店内原本宁静的氛围被打破，变得嘈杂起来。

顾客们的声音此起彼伏，有的在询问绸缎的价格，有的在挑选着自己心仪的款式，整个店内充满了喧闹与繁忙的气息。

张子英有些慌乱地看着周围的一切，她想要再问问掌柜的，但又不知道该如何在这嘈杂的环境中开口。

她转身准备先把羊毛线整理一下，就在她转身的瞬间说道："掌柜的，我有点闹肚子，能不能行个方便，借用一下茅房？"

掌柜的挥了挥手，指着后院："从这个小门进去便是。"

张子英略显着急的样子，迅速地进入后院。

当她方便完，往外走的时候，她的目光突然被茅房旁边羊舍地上的一块凸起吸引住了。

那凸起的地方如果不细心，根本发现不了。

难道是一个隐藏在暗处的陷阱？

然而，她还来不及做出反应，脚已经踩了上去。

她的身体瞬间失去了平衡，向前倾倒而去。

在这紧急的时刻，她的双手本能地向前伸去，紧紧地抓着羊舍围栏边缘，试图稳住自己的身体。但由于惯性太大，她还是重重地摔倒在地。

膝盖和手掌首先着地，一阵剧痛从膝盖和手掌传来，仿佛有无数根钢针同时刺入她的身体。她忍不住"哎哟"了一声，那声音中充满了痛苦与无奈。

她的脸上露出痛苦的表情，额头上渗出细密的汗珠，眼神中满是惊慌。

掌柜的听到声音，急忙从柜台后面走出来，他的脸上充满了关切与焦急。

他迅速地蹲下身子，查看张子英的伤势。“你没事吧？”掌柜的关切地问道。

张子英咬着牙，强忍着疼痛，摇了摇头，说道：“我没事，就是摔了一跤。”她的声音有些颤抖，却还在逞强，不想让别人看出她的脆弱。

掌柜的看着她受伤的膝盖和手掌，只见膝盖处的裤子已经被擦破，露出了里面渗血的皮肤，手掌也擦破了皮，鲜血慢慢地渗了出来。

掌柜的皱了皱眉头，说道：“你这伤可不轻啊，我给你叫辆驴车送你回去吧。”语气中充满了担忧与关切。

张子英想要拒绝，她不想再给掌柜的添麻烦，但掌柜的已经站起身来，毫不犹豫地朝着店外走去。不一会儿，一辆驴车缓缓地停在了绸缎店的门口。

掌柜的和店里的伙计一起将张子英扶上了驴车。

张子英感激地看着掌柜的，说道：“多谢掌柜的，给您添麻烦了。”

她的眼神中充满了感激，声音也变得柔和起来。

掌柜的摆了摆手，说道：“姑娘，你这伤可得好好养着。对了，你这羊毛线要是还有的话，过两天会有个专门收羊毛线的人过来，你可以卖给他。”

张子英点了点头，说道：“好的，我知道了。”

驴车缓缓地启动了，车轮在地面上滚动，发出“嘎吱嘎吱”的声音。

张子英坐在车上，心情十分复杂。那个凸起的地方隐藏在暗处，究竟是陷阱？还是密室？

她为自己的鲁莽行为感到懊悔，责怪自己为什么如此不小心让掌柜的发现得太早，不仅没有探究到那个凸起地方的秘密，还把自己弄伤了。

民生学校的放假，同春堂药店的关门，苏杭丝绸店的谜团让张子英更加不安。

她担心刘丹锡老师的安危，不知道他现在到底身处何地，是否平安无事。

她望着街道两旁不断后退的景象，那熟悉而又陌生的街道在她的眼中渐渐模糊，化作一片泪光中的幻影。

她的心中默默祈祷着刘丹锡能够平安归来，如同在黑暗中祈求着那一丝微弱的曙光。

第十二章　壮志未酬

在那如紧绷的琴弦般充满危机的日子里，每一分每一秒都似在煎熬中缓缓流逝。

两日的时光竟也如白驹过隙，匆匆而过。

当那个收羊毛的神秘人按照约定的时间出现在张子英家简陋的院门前时，张子英的心像是被一只无形且冰冷的手猛地揪住。

刹那间，全身的血液仿佛都凝固了。

她警惕地抬起双眸，目光如炬，仔细打量着眼前的不速之客。

只见那人一身打着补丁的粗布麻衣，松松垮垮地裹在他略显佝偻的身躯上。

他的头发凌乱地散落在肩头，几缕油腻的发丝耷拉在蜡黄的脸颊边，更衬出其面容的憔悴与猥琐。

脸上那看似憨厚老实的笑容，此刻在张子英眼中却显得无比虚假。

那笑容像是一层薄薄的面具，怎么也无法掩盖其眼底深处潜藏的阴霾与狡黠。

“苏杭丝绸店的掌柜的介绍说，你这里有纺织好的羊毛线。”

待他开口的瞬间，那熟悉的口音如同尖锐的利箭，“嗖”的一声直直地刺进张子英的耳膜深处，在她的脑海中掀起惊涛骇浪。

那腔调的抑扬顿挫，那咬字的独特方式，与那令她刻骨铭心、深恶痛绝的高小山简直一模一样，毫无二致。

每一个音节都像是在她记忆的黑暗深处敲响了一记沉闷而又惊悚的警钟，让她瞬间回到那些充满危险与恐惧的过往。

张子英的目光瞬间变得如寒夜中的寒星般冷冽，心底已然笃定，此人必是日本人无疑。

与此同时，前几日在苏杭丝绸店铺那莫名其妙的摔倒场景，在她的脑海中快速地回忆着。

她的思绪如飞速运转的齿轮，心中暗忖，那绝非偶然的失足，定是这阴险狡诈之人蓄意谋划的恶毒诡计。

尽管内心早已被惊涛骇浪淹没，但张子英毕竟是在这乱世中历经风雨、饱经沧桑的坚强女子。

她深吸一口气，强自镇定下来，迅速调整面部表情，嘴角微微上扬，扯出一个看似热情洋溢、真诚无比的笑容。

她用最亲切热忱的语气说道：“先生，您可算来了，一路上辛苦了，快请进屋里歇歇脚，喝口热茶吧。”

同时，她的眼神中不经意间流露出一丝不易察觉的警惕，不动声色地开始在心底盘算着如何巧妙地应对眼前这棘手的危机。

寒暄几句后，张子英告诉他：“家中房屋后面的小树林子有几处饲养绵羊的羊圈，那些绵羊喂养得很好，而且都该修剪羊毛了，肯定能纺织出质量上乘、色泽纯正、质地柔软的羊毛。”

“噢，如果是那样，真是太好了。”来人回答道。

“我们去看一看？”张子英试探着建议那人一同前去查看。

那人听闻，原本黯淡的眼眸中瞬间闪过一丝贪婪的光亮。

他毫不犹豫地答应了，眼神中还隐隐透着一丝迫不及待。

于是，张子英便在前头领路，朝着那片静谧幽深、仿若神秘绿色迷宫的林子走去。

张子英的步伐看似轻盈而随意，实则每一步都暗藏玄机，她的双脚精准地踩在那些经过事先仔细观察与记忆的安全位置上。

她的双手在衣袖下悄然握紧，掌心已满是汗水。

她不时地用余光观察着身后的人，目光如鹰隼般敏锐，心中默默计算着与陷阱的距离。

同时大脑也在飞速运转，思索着可能出现的各种突发情况及应对之策。

这片林子仿佛一座神秘的绿色迷宫，树木高大而茂密，枝叶相互交错，几乎遮挡了所有的阳光。

林子里弥漫着一股潮湿的泥土气息和浓郁的草木清香，那味道浓郁得仿佛能将人淹没。

偶尔还能听到几声清脆悦耳的鸟鸣声，在这寂静的林子里显得格外突兀。

张子英带着日本人在林子里小心翼翼地穿梭着，七拐八拐，逐渐靠近了她事先精心布置好的抓野兽的陷阱。

那陷阱被巧妙地隐藏在一堆落叶和杂草之下，周围还散落着一些看似随意摆放的树枝，实则是为了起到迷惑的作用。

终于，他们来到了陷阱附近。

张子英的心提到了嗓子眼儿，仿佛要跳出胸膛一般。

她的呼吸变得急促而沉重，每一次吸气呼气都像是在拉风箱。

她强忍着内心的紧张，佯装蹲下提鞋子，眼角的余光却紧紧地锁定在日本人身上。

她的眼神中透着紧张与决然，仿佛在进行一场生死较量。

就在她准备猛然起身，将日本人推向陷阱的关键时刻，突然，旁边的灌木丛中传来一阵轻微的响动。

张子英心中暗叫不好，还没等她做出反应，一个黑影如闪电般从灌木丛中蹿出。

她惊恐地转过头，只见一个身形矫健的男子手持木棒，眼神凶狠得如同饿狼扑食一般，朝着她丈夫马力扑去。

原来丈夫发现张子英与陌生的男人进入小树林，便一路尾随至此。此时马力正站在不远处，一脸茫然地看着眼前的变故。

他的眼神中充满了疑惑与震惊，还没来得及做出任何防御动作，就被那男子一棒打晕在地。

马力的身体像一摊软泥般缓缓倒下，发出沉闷的声响，扬起一片尘土。

“不！”张子英撕心裂肺地呼喊着，不顾一切地朝着丈夫跑去。

她的双眼瞪得滚圆，眼神中充满了恐惧与愤怒。

然而，她还没迈出几步，忽然就听到孩子的哭喊声从另一个方向传来。

她慌乱地停下脚步，目光急切地搜寻着。

只见那个日本人的帮手正抱着儿子三亮，孩子在他怀里小脸涨得通红，哭得声嘶力竭。

那哭声仿佛是一把把利刃，狠狠地割着张子英的心，让她痛不欲生。

张子英顿时觉得整个世界都在瞬间崩塌，天旋地转。

她的双腿发软，几乎站立不稳，身体如秋风中的落叶般瑟瑟发抖。

她的眼神中充满了愤怒与绝望，那愤怒如同熊熊燃烧的烈火，那绝望如同无尽的深渊，将她深深地吞噬。

但即便如此，她仍倔强地咬着牙，双手握拳，试图从这绝境中寻找一丝反击的机会。

就在这千钧一发之际，一个矫健的身影如鬼魅般从树林深处闪现。

是刀疤男！

只见他身着一袭黑色的衣装，身姿挺拔如松柏，在这昏暗的林子里显得格外醒目。

他脸上的那道疤痕在阴影中显得更加狰狞可怖，眼神中透着决然的杀意，仿若来自地狱的修罗，那目光足以让任何人心生畏惧。

他手持一把锋利的匕首，匕首的寒光在透过树叶的微弱光线中闪烁，如夜空中的寒星。

刀疤男的动作快如闪电，更似一头凶残的猎豹。他先是一个箭步冲向日本人，手中的匕首在空中划过一道优美的弧线，直刺向那人的咽喉。

那日本人惊恐地瞪大了眼睛，他的眼神中充满了恐惧与绝望，想要躲避却已然来不及，只能眼睁睁地看着匕首刺进自己的喉咙。

刹那间，鲜血如喷泉般涌出，瞬间染红了他的衣衫，那鲜血在地上漫延开来，形成一片触目惊心的血泊。

解决了一个敌人后，刀疤男迅速转身，朝着抱着孩子的日本人的帮手奔去。

那日本人的帮手见势不妙，慌乱地将孩子扔在一边，试图转身逃跑。

刀疤男怎会给他逃脱的机会，飞起一脚，踢在他的后背，将其踢倒在地。

接着，毫不犹豫地将匕首狠狠地刺进他的胸膛，他挣扎了几下，便不再动弹。

孩子的哭声在林子里回荡，如同一把把尖锐的刺刀，扎在张子英的心上。

她发疯似地冲过去抱起孩子，紧紧地搂在怀里，仿佛要用自己的怀抱为孩子筑起一道坚不可摧的城墙。

泪水如决堤的洪水般夺眶而出，她的身体不停地颤抖着，既是因为刚刚的惊险，也是因为劫后余生的后怕。

她看着躺在地上的丈夫，眼神中满是担忧与焦急，连忙蹲下身去查看丈夫的情况。

她的双手颤抖着，轻轻地按压着丈夫的脉搏，口中喃喃自语："孩子他爹，你一定要没事，一定要没事啊……"

刀疤男走上前来，帮忙将马力扶起，他的声音沉稳而有力："先别慌，看看他伤得怎么样。"张子英感激地看了刀疤男一眼，那眼神中饱含着千言万语的感谢。

她手忙脚乱地检查着丈夫的伤势，用手指轻轻地按压着流血的伤口。

当感觉到那微弱却又存在的跳动时，她稍稍松了一口气，但眼中的担忧却丝毫未减。

此时，阳光透过树叶的缝隙洒在他们身上，仿佛在这血腥的战场上洒下了一丝温暖的希望之光。

在那片被紧张与血腥气息笼罩的树林中，危机的阴霾刚刚散去，空气里还弥漫着令人心悸的肃杀味道。

刀疤男丝毫没有迟疑，立刻行动起来。

他的身形在黯淡的光线中显得格外利落，先是俯下身，动作轻柔却又透着一股不容置疑的力量，迅速撕下一片衣服，马上将伤口包扎上。小心翼翼地将仍处于昏迷状态的马力背起。

随后，和惊魂未定的张子英一起，一步一步朝着他们那简陋的家走去。

张子英的脚步虚浮得如同踩在棉花上，每一步都带着几分踉跄。

她的脑海中，刚刚那惊心动魄的画面像是被定格的片段。树林里的厮杀、敌人狰狞的面孔、丈夫倒下时的画面，都如噩梦般纠缠着她。

踏入家门，屋内那原本宁静的氛围瞬间被打破，凝重与压抑如潮水般漫延开来。

孩子或许是因为刚刚受到了过度的惊吓，此时已经停止了哭泣，但那残留的恐惧却如同无形的幽灵，在这狭小的空间里徘徊游荡，久久不散。他的眼睛睁得大大的，满是惊恐与无助，看着大人们的一举一动。

刀疤男将马力放到床上，给他迅速检查了一下伤口，按了一会儿马力的人中穴，马力幽幽醒来。“家中是否有药？”刀疤男询问道。

张子英指了指里屋。

刀疤男迅速环顾四周，眼神在屋内扫视一圈后，便径直走向那个陈旧的柜子。

他打开柜门，在里面翻找出草药和布条。

他将草药和布条整齐地放在一旁的桌子上，随后转身看向张子英，眼神中透露出一种不容置疑的专注与坚定。

张子英坐在床边，眼神有些空洞，显然还未从刚刚的惊吓中完全缓过神来。

她的目光一直追随着刀疤男的身影，心中的疑惑如杂草般疯狂生长，无数个问题在脑海中盘旋。

她看着刀疤男轻轻地拿起那些草药，放入一个粗糙的石臼中，随后他那粗壮有力的手臂开始有节奏地上下挥动，将草药慢慢地碾碎。

每一下挥动都显得那么沉稳，那么熟练，仿佛他曾经无数次做过这样的事情。

草药被碾压时发出的细微声响，在这寂静的房间里格外清晰。

马力的伤势并不严重，刀疤男先给他涂了些草药，然后缓缓走到张子英身边，轻轻地握住她受伤的手臂。张子英下意识地微微皱眉，倒吸了一口凉气。

刀疤男立刻察觉到了她的不适，他那原本冷峻的目光瞬间变得柔和，仿佛春日里的暖阳，温暖而令人安心。

他轻声说道："英子，忍着点，可能会有点疼，但很快就会好的。"

那声音低沉而富有家乡地方口音，带着一种让人无法抗拒的安抚力量。

"英子！这个称呼只有父母和哥哥才会这样叫，难道？"张子英心想。

就在他专注地为张子英包扎伤口的过程中，他的目光不经意间扫过张子英的腿部。

突然，他的动作停顿了一下，眼神中闪过一丝复杂的神情，随后说道："你这腿上的旧伤，一到下雨天是不是就会疼？小时候摔伤的吧。"

他的语气中既带着一种肯定，又似乎夹杂着些许回忆，仿佛将那段尘封的往事重新翻开。

张子英听到这句话，身体如同被电击了一般，猛地一僵，眼睛瞬间瞪得大大的，脸上满是难以置信的神情。

她的嘴唇微微颤抖，想要说些什么却又震惊得说不出话来。

她就这样直勾勾地看着刀疤男，仿佛要将他看穿一般，试图从他的脸上找到答案。

刀疤男并没有立刻回应她的震惊，只是继续手中的动作，他的手指灵活地穿梭在布条之间，将伤口包扎得严严实实。

直到最后打了一个结实的结，他才缓缓抬起头，目光深深地凝视着张子英的眼睛，眼中闪烁着激动与期待的光芒。

他缓缓说道："英子，其实我是你哥哥张子林，我们失散多年了。"

张子英的心跳急剧加速，她感觉自己的心脏仿佛要跳出嗓子眼儿一般。

她的双手不自觉地抓紧了床边，失声痛哭起来。

她不敢相信自己的耳朵，声音颤抖地说道："哥哥？这怎么可能？你不是…… 我以为你已经不在人世了。"

泪水在眼眶中打转，随时都有可能夺眶而出，她的情绪变得异常激动，身体也微微颤抖起来，仿佛被一阵寒风吹过。

她泣不成声地说道："哥哥，这么多年，你都去哪儿了？咱们的爹娘都已去世。"

张子林轻轻地叹了口气，那叹息声中充满了无奈与沧桑。他的眼神中透露出一丝忧伤，仿佛陷入了深深的回忆之中。

他缓缓说道："当年家里遭遇了巨大的变故，我被迫离开了家，从此开始了颠沛流离的生活。这些年，我一直在外面闯荡，历经了无数的艰难险阻。"

张子林继续说道："最早我跟着孙美尧参加了山东建国自治军，差一点丢了性命。后来，机缘巧合之下，我加入了现在的组织。没有想到，你也在这里面。虽然身不由己，但我一直都在暗中关注着你，知道你在为刘丹锡做事，也知道你面临的危险。所以，只要有机会，我就会在暗中保护你。”

张子英听着哥哥的讲述，泪水再也忍不住，如决堤的洪水般夺眶而出。

她猛地伸出手，双手紧紧地握住哥哥的手，仿佛那是她在这乱世中唯一的救命稻草，生怕他再次消失不见。

张子林感受到了张子英手中的力量和她的悲伤，他的眼眶也微微泛红。

他轻轻地拍了拍张子英的手，试图用这种方式给予她安慰：“别怕，英子，哥哥现在回来了，以后有哥哥在，不会再让你受到伤害。”

此时，外面的天色渐渐暗了下来，那原本明亮的光线透过窗户洒在屋内，也变得越发昏暗。但在这黑暗中，张子英却清晰地感受到了一种久违的温暖和安全感。

那是亲情的力量，如同黑暗中的明灯，照亮了她前行的道路。

她知道，从此以后，她不再独自面对这艰难的乱世，她有了哥哥的支持与陪伴，无论未来的路有多么崎岖，她都不再害怕。

“哥哥，这些年你过得怎么样？为什么不回家呀？”张子英望着哥哥泪如雨下。

屋内，昏黄的灯光仿若深秋里一片摇摇欲坠的枯叶，在微风中瑟瑟发抖，随时都可能被无边的黑暗彻底吞没。

张子林坐在那张破旧的木桌前，指尖无意识地在粗糙的桌面上来回摩挲，发出细微且沉闷的声响，仿佛在敲打着岁月的鼓点，打破了屋内长久以来的死寂。

他缓缓抬起头，望向张子英，目光里交织着温柔与回忆，声音低沉而舒缓，宛如一首深情的老歌：“英子，说来话长，十多年前的事你还记得吗？”

张子英原本低垂的眼眸缓缓抬起，眼中闪过一丝迷茫与困惑，她下意识地轻轻咬了咬下唇，眉头微微皱起，像是在努力从记忆的深处搜寻着什么。

思索片刻后，她轻声说道："十多年前？我记得，那时候到处都乱哄哄的，局势动荡不安，让人心里直发慌。哥，你突然提起这个，是……"

她的声音轻柔，带着一丝不易察觉的颤抖，仿佛预感到即将听到一段波澜壮阔却又满是伤痛的过往。

张子林的眼神瞬间变得悠远而深邃，仿佛穿越了时空的隧道，回到了那段热血澎湃、激情燃烧的岁月。

他的嘴角微微上扬，露出一抹淡淡的、带着怀念的微笑，那笑容里，藏着曾经那个意气风发、满怀壮志的自己。

回溯十多年前，那是一个风云激荡、波谲云诡的时代。

连年混战，督统更换频繁。战事不断，你争他夺，到处狼烟四起，官匪一家，闹得田园荒芜，民不聊生。

彼时的张子林正值青春年少，意气风发，正在峄县育英中学读书，接受了一些进步思想，一心想着杀富济贫，弘扬正义。

他的心中燃烧着对正义的炽热火焰，怀揣着为百姓谋福祉、争权益的伟大抱负，毅然决然地投身于那个充满理想与希望的组织——山东建国自治军。

孙美尧，峄县白庄人，出身名门望族，兄弟六人，大哥叫孙美珠，孙美尧排行老五。孙美珠比孙美尧大五岁，是清末的秀才，很有些头脑。家里有三百多亩地，牛羊成群，还开了酒馆和油坊。可是好景不长，孙家的富裕惹得很多人眼红。

当时正是北洋军阀统治最黑暗的时期，民不聊生。鲁南又遭遇了一次大旱，饿死了很多人，很多人都当上了土匪。后来土匪三番五次上门来“借粮食”，也就是要饷钱，如果不给就很麻烦。孙家不愿意得罪土匪，便屡次答应他们的要求。

这时，官府认为孙家有勾结土匪的嫌疑，屡次威胁要法办孙家。

无奈之下，孙家不敢再给土匪粮饷，这下惹怒了土匪。那些土匪丧心病狂把孙美尧的父亲绑架后，打伤了脑袋，最后被活活气死。

孙美珠万般无奈告诉弟弟孙美尧：“我们已经走投无路了，人为刀俎我为鱼肉，不想任人宰割的话，扒掉秀才皮，上山当土匪。”

22 岁的孙美尧决定跟着大哥落草为寇，他们通过青帮在上海租界买来 50 支驳壳枪、200 条长枪和若干箱子弹后，兄弟两人选了个“起义”的日子，一把火烧了自家老宅，拉队伍上山，聚众起义，把根据地设在抱犊崮山上，打出了“山东建国自治军”的旗号。

正在读书的张子林知道了孙家兄弟的壮举，义无反顾地跟着上了山。后来发生了震惊中外的“临城大劫案”，孙美尧被招安，兖州镇守使张培荣手下的大刀手把他砍死在中兴煤矿公司的大门口。

十一月来天气寒，逮住司令把头砍。
杀了司令塌了天，金箍帽子红布缠。

鲁南地区的这首民歌，讲的就是孙美尧被招安的悲惨结局。

孙美尧死后，张子林他们群龙无首，虽然他们都拿到官府发的免死证，可是后来有许多人还是被追杀。被迫无奈，张子林只好选择隐姓埋名，隐忍地活了下来。

1927 年 7 月，国民党北伐军打到了山东，张宗昌垮台后，又换了个新军阀韩复榘。韩复榘和张宗昌一样的残暴，有过之而无不及。

虽然山东督军接二连三地频繁更换，但是，他们都有共同的特点，那就是：兵无数，钱无数，老婆无数。因此，老百姓给他们起了个外号“三无数”。

这时的张子林逃荒到了涧头集一带，在一户做皮草加工的人家当了学徒工，东家只管饭，没工钱，虽然起早贪黑，但毕竟有了安身之处。

“那时的我，正值青春年少，浑身都洋溢着蓬勃的朝气。心中满是对正义的执着追求，那股子劲儿，就像熊熊燃烧的烈火，怎么也扑不灭。一心想着为百姓谋福祉、争权益，让大家都能过上好日子。”他的声音低沉而富有磁性，每一个字都仿佛裹挟着当年的热血与豪情。

“就在那时，我认识了一个经常来进货的老板，在他的指引下，我毅然决然地加入了那个充满理想与希望的组织。”

张子英微微点头，眼中流露出一丝敬佩与向往，她的眼睛亮晶晶的，就像夜空中闪烁的星辰：“我能想象得到，那时候的你，一定意气风发，浑身都散发着光芒，就像个大英雄。”

她的嘴角微微上扬，露出一抹甜美的笑容，急切地问道：“加入组织后，你都做了些什么呢？肯定特别了不起吧。”

张子林的目光中透露出坚定与自豪，他坐直了身子，腰杆挺得笔直，仿佛又回到了那段激情燃烧的岁月。

“组织的活动，我总是冲在最前面。每天天还没亮，我就穿梭在大街小巷，顾不上吃饭，也顾不上休息，一门心思地向民众宣传着革命的理念。”他的手在空中有力地挥舞着，仿佛在重现当年奔走呼号的场景，声音也不自觉地提高了几分，“我和志同道合的伙伴们一起，为了那个公平、和谐，百姓都能安居乐业的美好未来，并肩作战，勇往直前，什么困难都不怕。”

张子英的脸上露出向往的神情，她微微仰起头，眼神中满是憧憬。

“那一定是一段充满希望和激情的日子，每一天都过得特别充实吧。可是，后来怎么会变成那样……”

她的声音渐渐低落，眼中流露出担忧与不安，眉头又轻轻皱了起来。

张子林的脸色瞬间变得阴沉，原本温和的眼神中闪过一丝愤怒与痛苦，他紧紧握住拳头，手背上的青筋也微微凸起。

然而，命运的巨轮却在此时无情地转向。

“蒋介石那个军阀，为了巩固自己的独裁统治，悍然对进步青年和共产党展开了一场惨绝人寰的四一二血腥屠杀。”

他的声音中充满了愤怒与无奈，每一个字都像是从牙缝里挤出来的：“刹那间，整个城市被硝烟和血腥笼罩，曾经充满活力与希望的组织，瞬间陷入了绝境。”

他的眼神中透露出深深的悲痛，仿佛又看到了当年伙伴们倒下的场景，眼眶也微微泛红：“昔日并肩作战的伙伴们，在枪林弹雨中纷纷倒下，鲜血染红了大地，惨叫声不绝于耳……”

张子英捂住嘴巴，眼中满是震惊与悲痛，泪水在眼眶中打转，像断了线的珠子，随时都可能滚落下来：“怎么会这样…… 那你呢？你是怎么逃出来的？”

她的声音带着哭腔，充满了对哥哥的担忧与关切，身体也微微颤抖着。

张子林深吸一口气，缓缓说道：“我在那场灾难中九死一生，在敌人的围追堵截下，拼尽全力逃到了一个地处偏远山区的小煤窑里。”

他的目光中透露出一丝恐惧与疲惫，仿佛又回到了那段暗无天日的岁月，眼神也变得有些黯淡，“那小煤窑，就像一个黑暗的深渊，四周弥漫着刺鼻的煤灰味和潮湿的腐朽气息，让人喘不过气来。”

他皱了皱眉头，鼻翼轻轻翕动，似乎还能闻到那股令人作呕的味道：“我每天都在恐惧与警惕中度过，为了不被发现，只能像其他矿工一样，下井劳作。”

张子英的泪水顺着脸颊滑落，她心疼地看着哥哥，伸出手轻轻握住他的手，那双手粗糙而干裂，满是岁月的痕迹。

“哥，你受苦了…… 矿井里一定很危险吧？”

她的声音轻柔，带着无尽的心疼。

张子林微微点头，眼神中透露出一丝痛苦与无奈，他轻轻拍了拍张子英的手，像是在安慰她，又像是在安慰自己。

“矿井里的环境极其恶劣，头顶是摇摇欲坠的岩石，感觉随时都会砸下来。脚下是泥泞不堪的坑道，深一脚浅一脚的，稍不留神就会摔倒。四周只有微弱的矿灯闪烁着昏黄的光束，那光就像鬼火一样，看着就让人害怕。”

他的手不自觉地摸了摸脸上的伤疤，那一道道伤疤，就像一条条丑陋的蜈蚣，爬满了他的脸庞：“有一次，毫无征兆地发生了一场事故，伴随着一阵震耳欲聋的轰鸣声，巨大的石块从矿井顶部滚落下来。”

他的声音微微颤抖，仿佛又听到了那可怕的声响，身体也轻轻颤抖了一下：“我根本来不及反应，就被卷入了这场灾难之中。”

张子英的眼中满是关切与心疼，她紧紧握住哥哥的手，仿佛这样就能给他力量。

“后来呢？你是怎么活下来的？”

她的声音带着一丝急切，目光紧紧盯着哥哥的眼睛。

“也许是命运的眷顾，我凭借着顽强的求生欲望和过人的毅力，饶幸存活了下来。”张子林指了指自己的脸，脸上露出一丝苦涩的笑容，“但我的容颜却在这场事故中遭受了毁灭性的打击。”

他的声音中带着一丝自嘲与悲伤：“原本正常的面庞，如今布满了纵横交错的伤痕，嗓子也受到了严重的损伤。”

他清了清嗓子，声音沙哑暗沉，如同破旧的风箱发出的沉闷声响：“从那以后，我便隐姓埋名，独自承受着这身体和心灵的双重痛苦。”

张子英的泪水夺眶而出，她扑进哥哥的怀里，紧紧抱住他，仿佛一松手，哥哥就会消失不见：“哥，这些年，你一个人太不容易了……”

她的声音哽咽，泪水打湿了哥哥的衣襟。

张子林轻轻拍了拍张子英的背，给予她安慰，他的眼神中满是温柔与慈爱。

“即便如此，我心中那为百姓奋斗的信念之火，却始终熊熊燃烧着，从未熄灭。”

他的眼神中透露出坚定与希望，就像黑暗中的一盏明灯：“在漫长的岁月里，我一边疗愈着身心的创伤，一边在黑暗中默默地寻找着重新回归正义之路的机会。”

张子英抬起头，眼中闪烁着好奇与期待，她用手擦了擦脸上的泪水，脸上还挂着未干的泪痕：“后来呢？你是怎么找到机会的？”

她的声音带着一丝期待，眼神亮晶晶的。

张子林的眼中闪过一丝期望，就像夜空中划过的流星，照亮了整个眼眸。

“直到有一天，命运之神再次眷顾了我。在一次偶然的机会之下，我结识了刘丹锡所领导的革命组织。”他的脸上露出兴奋与激动的神情，嘴角上扬，露出一抹灿烂的笑容，“那一刻，我仿佛在无尽的黑暗中看到了一道璀璨的曙光，那曙光瞬间照亮了我前行的道路，点燃了我内心深处压抑已久的激情与希望。”

他紧紧握住拳头，仿佛又充满了力量：“我毫不犹豫地加入了这个组织，再次义无反顾地投身于伟大的革命事业之中。”

张子林的眼神柔和下来，带着一丝温情，就像春日里的暖阳，温暖而舒适。

“在参与组织活动的过程中，我意外地得知了你的消息。那是一个阳光明媚的日子，当我在人群中第一次远远地看到你时。”他的嘴角微微上扬，露出一抹温柔的笑容，眼神中满是回忆，“尽管岁月的沧桑已经在你的脸上悄然留下了些许痕迹，但我还是凭借着那血浓于水的亲情，一眼就认出了你。”

张子英有些疑惑，她歪着头，脸上露出不解的神情。

“可你为什么不跟我相认…… 对了，之前你总是刁难我，任务分配也很苛刻，说话还冷冰冰的，为什么啊？”

她的声音中带着一丝委屈，眼神中满是困惑。

张子林叹了口气，眼中流露出一丝愧疚与无奈，他轻轻握住张子英的手，握得紧紧的，仿佛在表达自己的歉意。

“一开始，我深知革命事业的危险性，就像在悬崖峭壁上行走，稍有不慎便会粉身碎骨。”他的眼神中满是担忧与关切，“我实在不忍心看到你也卷入这充满荆棘与艰辛的旋涡之中。所以，在与你的接触中，我刻意地设置了种种困难。”

他低下头，不敢直视张子英的眼睛，脸上带着一丝愧疚：“在任务分配上，我会给你提出一些看似难以完成的苛刻要求，看着你面露难色，其实我的心里也不好受，就像有千万根针扎着一样。在言语交流时，我总是表现出冷漠与不近人情的态度，故意用生硬的语气回应你的询问，我只是希望你能够在这些挫折面前知难而退，回归到安稳平静的生活中去。”

张子英的眼中闪过一丝理解与感动，她的眼眶又红了，泪水在眼眶里打转：“哥，我明白了…… 那后来你怎么又改变想法了呢？”

她的声音轻柔，带着一丝好奇。

张子林的目光变得沉重而坚定，他微微抬起头，望向远方，仿佛看到了那些受苦受难的百姓。

“但是，随着时间的推移，我在这乱世之中目睹了无数穷人的悲惨遭遇。”他的眼中透露出深深的同情与悲悯，“我看到了那些流离失所的家庭，孩子们饿得面黄肌瘦，父母们满脸绝望。看到了在饥饿与疾病中苦苦挣扎的人们，他们的眼神里充满了无助和迷茫。看到了战争给我们国家带来的满目疮痍，房屋倒塌，田地荒芜，一片凄凉。”

他的声音中带着一丝哽咽：“我深刻地意识到，在这个被战争和压迫笼罩的世道里，穷人如果不奋起抗争，就只有在苦难中默默灭亡这一条路可走。”

他紧紧握住张子英的手，说：“与其坐以待毙，不如勇敢地奋起一搏。于是，我渐渐地改变了自己的想法，开始默认你的做法，并且在暗中默默地保护着你。”

张子英的泪水再次夺眶而出，她扑进哥哥的怀里，紧紧抱住他，久久不愿松开。

“哥，原来你一直在我身边…… 谢谢你，谢谢你为我做的一切。”

她的声音哽咽，充满了感激与幸福。

第十三章　生离死别

兄妹相逢的喜悦，让他们有着说也说不完的知心话。

在那弥漫着劫后余生特有气息的屋内，光线透过破旧的窗户洒在地面上，形成一片片斑驳的光影。

兄妹二人相对而坐，眼中只有彼此，多年的思念与意外重逢的巨大冲击，让空气都仿佛凝固了一般。

张子英的双手紧紧地握住哥哥那布满老茧与伤痕的手，时而落泪，时而微笑。她担心自己一放手就会失去他，仿佛要将这些年缺失的亲情都通过这双手传递回来。

泪水不受控制地从她泛红的眼眶中涌出，顺着脸颊滑落，滴落在哥哥的手背上，那温热的触感让哥哥的心也揪在了一起。

"哥哥，这么多年，无数个日夜，我都在盼望着能再见到你。每次遇到困难，我都想着要是你在就好了。"

张子英的声音哽咽着，每一个字都像是从心底最深处艰难地挤出来，带着多年的委屈与深沉的思念，她的肩膀微微颤抖着，身体也因情绪的波动而轻轻晃动。

哥哥用另一只手轻轻地抚摸着张子英的头发，尽管他的动作有些笨拙，但充满了无尽的温柔。

他的眼神中满是疼惜与愧疚，看着妹妹那憔悴却又坚强的面容，喉咙像是被什么东西哽住了，半天才艰难地说道："英子，别怕，哥哥回来了，以后再也不会离开你了。有哥哥在，咱们一起面对这乱世的风风雨雨。"

他的声音沙哑中带着坚定，那是历经沧桑后的沉稳与守护亲人的决然，每一个音节都像是给张子英注入了一针强心剂，让她原本慌乱的心渐渐安定下来。

此时，屋内的气氛因着这份血浓于水的亲情而变得温暖又充满希望。

"哥哥，咱妹妹子惠至今没有消息，不知道她身在何处。"

张子英开始细细地诉说着这些年的经历，每一个故事都像是一把钥匙，打开了彼此心中那扇封闭已久的回忆之门。

"我们一定要找到小妹，不能让她也陷入这危险的旋涡之中。"张子林满怀信心地说。

张子英的眼神中透露出无比坚定的决心，她的目光炯炯有神，仿佛已经看到了找到妹妹后的场景。

张子林看着她，重重地点了点头，那动作沉稳而有力，像是在给张子英一个承诺，也是在给自己一个责任。

就在他们全神贯注地商议着寻找妹妹的详细计划时，原本安静得只能听到他们说话声的屋内，突然响起一阵轻微的响动。

兄妹二人下意识地抬起头，只见原本以为死在林子里的日本人的帮凶，不知何时竟苏醒了过来，并站在他们兄妹面前。

他的眼中闪烁着凶狠的光芒，那光芒犹如饿狼盯着猎物一般，让人不寒而栗。

在兄妹二人还没来得及做出反应的瞬间，他一个箭步冲向兄妹二人，双手迅速地抓住了张子林的胳膊。

他的脸上露出了狰狞的笑容，那笑容扭曲而恐怖，嘴角几乎要咧到耳根，露出一口泛黄的牙齿，嘴里发出一阵令人毛骨悚然的笑声。

“哼，原来是共产党，你们别想跑，今天就是你们的死期！”他恶狠狠地说道，每一个字都像是从牙缝中挤出来的，充满了仇恨与杀意。

他手中紧握着一把锋利的匕首，那匕首的寒光在斑驳的光影中闪烁。

他将匕首紧紧地抵在张子林的喉咙上，匕首的尖端已经微微陷入了皮肤，一丝鲜血顺着刀刃缓缓渗出。

张子英惊恐地瞪大了眼睛，她的呼吸急促而紊乱，心脏仿佛要跳出嗓子眼儿。她怎么也没想到这个日本人竟然还活着，而且会在这个时候突然发动袭击。她的身体因为恐惧而微微颤抖，眼神中充满了绝望与无助，但在绝望的深处，仍隐藏着一丝不屈的抗争之光。

张子林也满脸愤怒，他的双眼圆睁，眼中仿佛要喷出火来，但他不敢轻举妄动。

“你到底是谁？为什么要这样做？”张子英愤怒地问道，她的声音虽然因为恐惧而有些颤抖，但仍充满了质问的力量。

“我就是高小山的兄长高小松，我在中国多年，就是为了刺探情报，为大日本帝国效力。你们这些愚蠢的东亚病夫，就等着被我们征服吧。”

那日本人狂妄地大笑起来，他的笑声在屋内回荡，让人感到无比的厌恶与愤怒。

张子英心中一惊，她深知今天的情况已经到了千钧一发的危急时刻。

就在这时，她的目光在慌乱中瞥见了放在角落里祖父留下的猎枪。

那把猎枪在光影中静静地躺着，仿佛在等待着主人的召唤。她的眼神中闪过一丝决绝，那是在绝境中求生的勇气与保护亲人的决心。

趁着日本人得意忘形、注意力稍有分散之际，张子英深吸一口气，用尽全身的力气，朝着猎枪的方向飞奔而去，脚下的地面扬起一阵灰尘。

她的动作迅速而敏捷，如同一头受惊的猎豹。

日本人见状，立刻意识到情况不妙，他松开张子林，朝着张子英追了过去。

但张子英此时已经不顾一切，心中只有一个念头，那就是拿到猎枪保护自己和哥哥。

她的速度越来越快，很快就跑到了猎枪旁边。

她一把抓起猎枪，双手紧紧地握住枪托，迅速转身，将枪口对准了追来的日本人。

她的眼神中透露出无比的坚定与冷酷，毫不犹豫地扣动了扳机。

“砰”的一声巨响，在屋内回荡，震得人耳鼓生疼。

子弹呼啸而出，带着张子英的愤怒与决绝，直接击中了日本人的胸膛。

那日本人瞪大了眼睛，脸上的表情瞬间凝固，似乎不敢相信自己就这样被反杀了。

他的身体缓缓地倒下，手中的匕首也掉落在地，发出“哐当”的一声脆响。

张子英松了一口气，她的身体因为紧张和用力而有些发软，但她还是强撑着身体，连忙跑到张子林身边。

“哥哥，你没事吧？”她焦急地问道，眼神中充满了担忧与关切。

张子林摇了摇头，刚要说话，突然，一颗子弹从窗外飞射进来，那子弹如同一道黑色的闪电，击中了他的胸口。

张子林的身体猛地一震，鲜血如喷泉般从伤口涌出，瞬间染红了他的衣服。

张子英一个侧身反击，迅速拉开枪栓，“砰”的一声将窗外的袭击者击毙。

“哥哥！”张子英撕心裂肺地呼喊着，她扑到哥哥的身上，双手紧紧地捂住哥哥的伤口，试图阻止鲜血的流出。

她的眼泪如决堤的洪水般涌出，模糊了她的双眼：“哥哥，你不要离开我，你答应过我不会离开的。”

她的声音充满了绝望与悲痛，每一个字都像是一把刀，刺痛着自己的心。

张子林看着妹妹，眼神中充满了不舍与牵挂。

他的嘴唇微微颤抖，艰难地说道：“英子，别难过，一定要找到妹妹，继续战斗……保卫我们的家……”

他的声音越来越微弱，如同风中的残烛，随时都可能熄灭。

最终，他缓缓闭上了眼睛，手臂也无力地垂了下来。

张子英悲痛欲绝，她抱着哥哥的尸体，放声大哭。

她的哭声在屋内回荡，那是一种深入骨髓的悲伤，仿佛要将整个屋子淹没。

原来，窗外的袭击者是日本人高小松的随从，房屋后面树林里的搏斗，兄妹两人以为日本人都死了，没有想到那个帮凶苏醒后，居然再次袭击他们兄妹。

哥哥走了，含着微笑，离开了她。

张子英的心好似被千万根尖锐的钢针狠狠地反复扎刺，每一下刺痛都伴随着灵魂的震颤与哀号。

她仿佛坠入无尽黑夜般令人窒息的悲痛深渊中，那钻心的痛苦犹如汹涌澎湃的潮水，一波接着一波无情地冲击着她的内心防线，几乎要将她彻底淹没在绝望的深渊之中。

然而，正是在这如炼狱般的残酷煎熬里，一股更为强大、炽热且坚不可摧的力量，宛如沉睡千年后觉醒的火山，在她灵魂的最深处悄然喷发。

那是源自对敌人刻骨铭心的仇恨，那仇恨如同一条含有剧毒的蛇，紧紧缠绕在她的心头，啃噬着她的理智与情感。

那也是对正义和家园矢志不渝的坚守，这份坚守恰似一座巍峨耸立的灯塔，在狂风暴雨中闪耀着永不熄灭的光芒，驱散了部分笼罩在她心头的哀伤和阴霾，为她在黑暗中指引出一条前行的道路。

张子英缓缓地抬起那满是泪痕的脸庞，曾经那灵动而清澈的双眸，此刻却因过度的悲伤而变得红肿不堪，宛如两颗熟透了的樱桃，饱含着无尽的痛苦与哀伤。

然而，在那红肿的眼眸深处，却燃烧着一团前所未有的决然之火。

那火焰跳跃闪烁，仿佛在向这个世界宣告她的不屈与抗争。

她的思绪不由自主地飘回到往昔与哥哥相处的那些短暂却无比珍贵的时光。她仿佛看到了小时候，哥哥牵着她的小手在田野间奔跑嬉戏，那爽朗的笑声在空旷的田野上回荡，久久不散。

她又仿佛看到了在艰难的岁月里，哥哥总是默默地将为数不多的食物省下来留给她，自己却饿着肚子去劳作。

还有在那些充满危险与挑战的日子里，哥哥那坚毅的眼神和温暖的鼓励，如同冬日里的暖阳，给予她无尽的勇气与力量，让她能够坚强地面对一切困难。

每一个回忆的片段都如同一颗璀璨的珍珠，串联起来，成为她生命中最宝贵的财富，也成为她砥砺前行的强大动力和坚实基石，支撑着她在这风雨飘摇、危机四伏的乱世中屹立不倒。

此刻，屋外的世界依旧弥漫着战火的硝烟，那刺鼻的硝烟气息如同恶魔的触手，透过破旧的门窗缝隙，悄然无声地钻进屋内，时刻提醒着她所处的残酷险境。

张子英轻轻地、缓缓地放下哥哥的遗体，她的动作轻柔而庄重，仿佛生怕惊扰了哥哥那已经沉睡的灵魂。

她的眼神中透着一种超越生死的坚毅和决绝，那是一种对命运的挑战，对敌人的宣战。她缓缓地站起身来，挺直了那原本略显单薄的脊梁。

此时的她，身姿虽然依旧瘦弱，但仿佛蕴含着无穷无尽的力量，那是一种来自灵魂深处的力量，一种为了守护家园、为了完成哥哥遗愿而燃烧的力量。

她深深地吸了一口气，那空气仿佛带着硝烟的苦涩和鲜血的腥味，但她却毫不在意。

她如同即将奔赴战场的无畏勇士，正在进行着战前的最后准备，准备迎接一切未知的挑战与艰难险阻。

她知道，前方等待她的道路布满了荆棘与陷阱，敌人的残暴与狡诈将会如影随形，每走一步都可能陷入万劫不复的深渊。

但她毫不畏惧，因为在她的心中，哥哥的遗愿已经深深地扎根，如同参天大树的根系一般，牢牢地抓住她的灵魂，成为她生命的全部意义与价值所在。

那是一份对国家、对民族深沉而伟大的责任，是一种超越个人生死荣辱的崇高使命，是她在这黑暗乱世中唯一的信仰和追求。

她默默地、仔细地整理好自己的衣衫。

尽管那衣衫上还沾染着哥哥的鲜血，那血迹已经干涸，呈现出一种暗红色，在破旧的衣衫上显得格外醒目。

但她却没有丝毫想要清理的意思，她将其视为一种激励与警醒，每当她看到那血迹，就仿佛看到了哥哥为了守护家园而付出的生命代价，就会更加坚定自己的信念和决心。

她拿起身边那把曾击毙敌人的猎枪，那把猎枪在阳光的映照下，闪烁着冰冷的金属光泽。

她小心翼翼地擦拭着枪身，眼神中充满了敬畏与决绝。

这把猎枪，此刻已不再仅仅是一件普通的武器，它是她与哥哥之间深厚的情感纽带，是她继续战斗的象征，是她向敌人复仇的利器。

张子英迈着坚定而沉稳的步伐，缓缓地走出房门。

阳光洒在她的身上，却未能驱散她周身散发的冷峻气息，反而在她的身后拖出一道长长的、孤独的影子。

她环顾四周，看着这片饱经战火蹂躏、满目疮痍的土地，心中的信念越发坚定。田野里的庄稼被战火焚烧殆尽，只剩下一片焦黑的土地。

村庄里的房屋大多已经倒塌，残垣断壁随处可见。

空气中弥漫着死亡和绝望的气息。

但这一切并没有让她退缩和畏惧，反而更加激发了她的斗志。

她轻声呢喃道："哥哥，你放心吧，我一定会带着你的遗愿走下去，直至胜利的那一天。这片土地，我们一定会守护到底！"

那声音虽然轻柔，却充满了力量，在这片寂静的废墟中回荡，仿佛是对这片土地的庄严承诺。

说罢，她毅然决然地朝着远方走去，那背影逐渐消失在硝烟弥漫的天际，成为这片苦难土地上一道永不磨灭的希望之光。

她的脚步坚定而有力，每一步都踏在这片饱经沧桑的土地上，仿佛在向这片土地诉说着她的决心和勇气。

在她的前方，是未知的危险和挑战，但她毫不退缩，因为她知道，她的身后是无数像哥哥一样的亲人，是这片生她养她的土地，是她永远的根。

在哥哥张子林骤然离去之后，张子英感觉自己仿佛被命运无情地抛入了一座荒无人烟的孤岛，与外界的所有联系都在刹那间断裂。

尤其是与刘丹锡的联络，恰似那断了线的风筝，悠悠荡荡地消逝在茫茫人海之中，再也寻觅不见踪迹。

她的世界，如同被一场突如其来的暴风雨肆虐过后，瞬间崩塌得支离破碎，而后又在痛苦与挣扎中艰难地重组。

如今，她的内心被两种强烈的情感填满：对哥哥深切的怀念，如同细密的针，无时无刻不在刺痛她的心。对妹妹下落的无尽牵挂，好似沉重的巨石，沉甸甸地压在她的心头。

每当夜幕降临，万籁俱寂之时，她便独自蜷缩在那简陋不堪的居所里，四周的黑暗仿佛要将她吞噬。

那些与哥哥相处的点点滴滴，如潮水般汹涌澎湃地向她袭来，每一个回忆的浪头都重重地撞击着她的心，令她心痛如绞，泪水不自觉地浸湿了破旧的枕巾。

而妹妹那熟悉的音容笑貌，也时常在她的梦中若隐若现，宛如一束温暖却遥不可及的光，唤醒她心底深处那份柔软而炽热的亲情，让她在醒来后的孤寂中更加渴望亲人的团聚。

与此同时，日本侵略者在这片土地上所犯下的累累罪行，犹如一把把尖锐的刻刀，在她的心中刻下了一道道难以磨灭的仇恨印记。

这份仇恨，恰似熊熊燃烧的火焰，在她的胸腔中疯狂地燃烧，愈燃愈烈，仿佛要将她整个人都吞噬。

这火焰驱使着她的每一个念头，主宰着她的每一个举动，成为她在这黑暗乱世中前行的强大动力，也是她心中无法释怀的执念。

阳光依旧如往常般洒在那被战火反复洗礼的街巷上，却无法驱散弥漫在空气中的死寂与绝望。

张子英像往常一样，迈着略显沉重的步伐，穿梭在这片疮痍满目的街巷之中。

她的眼神中透着疲惫与警惕，时刻留意着周围的一切动静。

突然，一阵嘈杂的马蹄声由远及近，打破了街巷的寂静。

紧接着，传来一阵叽里呱啦的日语交谈声，那声音在她听来，犹如恶魔的呓语，令人厌恶。

她警觉地抬起头，目光顺着声音的方向望去，只见一支日本商队正缓缓地朝着她所在的方向前行。

日本商队的成员们身着华丽的服饰，那鲜艳的色彩和精致的剪裁在这片破败的土地上显得格格不入，却又带着一种令人作呕的侵略气息。

他们骑在高头大马上，脸上挂着傲慢与得意的神情，眼神中满是对这片土地和人民的轻蔑。

他们旁若无人地在这片本属于中国的土地上肆意横行，仿佛这里是他们的游乐场，而中国百姓则是他们随意践踏的蝼蚁。

张子英的眼神瞬间变得锐利而凶狠，犹如一头被激怒的母狮，眼中喷射出愤怒的火焰。

她的双手不自觉地紧紧握成拳头，此刻，她心中的仇恨如决堤的洪水，以排山倒海之势汹涌而来，几乎要将她仅存的理智彻底淹没。

在这股强烈情绪的驱使下，她不顾一切地想要冲上前去，与这些侵略者拼个鱼死网破。

她脑海中只有一个念头：用自己的生命去换取一丝复仇的畅快，哪怕只是能让这些侵略者为他们的暴行付出一点代价，也算是为哥哥和无数受苦受难的同胞出了一口恶气。

然而，就在她即将迈出那冲动的一步时，脑海中突然如闪电般闪过哥哥临终前那充满期许与嘱托的眼神。

那眼神，仿佛一道惊雷，瞬间在她的心中炸响，将她从仇恨的深渊中猛地唤醒。

她猛地停下脚步，身体因为内心的极度挣扎而剧烈颤抖，仿佛一片在狂风中摇摇欲坠的树叶。

她的脑海中开始浮现出哥哥的身影，想起哥哥在生命的最后时刻，用那虚弱却坚定的声音对她的嘱托。

想起自己肩负的不仅仅是个人的仇恨，更是为了无数受苦受难的同胞，为了这片饱经沧桑、伤痕累累的土地。

若是此刻贸然冲动行事，无疑是以卵击石，不仅无法改变现状，还可能会让更多无辜的人陷入危险之中，成为这场冲动的牺牲品。

张子英深深地吸了一口气，试图让自己狂跳不已的心平静下来。

她强忍着内心如火山爆发般的怒火，缓缓地松开紧握的拳头。

她转身，脚步踉跄地躲进一旁狭窄的小巷里。

在小巷的阴影中，她用尽全力压抑着内心翻涌的情绪。

她的身体微微颤抖，双手紧紧地抱住自己，仿佛这样就能给予自己一丝力量。她紧闭双眼，努力控制着自己的呼吸，不让那愤怒的泪水夺眶而出。

她在心中默默地告诉自己：要冷静，要隐忍，不能让哥哥的牺牲白费，不能让更多的人因为自己的冲动而遭受苦难。

直到那支日本商队的喧嚣声渐渐远去，张子英才缓缓地睁开眼睛，眼中的怒火虽然暂时被压制，但那份坚定的决心却越发强烈。

后来的事实证明，她的克制是无比正确的。

原来，那支日本商队不过是一个精心布置的诱饵。

他们故意大张旗鼓地出行，就是为了引诱像张子英这样心怀仇恨的爱国人士上钩。

一旦有人冲动地对他们发动攻击，他们便会立刻设下陷阱，以此为借口，对附近的村庄进行惨无人道的大规模屠杀和掠夺。

若是张子英当时没有及时忍住冲动，后果将不堪设想。

无数无辜的生命将会在这场阴谋中消逝，那些原本就生活在水深火热之中的村民，将会因为她的一时冲动而遭受灭顶之灾。

第十四章　教堂探秘

兄长离去后的每一天，都像是被浓稠的墨汁浸染，灰暗而沉重。

张子英的心灵仿佛被一层浓重的阴霾笼罩，痛苦如附骨之疽，时刻啃噬着她的内心。

每至夜深人静，万籁俱寂之时，对兄长的深切思念与对妹妹下落的焦灼牵挂，如潮水般汹涌袭来，令她辗转反侧，难以成眠。

她常常睁着双眼，望向黑暗的屋顶，泪水无声地滑落，浸湿了枕头。

与刘丹锡老师失去联络后，那份迷茫与无助如同冰冷的枷锁，将她紧紧束缚，在这残酷的乱世中，她越发感觉自己如一叶孤舟，在波涛汹涌的大海中漂泊，找不到可以依靠的港湾。

她无数次在街头徘徊，眼神中满是失落与彷徨，期望能捕捉到一丝熟悉的身影，听到一点有关刘丹锡的消息，可每一次都失望而归。

国民党的抵抗呈现出的弱势，使日本鬼子更加得寸进尺。凡是日寇到的地方，全部实行“三光”政策：烧光、杀光、抢光。激起了全民的抗日激情，各地都成立了抗日救亡团体。

为了能稍稍缓解内心那如影随形的痛苦，让自己在这无尽的黑暗中仍保有一丝理智，同时也怀揣着一丝渺茫却又坚定的希望 。期望有朝一日能与刘丹锡再度重逢，携手为兄长及无数惨遭荼毒的同胞讨回公道，张子英最终做出了一个改变命运轨迹的决定。

张子英将孩子们交给婆婆，毅然决然地加入了中国共产党领导的妇女协会。

妇女协会成立后张子英担任主任，还有两个委员，一个叫曾如雅，她被分配到了演讲所，一个是县党部武汉山的妹妹武美玲，她除了开会外就蹲在家里，什么也不干。

所有的工作总是她一个人负责，宣传、吸收妇女协会会员，开始召集妇女开会，有些青年妇女受到家庭的阻拦，她就到人家家里去做思想工作，经过半年多的努力，发展了十几个会员。

她的工作主要是处理离婚事件，替被压迫、被剥削的妇女主持公道。

上级党组织负责人郭子化考虑到抗日的严峻形势和斗争的复杂性，决定让张子英潜入峄县天主教会，以此为掩护搜集情报，开展抗日工作。

峄县县城的天主教堂，宛如一位饱经沧桑的老者，静静伫立在这片被战火反复洗礼的土地上。

教堂那高大的外墙，因岁月的侵蚀与战火的肆虐，布满了斑驳陆离的痕迹，恰似历史镌刻下的一道道伤痕。

教堂的尖顶直插云霄，在灰暗如铅的天空映衬下，更显庄严肃穆，仿佛在向世人诉说着往昔的风云变幻。

当张子英第一次踏入这座教堂时，一种复杂而又微妙的情绪在她心底悄然滋生。

她的脚步不自觉地放缓，目光缓缓扫过教堂内的每一处角落，墙壁上的壁画、彩色的玻璃窗，还有那静静摆放着的长椅，一切都让她感到既陌生又新奇。

她隐隐觉得，这里或许将成为她在黑暗中寻觅光明与希望的新起点。

在教堂里，张子英如饥似渴地投身学习之中，全然不顾丈夫那不时传来的抱怨。

每日清晨，晨曦尚未完全驱散夜幕的残余，天边才泛起一丝鱼肚白，她便已悄然起身，动作轻柔却又迅速，生怕惊扰了尚在睡梦中的丈夫。

她轻轻披上一件外衣，蹑手蹑脚地走出房间，简单洗漱过后，便匆匆赶往教堂的学习区域。

她总是习惯性地坐在最前排的位置，脊背挺直，仿佛要将所有的苦难与压力都扛在肩上。

她的眼神专注而炽热，紧紧盯着讲台上的神职人员。

那眼神中透露出的强烈渴望，仿佛要将每一个字、每一个知识点都精准无误地捕捉，而后深深烙印在心底。

她的右手紧紧握着一支已经磨损得有些厉害的铅笔，笔尖在略显粗糙的纸张上快速划动，发出沙沙的声响，仿佛在谱写着她对未来的憧憬与期许。

那纸张上留下的每一道痕迹，都是她努力前行的见证。

教堂内的那间图书室，门略显陈旧，门上的油漆已然斑驳脱落。

对于张子英而言，宛如一座隐匿在乱世中的知识宝库，散发着神秘而诱人的光芒。

每当她轻轻推开，便会发出一阵轻微而又悠长的嘎吱声，这声音仿佛是岁月的低语，在为每一位踏入其中的人讲述着它所承载的无数故事。

步入图书室，一排排高大的书架整齐地排列着，宛如忠诚的卫士，上面摆满了琳琅满目的书籍。

然而，对于张子英来说，这些书籍中许多都是外文，那些密密麻麻的字母，犹如一个个陌生而又神秘的符号，在她眼前构筑起一道难以逾越的屏障。

但张子英并未因此而心生退意。

她迈着轻盈而坚定的步伐，穿梭在书架之间，目光急切而又专注地在书脊上搜寻着中文的标识。

每当发现一本中文书籍，她的眼眸便会瞬间亮起，那惊喜的光芒如同黑暗中闪烁的星辰。

她会小心翼翼地将书从书架上取下，动作轻柔得如同对待一件稀世珍宝，然后轻轻拂去封面上那薄薄的一层灰尘，仿佛在唤醒一位沉睡已久的挚友。

接着，她会寻一个靠窗的角落坐下，那里有一束温暖而柔和的阳光正好可以洒落在书页上。

她缓缓翻开书页，瞬间沉浸在知识的浩瀚海洋之中。

她时而眉头紧蹙，那两条秀眉紧紧纠结在一起，仿佛两座紧锁的山峰，为书中所描绘的历史沧桑与人间苦难而黯然神伤，深深叹息；时而又微微点头，眼神中透露出恍然大悟的神情，似乎从字里行间汲取到了无尽的力量与智慧。

她的手指轻轻划过书页，那细腻的触感仿佛在与书中的每一个字符进行着一场跨越时空的亲密对话。

在这个小小的角落里，仿佛她暂时忘却了外界的战火纷飞，忘却了内心的痛苦与烦恼，全身心地沉浸在知识的世界里，静静等待着那个能够改变一切的时机的悄然降临。

这些看似很平常的举动，实际上都是组织上的精心安排。

教堂是日本人常到的地方，张子英需要把这里所有的房间和具体的方位调查清楚，画出来并且把有疑点的地方做出标示，同时还要密切监视这里发生的一切。

在峄县县城天主教堂那宁静却又带着几分神秘气息的氛围中，命运的丝线悄然编织，将张子英与一位德国修女牵连在一起。

一个午后，阳光透过教堂彩色的玻璃，在地面上晕染出如梦如幻的斑斓光影。

红的似火，蓝的如渊，绿的若林，仿佛为这座古老的建筑铺上了一层奇幻的锦缎，每一寸光影的交错，都在诉说着时光的故事。

张子英如往常一般，在教堂的角落专注地整理着杂物。

她身着朴素的粗布衣衫，衣角还带着些许劳作留下的痕迹，头发简单地束在脑后，几缕碎发因汗水而贴在脸颊上，浑身散发着浓厚的乡土气息。

然而，她的眼神中却透着一种别样的坚定，那是一种在历经苦难后依然熠熠生辉的进步气质，宛如黑暗中闪烁的星辰，虽微弱却夺目。

就在这时，一位德国修女踏入了这片区域。这位修女的举止神态颇为独特，性格也显得怪诞。

她身材高挑，一袭黑色的修女长袍显得有些宽大，走动时，衣角如同黑色的翅膀轻轻摆动。

她的脸庞线条硬朗，高挺的鼻梁上架着一副精致的眼镜，镜片后的眼睛透着锐利却又带着几分好奇的光芒，仿佛能洞察一切，却又对世间万物充满探索的欲望。

当她的目光不经意间落在张子英身上时，仿佛被什么东西吸引住了，脚步不由自主地停了下来。

修女微微歪着头，眼睛微微眯起，上下打量着张子英，眼中的好奇越发强烈。

她从未见过如此独特的女子，乡土气息与进步气质在她身上奇妙地融合，仿佛是两个截然不同的世界在这里交汇，碰撞出神秘的火花。

修女主动上前，嘴角微微上扬，露出一抹友善的微笑，用流利的中文说道："你好，我叫玛丽亚，我注意你很久了，你身上有一种特别的东西。"

张子英微微一愣，抬起头，眼中闪过一丝拘谨，但很快便礼貌地回应道："您好！需要我帮助吗？"

"我是这个教堂的修女，很高兴认识你。"玛丽亚修女微笑着伸出手。

张子英有点不知所措，她还不知道如何与这个外国人打交道，更没有想到，这个蓝眼睛、高鼻梁的女人居然把中国话说得这么好。

玛丽亚修女看出了张子英的谨慎与窘迫，笑了笑，伸出双臂给了她一个大大的拥抱："不要害怕，我喜欢和你交朋友，我可以给你找更多的书籍让你看。"

玛丽亚修女的话语如同山间清澈的溪流，带着一种别样的智慧与丰富的见识，从她口中缓缓流淌而出。

她讲述着遥远国度的风土人情，那些新奇的故事让张子英听得入神。

而张子英的回应质朴而又充满力量，每一句话都源自她对生活的深刻感悟，对这个饱受战火蹂躏的乱世的独特思考。

她的声音虽不洪亮，却带着一种坚韧的力量，诉说着生活的苦难与希望，让玛丽亚修女也不禁为之动容。

她们越聊越投入，有种相见恨晚的感觉，仿佛忘却了周围的一切，时间仿佛也在这一刻悄然静止，只剩下彼此交流的声音在教堂的角落里回荡。

自那以后，张子英常常把自己纺织的羊毛线编织成手套和围巾带给玛丽亚修女，她们之间的交流日益频繁。

玛丽亚修女敏锐地察觉到张子英对知识如饥似渴的追求，尤其是那些能够帮助她摆脱当下困境的知识。

于是，玛丽亚修女推荐给张子英一些书籍，其中有许多种植、养殖、编织等实用知识方面的书。

在一个静谧的下午，微风轻轻拂过教堂的窗棂，发出细微的声响，仿佛在为这场知识的传递吟唱。

玛丽亚修女拿着一本很特别的书找到了张子英。

她轻轻翻开书页，眼中闪烁着兴奋的光束，对张子英说道："你看，这本《火龙经》，里面讲的内容可不得了。"

张子英凑近一看，眼中瞬间闪过惊喜与兴奋，那眼神就如同在黑暗中摸索许久的行者，突然看到了远方的一丝曙光。

她的嘴唇微微张开，抑制不住内心的激动，轻声问道："真的吗？有些字我不认识，这本书我看不懂呀！这书里讲的是什么？"

玛丽亚修女微笑着解释道："这本《火龙经》是一部中国古代火器大全，附有'阴符经'上中下三篇，正文只有四百多字，主要是历代的注释太多。用的是兵法的术语，而实际讲的是道家的修炼之术。"

她想了想继续说道："其中有专门讲述制作炸药、地雷等武器的知识，在如今这个动荡的时代，或许能派上大用场。"

她的声音柔和而坚定，像是在为张子英指引着一条新的道路。

“这样吧，你替我编织毛衣，我给你翻译讲解这部《火龙经》古书，如何？”玛丽亚修女笑眯眯地看着她。

张子英高兴地说道：“太好了，你放心，我一定按你给我的那个编织图案，给你编织一件让你满意的毛衣。”

从那以后，张子英便如同着了魔一般，全身心地投入对《火龙经》的学习中。

她每天都会早早地来到教堂那个安静的角落，将一张略显破旧但擦拭得十分干净的桌子整理好，小心翼翼地把那本被修女翻译过来的《火龙经》摆在桌上，旁边整齐地放着一支削得尖尖的铅笔和一叠粗糙的纸张。

她坐下后，轻轻翻开书页，眼神立刻变得专注而坚定。

她的眼睛紧紧盯着每一个字，仿佛要将它们从纸上吸进脑海里。

遇到晦涩难懂的地方，她会微微皱眉，眼神中透露出思索的神情，嘴里还会不自觉地喃喃自语，试图理解其中的奥秘。

她的手指轻轻划过书页，似乎想要通过这种方式更深刻地理解书中的内容。

每当领悟到一个关键要点，她的眼睛便会瞬间明亮起来，嘴角微微上扬，露出一丝欣慰的笑容。

她一边阅读，一边用铅笔在纸上认真地记录着要点。

虽然笔触很轻，却又十分有力，每一笔每一画都倾注了她对知识的敬畏与渴望。

记录时，她的头微微倾斜，眼睛在书本与纸张之间快速切换，眼神中充满了专注与执着。

遇到不懂的地方，她会立刻放下手中的笔，匆匆跑去寻找玛丽亚修女，眼中满是求知的急切与诚恳，嘴里不停地说着：“玛丽亚小姐，这里我不太明白，您能再给我讲讲吗？”

她的脚步虽匆忙，却又带着坚定，那是对知识的追求驱使着她。玛丽亚修女看着张子英如此投入且快速地进步，心中也不禁感到惊讶。她常常静静地站在一旁，看着张子英专注学习的模样，眼中满是赞赏。她没想到，这位来自乡土的妇女，竟有着如此强大的学习能力与求知欲。在她眼中，张子英就像一颗深埋在泥土中的种子，一旦遇到合适的契机，便会迅速生根发芽，绽放出令人惊叹的生命力，向着光明与希望奋力生长。

张子英在教堂的一切活动，有了玛丽亚修女的掩护，进行得非常顺利，她不断地将情报及时地传递给党组织。

1938 年的春天，实在难熬。料峭的寒风如尖锐的冰凌，肆意地切割着山东这片饱经苦难的大地。

天空阴沉沉的，厚重的乌云仿佛要压垮整个世界，预示着一场巨大的灾难即将来临。就在这压抑得让人喘不过气的氛围中，一声巨响如雷霆般炸裂，打破了枣庄的宁静。

那声炮响，犹如恶魔的咆哮，瞬间撕开了这座城市的安宁。

峄县、枣庄、滕县以及鲁南大地就此沦陷于日本侵略者的残暴铁蹄之下。

在天主教堂那间弥漫着陈旧气息的图书室里，昏黄的灯光仿若深秋枝头一片摇摇欲坠的枯叶，在微风的轻抚下，有气无力地微微摇曳，将张子英和玛丽亚修女的身影，歪歪斜斜地拉长，投映在布满岁月斑驳痕迹的墙壁上。

四周的书架上摆满了书籍，有些书的封皮已经破损，露出里面泛黄的纸张，散发着一股淡淡的霉味，仿佛在无声诉说着过去的故事。

张子英坐在一张略显破旧的木桌前，桌面的木纹在灯光下若隐若现，她的手指下意识地摩挲着那些纹理，仿佛这样便能汲取到一丝力量。

她身着一件洗得发白的粗布衣衫，衣角处还打着补丁，几缕碎发因汗水黏在她那略显憔悴的脸颊上，更衬出她的疲惫与不安。

玛丽亚修女站在一旁，手中随意翻着一本纸张泛黄的书籍，可眼神早已飘向远方，透过那扇布满灰尘的窗户，望向教堂外那片阴霾密布的天空。

一头金发整齐地束在脑后，身上的修女长袍随着她的动作轻轻摆动，散发着圣洁的气息，却也掩不住她此刻脸上的愁容。

“张子英，最近的局势糟透了。”

玛丽亚修女缓缓放下手中的书，转过身。她微微皱着眉头，眼神紧紧盯着张子英，似乎想从她的眼中寻找到一丝力量：“枣庄已经沦陷在日军的残暴统治下，他们的所作所为，简直令人难以置信。”

张子英猛地抬起头，眼中瞬间闪过愤怒与震惊，双手不自觉地握紧成拳，指关节泛白。

她的呼吸变得急促起来，胸膛剧烈地起伏着：“什么？枣庄沦陷了？怎么会这样！那些日本侵略者到底干了什么？”

她的声音因激动微微颤抖，带着难以掩饰的惊惶与愤慨，原本就有些干裂的嘴唇此刻微微颤抖。

玛丽亚修女眉头紧皱，眼中满是不忍与悲痛。她缓缓踱步到窗边，伸出手推开窗户，冷风瞬间灌了进来，吹得她的衣摆轻轻飘动。

她的身体微微一颤，似乎这风不仅吹冷了她的身体，更刺痛了她的心。

日军所到之处，宛如人间炼狱。

“在北沙河，那些日本士兵就像失去理智的野兽。”她的声音微微颤抖，眼眶微微泛红，“整个村庄被熊熊大火吞噬，那火势凶猛得如同来自地狱的恶魔，疯狂地吞噬着每一寸土地。浓烟遮天蔽日，天空被染成了可怕的黑色，仿佛世界末日降临。村民们四处奔逃，妇女的哭喊声、孩子的尖叫声，交织在一起，那声音撕心裂肺，仿佛是从灵魂深处发出的绝望呐喊。日本士兵拿着寒光闪闪的刺刀，见人就刺。岸边全是横七竖八的尸体，好多人死不瞑目，他们的眼睛里充满了恐惧、愤怒与不甘，太残忍了，这是对生命的亵渎。”

她一边说着，一边微微摇头，脸上满是不忍直视的神情，泪水在眼眶中打转。

张子英眼眶瞬间红了，泪水在眼眶里打转，嘴唇颤抖着，声音带着哭腔：“怎么能这样，那些无辜的百姓，他们有什么错？”

说着，肩膀微微颤抖起来，内心的悲痛如汹涌的潮水，几乎要将她淹没。

她的双手紧紧捂住嘴巴，似乎想要压抑住内心的痛苦，可泪水还是不受控制地从指缝间滑落。玛丽亚修女轻轻叹了口气，转过身，目光中透着愤怒与无奈。

“郭里集也没能逃过这场灾难。大街小巷全是刺鼻的硝烟味和血腥气，那味道让人作呕，仿佛整个世界都被罪恶笼罩。日本士兵挨家挨户踹开房门，那粗暴的动作仿佛要将所有的美好都摧毁。”

“老人被推倒在地，发出痛苦的呻吟，他们那瘦弱的身体在冰冷的地面上显得如此无助，每一声呻吟都像是对侵略者的控诉；年轻男子被捆绑起来，遭受到拳打脚踢，他们的脸上写满了愤怒与不甘，却又无法挣脱这残酷的束缚；妇女们惊恐地蜷缩在角落，眼神里全是恐惧和绝望，她们的身体颤抖着，仿佛寒风中的落叶；孩子们吓得大哭，他们那么小，却只能眼睁睁看着亲人被伤害，那稚嫩的脸上挂满了泪水，那泪水里饱含着恐惧与迷茫。”

她一边说着，一边用手比画着，脸上的表情随着描述的场景不断变化，眼中满是对受害者的同情。

张子英牙齿咬得咯咯作响，满脸悲愤，站起身在狭小的图书室里来回踱步。

她的脚步急促而凌乱，带起地面上的些许灰尘：“这些侵略者简直没有人性！那邹坞呢？邹坞怎么样了？”

她的声音因愤怒变得沙哑，每一个字都像是从牙缝中挤出来的，额头上也因为激动冒出了细密的汗珠。

玛丽亚修女的眼神黯淡下来，犹如被乌云遮蔽的星辰，失去了往日的光彩，声音也有些哽咽：“邹坞同样未能幸免。”

邹坞也陷入了无尽的黑暗。1938 年农历的早春二月，日本侵略者的铁蹄踏进煤城峄县。为了掠夺中国的煤炭资源，日寇侵占峄县、枣庄后，便忙着赶修临枣铁路和公路。

日本人的占领军、铁道部、装甲兵、运输兵，在临枣线上络绎不绝。

自从枣庄沦陷后，沿途村庄的乡亲们天天逃难，可是大半个中国已经沦入日本人的手里，老百姓向哪里逃呢？中国的老百姓无处逃了，枣庄的老百姓又向何处逃呢？

卢沟桥的大炮一响，峄县的崔、宋、黄、梁等有钱人家，携带妻妾细软，早就逃向海外和重庆去了，年轻力壮的也早已各自找求生的门路去了。

乡村里剩下的都是老弱病残，毫无抵抗之力。日寇所到之处，皆是烧杀抢掠、奸淫妇女，几乎没有幸免者。

日本鬼子在明晃晃的刺刀上，挑着“东亚共荣”的旗号。

农历二月二十八傍晚，千余日本军队驻扎在邹坞。

邹坞的“维持会”会长是“大烟鬼”石正洋，他是以庄头村崔家为后盾扶持起来的。

石正洋当上会长后，见了日本鬼子，奴颜婢膝，点头哈腰，根本阻止不了日本鬼子奸淫烧杀，相反却借机大发国难之财。

老百姓编了一首顺口溜骂他：“维持会，不顶事，坏蛋汉奸数石会（石正洋的乳名）。”

天气阴霾，冷清的雨一直下着。

从黄昏开始，鸡飞犬咬，乡亲们的惨叫声冲破了沉静的黑夜，天空被火光照得通红。

日本司令官和一个翻译向老百姓训话：“你们这个村坏了坏了的有。”“统统的死了死了的有。”他们将村民们集中起来，用机枪疯狂扫射，看着百姓们在枪林弹雨中痛苦挣扎，日军却在一旁肆意大笑，仿佛这是一场有趣的游戏。

随着一阵机关枪扫射，这一夜被杀的人，不计其数。

日军在这里用尽了各种惨绝人寰的手段，对无辜百姓进行着惨无人道的射杀。

形势异常严峻，日本鬼子的疯狂掠夺和烧杀，迫使老百姓只能苟且活命。

近万名百姓在这场浩劫中失去了宝贵的生命，曾经充满生机的村庄，如今只剩下一片死寂，残垣断壁间，弥漫着死亡的气息。

日本最精锐的部队之一——矶谷廉介第十师团，如同一股黑色的洪流，一路南下，气势汹汹地侵入枣庄。

枣庄的大街小巷瞬间被恐惧的阴霾笼罩，百姓们的脸上写满了惊恐与无助。

街头巷尾，人们神色慌张地奔走相告，匆忙收拾着简单的行囊，眼神中满是对未知命运的恐惧。

大人们的手因为紧张而微微颤抖，他们一边慌乱地翻找着衣物和干粮，一边安慰着吓得瑟瑟发抖的孩子，但颤抖的声音却暴露了他们内心的恐惧。

孩子们紧紧依偎在父母身边，用那充满恐惧的大眼睛看着周围发生的一切，眼泪在眼眶里打转，随时可能夺眶而出。

整个鲁南地区仿佛陷入了一场噩梦，人们不知道明天等待他们的将会是什么。

峄县的老百姓听闻日军在北沙河、郭里集、邹坞的暴行和枣庄的沦陷，恐惧如同瘟疫一般蔓延开来。

街头巷尾，人们交头接耳，谈论着局势的紧张，每个人的脸上都笼罩着一层担忧的阴影。

傍晚，张子英回到家中，把孩子们的衣服洗干净后，坐下来一边纺织着羊毛线一边和婆婆聊天："娘，您歇一歇吧，这些活，我来干。"

"现在兵荒马乱的，你整天在外面做个小生意不容易，一定注意躲着日本人。"婆婆忧心忡忡地说道。

"娘，放心吧！我留着小心哪。"张子英纺织着羊毛线，回应着婆婆的交代。

张子英的婆婆是个明白人，娘家爹爹是个穷秀才，从小认识了些字，能看些鼓词、小说、词曲之类的书。

此时她坐在门口，默默地叹息着，回忆着往昔日军的侵略暴行，眼中满是无奈与悲愤地说道："日本鬼子真是坏呀，无恶不作，丧心病狂。记得那是 1914 年，日本人以种种借口入侵山东，开始了对这片土地进行掠夺；1927 年，日本鬼子再次蠢蠢欲动，给山东人带来了新的伤痛。”

张子英握紧了拳头，眼中闪烁着愤怒的火花：“娘，1928 年那震惊中外的济南惨案，更是成了咱们山东人心中永远无法愈合的伤疤。”

“据说当年，日军以保护侨民为幌子，悍然出兵济南，在济南城烧杀抢掠，无恶不作。他们肆意屠杀中国军民，无数家庭在这场灾难中支离破碎，丈夫失去了妻子，孩子失去了父母，济南城变成了一片血海。”张子英继续说道。

“这些该死的日本鬼子，真是该千刀万剐！”婆婆气愤地骂起人来，心中的仇恨如熊熊烈火般燃烧。

“如今，日本鬼子又来了，这片土地又要遭难了。”婆婆唉声叹气道。

张子英的眼中燃烧着愤怒的火焰，仿佛要将这无尽的黑暗点燃。

她眼神坚定而充满力量：“但我们不能坐以待毙，一定要为那些受苦的百姓，为这片土地，做点什么。”

她们深知，这片深爱的土地又将面临一场前所未有的浩劫。

第十五章　巧传情报

日子越来越难熬。

在这风云变幻、动荡不安的岁月里，每一阵风似乎都裹挟着未知的恐惧与变数。

而张子英，这位饱经生活磨难的女子，内心始终被局势的阴云笼罩。

她深知，外界的每一丝消息，都宛如命运的丝线，不仅可能牵扯着无数同胞的生死存亡，更或许能为她那苦苦寻觅妹妹和刘丹锡老师的漫漫长路，带来一丝转机。

因此，每当她好不容易通过售卖羊毛线，换来那为数不多的零钱时，就仿佛看到了与外界沟通的桥梁。

她会迫不及待地奔向报摊，眼神中满是急切与渴望。

“卖报！卖报！《中央日报》《南京日报》。”

“卖报！卖报！”

一个青年人在南关大街的十字路口，手里拿着报纸，叫卖着。

他叫王维高，是中共地下组织峄县秘密活动机关的地下交通员，他只有一个任务，那就是每天在这里等候张子英，从她手里接过情报，然后再送到共产党的地下秘密工作处。

这时张子英走了过去，她观察了一下周围的环境，一切正常。

她走到王维高面前："小伙子，来一份《中央日报》！"

王维高取出一份报纸，在交接报纸的一瞬间，张子英将折好的一个小纸条丢到王维高的包袱里，付过钱以后，王维高走向共产党秘密工作处。

拿到报纸的那一刻，她紧紧攥着，仿佛那是世间最珍贵的宝物。

找个角落坐下后，她便如饥似渴地阅读起来，目光在密密麻麻的文字间飞速游走，试图从那些或隐晦或直白的报道中，拼凑出当下局势的完整拼图。

更重要的是报纸里有上级的指示。

她的眉头时而紧皱，时而微蹙，心中对刘丹锡的安危担忧如附骨之疽，时刻啃噬着她的内心。无数个寂静的夜晚，她在梦中与刘丹锡重逢。

无数个清醒的时刻，她都在心底默默祈祷，盼望能再次见到那个给她指明方向，令她牵肠挂肚、魂牵梦绕的人。

这天，清晨的阳光宛如薄纱，轻柔地透过天主教堂那五彩斑斓的玻璃，在地面上洒下一片片斑驳陆离的光影，仿佛为这座承载着信仰与希望的神圣建筑，披上了一层梦幻的霓裳。

张子英如往常一样，怀着对信仰的虔诚与对知识的渴望，迈着轻盈而坚定的步伐走进峄县教堂。

她先在祷告室中，静静地闭上双眼，双手合十，嘴唇微微翕动，向心中的神明倾诉着自己的忧虑与祈愿。

那低垂的眼眸间，满是对和平的向往以及对妹妹和刘丹锡平安的深深期许。

祷告完毕，她转身走进图书室。图书室内弥漫着一股淡淡的、混合着纸张与岁月气息的书香，这间图书室仿佛是一座隔绝尘世喧嚣的知识堡垒。

张子英轻手轻脚地穿梭在书架之间，脚步如同羽毛落地般轻盈，生怕惊扰了这片宁静。

她的手指轻轻划过一本本书脊，眼神中满是寻觅的专注，试图找到一本能让自己暂时忘却外界纷扰，沉浸其中的书籍。

然而，就在她专注于挑选书籍时，一阵隐隐约约、时断时续的交谈声，如同细微的蛛丝，悄然钻进她的耳朵。

她的身体瞬间一僵，手中的动作下意识地停下，如同一只受惊的小鹿，警觉地竖起耳朵，努力捕捉着声音的来源。

那声音仿佛是从图书室的一个隐蔽角落传来，带着一种神秘而又紧张的气息。

出于好奇与本能的警惕，她微微侧身，缓缓朝着声音的方向靠近。

每迈出一步，她都小心翼翼，尽量不让脚下的木地板发出一丝声响。

当她逐渐靠近，终于听清谈话内容的瞬间，她的心跳陡然加快，仿佛有一只无形的手，猛地攥紧了她的心脏。

她注意到其中一人是天主教的教徒，那人身上散发的气质，竟与她日思夜想的刘丹锡有着几分相似。

这相似的气质，如同磁石一般，瞬间吸引了她的目光，让她不禁多留意了几分。

只见他与同伴正压低声音，神色凝重得如同暴风雨来临前的天空。

两人的表情严肃而紧张，眉头紧紧地皱在一起，眼神中透露出一种难以言说的忧虑与决绝。

他们的话语间，不时透露出一些有关日本人行为的只言片语，话语中还夹杂着一些关于行动方面的模糊暗示。

这让张子英敏锐地意识到，他们所谈论的绝非寻常之事，很可能关乎着重大的秘密。

张子英不假思索地运用起在峄县那段艰难岁月里学来的跟踪技巧，她尽量放轻脚步，小心翼翼地不发出任何声响。

她的身体微微前倾，如同猎豹在悄悄靠近猎物，目光紧紧锁定在两人身上，不敢有丝毫懈怠。

她的眼神中充满了专注与警惕，仿佛要将两人的每一个细微动作、每一个表情变化都尽收眼底。

然而，或许是她太过专注，以至于忽略了周围环境的微妙变化；又或许是对方太过警觉，对周围的一切风吹草动都有着超乎常人的敏感。

总之，不幸的是，她的存在被那两人发现了。

那两人原本专注交谈的目光，瞬间如两道冰冷的利箭，齐刷刷地射向张子英。

他们的眼神中，充满了警惕与深深的敌意，仿佛张子英是一个闯入他们秘密领地的危险敌人。

其中那个同伴的脸色，瞬间变得如同暴风雨来临前的乌云一般阴沉，他的眼神中闪过一丝狠戾。

几乎在发现张子英的同一瞬间，他二话不说，动作敏捷而果断地从包里掏出一把手枪。

那手枪在昏暗的光线下，闪烁着冰冷的金属光泽，黑洞洞的枪口直指张子英，仿佛一只择人而食的猛兽。

他的眼神中透露出毫不掩饰的杀意，冷冷地开口，声音如同从冰窖中传来，不带一丝温度：“你听到了什么？最好别乱说，不然别怪我不客气！”

张子英的心猛地一紧，仿佛被一只无形的大手狠狠攥住。

一种强烈的恐惧，如同冰冷的潮水，瞬间从脚底涌上心头，几乎将她整个人淹没。

她的呼吸变得急促而沉重，心脏在胸腔里疯狂跳动，仿佛要冲破胸膛。

她的双手下意识地微微颤抖，但她深知此刻必须保持镇定。

她努力克制着内心的恐惧，强迫自己冷静下来，大脑在极度紧张的状态下飞速运转，如同高速运转的齿轮，拼命思考着应对之策。

在这命悬一线的千钧一发之际，时间仿佛凝固，每一秒都被无限拉长。

那黑洞洞的枪口如同恶魔的眼睛，散发着令人胆寒的杀意，死死地锁定着她。

周围的空气仿佛都被恐惧冻结，沉甸甸地压得人喘不过气来。

恰在此时，一阵由远及近、节奏紧凑的脚步声打破了这令人窒息的紧张氛围。

原来是一群正在教堂内巡查的安保队员。

他们身着统一的制服，步伐整齐，神情严肃而专注。

为首的安保队长潘丰原，目光敏锐如鹰，一眼便察觉到张子英三人的举止透着异样，浑身散发着可疑的气息。

这个潘丰原，是个屠夫出身，心黑手辣，异常凶险，在家排行老六，喜欢让人家叫他六爷。

小时候出过水痘，落下了满脸的麻子，平时，大家都叫他潘大麻子。

教会也需要地方势力的保护，每年都会给他不少的保护费。

只见他眉头瞬间拧紧，眼神犀利地扫向他们三人，他大手猛地一挥，用不容置疑的口吻大声喝道：“你们几个，鬼鬼祟祟的，在这儿干什么？都不许动，跟我们走一趟。”

这声音十分刺耳，在图书室的静谧空间里回荡，震得人耳膜生疼。

那持枪的男子原本就因被发现而有些慌乱，此刻听到安保队长潘队长的呵斥，心中更是一阵慌乱。

他的眼神中闪过一丝疯狂，牙齿咬得咯咯作响，手上的枪不自觉地握紧，几乎是下意识地，他仍想不顾一切地扣动扳机，杀了张子英以绝后患。

说时迟那时快，强烈的求生本能激发了张子英体内潜藏着的巨大勇气与惊人敏捷。

她佯装惊慌失措地向前踉跄几步，脚步虚浮，仿佛随时都会摔倒。

就在身形晃动的瞬间，她以极快的速度伸出手，动作如电，精准而迅速地将男子藏在身后的枪夺下。

那把枪触手冰凉，却仿佛带着灼人的温度。

她顺势将枪藏进自己宽大的衣袖中，整个过程一气呵成，如同行云流水，没有发出一丝多余的声响。

她心里十分清楚，一旦安保队潘队长看到男子身上有枪，他们必定会被当作危险分子抓起来，到时候局面将彻底失控，陷入万劫不复之地。

张子英深吸一口气，试图让自己狂跳的心稍微平静一些。

她的胸口剧烈起伏着，努力压制住内心如惊涛骇浪般的恐惧。

紧接着，她迅速调整表情，换上一副无辜又焦急的神情，那眼神中满是慌乱与无助，仿佛真的只是一副被吓坏的样子。

她快步走向安保队潘队长，脚步略显急促，声音带着微微的颤抖，急切地说道："几位大哥，误会啊。我们刚才就是在讨论一些家里的烦心事，越说越激动，声音大了点，真不是故意的，没想到惊扰到你们。这位兄弟脾气急了些，说话冲，可真没别的意思。"

说着，她还偷偷用眼角的余光瞥了一眼那两名男子，眼神中带着警告与暗示，示意他们配合自己的说辞。

两名男子心中虽有万般不甘，但在这剑拔弩张的局势下，也只能顺着张子英的话。

其中一人连忙堆起笑脸，那笑容却显得格外僵硬，仿佛是强挤出来的。

他点头哈腰，姿态卑微地说道："是是是，大哥们，我们就是一时激动，真没干坏事。家里实在是出了些糟心事儿，我们这才没控制住情绪。"

安保队潘队长和队员们将信将疑，目光如炬，在三人身上来回扫视，仿佛要将他们看穿。

为首的潘队长上下打量着张子英，眼神中满是审视与狐疑，他的目光如同锋利的刀刃，似乎要从张子英的表情和言辞中找出破绽。

"你们最好别耍什么花样，这兵荒马乱的，到处都是危险分子，我们可不会轻易放过任何可疑之人。"他的声音低沉而威严，透着一股不容置疑的气势。

张子英赶忙继续解释，言辞越发恳切，眼中满是乞求之色："潘队长，您看我们也不像坏人啊。我们都是本分人，一直老老实实的。只是最近家里事儿太多，心烦意乱的，这才闹了这么大误会。您大人有大量，就放我们一马吧，我们保证以后不会再这样了。"

她一边说着，一边悄悄将藏在衣袖里的枪往更隐蔽的地方塞了塞，动作极为隐蔽，生怕被安保队发现。

过了好一会儿，安保队潘队长见三人并无其他异常举动，且张子英的说辞似乎也合情合理，那紧张的神情才渐渐放松下来。

为首的队长潘大麻子冷哼一声，眼神中仍带着一丝警告，摆了摆手："行了行了，下次注意点，别在这儿大呼小叫的，扰了教堂的清净。走吧！"

张子英和那两名男子如释重负，仿佛刚刚从鬼门关前走了一遭。

他们连忙点头称是，脸上堆满了感激的笑容。

待安保队渐渐远去，脚步声消失在走廊尽头，张子英才缓缓松了一口气，整个人仿佛瞬间脱力，双腿微微发软。

她的手心早已被汗水湿透，紧紧攥着的衣袖也变得湿漉漉的。

而那两名男子看着张子英，眼神中既有惊讶，又有一丝复杂的情绪，仿佛对这个刚刚救了他们一命的女子，有了全新的认识……

那两名男子满脸皆是难以掩饰的诧异，目光牢牢黏在张子英身上，似要将她整个人看透，挖出藏在深处的秘密。

他们实在难以相信，眼前这个身着粗布衣衫，农村妇女模样的人，刚刚面对枪口时，竟能如此沉着冷静，还在转瞬之间想出办法化解危机。

这份胆识与应变能力，实在超乎他们想象。

两人对视一眼，彼此眼中都闪过复杂的钦佩之色。

面容刚毅，国字脸上透着英气的男子往前一步，语气满是佩服："大妹子，说实话，谁能料到，你一个女子，在那种生死关头，竟半点没慌，还处理得如此漂亮，这胆量，不一般。"

一旁稍显瘦削，眼神却锐利的男子赶忙附和："没错，刚刚那情形，你却应对自如，你绝非寻常人哪。"

张子英微微颔首，一抹红晕悄然爬上脸颊，带着几分质朴，羞涩地笑了笑。

"实不相瞒，我们今天来执行任务，没有想到被你给搅黄了。"那人继续说道。

得知他们是国民党的人，且同样以杀日本鬼子为目标，她眼中顿时闪过惊喜与亲切。

记忆里关于哥哥加入的组织，已模糊难辨，此刻见二人如此，便下意识将哥哥与国民党联系起来。

刹那间，一种归属感涌上心头，感觉自己在这乱世不再如孤舟般漂泊，终是有了方向。

然而，张子英历经革命斗争的磨砺，深知人心难测，即便当下感觉投缘，也不可全无保留。

她神色平静，可内心如拉紧的弓弦，时刻戒备。

面对二人探寻的目光，她轻抬眼眸，眼中闪过一丝不易察觉的警惕，随后幽幽一叹，声音带着悲愤与哽咽："两位大哥，不瞒你们，我的亲人都惨死在日本鬼子手里。那些场景，日日夜夜如噩梦缠着我。这血海深仇，我怎能不报！我与小日本鬼子，势不两立！"

说着，她紧紧咬着下唇，嘴唇泛白，眼中燃烧的怒火似要将一切焚毁。

但多年斗争经验让她明白，乱世之中，谨慎为要。

尽管眼前两人看似志同道合，为了刘丹锡的安全，也为了自己的使命，她只能将这份牵挂深埋。她微微垂头，眼神闪过落寞与决然，暗自提醒自己，绝不能因一时冲动泄露重要信息。

之后，他们围坐一起继续交谈。

张子英越发觉得与这两位国民党同志理念契合，对未来一同抗日的行动充满期待。

但她心里清楚，革命之路荆棘密布，危机四伏，唯有步步小心，时刻警醒，才能达成复仇与救国的心愿。

待那两名男子的身影彻底消失在视线之中，张子英独自伫立在原地。

周围的空气仿佛都在这一刻安静下来，唯有她内心的思绪如汹涌的潮水般翻腾不息。

她微微皱起眉头，眼神中透露出一丝迷茫与纠结。

回想起刚刚与两人的交谈，她不禁陷入了深深的自我怀疑之中。

她的脑海中不断地回想着自己所说过的每一句话，每一个表情，思考着是否应该将自己的全部经历和盘托出。

她深知，在这个动荡不安的乱世之中，每一个决定都可能关乎生死存亡，稍有不慎，便可能陷入万劫不复之地。

“我是不是太过谨慎了？”她轻声呢喃自语道，声音在空荡荡的图书室内回荡，显得格外孤寂。

“或许我应该坦诚一些，他们看起来是真心抗日的人。”她的心中涌起一股莫名的愧疚感，觉得自己似乎对两位志同道合的同志有所隐瞒是不对的。

然而，理智很快又占据了上风。

她的眼神中闪过一丝坚定，仿佛在与内心的情感做着激烈的斗争。

“不行，我不能冒这个险。”她暗暗对自己说道，“在这个危险的时代，人心隔肚皮，谁也不知道明天会发生什么。我不能因为一时的冲动，而让自己和同志们陷入危险之中。”

想到刘丹锡，张子英的眼神瞬间变得温柔起来，嘴角不自觉地微微上扬，露出一抹淡淡的笑容。在她的心中，刘丹锡和妹妹是她在这个乱世中唯一的牵挂，也是她坚持下去的动力源泉。

她的脑海中浮现出刘丹锡的身影，他那坚定的眼神，温暖的笑容，仿佛就在眼前。

“我猜想他们应该认识刘丹锡。”她的心中突然涌起这样一个念头，“毕竟他们都是为了抗日而奋斗的人，说不定在某个战场上，他们曾经并肩作战过。”

这个念头一旦产生，便在她的心中生根发芽，越发强烈。

她的眼神中透露出一丝期待，仿佛看到了与刘丹锡重逢的希望。

“如果他们真的认识刘丹锡，那么通过他们，我能找到他的下落。”她的心中充满了憧憬，仿佛已经看到了与刘丹锡重逢的那一刻。

“只要是为了杀日本鬼子，即便他们要杀我，我依然会选择帮助他们。”张子英的眼神中闪过一丝决然，仿佛已经做好了一切准备。

她深知，在这个生死存亡的关键时刻，抗日的大业高于一切。

为了能够将日本侵略者赶出中国，为了无数受苦受难的同胞能够过上安宁的生活，她愿意付出一切代价，哪怕是自己的生命。

她深吸一口气，缓缓抬起头，望向窗外那片被战火洗礼过的天空。

阳光透过云层的缝隙洒在大地上，仿佛给这片饱经沧桑的土地带来了一丝希望。

张子英的眼神中充满了坚定与决心，她知道，无论未来的道路多么艰难险阻，她都将坚定不移地走下去，为了抗日的胜利，为了找到妹妹，为了与刘丹锡的重逢。

也许是冬天干旱的缘故，这年春天的鲁南大地，总是在下雨。

清晨，阴霾密布，雨一直在淅淅沥沥地下着，厚重的乌云如同一块巨大且潮湿的抹布，将整个天空严严实实地遮蔽起来，沉甸甸地压在鲁南大地之上，压得人喘不过气。

浓稠的乌云肆意翻涌，似是无数狰狞的面孔在咆哮，压抑的气息弥漫在每一寸空气中，让周遭的一切都陷入了死寂般的沉闷，沉甸甸地压在鲁南人民的心头。

妇女协会的工作十分繁忙，张子英去吴林村的王家调解离婚的家庭纠纷，刚刚到达。

村子里突然闯进十几个身穿国民党制服的人，他们进村后，就开始抢东西，牵牲口。

街上传来铜锣声：“老少爷们听着，都到村口集合。”

村口的大柳树下，乡亲们都在瑟瑟发抖。

只听到领头叫徐少秋的叫唤道：“大家都听着，日本人打进县城来了。要打仗了，大伙有钱的出钱，有力的出力，把家里值钱的统统交出来。”

大家互相看了看，都默不作声。

另一个嚷嚷着：“我们可不是土匪，老子是国民党华北游击第五纵队，马卫民司令说日本人这几天就要到南塘、善崮去扫荡，咱们这里也会来，日本人的抢光、杀光、烧光，你们都听说了吧，快把东西交出来，不能便宜了日本人。”

徐少秋拿出一张条子，交给地保：“王保长，让大伙都传着看看吧，这个是各村要交的钱和粮食的数目，不交给我们，日本鬼子也会马上来抢。”

张子英听到这些话，立刻警惕起来。

之前她听联络员说过，从徐州来的共产党人郭子化书记就在墓山、凤凰庄、南塘、善崮一带开展工作，成立了第五战区人民抗日义勇总队，开展打击日本鬼子的游击战。

这是一份生死攸关的情报，她要通过地下交通员王维高尽快把消息传递给上级党组织，张子英心急火燎。

如果把消息传递出去，既能避免共产党组织的损失，又可以消灭敌人。

这份情报恰似那能扭转乾坤、决定一场关键战斗胜负的密钥，紧密关联着一场重大行动的成败。

张子英目光坚毅，毫不犹豫地下定决心，一定将这个重大消息传递出去。

张子英将那张国民党征收钱和粮食名目的情报在人群传阅中巧妙截留，谨慎小心地折叠成薄的小纸片，凭借着灵巧的双手，不动声色地塞进一篮地瓜的底部。

那篮地瓜摆放得整整齐齐，仿佛一同守护着这份珍贵的秘密。

一切准备就绪后，她深吸一口气，毅然决然地踏上了这条充满未知与危险，荆棘丛生的征程。

乡间的小路蜿蜒曲折，两旁是高粱田，杂草在风中瑟瑟发抖，仿佛在为即将到来的危险而悲泣。

张子英迈着沉稳缓慢的步伐，眼睛如同敏锐的鹰眼，时刻警惕地观察着四周的动静。

风声在耳边呼啸而过，偶尔传来几声远处的犬吠，为这寂静的旅途增添了几分不安。

然而，命运的风暴总是在毫无征兆的时刻骤然降临。

当她到达吴林村外五六里地的一处偏僻的路口时，突然，一阵杂乱而急促的脚步声和严厉的呵斥声打破了原本的寂静。

只见一队日本士兵如恶狼般从道路两旁的高粱地中猛地冲了出来，瞬间将张子英的去路堵得严严实实。

他们身着的日本军装在灰暗的天色下显得格外刺眼，枪支在手中闪烁着冰冷的寒光，每一个眼神都透露出凶狠与残暴，仿佛一群来自地狱的恶魔。

为首的军官身材高大，身着笔挺的军装，那军装的黑色在灰暗的天色下显得格外阴森，仿佛是死神的黑袍。

腰间的皮带紧紧勒着，金属扣头闪烁着冰冷的寒光，凸显出他的凶狠与冷酷。

他的脸庞犹如刀削般冷峻，颧骨高耸，脸上的肌肉紧绷着，透露出一股冷酷无情的气息。

一双眼睛如鹰隼般锐利，目光中闪烁着怀疑与警惕的凶光，仿佛能穿透一切伪装，直抵人心。

他用生硬且带着浓重日本口音的中文大声呵斥：“你，什么的干活？去哪里？篮子里装的什么东西？”

那声音如同夜空中的炸雷，在寂静的道路上轰然作响，惊得路边树枝上的鸟儿惊慌失措地四散飞逃，扑腾着翅膀消失在灰暗的天空中。

张子英的心瞬间提到了嗓子眼儿，好似一只小鹿，在体内疯狂跳动，紧张得几乎窒息。

她感觉自己的喉咙像是被一只无形的大手紧紧扼住，想要说话却异常艰难。

但她心中清楚，此刻必须强装镇定，否则所有的努力都将付诸东流。

她微微低下头，脸上努力挤出一丝傻傻的笑容，然而那笑容却因紧张而显得有些僵硬，嘴角不自觉地微微颤抖着。

她用略带颤抖但又竭力保持镇定的声音回答道：“太君，俺是去集市卖地瓜，家里太穷，我有肺痨病，想换点钱抓汤药，治病。”一边说一边用手捂着嘴咳嗽。

日军军官狐疑地盯着她，那眼神仿佛两把锐利的钢刀，要将她的伪装层层剥开，看透她内心的每一丝想法。

他皱着眉头，围着张子英慢慢地踱步，每一步都像是踩在张子英的心尖上，发出沉闷的声响。

他的目光像探照灯一样，仔细地审视着她的每一个动作、每一个表情，不放过任何一个细微之处，从她粗糙的双手，到破旧的衣衫，再到脸上的每一道皱纹。

紧接着，他伸出刺刀，用刀尖粗暴地在篮子里肆意翻找起来。

张子英的目光紧紧锁定在日军军官的手上，眼神中满是紧张与担忧，额头沁出细密的汗珠。

就在那一瞬间，时间仿佛凝固成了一块坚冰，周围的空气也仿佛被抽干，变得沉重而压抑，让人几乎无法呼吸。

张子英突然大声地咳嗽起来，嗓子里好像有无数的飞虫。

“哇！哇！”她拼命地呕吐着，呕吐的食物瞬间带着酸腐的气味弥漫开了。

或许是张子英的咳嗽呕吐得太过逼真，或许是日本鬼子怕肺病传染，张子英成功骗过了日军军官。

又或许是上天眷顾，日军军官在翻找一番后并未察觉到藏在地瓜中的玄机。

日本鬼子避瘟疫一般，不耐烦地挥挥手，用厌恶的语气说道：“巴嘎呀路！”

张子英不明白，傻傻地看着眼前的一切，日本鬼子的翻译啐了一口：“滚吧！”用刺刀挥了挥示意她离开。

张子英如释重负地长舒一口气，那口气仿佛在胸腔中憋了一个世纪之久。

但她深知危险并未完全解除，不敢有丝毫的懈怠与迟疑，加快步伐匆匆向前走去。

她迈开略显慌乱却又坚定有力的步伐，在崎岖的小路上留下一串匆匆的脚印。

直到顺利将她收集的情报送达卖报人王维高的手里，她才惊觉自己的后背早已被汗水湿透，衣衫紧紧地贴在背上，那凉意顺着脊梁骨蔓延开来，让她在这紧张过后的畏惧中感到一阵后怕。

但是同时，内心深处涌起的巨大成就感如同一股暖流，驱散了她全身上下所有的恐惧与疲惫。

她的脸上露出了欣慰的笑容，那笑容中带着疲惫，更带着自豪，她知道，自己为革命事业贡献了一份重要的力量，在这场没有硝烟的战争中，她成功地守护了那份珍贵的希望。

她感觉到只有共产党、八路军，才是可以信赖的人。她也要成为那样的人……

第十六章　团结抗日

妇女协会的工作还有一个很重要的任务，那就是妇女的“放脚”，这件事还真是个大事。

放脚就是将之前已经缠上的裹脚布松开，鲁南地区的女孩子都在裹脚，小小的年纪被摧残得连路都走不了。

张子英走乡串户，做思想工作，很多的家庭不理解，甚至对她进行谩骂，她的内心十分苦闷。

这天，张子英如往常一样，刚刚从刘家做思想工作回来，正在自家那略显简陋的屋子里忙碌着。

天空被铅灰色云层沉沉笼罩的日子里，空气中仿佛都弥漫着沉甸甸的压抑，仿佛有一双无形的大手，正悄然挤压着世间万物，让人无端地心生烦闷与不安。

她坐在堆满羊毛的桌前，专注地整理着刚刚收购回来的羊毛。

她的手指在那柔软且带着淡淡羊膻味的羊毛间轻轻穿梭，像是在梳理着自己杂乱的思绪。

她的目光虽落在羊毛上，可心思却还缠绕在前两天与那两名国民党男子的交谈之中，久久无法释怀。

就在这时，一阵急促且略显突兀的敲门声，如同一记重锤，打破了屋内原本的宁静。

那敲门声，仿佛是命运的鼓点，敲得张子英的心猛地一颤。

她微微一怔，手中的动作瞬间停下，心中涌起一股难以言喻的疑惑。

在这个动荡不安、危机四伏的年代，这样急切的敲门声，总像带着某种不祥的预兆，让人没理由地感到一阵紧张与不安。

她缓缓起身，脚步略显迟疑地朝着门口走去。

每一步都仿佛踏在自己的心跳上，伴随着“咚咚”的声响。

她来到门口，先是小心翼翼地透过门缝向外窥探，只见门外站着一个男子，仔细一看，原来是前两天在教堂里遇到的其中一位男人。

他的眼神锐利如鹰，仿佛能洞悉一切，那眼神中透露出的精明干练，让人不敢小觑。

张子英微微咬了咬下唇，心中的警惕又多了几分。

她缓缓打开门，声音中带着一丝谨慎与试探，问道：“先生，你怎么找到这里来了？”

男子脸上立刻浮现出一抹友善的微笑，那笑容如同春日里的暖阳，试图驱散张子英心中的戒备。

他露出一口洁白整齐的牙齿，自我介绍道：“你好，我叫陈明地。平时做羊皮生意，那天在教堂没有来得及介绍自己。我了解到你是个卖羊毛线的，今天特意来，是想打听打听，你能不能弄到一些可以做气囊的羊皮过来？”

张子英听闻此言，心中顿时如同投入了一颗巨石，泛起层层惊讶的涟漪。

她的眼睛微微睁大，上下打量着陈明地，眼神中满是难以置信。

她实在难以想象，眼前这个陌生男子，究竟是通过何种途径，竟能在如此短暂的时间内，将自己的情况了解得这般详细。

她的脑海中瞬间思绪翻涌，无数念头如走马灯般闪过，拼命思索着陈明地此举背后的真实目的究竟是什么。

她微微皱眉，心中暗暗盘算着。

她的目光在陈明地身上游移，试图从他的表情和眼神中寻找到一丝线索。

思索片刻后,她轻声问道:“羊皮的话,我倒是可以想想办法。只是……你要这做气囊的羊皮做什么呢？”

陈明地依旧保持着那抹神秘的微笑，眼神中闪过一丝不易察觉的深意，却并未正面回答张子英的问题，只是说道：“有些用处，你放心，不会让你白帮忙的，会给你一个好价钱的。”

张子英看着他那神秘莫测的笑容，心中的疑虑非但没有减少，反而越发浓重。

然而，在她内心深处，那股与生俱来的助人本能，却在这个时候悄然占据了上风。

或许是陈明地身上那股莫名的气质，让她隐隐感受到了一种值得信任的力量；又或许是她内心深处对未知事物的好奇，以及那份在艰难岁月中始终未曾磨灭的热忱，驱使着她做出了决定。

她轻轻叹了口气，眼中闪过一丝无奈与决然，看着陈明地，缓缓点了点头，说道：“好吧，我尽量帮你找找。”

张子英心里很清楚，在这个动荡不安的乱世中，多一事不如少一事，每一个决定都可能带来意想不到的后果。

但不知为何，她还是选择了帮助陈明地，即便她深知，这背后或许隐藏着不为人知的秘密，而自己，正一步步踏入一个未知的谜团之中。

在协助陈明地购买羊皮之后不久的一个清晨，晨曦透过窗户上那层薄薄的窗纸，洒下几缕淡淡的微光，映照在张子英那略显疲惫却又满是期待的脸庞上。

像往常一样，对时局心怀忧虑与关切的张子英，怀揣着不多的零钱，匆匆赶往街边的报摊。她步伐急切，眼神中透着一丝焦灼，仿佛每一分每一秒都关乎着什么重要的事情。

买到报纸后，她赶忙回到家中，坐在那张摇摇晃晃、桌面满是划痕的旧桌前。

阳光渐渐明亮起来，恰好照亮了平铺在桌上的报纸。

张子英微微俯身，眼睛紧紧盯着报纸上的每一个字，目光如饥似渴地在字里行间游走。

突然，她的视线定格在一则新闻上，“张自忠将军为保卫临沂，全力筹划作战行动”这几个字如同一道闪电，瞬间击中了她。

张子英的眼睛猛地睁大，眼中原本的忧虑瞬间被惊讶与兴奋取代。

她下意识地挺直了脊背，双手不自觉地抓紧了报纸的边缘。

她逐字逐句，如珍宝般细细研读着新闻内容，当看到张自忠将军计划左翼强渡沂河，而此次行动的成功与否，全系于大量渡河工具之时，她的心陡然间加快了跳动，仿佛胸腔里揣了一只不安分的小鹿。

另一张报纸上的报道中提到：“国民党第五十九军军长张自忠将军率部亲征，于 3 月 14 日凌晨指挥全军暗渡沂水，向日寇铁军的精锐日本第五师团右侧背发起攻击，在亭子头、大太平、申家太平、徐家太平、沙岭子等突破敌人防线。敌人猝不及料，损伤惨重，一夜之间，被歼灭逾千人。鲁南军民，团结抗战，广大的民众不辞辛劳地组织力量，四处筹集并运送大量木材和羊皮浮囊，为将士们强渡沂河提供至关重要的工具支持。”

读到这里，张子英的脸上先是浮现出一丝难以置信的神情，随后，一抹灿烂而欣慰的笑容如花朵般在她脸上缓缓绽放开来。

她透过这张报纸，仿佛看到了保卫临沂硝烟弥漫的战场上，英勇杀敌的将士们。

在那波涛汹涌的沂河边，勇敢无畏的将士们，正凭借着无数个陈明地等人运送的这些渡河工具，如蛟龙出海般奋勇强渡沂河。

他们身姿矫健，眼神坚定，喊着震天的口号，义无反顾地冲向对岸的敌人。那场面，是如此的震撼，如此的鼓舞人心。

此刻，张子英的心中被喜悦与自豪填满。

她意识到，自己之前不经意间对陈明地的帮助，竟如一颗微小却关键的螺丝钉，紧密地嵌入了保卫临沂这场宏大而重要的战斗机器之中。

这种认知，让她有一种仿佛漂泊已久的船只终于找到了港湾的感觉，觉得自己再次找到了方向，在这混乱不堪、危机四伏的乱世中，重新寻得了为之奋斗的明确方向。

她缓缓站起身来，双手依旧紧紧握着那份报纸，仿佛那是她与这个伟大事业相连的纽带。

一种强烈的使命感如熊熊烈火般在她心中燃烧起来。

她微微仰头，目光坚定地望向窗外，暗暗发誓，一定要继续尽自己的所能，哪怕力量微薄，也要为抗击日寇、保卫家园贡献出更多的力量。

在这个山河破碎、饱受战火蹂躏的时代，她要与千千万万同样心怀热血的同胞们并肩携手，汇聚成一股坚不可摧、排山倒海的强大力量，将那些侵略者彻底赶出中国的土地，让这片饱经苦难的大地，重新焕发生机与希望。

第十七章　邀请遭拒

陈明地与张子英的交集，始终被一层神秘的薄纱笼罩。

在纷飞战火的阴霾下，时光仿佛也被战争的恐惧与紧张裹挟，每一日都在惶恐与不安中悄然流逝。

尽管陈明地从未向张子英袒露过自己的真实身份，但张子英心思缜密犹如细密的针脚，在日常相处的点点滴滴中，敏锐地捕捉到了诸多蛛丝马迹。

他是国民党警察局还是军事委员会别动纵队第五梯队四十三支队的人？还是……

张子英细心琢磨着，满心的疑惑。

陈明地不经意间流露出的对官方事务的熟稔，他谈及局势时那精准独到的见解，以及与某些身着制服人员碰面时短暂却意味深长的眼神交流，在张子英的脑海中逐渐串联起来。

她暗自思忖，陈明地频繁活动的地点，极有可能便是国民党政府警察局。那里，或许藏着解开谜团的钥匙。

张子英的内心，如同一座燃烧着炽热火焰的熔炉，滚烫的爱国之情在胸腔中汹涌澎湃，令她热血沸腾、难以自抑。

她忆起此前为保卫临沂采购羊皮，助力将士渡沂河的经历，那是她为国家和民族贡献的一份力量。

如今,她想弄明白,陈明地的真实身份,究竟是国民党？还是共产党？她渴望能更深入地参与到陈明地所投身的事业中，为抗击日寇、拯救民族于水火贡献更多力量。

在一个清晨，熹微的阳光透过淡薄的云层，洒下一道道柔和的光芒，将街道上的青石路面映照得斑驳陆离。

张子英端坐在简陋的木桌前，精心梳理着自己的头发，她的双手轻柔地穿梭在发丝间，每一个动作都透着认真与专注。

她拿起那面有些斑驳的铜镜，端详着镜中的自己，眼神中流露出一丝紧张与期待。

随后，她站起身，从陈旧的衣柜里取出那件朴素且干净的衣衫，轻轻抚平上面的褶皱，缓缓穿在身上。

踏出家门的那一刻，张子英的目光坚定地望向远方，脚下的步伐沉稳而有力。

街道上,行人神色匆匆,每个人的脸上都刻着战争带来的疲惫与惶恐。

但张子英的眼中，却燃烧着一团炽热的火焰，那是对国家命运的深切关怀与无私奉献的决心。

一路上，她的心随着脚步的节奏越发急促地跳动，脑海中不断浮现出与陈明地见面后的场景，她想象着两人并肩作战，为了共同的理想而奋斗的画面，心中满是憧憬与期待。

终于，峄县政府警察局那略显威严的建筑映入眼帘。

这座建筑的外墙由厚重的砖石砌成，岁月的痕迹在上面留下了一道道斑驳的印记。

大门两侧，站岗的卫兵，表情严肃，手中的长枪在阳光下闪烁着冰冷的金属光泽。

张子英深吸一口气，努力让自己镇定下来，然后迈着坚定的步伐，缓缓走向警察局的大门。昨天，她已经通过一个亲戚向门卫报备过了，今日说明来历后，便被顺利放行了。

踏入警察局的瞬间，一股压抑而凝重的气息扑面而来。

宽敞的门厅内，人来人往，脚步声、交谈声交织在一起，形成一片嘈杂的声浪。

张子英的眼神中带着一丝紧张与警惕，她的目光在人群中快速扫视，试图从一张张陌生的面孔中找到陈明地的身影。

她的脚步轻缓而谨慎，每走一步都小心翼翼，生怕惊扰到周围的人。

她沿着长长的走廊前行，眼睛不时地望向各个房间。

就在她经过一间屋子时，屋内传来的交谈声如同一把锐利的钩子，不经意间钩住了她的注意力。

“这次和刘黑七那伙土匪合作，可得小心行事，别出了岔子。”一个声音从屋内传出，语气尖细而带着几分谨慎。

张子英微微一怔，她立刻听出，这是警察局局长王家河的声音。

在之前的一些场合中，她曾见过这位局长，他身形瘦削，面容苍白，一双眼睛总是闪烁着精明而又狡黠的光，脸上留着精心修剪的长长胡须，每每说话时总是习惯地捋一捋胡子，大家送他外号王大胡子。

此刻，他的声音中虽然透着谨慎，但也隐隐夹杂着一丝兴奋与贪婪。

“放心吧，我和他们打交道这么久，他们办事利索。只要咱们给的好处到位，去抱犊崮暗杀两个人，不是事，他们肯定会按计划行动。”另一个沉稳而略带沙哑的声音回应道。

张子英心中一惊，她知道，这是乡绅孙金超的声音。

这位乡绅在当地颇具势力，平日里总是一副道貌岸然的模样，穿着华丽的绸缎长袍，手持一根精致的手杖，脸上总是挂着和善的笑容。

但此刻，从他的话语中，却透露出一股令人胆寒的血腥与贪婪。

张子英的心脏猛地一缩，仿佛被一只无形的大手紧紧攥住。“暗杀两个人？抱犊崮？”

她的眼睛瞬间瞪大，眼神中充满了难以置信的震惊。

她下意识地停下脚步，身体微微颤抖，后背紧紧贴在冰冷的墙壁上。她的呼吸变得急促而沉重，胸膛剧烈地起伏着，耳朵竖得直直的，生怕错过任何一个字。

“可别小瞧了这事儿，要是干砸了，咱们都得吃不了兜着走。”警察局局长王家河的声音再次响起，这一次，他的声音中明显带着更多的担忧。

他似乎在来回踱步，脚步声在房间内回荡，透着一种慌乱与不安。

“哼，怕什么，咱们做得滴水不漏。再说了，刘黑七那些土匪也不是吃素的，谁要是敢坏咱们的好事……”孙乡绅的话语中充满了不屑与傲慢，他的声音顿了顿，随后发出一阵低沉而阴冷的笑声，那笑声仿佛来自地狱的深渊，让人不寒而栗。

张子英只觉一股彻骨的寒意从脚底直蹿上脊背，她的身体忍不住微微颤抖。她怎么也想不到，在这象征着维护公平与正义的警察局内部，竟然隐藏着如此丑恶、如此令人发指的勾当。

愤怒、震惊与失望如同汹涌的潮水，在她心中翻江倒海般涌动。

她原本对这里怀有的期待与憧憬，瞬间如五彩斑斓的泡沫，在残酷的现实面前破碎得无影无踪。

她的双手不自觉地攥成拳头，眼神中燃烧着愤怒的火焰，心中暗暗发誓，绝不能让他们的阴谋得逞：必须马上将情报传递出去。

可此刻，孤身一人的她，身处这充满危险的警察局，又该如何是好呢？

恐惧与无助如影随形，但她心中的正义之火，却燃烧得越发旺盛。

峄县，这片曾孕育过无数希望与生机的土地，在动荡的岁月洪流中，却不幸沦为匪患肆虐的人间炼狱。

放眼望去，大大小小的土匪组织如毒瘤般滋生蔓延，竟有近百个。

这些土匪组织，各据一方，烧杀抢掠，无恶不作，使得原本安宁祥和的乡村化作一片废墟，百姓们生活在水深火热之中，每日都在恐惧与绝望中挣扎求生。

十几年前，那起震惊中外的临城劫车案，犹如一道撕开黑暗天幕的血色闪电，让鲁南的名字瞬间传遍了大江南北。

此刻，当张子英无意中听到警察局局长王家河与孙乡绅那番令人发指的对话时，她的内心犹如被重锤狠狠击中，豁然明白了这残酷的现实。

在这国家生死存亡的危急关头，这些平日里衣冠楚楚、道貌岸然、满口仁义道德的政府官员，竟为了满足自己的私欲，不惜与万恶不赦的土匪沆瀣一气，狼狈为奸，一同对共产党和无辜的老百姓进行残酷的压榨与迫害。

她的心中涌起一股强烈的愤怒，如熊熊燃烧的烈火，几乎要将她整个人吞噬。

张子英深知，自己此刻身处虎穴，处境极其危险，必须设法离开这个是非之地，尽快将这些情报送出去，否则后果不堪设想。

她的心脏在胸腔中剧烈跳动，仿佛要冲破胸膛。

她小心翼翼地挪动脚步，尽量不发出一丝声响，生怕惊动了眼前这两个如恶狼般的人。

她的眼睛紧紧盯着周围的动静，眼神中透露出警惕与紧张，双手不自觉地微微颤抖，心早已提到了嗓子眼儿。

然而，命运似乎总是喜欢在最关键的时刻与人开玩笑。

就在她转身，刚刚迈出一小步，准备悄悄离开这个可怕的地方时，一声尖锐的质问如同一记炸雷，瞬间打破了这令人窒息的寂静。

“你在这儿干什么？”警察局局长王家河那尖锐的声音，犹如一把锋利的匕首，直直地刺向张子英。

张子英心中猛地一紧，身体瞬间如被定住一般僵住，血液仿佛在那一刻凝固。

她缓缓转过头，只见警察局局长王家河和孙乡绅正用充满警惕与凶狠的目光死死地盯着她，那眼神仿佛要将她生吞活剥。

警察局局长王家河一双绿豆般的小眼睛里闪烁着阴冷的光，此刻正紧紧地盯着张子英，仿佛要从她的眼神中看穿她的每一个想法。

孙乡绅则站在一旁，他身形微胖，脸上那原本和善的笑容早已消失不见，取而代之的是一副狰狞的面容，他的嘴角微微上扬，露出一丝不屑与残忍。

张子英心中闪过一丝慌乱，但多年的生活磨砺让她迅速强迫自己冷静下来。

她深知，此刻绝不能露出丝毫破绽，否则等待她的将是万劫不复的深渊。

于是，她立刻佯装出一副傻愣愣的样子，脸上瞬间堆满了茫然与无辜，眼神中透露出一丝恰到好处的恐惧与不知所措。

“我…… 我就是走错地方了，我啥也没听见，真的。”张子英结结巴巴地说道，声音中带着一丝刻意的颤抖，仿佛真的只是一个误闯此地、无知无觉的村妇。

她的双手不安地绞着衣角，身体微微颤抖，努力让自己显得更加胆小怕事。

“噢！这不是大名鼎鼎的‘三民主义’吗？”警察局局长王家河皮笑肉不笑地说道。

“局长大人，我今天是来警察局看看有没有发现失踪的人口，吴林王家的媳妇跟婆婆打架跑了，这不，又请我帮助调解家庭矛盾。”张子英大声嚷嚷道。

然而，警察局局长王家河和孙乡绅显然不会轻易相信她的这番说辞。

他们对视了一眼，眼神中充满了阴鸷与决绝，仿佛达成了某种默契。

“哼，别装了！你肯定是在偷听，来人哪，把她给我抓起来！”警察局局长王家河一声令下，如同恶狼发出的嗥叫。

几个如狼似虎的手下立刻从旁边的角落里冲了上来，他们身形矫健，面露凶光，瞬间将张子英团团围住。

“你们凭什么抓我？我真的什么都没干！”张子英拼命挣扎着，大声呼喊，声音中带着愤怒与不甘。

她的双臂用力挥舞，试图挣脱那些如铁钳般的大手，但这一切都是徒劳。

警察局局长王家河和孙乡绅用莫须有的罪名，强行将张子英逮捕。

张子英被押着，心中充满了焦急与愤怒。

她的双眼燃烧着怒火，死死地盯着警察局局长王家河和孙乡绅，那眼神仿佛要将他们的丑恶嘴脸刻在心底。

她知道，自己陷入了一个巨大而险恶的阴谋之中，而这个阴谋的背后，是这些腐败官员与土匪的勾结，是对百姓的无情迫害。

此刻的她，如同一只被困在牢笼中的羔羊，孤立无援，等待着未知的，或许是更加残酷的命运……

当陈明地听闻张子英被捕的消息，他猛地将手中正翻阅的文件“啪嗒”一声合上。

国民党的中统调查处秘密设在城北角一个不显眼的庭院里。陈明地的真实身份是国民党的中统调查处峄县调查处处长，黄埔军校的高才生。

他原本从容的面容瞬间如遭寒霜侵袭，血色尽失。

双眸刹那间锐利如鹰，平日里那温润的光芒被冷峻与焦虑取代。

眉头紧紧拧起，形成深深的“川”字，每一道纹路都似镌刻着他内心深处的焦灼与担忧。

他深知，张子英绝非寻常被捕，定是隐藏着惊天秘密，如导火索般引发了这场危机。

陈明地即刻如同一头蓄势待发的猎豹，不假思索地投身于营救行动之中。

他凭借着在中统内部盘根错节、错综复杂的人脉网络，以及多年来在波谲云诡的官场中摸爬滚打所练就的精湛周旋手段，如无畏的勇士，毅然决然地闯入警察局局长王家河那宛如森严壁垒的权力迷宫。

他疾步匆匆，赶到警察局局长王家河的办公室。

屋内，气氛压抑得让人窒息，官员们或面无表情地翻阅着文件，或交头接耳，眼神中透着冷漠与敷衍。

陈明地深吸一口气，强压下内心如汹涌波涛般的愤怒与焦急，挺直如松的脊背，眼神坚定而锐利，仿佛能洞察这些国民党官员心底的每一丝算计。

“王局长，最近气色不错呀！”陈明地调侃道。

“哎哟喂，这不是赫赫有名的陈处长吗？什么风把您给吹过来了？”警察局局长王大胡子捋了捋胡须扬扬自得地调侃着。

陈明地双手抱拳在胸前晃了晃：“肯定是北风，不然怎么能把我吹到老兄的面前。”

“客气了，陈处长有什么指示？”王大胡子若有所思地看着他。

“张子英是无辜的，她不应被无端关押在此，你们必须立刻释放她。”陈明地的声音犹如洪钟般在略显昏暗的办公室内回荡。

“哪个张子英？”王大胡子转头问手下。

“局长，您贵人多忘事，就是那个一直骂骂咧咧的泼妇。”手下小心翼翼地回答道。

王大胡子再一次捋了捋他那稀疏的胡须：“嗯哦，是她？难道是陈处长的相好不成？”

“王局长有所不知，她是我的救命恩人！”陈明地郑重其事地告诉他。

“有故事，骚不骚，说来看看？”王大胡子一边捋着胡子，一边色眯眯地眯着眼睛看着他。

陈明地将嘴巴靠近王大胡子局长的耳朵小声说道：“之前执行秘密党务时，遭遇共匪袭击，是她救了我。”

王大胡子的脸上露出了惊讶之色：“有点美人救英雄的意思，陈处长死里逃生，不容易。就没有点别的？睡没睡？说来解解闷。”

“局长大人开什么玩笑，咱们要睡也得睡个黄花大闺女，这个，不成。”

陈明地得意扬扬地吹嘘着。

王大胡子意味深长地说道："不愧是党国精英，英雄能过美人关，是个人才，佩服！"

"快，赶快放人。"王大胡子命令道。

然而，这些手下却依旧摆出一副事不关己、高高挂起的冷漠姿态。

有人佯装专注地看着文件，眼皮都未曾抬一下；有人则斜睨了陈明地一眼，眼神中满是不屑，仿佛陈明地所说的一切都不过是无稽之谈。

面对这般冷漠与敷衍，陈明地再次深吸一口气，努力让自己的情绪平复下来，尽管怒火在心底熊熊燃烧，但他明白，此刻唯有冷静才能救张子英于水火之中。

他言辞恳切且条理清晰地阐述着张子英的无辜，每一个字都如同一颗颗掷地有声的石子，精准地击中那些官员冷漠的内心防线。

一天后，张子英终于被成功释放出狱。

当张子英迈出那阴暗潮湿的牢房，重见天日的那一刻，她的身体止不住地微微颤抖，仿佛还深陷在刚刚那如噩梦般的经历之中无法自拔。

阳光洒落在她身上，却难以驱散她内心深处的恐惧与迷茫。

她的眼神中，劫后余生的庆幸如同一缕微弱的烛光，在黑暗的深渊中摇曳闪烁。

而深深的迷茫与警惕，则如厚重的乌云，紧紧地笼罩着她的眼眸，那警惕的眼神恰似受伤后极度戒备的野兽，对周围的一切都充满了防备。

她的头发凌乱不堪，几缕发丝因汗水而紧紧贴在略显苍白的脸颊上，更添几分狼狈。

身上那件原本整洁的衣衫，此刻已变得破旧不堪，布满了褶皱与污渍，仿佛在无声地诉说着刚刚所遭受的苦难。

她顾不上难耐的饥饿，快速地走向街上卖报纸的摊位，那里是传递情报的秘密联络点。

卖报纸的地下党交通员王维高每天都会在那里出现，如果遇到紧急情况，有更加秘密的方式方法，通过这里把情报传递给上级组织。

当她对上暗号，将这个暗杀计划的情报，巧妙地传递完成后，她如释重负。

这时的她才感觉到，自己已经饿得连走路的力气也没有了。

身体极度虚弱的她，抬头看向远方。她猛然发现，一个人正在看着自己。

此时，陈明地正静静地伫立在不远处，目光坚定而又复杂地凝视着她。

张子英是陈明地精心布下的一枚棋子，以后会有大的用处。

他的眼神中却透露出一丝不易察觉的复杂情感，那是对张子英勇敢与坚韧的欣赏，犹如对一颗蒙尘明珠的珍视；又带着身为中统特工特有的严肃与谨慎，仿佛在提醒着自己将面临的重大抉择。

陈明地迈着沉稳而缓慢的步伐，如同一位深思熟虑的棋手，每一步都仿佛经过了千般权衡。

他缓缓走到张子英面前，目光紧紧地锁住她。

他深吸一口气，胸膛微微起伏，随后缓缓开口，声音低沉而富有磁性，仿佛从遥远的深渊传来，带着一种不容置疑的力量。

"张子英，不瞒你说，我是国民党中统的人。这次救你出来，是希望你能加入我们的组织，为我们工作。如今，国难当头，山河破碎，日本侵略者如豺狼虎豹般在我们的土地上肆意践踏，烧杀抢掠，百姓们深陷水深火热之中，苦不堪言。我们不仅要全力以赴地打击日本侵略者，捍卫国家的尊严与领土完整，还要时刻警惕并坚决消灭那些与国民党作对的人或组织。你是个聪慧且勇敢的人，在面对危险时，你展现出了非凡的勇气和过人的智慧，我坚信你能为国家的存亡、民族的复兴做出至关重要的贡献。”

陈明地的每一个字都仿佛带着一种无形的魔力，试图触动张子英内心深处那根名为“家国情怀”的弦。

张子英听闻陈明地的话，眼中先是闪过一丝惊愕，那惊愕的眼神恰似夜空中突然绽放又转瞬即逝的烟火，短暂而震撼。

但瞬间，惊愕便被深深的失望与决绝彻底取代。

她缓缓抬起头，挺直了略显柔弱却无比坚毅的脊背，目光如炬，直视着陈明地的眼睛，眼神中充满了坚定与不屑。

她的脑海中如幻灯片般闪过那些在国民党统治下，依旧在温饱边缘苦苦挣扎的老百姓那一张张饱经沧桑、充满绝望的面容；闪过自己刚刚在牢狱之中所遭受的种种屈辱与折磨，那冰冷的墙壁、潮湿的地面仿佛还在她的肌肤上留下了深深的印记。

闪过警察局局长和乡绅那两张丑恶嘴脸，他们贪婪的眼神、阴险的笑容，如同恶魔般令人作呕。

她冷冷地说道：“我不相信一个对老百姓敲骨吸髓、肆意压榨的政府，能真正把日本侵略者赶跑。你们口口声声喊着为了国家，为了民族，可在老百姓眼中，你们的所作所为却让百姓生活在水深火热之中，苦不堪言。你们与那些无恶不作的土匪勾结，鱼肉乡里，搜刮民脂民膏，这样的政府，叫我如何能相信？我不会答应你的邀请。”

张子英的声音虽然不大，但每一个字都如同重锤般，狠狠地敲击着陈明地的心，仿佛要将他心中那关于“为国家效力”的美好幻想彻底击碎。

她的双手紧紧握拳，微微颤抖，那是愤怒、无奈与不屈在她内心深处交织碰撞的表现。

陈明地静静地凝视着张子英，眼中没有丝毫的恼怒，反而多了几分理解与释然。

他微微点头，眼神中透露出一丝复杂的情绪，似是对张子英坚守自我的尊重，又似是对这个动荡时代下不同选择的无奈与感慨。

他轻声说道："我尊重你的选择。在这个风云变幻、动荡不安的时代，每个人都有自己坚守的信仰和不容逾越的底线。"

他没有因为张子英的拒绝而刁难她，只是轻轻地抬起手，缓缓挥了挥，那动作仿佛是在告别一段未竟的合作，又像是在向张子英的独立人格致以无声的敬意。

张子英没有再多说一句话，毅然决然地转身，迈着坚定有力的步伐离开。

她的脊背挺直如剑，每一步都踏得坚实而沉稳，仿佛在向这个混乱不堪的世界宣告着自己的不屈与坚定。

她的身影在阳光的照耀下，逐渐远去，拉出一道长长的影子，宛如一幅悲壮而又充满力量的画卷。

只留下陈明地独自站在原地，久久地凝视着她离去的方向，眼神中若有所思，似乎在思考着这个时代下，每一个人在命运洪流中的无奈与抉择。

或许，在这个战火纷飞、局势错综复杂的时代，每个人都有着自己独一无二的坚守，而这些坚守，将引领他们走向截然不同却又同样波澜壮阔的人生道路。

几天后，张子英听到了一个消息。

国民党游击第七纵队司令申宪武对滕峄边区抗日根据地的基本形成

和抗日义勇队的发展壮大，充满了极大的仇视。

申宪武联合纠集邹峄滕费四县国民党地方顽兵和土匪势力，想秘密除掉这支新生的抗日武装，率领三千多人，妄图“围剿”歼灭南塘义勇总队。特委接到内线秘密情报后，调集鲁南抗敌自卫军董尧卿部、临郯费峄四县边联常备队共同参战，经过四个昼夜的激烈战斗，申宪武溃败，逃回老巢。

地下党交通员王维高告诉她，那天她传递的情报就是其中的一部分。上级组织让他转告张子英，“她表现得很好，组织上已经给她记了一功”。

第十八章　硝烟弥漫

这个事情发生以后，随着形势急转直下，共产党的地下活动也发生了变化。卖报纸的地下党交通员王维高已经有一段时间没有出现，张子英默默地等待上级组织的指示。

此时，在峄县，马力的日子仿佛被恐惧的阴霾彻底笼罩，每一分每一秒都如芒在背。

街头巷尾弥漫着的紧张与不安，如同一张无形且密不透风的大网，将他紧紧地束缚其中，令他几乎喘不过气来。

那些关于日本人和土匪烧杀抢掠、战乱一触即发以及各种未知灾祸的传言，如同冰冷尖锐的钢针，一下又一下，无情地刺痛着他那本就脆弱不堪的神经。

“这峄县，真真是没法再待下去了。”

马力常常唉声叹气，脸上的皱纹越来越深，每一道纹路都仿佛镌刻着无尽的忧愁与恐惧。他的眼神中满是惊惶与无助，像是一只迷失在黑暗森林中的羔羊，不知所措。他频繁地对张子英喃喃低语，声音中带着颤抖，仿佛只要说得大声些、频繁些，张子英就能更深刻地理解他内心的恐惧。

“再不走，恐怕咱们全家都得把命搭在这儿啊。”他的双手不受控制地来回搓动，粗糙的手掌相互摩擦，发出沙沙的声响，似乎只有这样，才能稍稍缓解他内心深处那如潮水般汹涌的恐惧。

恰在这个万分焦灼的时刻，张子英从玛丽亚修女那里得到了一个宛如黑暗中乍现曙光般的消息。

那一刻，她的眼眸瞬间明亮起来，原本黯淡的眼神中仿佛被注入了璀璨的星光，熠熠生辉。

她激动得双唇微微颤抖，声音也因难以抑制的兴奋而微微发颤：“马力，你知道吗？我失散多年的妹妹，就在山东滕县天主教开办的孤儿院里。”

她的脸上瞬间绽放出如春花般灿烂的笑容，那笑容中洋溢着无尽的希望与喜悦，仿佛已经看到了与妹妹相拥而泣的温馨场景。

马力正满心忧虑地思索着逃离峄县的办法，听到这话，先是愣了一下，仿佛大脑在瞬间死机，无法立刻处理这个突如其来的消息。

但紧接着，他的眼睛陡然一亮，仿佛在绝望的深渊中发现了一丝生机。

他的脸上浮现出惊喜的神情，声音中带着难以掩饰的兴奋：“巧了呀，我有个远房亲戚，在滕县八大家的龙家做买办呢。咱们要是过去，还能投靠他。这岂不是两全其美的好事。”

他越说越觉得这个计划可行，语气也越发坚定，仿佛已经看到了一家人在滕县安稳生活的美好画面。“这真是老天爷都在帮咱们，既能去找你妹妹，咱们也有个可靠的落脚之处。”

两人一番仔细商量后，心意就此坚定下来。

接下来的日子里，全家上下都陷入了忙碌之中，仿佛一台精密运转的机器。

张子英全身心地投入整理衣物的工作中，她一边整理，一边时不时地停下手中的动作，眼神飘向远方，思绪似乎已经飞到了与妹妹重逢的那一刻。

想到即将见到朝思暮想的妹妹，她的嘴角不自觉地上扬，眼中满是温暖的笑意，心中涌起一股如春日暖阳般的暖流。

而马力则像一只不知疲倦的工蚁，四处奔走忙碌。

他穿梭在大街小巷，与各种买家讨价还价，处理家中那些带不走的杂物。

他的身影略显疲惫，脚步却依然坚定。

每当与买家争论价格时，他的声音因为疲惫而略显沙哑，但眼神中却透着一股执拗与坚持。他深知，每多卖一些钱，在未来的日子里就可能多一份保障。

而一想到即将前往滕县，开启新的生活，他的心中又涌起一股莫名的干劲，支撑着他继续忙碌下去。

孩子们虽然年纪尚小，不太明白大人们为何如此忙碌，但他们敏锐地察觉到了家中弥漫着的别样氛围。

他们好奇地在一旁看着，清澈的眼睛里充满了懵懂与疑惑。

偶尔，他们会主动帮着大人拿一些小物件，稚嫩的小手努力地握住那些物品，脸上带着认真而又可爱的神情。

他们的笑声和打闹声，在这个略显紧张的氛围中，增添了一丝别样的温馨。

张子英心中既充满了未知的挑战，又蕴含着无限的希望。

她的眼神中闪烁着坚定的光芒，心中暗暗发誓，一定要在这里找到妹妹，与家人一起开启全新的、幸福的生活。

日军的侵略铁蹄好似无情的恶魔，肆意践踏着中华大地的每一寸土地。

形势更加严峻，日寇沿着铁路线疯狂地向南进犯，诸城、沂水、莒县等地，皆在其凶猛的攻势下接连沦陷，而他们罪恶的矛头，已然径直指向了临沂。

整个山东地区，犹如被一片浓重且压抑的阴霾笼罩，局势恰似一锅被熊熊烈火煮沸的开水，剧烈地翻腾、咆哮，形势万分危急。

日军如同贪婪无度、永不知足的饿狼，在山东各地疯狂扩充兵力，每一寸土地都弥漫着刺鼻的战火硝烟。

台儿庄大战虽然取得了胜利，给了日本侵略者狠狠的打击。但是，仍然没有阻止日本鬼子侵略的步伐。百姓们深陷于水深火热的绝境之中，恐惧与绝望如同附骨之疽，紧紧相随，挥之不去。

转眼间到了 1939 年春天，在这生死攸关的严峻时刻，张子英一家满心怀着对安宁生活的极度渴望，却又万般无奈地做出了举家前往滕县的艰难决定。

他们紧紧攥着仅有的微薄积蓄，匆匆赶到枣庄火车站。

踏入火车站的那一刻，扑面而来的是如潮水般的人群，嘈杂不堪的声音瞬间将他们淹没。呼喊声、哭泣声、争吵声交织在一起，仿佛奏响了一曲混乱而又令人绝望的交响曲。

人们的神色皆是慌张失措，脚步匆匆忙乱，每一张脸上都写满了深深的恐惧与迷茫，恰似一只只受到惊吓、四处逃窜的惊弓之鸟。

张子英的双手因紧张而微微颤抖，她紧紧抱住儿子三亮，给予他无尽的保护。

她的眼神中透露出深深的忧虑与警惕，不断扫视着周围拥挤的人群。

丈夫则背着沉重的行囊，那行囊压得他的脊背微微弯曲。

一家人在这拥挤得几乎让人窒息的人群中，艰难地一寸一寸挪动着脚步，每一步都充满了艰辛与不易。

终于，历经千辛万苦，他们买到了前往滕县的火车票。

随着如潮的人流，他们好不容易挤上了火车。

然而，就在火车即将缓缓启动的那一瞬间，张子英像是突然遭受了电击一般，身体猛地一僵，随后惊恐地瞪大了双眼，那眼神中满是无尽的恐惧与绝望。

她用尽全身的力气，大声呼喊着女儿的名字：“瑾侠，闺女！闺女你在哪儿？”

那声音在嘈杂喧嚣的车厢内，显得如此渺小、微弱，却又饱含着一位母亲对女儿深深的焦急与担忧，仿佛要穿透这层层的人群，传达到女儿的身边。

丈夫听到张子英的呼喊，顿时皱起了眉头，眼中闪过一丝不耐烦与厌恶。

他本就深受重男轻女思想的毒害，在这混乱不堪、生死未卜的局势下，更是觉得寻找女儿是一件既麻烦又无用的事情。

他伸出粗糙且有力的大手，一把紧紧拉住张子英的胳膊，语气冰冷而坚决地说道：“别找了，一个丫头片子，找回来也是个累赘。咱们带着两个儿子走，能保住他们的命就已经很不错了。”

张子英简直不敢相信自己的耳朵，她难以置信地看着眼前这个与自己同床共枕多年的丈夫，眼中除了愤怒，更多的是深深的绝望。

张子英置身于微微晃动的车厢内，四周挤满了神色惶然的乘客，嘈杂的人声与火车即将启动的轰鸣声交织在一起，令她的心乱成一团麻。

她的目光焦急地在车厢过道间来回游移，一边是即将带着丈夫和儿子驶向相对安稳之地的火车，那是一条看似能暂时逃离战火与纷扰的希望之路；另一边则是下落不明的女儿，女儿那可爱的面容、清脆的笑声，此刻如同一把把锐利的钩子，狠狠地揪着她的心。

她的眼神中满是痛苦与挣扎，额头上因焦虑而布满了细密的汗珠。

她的牙齿死死地咬着下唇，嘴唇都已被咬得泛白，几乎要渗出血来，却浑然不觉。内心的煎熬如同一把熊熊燃烧的烈火，将她的理智与情感不断拉扯。

思量再三，张子英的眼神陡然间变得坚定无比，那眼神仿佛是寒夜中骤然亮起的火炬，燃烧着决然与无畏。

她缓缓转过头，目光紧紧地锁住丈夫，眼中的决绝如同钢铁般坚硬："你先带着儿子上火车，我下去找瑾侠。我不能眼睁睁地看着她在外面生死未卜，要是就这么走了，我这辈子都没法原谅自己！"

她的声音微微颤抖，却又透着一股不容置疑的坚决。

丈夫听闻此言，眼中闪过一丝犹豫与无奈，他伸出手，想要抓住张子英的胳膊，试图做最后的挽留："你疯了吗？这外面多危险，咱们带着两个儿子先走，说不定……说不定闺女自己能找回来。"

但看着张子英那坚定得如同磐石般的眼神，他到嘴边的话又硬生生地咽了回去，伸出的手也无力地垂了下来。

张子英不再多言，转身决然地投入拥挤的人群中。

她如同一只护犊心切的母兽，奋力地在人群中挤来挤去，每一次碰撞都让她身形踉跄，但她眼中的焦急与执着从未有过丝毫动摇。

她一边艰难地前行，一边声嘶力竭地呼喊着女儿的名字：“瑾侠，你在哪儿？”她的声音因为焦急而变得沙哑，带着哭腔，在这嘈杂喧嚣的火车站里，显得格外无助与凄凉，仿佛是一只受伤的鸟儿在绝望地哀鸣。

终于，一个身影如噩梦般闯入了她的视线。

那是一个身着警察局制服的人，笔挺的制服在这混乱的场景中显得格格不入，却又透着一股令人胆寒的压迫感。

他的手中紧紧地拽着女儿纤细的胳膊，女儿瑾侠的小脸因为恐惧而变得煞白，双眼圆睁，泪水如断了线的珠子般不停地滚落，她正拼命地挣扎着，弱小的身躯在那成年人的掌控下显得如此无力。

张子英的心瞬间如被重锤击中，一股怒火“腾”的一下从心底燃起。

她不顾一切地朝着那人大步冲了过去，速度之快，仿佛一阵疾风：“你们干什么？放开我女儿！”

她的双眼瞪得如同铜铃一般，眼中燃烧着愤怒的火焰，那火焰仿佛要将眼前的一切都烧成灰烬。

那警察局的人见张子英出现，嘴角微微上扬，露出一丝阴冷的笑容，如同一只狡猾的狐狸终于等到了猎物：“张子英，可算把你引出来了。”

他的声音低沉而冰冷，仿佛来自地狱的深渊。

张子英满脸的愤怒与疑惑，她的胸膛剧烈地起伏着，大口喘着粗气，仿佛一头愤怒的母狮：“你们干什么？之前不是已经放了我吗？为什么现在又要这样做？你们到底还有没有人性？”她的声音因为愤怒而颤抖，每一个字都像是从牙缝中挤出来的。

那人撇了撇嘴，眼中满是不屑，仿佛张子英的质问是如此可笑：“哼，你以为就这么简单？在国民党里，派别林立，关系错综复杂得很。表面上我们是放过了你，可你知道得太多了，万一你把那些事情传出去，我们的名声可就全毁了。我们可不想因为你这个麻烦，坏了我们的大事。所以，只能让你永远闭嘴。”

他一边说着，一边将手中女儿的胳膊又紧了紧，女儿疼得“哇”的一声大哭起来。

“瑾侠，别怕！”

张子英瞪大了眼睛，眼中除了愤怒，更多的是难以置信。

她的身体因为愤怒而微微颤抖，手指着那人，气得几乎说不出话来：“你们…… 你们怎么能如此卑鄙？为了自己的名声，就可以随意伤害无辜的孩子？你们的良心都被狗吃了吗？”

然而，那警察局的人却不为所动，只是紧紧地拽着孩子，眼神中透露出一丝残忍，似乎在谋划着下一步的行动。

张子英目睹女儿在警察局恶徒手中遭受折磨，内心的愤怒如同一座瞬间喷发的火山，炽热的岩浆冲垮了理智的堤岸。

她宛如一头被激怒的母狮，爆发出惊人的力量，不顾一切地朝着那恶徒猛扑而去。

她双眼圆睁，眸中燃烧着的怒火仿佛能将眼前的一切邪恶瞬间焚烧殆尽，那眼神中透露出的决绝，好似要与这世间的不公拼个鱼死网破。

她伸出双手，用尽全身力气去掰那恶徒拽着女儿的手，修长的指甲深深嵌入恶徒的皮肤，仿佛要将他那罪恶的手生生扯下。

“放开我女儿！”张子英声嘶力竭地怒吼，声音中饱含着身为母亲的愤怒与决绝，这声音在嘈杂的火车站内回荡，却丝毫不被淹没，反而如同重锤般撞击着周围人的耳膜。

女儿的哭声如同尖锐的针，一下下刺痛着张子英的心，让她的反抗更加猛烈。

她双脚用力，猛地一脚狠狠地踹在恶徒的小腿上，这一脚凝聚了她所有的愤怒与力量。

恶徒吃痛，下意识地松开了拽着女儿的手。张子英趁机如闪电般伸出手臂，一把将女儿紧紧护在怀里，仿佛那是她最珍贵的宝物，不容任何人侵犯。

她转身便跑，脚步急促而慌乱，心脏在胸腔里剧烈跳动，仿佛要冲破胸膛。

每一步都踏得坚定而有力，心中只有一个信念：无论如何，都要带着女儿逃离这可怕的魔掌。

警察局的人回过神来，脸上顿时涌起一阵恼羞成怒的潮红，他像一只被激怒的野兽，大声咆哮着追了上去。

一边追，一边声嘶力竭地呼喊着同伴，那尖锐的声音在火车站嘈杂的环境中显得格外刺耳，如同夜枭的厉啼，令人胆寒。

张子英深知，一旦被追上，后果不堪设想。

她紧紧拉着女儿的手，在拥挤的人群中左冲右突，如同一只敏捷的花豹在荆棘丛中拼命寻找出路。

她的眼神中满是慌乱与警惕，像一只受惊的兔子，不断地观察着周围的环境，每一个细微的动静都能引起她的注意，她在寻找着任何可能的逃脱机会。

就在这时，她的目光捕捉到了缓缓启动的火车。

那火车喷吐着白色的蒸汽，缓缓向前移动，仿佛是黑暗中伸出的一只援手，给了她生的希望。

张子英咬紧牙关，脸上的肌肉因用力而微微抽搐，拼尽最后一丝力气，朝着火车奔去。她的发丝在风中肆意飞舞，汗水湿透了她的衣衫，贴在背上。

她拉着女儿，在人群中奋力穿梭，每一次碰撞都让她身形踉跄，但她却毫不退缩。

她时不时地回头查看一下追兵，那警察局的人在后面紧追不舍，脸上的阴鸷与不甘越发浓烈，嘴里不停地咒骂着。

她看准时机，一脚稳稳地跨上火车踏板，紧接着用尽全力将女儿拉了上来。

终于，张子英带着女儿赶上了火车。

火车缓缓加速，车轮与铁轨摩擦发出的声响，仿佛是为她们奏响的胜利乐章，将追兵远远地甩在了身后。

张子英大口喘着粗气，胸膛剧烈起伏，脸上露出了一丝劫后余生的庆幸。

她紧紧地抱着女儿，温柔地安抚着她的情绪："别怕，瑾侠，娘在这儿，咱们安全了。"

女儿在她怀里抽泣着，小身子微微颤抖，小手紧紧抓住她的衣服，仿佛那是她在这世间唯一的依靠，害怕一松手母亲就会消失。

稍作喘息后，张子英带着女儿在车厢里寻找丈夫。

车厢内挤满了形形色色的人，弥漫着一股混杂着汗味和烟草味的气息。

她的眼神中充满了疲惫与焦急，在拥挤的人群中艰难地前行。

她一边走，一边大声呼喊着丈夫的名字："孩子他爹，你在哪儿？"声音在车厢内回荡，带着一丝颤抖与期待。

就在她快要找到丈夫的时候，一个身影如鬼魅般突然出现在她面前。

张子英抬头一看，竟然是那个阴魂不散的警察局的人。

原来，他通过其他通道上了火车，一直在车厢里四处寻找她们。

张子英心中猛地一紧，一股寒意从脚底直冲脑门。

她下意识地将女儿紧紧护在身后，眼神中重新燃起了怒火与警惕，犹如一只受伤后却依然顽强抵抗的母兽：“你还想怎么样？”

那警察局的人嘴角勾起一抹冷笑，笑容中透着无尽的残忍与阴冷，他缓缓从腰间抽出一把手枪，黑洞洞的枪口直指张子英，如同一只择人而食的恶狼：“你逃不掉的，今天就是你的死期。”

张子英看着那冰冷的枪口，心中虽然涌起一阵恐惧，双腿也忍不住微微颤抖，但为了保护女儿，她还是勇敢地站了出来，挺直了脊梁，宛如一座坚不可摧的山峰：“有本事冲我来，别伤害孩子！”

她的声音虽然因为恐惧而微微发颤，但却透着一股坚定的力量，那是母爱的力量，让她在这一刻无所畏惧。

那警察局的人不为所动，脸上的冷笑越发浓烈，他一步步朝着张子英逼近，每一步都仿佛踏在张子英的心上。

张子英环顾四周，试图寻找可以反击的武器。

就在这时，她的目光扫到旁边座位上有一个酒瓶。她趁那人不注意，眼神中闪过一丝决然，迅速伸出手，以迅雷不及掩耳之势拿起酒瓶，朝着那人用力砸了过去。

那人反应极快，侧身一闪，酒瓶擦着他的身体砸在了旁边的座位上，“砰”的一声，碎成了一地的玻璃碴儿。

警察局的人恼羞成怒，脸上的肌肉扭曲变形，他抬手就是一枪。

张子英躲避不及，只感觉头部一阵剧痛袭来，仿佛有一把炽热的烙铁狠狠印在她的头上。

她的眼前瞬间一黑，身体如同被抽去了筋骨一般，缓缓地倒了下去。

女儿在一旁惊恐地大哭起来：“娘，娘！”那哭声撕心裂肺，仿佛要将整个世界都撕裂。

张子英的意识逐渐模糊，她最后看到的是女儿惊恐万分的面容和周围乘客慌乱的身影，随后便陷入了无尽的黑暗之中。

第十九章　烽火迷茫

张子英在一片混沌的黑暗中慢慢醒来，脑袋像是被重锤反复敲击，又似被无数细密的钢针深深刺入，钝痛如汹涌的潮水，一阵紧似一阵，无情地冲击着她的意识。

她的眼皮沉重得仿若压着千斤巨石，每一丝想要睁开的努力，都伴随着钻心的疼痛。

费了好大的力气，她才勉强撑开一条缝，那光线如利剑般刺入，令她不禁一阵刺痛。

映入眼帘的，是一块破旧且布满水渍的天花板，水渍形成的图案如同狰狞的怪物，在昏暗中显得格外诡异。

那斑驳的痕迹，仿佛是岁月用它那无情的刻刀，在上面留下的沧桑印记。

她下意识地想要挪动身子，却感觉浑身的骨头像是被拆散后又随意拼凑起来，绵软无力，每一个关节都在发出痛苦的抗议。

记忆的碎片如雪花般在脑海中纷纷扬扬地飘落，起初杂乱无章，但渐渐地，一幅幅可怕的画面逐渐拼凑完整。

她慌乱地扭头看向身旁，只见那追兵直挺挺地倒在地上，双眼圆睁，空洞无神，已然没了气息。

他的嘴角还挂着一丝诡异的血迹，在昏暗的光线下显得格外可怖，仿佛是来自地狱的诅咒。

而她的孩子，却不见丝毫踪影，原本孩子所在的位置，如今只剩下一片空荡荡的冰冷，那冰冷仿佛能穿透骨髓，让她的心瞬间坠入了无底的深渊。

她猛地打了个激灵，瞬间清醒过来，眼睛瞪得滚圆，眼神中满是惊恐与焦急，仿佛看到了世间最可怕的景象。

张子英心中“咯噔”一下，好似被一只无形的大手紧紧攥住，恐惧瞬间将她彻底吞噬。

她不顾一切地挣扎着想要起身，双手用力地抓着床单，仿佛要将床单撕裂。

可身体却不听使唤，软绵绵的，根本使不上劲，一个踉跄，又重重地跌回了床上。她的喉咙里发出一声痛苦的低吟，仿佛是受伤野兽的哀号。

这时，屋内的两个年轻人映入她的眼帘。

他们身着蓑衣，那蓑衣上还挂着晶莹的水珠，在昏暗的光线中闪烁着微弱的光芒，如同破碎的珍珠。

水珠顺着蓑衣的纹理缓缓滑落，发出轻微的滴答声，在寂静的房间里显得格外清晰。这些水珠在地上汇聚成一小摊水渍，散发着淡淡的泥土气息。

他们头戴草帽，帽檐压得很低，半遮住了面庞，只露出坚毅的下巴和紧抿的嘴唇。

其中一个稍高些的年轻人，身形挺拔如松，面容清瘦，轮廓分明，眼神中透着关切与温和。他见张子英醒来，立刻快步走到床边，动作轻盈而迅速，生怕惊扰到她。

他微微俯下身，身体前倾，脸上带着关切的神情，声音轻柔且充满安抚："你醒啦，大嫂，你可算是醒过来了。"

他的声音如同春日里的微风，轻轻地拂过张子英的耳畔。

张子英像是抓住了救命稻草一般，眼神中闪过一丝希望的光芒，那光芒犹如黑暗中微弱的烛光，虽然渺小，却给了她一丝慰藉。

她急切地伸出手，双手如钳子般紧紧抓住年轻人的胳膊。

她的声音因为焦急与恐惧而颤抖，带着哭腔，仿佛是从灵魂深处发出的呐喊："我的孩子呢？你们看到我的孩子了吗？"

她的双眼紧紧盯着年轻人，眼神中充满了期盼与哀求，不放过他脸上任何一丝表情的变化，仿佛只要这样，就能从他口中得到孩子平安的消息。

年轻人微微皱起眉头，那眉头如同两座紧锁的山峰，眼中闪过一丝不忍，仿佛在为无法带来好消息而自责。

他缓缓地摇了摇头，动作缓慢而沉重，轻声说道："大嫂，我们没看到孩子。当时情况太乱了，到处都是枪声和喊叫声，我们一心只想着救你。"

他的声音低沉而无奈，带着一丝遗憾。

张子英听到这个回答，眼中的希望瞬间如泡沫般破碎，那光芒瞬间熄灭，取而代之的是无尽的空洞与绝望。

她的眼神变得呆滞，仿佛灵魂已经抽离，整个人如同木雕泥塑般一动不动。

片刻之后，泪水如决堤的洪水般夺眶而出，顺着她那苍白的脸颊滚滚而下，滴落在枕头上，洇出一片深色的痕迹。

张子英心急如焚，泪水模糊了她的视线，她的视线在屋内慌乱地扫视着，看着这完全陌生的环境，心中的疑惑越发强烈。

她的嘴唇哆嗦着，声音颤抖，带着一丝无助，仿佛是迷失在黑暗中的孩子在呼唤："这是哪儿？我怎么会在这儿？"

另一个年轻人走上前来，他身材较为壮实，宽厚的肩膀给人一种可靠的感觉。他面容憨厚，皮肤黝黑，额头上刻着几道深深的皱纹，那是岁月留下的痕迹。

他挠了挠头，动作有些拘谨，开口说道："大嫂，这儿是枣庄。别害怕，我们不是坏人，是飞虎队的队员，那几个伪军像疯狗似的，张牙舞爪地在后面穷追不舍。你跑得气喘吁吁，眼神里满是恐惧。我们瞅准时机，一咬牙，就把他们给解决了，救下了你。可那会儿场面实在太混乱，到处都是人在奔跑、呼喊，我们真没注意到孩子。"

他的声音带着浓浓的乡音，朴实而真诚。

张子英这才如梦初醒，脑海中回想起火车上那慌乱的一幕，这才意识到自己无意中上错了火车。她的眼神中充满了懊悔与自责，那自责如同毒蛇般啃噬着她的心。

泪水再次如决堤的洪水般夺眶而出，她双手抱头，身体蜷缩成一团，仿佛这样就能躲避内心的痛苦。

她痛苦地呢喃着："都怪我，都怪我啊，孩子要是有个三长两短，我可怎么活啊……"

她的肩膀剧烈地颤抖着，哭声中充满了绝望与无助，那哭声仿佛能穿透墙壁，让整个世界都为之动容。

两个年轻人在一旁不住地安慰，他们的眼神中满是同情，嘴里说着各种宽慰的话语。

高个子年轻人轻轻拍着张子英的肩膀，说道：“大嫂，你先别急，孩子说不定自己躲起来了，等你身体好点，咱们一起去找。”

壮实的年轻人也在一旁附和：“是啊，大嫂，别太伤心了，吉人自有天相，孩子们肯定没事的。”

可张子英的心，早已被担忧与恐惧填满，那些安慰的话，此刻听来是那么的无力，无法驱散她心中那如阴霾般的担忧。

同时，她又感到很欣慰，是飞虎队的人救了她。

张子英仿佛被抽去了所有力气，双腿一软，重重地瘫坐在床边。

她的泪水不受控制地夺眶而出，如汹涌的洪流，肆意地顺着她那毫无血色、憔悴不堪的脸颊滑落，滴落在破旧的床单上。

她的双眼空洞无神，犹如两口深不见底的枯井，曾经的光彩早已消失殆尽，只剩下无尽的绝望与迷茫。

她的脑海中，女儿瑾侠那粉嘟嘟的小脸、笑起来时露出的两颗可爱虎牙，以及蹦蹦跳跳的活泼模样，不断地交替浮现。

可如今，女儿却生死未卜，不知被卷入了哪个黑暗的旋涡。

一想到这儿，张子英只感觉心脏像是被一只无形的大手紧紧攥住，又似被千万根尖锐的钢针同时穿刺，痛意迅速蔓延至全身，让她几乎喘不过气来，只能发出一声声痛苦的低吟。

而马力和两个儿子，也如同断了线的风筝，在混乱的世界里失去了踪迹。

她仿佛还能看见两个儿子天真无邪的笑脸，听到他们稚嫩的呼唤。

这些画面如同一把把重锤，一下又一下，狠狠地敲击着她脆弱不堪的神经，让她的内心防线濒临崩溃。

在这仿佛永无尽头的痛苦中，一个艰难的抉择沉甸甸地压在她的心头。

是留在原地，一寸一寸地搜寻每一个角落，不放过任何一丝与女儿瑾侠有关的线索，还是踏上未知的路途，去追寻马力和儿子的踪迹？

如果选择留下，她害怕错过与马力和儿子重逢的那一刻，也许他们正在某个地方焦急地等待着她，而她却因为自己的决定与他们擦肩而过。

可要是去追寻他们，她又怎能放下对女儿瑾侠的牵挂？

女儿在这陌生又危险的地方，会不会正遭受着饥饿、寒冷和恐惧的折磨？

会不会遇到坏人？每一种可能都像一把刀，在她的心上狠狠划下伤痕。

她的双手不受控制地揪着自己的头发，几缕发丝被硬生生地扯了下来，她却浑然不觉。

她的呼吸急促而紊乱，胸膛剧烈地起伏着，仿佛在进行一场艰难的挣扎。

她在心底无数次地呐喊："我到底该怎么办？到底该如何选择？"

然而，回应她的只有死一般的寂静，以及自己那撕心裂肺、在空荡荡的房间里不断回荡的哭声。

就在她几乎要被绝望彻底吞噬的时候，一阵轻轻的脚步声传来。

救下她的吴家兄弟走进了房间。哥哥吴大川，身材高大魁梧。他那古铜色的皮肤，在屋内昏暗而朦胧的光线下，泛着一层淡淡的、犹如金属般的光泽，那是岁月与劳作留下的独特印记。

他的手臂粗壮有力，肌肉高高隆起，每一块肌肉都仿佛蕴含着无穷的力量，那是他常年在铁匠铺里挥舞铁锤，与炽热的炉火和坚硬的铁块打交道的见证。

弟弟吴小川，身形相较于哥哥稍显瘦削，但他的眼神中却透着一股灵动的机灵劲儿。

此刻，他的目光中满是关切与担忧，看着瘫坐在床边的张子英，眼神中流露出一丝不忍。

吴大川迈着沉稳的步伐，缓缓走到张子英身旁，他微微俯下身，尽量让自己的视线与张子英平齐。

他的声音低沉而醇厚，犹如远处传来的沉闷钟声，但其中却透着一股让人安心的温和："大妹子，你先别太难过了。现在这世道，到处都是战火，兵荒马乱的，实在是不太平。"他微微停顿了一下，目光转向弟弟。

两人交换了一个眼神，似乎在进行着某种无声的交流，然后接着说道："我们哥儿俩是铁匠，平时靠着这门手艺，虽说日子过得紧巴巴的，不算富裕，但好歹也能勉强糊口。你要是信得过我们，就先别想着上火车到处奔波了。跟着我们在当地找点活儿干，能安稳一天是一天。等这局势慢慢好起来了，再去寻找家人，也不迟。"

吴小川也赶忙在一旁附和道："是啊，大姐，你一个人在外面闯荡，实在是太危险了。我们这儿虽说条件简陋，但好歹能给你个照应，让你有个落脚的地方。"

张子英缓缓抬起头，泪水模糊了她的双眼，眼前的一切都变得蒙胧不清。

她看着眼前这两位面容朴实、眼神真挚的兄弟，心中五味杂陈，满是纠结与无奈。

留下，就意味着要暂时放下对家人的寻找，将那深深的牵挂和担忧深埋心底；离开，自己又对家人的去向毫无头绪，外面的世界更是危机四伏，每一步都可能踏入未知的险境。

她张了张嘴，想要说些什么，却发现喉咙像是被一团棉花堵住了，干涩得发不出一点声音。

犹豫了片刻，她只能默默地、缓缓地点了点头，一滴泪水顺着她的脸颊滑落。

晨曦微露，稀薄的云层像是被日光染上了一层淡淡的橙黄，轻柔地铺展在天际。

日光穿过这层薄纱，落在小镇古老的石板路上，给每一块石板都镀上了一层微光，为这个尚在沉睡的宁静之地，添上了一抹温暖而柔和的色彩。

张子英如往常那般，在黎明破晓之际便早早起身。

她熟练地整理着衣衫，简单梳理好头发，便快步走向吴家兄弟的打铁坊间。

屋内，摆满了各种打铁工具，炭火余烬仍散发着丝丝热气，墙壁上挂着的成品在微光中闪烁着金属特有的光泽。

今日要送的，是为一家办喜事精心打造的装饰物件。

这些物件凝聚着吴家兄弟多日的心血，他们精心挑选材料，反复锻造、打磨，每一道花纹都精雕细琢，每一处线条都流畅自然，无不饱含着他们对这门手艺的热爱与执着。

张子英轻手轻脚地拿起一件装饰品端详，那细腻的纹理和精致的工艺让她不禁赞叹。

随后，她和吴家兄弟小心翼翼地将这些珍贵的物件搬上马车。

马车缓缓启程，车轮在石板路上滚动，发出有节奏的“咕噜”声，在这宁静的清晨格外清晰。街边的店铺陆续开门，伙计们忙碌地摆放货物，店主们热情地招呼着早起的顾客。

偶尔传来几声孩童的嬉笑，清脆而欢快，为这略显沉闷的氛围增添了几分难得的生机与活力。

行至目的地，眼前一片热闹喜庆的景象。办喜事的宅子大门敞开，门梁上刻着颜体“谢府”，朱红色的大门上贴着大大的金色喜字，在阳光的照耀下格外醒目。

院内张灯结彩，大红色的灯笼高高挂起，随着微风轻轻摇曳，仿佛在欢快地诉说着主人家的喜悦。

五彩的彩带飘扬在空中，上面绣着寓意吉祥的龙凤呈祥、花开富贵等图案，在日光的映射下熠熠生辉。

周围的人们脸上都洋溢着真诚的笑容，相互拱手道贺，欢声笑语此起彼伏，热闹非凡。

张子英穿梭在人群中帮忙搬运货物，不经意间听到旁人的交谈。

原来这场婚礼的新郎官是当地日伪军保安团谢耀武团长。

人群中有人议论道：“真是伤天害理呀，仗着权多势力大，抢娶孤儿院女孩子当媳妇，也不怕遭报应。”

另一个人附和道：“是啊，听说他过两天就要成亲了，新媳妇是峄县人，今年还不到 15 岁。”

张子英在与众人的交谈中，偶然得知了谢团长的新婚妻子——峄县人，今年刚好 15 岁。

听到这个名字和这些信息的瞬间，张子英的身体猛地一僵，手中正搬运的物件差点滑落。

她的双眼瞬间瞪大，眼神中满是震惊与不可置信，仿佛时间都在这一刻凝固。

峄县、15 岁，这些关键词如同一声声惊雷，在她脑海中不断回响。

这不就是自己失散多年的妹妹的情况吗？

这些年，她四处打听妹妹的消息，曾以为妹妹在滕县，寻寻觅觅，满心的思念与牵挂都倾注在了那座遥远的城市，却没想到，竟会在这毫无预兆的情况下，在这个陌生又熟悉的枣庄，听到与妹妹如此契合的信息。

她的心跳陡然加快，心脏在胸腔里剧烈跳动，仿佛要冲破胸膛。

她的双手不自觉地微微颤抖起来，一种难以言喻的激动涌上心头，眼眶也渐渐湿润。

她在心中不断告诉自己，这或许就是命运的安排，是她与妹妹重逢的契机。

她深吸一口气，强忍着内心的波澜，努力让自己镇定下来，暗暗决定，一定要弄清楚，这个女孩，到底是不是自己朝思暮想的妹妹。

张子英整日茶不思饭不想，满心满眼都是如何救出妹妹。

她绞尽脑汁，不放过任何一个可能接近新娘的机会。

起初，她精心打扮一番，带着温和的笑容，以帮忙筹备婚礼为由，鼓起勇气踏入谢家的大门。“您好，我是涝坡铁匠铺的，前几天送来的铁器，不知主家满不满意？另外来看看喜事上有没有需要帮忙的地方。”她的声音带着一丝恳切，眼神中满是期待。

然而，谢团长的家人却只是斜睨了她一眼，脸上写满了嫌弃与不耐烦，就像驱赶一只无关紧要的蝼蚁般，毫不留情地将她赶了出去。

“也不看看自己什么身份，这儿哪轮得到你插手！”

那尖酸刻薄的话语如同一把把锋利的匕首，直直刺入张子英的心底，可她那倔强的眼神中，没有丝毫退缩之意，反而燃起了更炽热的斗志。

终于，婚礼的这一天来临了。

谢家大宅被装点得格外喜庆，大红的灯笼高高挂起，在微风中轻轻摇曳，发出“簌簌”的声响，似乎也在为这场婚礼祝福。

大门两侧贴着喜庆的对联，金色的字迹在阳光下闪烁着耀眼的光芒。

宾客们络绎不绝，个个身着华服，脸上洋溢着虚假的笑容，欢声笑语交织在一起，在空气中肆意回荡。

张子英混在人群之中，她的神色紧张而又坚定，双眼如鹰隼般锐利，始终紧紧锁定着新娘所在的房间。

她的手心早已被汗水湿透，心跳如急促的鼓点，每走一步都小心翼翼，生怕一个不小心就引起旁人的注意。

她的目光在人群中快速扫视，不放过任何一点细微的动静，脚步看似随意地在庭院中挪动，实则步步都在朝着目标靠近。

就在她等待时机时，瞅准了看守新娘的人稍有松懈的瞬间。

张子英的眼睛猛地一亮，她深吸一口气，快速在脑海中谋划着下一步行动。

紧接着，她故意在不远处的角落，将一盆用来装饰的鲜花推倒。

“哎呀，快来人啊，东西撒啦！”她扯着嗓子大喊，声音尖锐而急切。

这突如其来的声响瞬间吸引了众人的目光，看守的人也不由自主地被吸引过去查看情况。

趁着这个间隙，张子英猫着腰，像一只敏捷的猎豹般，快步冲向新娘的房间。

可刚到门口，一只粗壮的手臂横在了她面前。

原来是另一个看守，不知何时绕了回来。

“你想干什么？”看守恶狠狠地瞪着她，眼神中充满警惕。

张子英的心猛地一沉，但她马上镇定下来，强装镇定地说：“里面好像有动静，我怕出什么岔子，来看看。”

看守上下打量她，满脸怀疑：“这里轮不到你管，赶紧走。”

说着，便伸手要推她。

张子英用力挣脱，急切地说：“我真的是来帮忙的，你别误会。”两人僵持不下，推搡之间，张子英的发髻都有些凌乱。

张子英心急如焚，突然灵机一动，用尽全力踩了看守一脚。

看守吃痛，下意识地后退并松开了手。张子英趁机一把推开房门，冲了进去。

屋内，新娘静静地坐在床边，头戴华丽的凤冠，凤冠上的珠翠随着她的呼吸微微颤动；身披绣满吉祥图案的霞帔，整个人笼罩在一片喜庆的红色之中。

张子英心急如焚，几步上前，双手颤抖着一把抓住新娘的手，声音因为紧张与激动而微微发颤，她压低声音急切地说：“妹妹，别怕，我是姐姐，来救你了！”

没想到，新娘却惊恐地瞪大双眼，用力甩开她的手，大喊：“你是谁？来人啊！”

张子英愣住了，她看着新娘陌生的面容，还没来得及反应，门外的看守已经冲了进来，一把揪住她的胳膊。

“好你个捣乱的神经病，跟我走！”张子英拼命挣扎，却被死死按住。

就在这时，谢团长大步走进房间，他身着笔挺的军装，腰间别着一把手枪，眼神冷峻。

看到屋内混乱的场景和被抓住的张子英，他皱起眉头，冷冷问道：“这是怎么回事？她是谁？”看守连忙说道：“谢团长，这疯女人突然闯进来，不知道要干什么。”

谢团长打量着张子英，眼中闪过一丝杀意：“敢在我的婚礼上捣乱，活得不耐烦了，拉出去解决了。”

张子英心中一寒，绝望瞬间笼罩全身。

然而，新娘却突然挡在张子英身前，急切地说：“等等，别杀她！她……她可能是认错人了，看在今天是我们大喜日子的分上，饶她这一回吧。”

谢团长眉头紧皱，面露不悦：“她搅乱婚礼，哪能就这么算了？”

恰在此时，吴家兄弟听闻动静赶了过来。

哥哥吴大川拱手说道：“谢团长，息怒息怒。这姑娘我们认识，她一路逃荒要饭寻找失散多年的妹妹，她可能真是一时糊涂，冲撞了您。看在我们往日的交情上，还请您高抬贵手。”弟弟吴小川也在一旁附和：“是啊，谢团长，大喜的日子，别误了您的吉日良辰。”

谢团长的脸色缓和了些，他思索片刻，最终冷哼一声：“看在你们的面子上，今天就饶她一命。”

张子英瘫坐在地上，心有余悸。

新娘走上前，轻声说：“大姐，我看你也是个苦命人，你认错人了，我不是你要找的妹妹。”

“听说你一路逃荒要饭寻找妹妹，肯定也是没有地方去，不如到我工作的孤儿院帮忙吧，那里都是些可怜的孩子，也需要人手。”新娘同情地说道。

张子英抬起头，眼中还带着未散尽的恐惧和迷茫，但还是感激地点了点头。

就这样，在这场波折之后，张子英迎来了在枣庄孤儿院的新生活，也开始了新的寻找家人的旅程 。

第二十章　意外相逢

张子英站在孤儿院的大门前，深吸一口气，缓缓走进院内。

一个管事的人把她安排到育婴室打扫卫生。

她的目光缓缓扫过斑驳的墙壁和略显破旧的院门，心中五味杂陈，每一寸空气仿佛都弥漫着思念与期待的味道。

这里的每一处角落，都像是藏着妹妹的影子。

她的眼神中满是坚定与执着，暗自想着，哪怕希望再渺茫，只要自己足够细心，就一定能在某个不经意的瞬间找到妹妹。

走进院子，映入眼帘的是一群孩子，他们或坐或站，身形瘦弱，衣服破旧不堪，上面打着大大小小的补丁。他们的脸上带着与年龄极不相符的怯懦和惶恐，眼神中透着深深的不安与恐惧。有的孩子紧紧地蜷缩在角落里，双手抱着膝盖，小小的身躯微微颤抖；有的孩子则眼神空洞地望着远方，仿佛在那无尽的远方能找到一丝慰藉。

张子英看着他们，只觉得一阵揪心的疼痛，像有无数根细针在轻轻刺扎着她的心。

这些孩子，本应在父母温暖的怀抱中嬉笑玩耍，在明亮的教室里读书学习，无忧无虑地享受着童年的美好时光，可如今，却被迫在这战火纷飞、动荡不安的乱世中艰难求生。

她的眼眶微微泛红，嘴唇轻轻颤抖，心中暗暗发誓，一定要尽自己所能，给这些孩子多一些温暖和关爱，让他们在这冰冷的世界里感受到一丝人间的温情。

在与其他工作人员的交谈中，张子英了解到，这座孤儿院是由中兴煤矿公司怀着一片赤诚之心建立的。

曾经，这里充满了欢声笑语，每一个孩子的脸上都洋溢着纯真的笑容，那是希望与生机的象征。

然而，在去年，也就是 1938 年 3 月日本侵略者占领了枣庄以来，一切都被无情地改变了。

日本人的铁蹄踏入这片土地后，孤儿院也未能幸免，被他们强行占领。

从那以后，这里便沦为了侵略者粉饰太平的工具，成为他们用来掩盖侵略罪行、欺骗世人的虚假“乐园”。

孤儿院最大的主管是个日伪军，名叫刘书建，说话的声音总是很大，大伙给他送了个外号刘大炮。刘大炮平日里总是穿着一身松松垮垮、极不合身的制服，那制服上的肩章歪歪斜斜，他自以为很是威风，其实在别人的眼里十分滑稽。

他的肚子高高隆起，走路时一摇一摆，活像一只骄傲又愚蠢的鸭子。

他的脸上总是挂着一副谄媚的笑容，可那笑容背后，却藏着无尽的贪婪与丑恶。

每次有外人来参观，他便像换了个人似的，立刻变得无比热情。满脸堆笑，眼睛眯成了一条缝，嘴里不停地吆喝着："来来来，大家快看看，这都是皇军的恩赐啊，孩子们在这儿吃得饱、穿得暖，过得可好了。"

说着，他便指挥手下的管事们，装模作样地给孩子们分发食物和玩具。

那些食物，不过是些粗制滥造的干粮，玩具也都是些破旧不堪、缺胳膊少腿的玩意儿。

可孩子们却像看到了稀世珍宝一般，小心翼翼地接过，眼中闪烁着渴望。

刘大炮看着孩子们的模样，脸上的笑容越发灿烂，仿佛在为自己的"杰作"而感到无比自豪。

然而，一旦外人离开，他便立刻撕下了伪装的面具，露出了狰狞的真面目。

他的脸色瞬间变得阴沉无比，眼神中透露出凶狠与残暴。

他对着孩子们大声呵斥道："兔崽子们，都给我老实点，别以为有人来参观就可以得意忘形了，再敢不听话，看我怎么收拾你们。"

说着，他便随手抄起一根木棍，在孩子们面前挥舞着，吓得孩子们纷纷躲到角落里，大气都不敢出。

刘大炮和手下的一众管事，对待孩子们就像对待奴隶一般，稍有不顺心，不是打骂就是呵斥，仿佛那些孩子是他们的眼中钉、肉中刺，恨不得除之而后快。

张子英把这一切都看在眼里，心中满是愤怒和无奈。

她的拳头紧紧地握在一起，眼中燃烧着愤怒的火焰。

她恨这些侵略者的残暴，恨这些伪军的卖国求荣和丑恶嘴脸，更恨这个黑暗的世道，让无辜的孩子们遭受如此悲惨的命运。

但她深知，自己势单力薄，无法改变这些管事的所作所为，无法改变这个残酷的现实。

可即便如此，她也绝不甘心就这样放弃，她要用自己的方式，为孩子们撑起一片小小的温暖天地。

每天清晨，当第一缕阳光还未完全洒进院子，张子英便早早地起床了。

她轻手轻脚地走进孩子们的房间，生怕吵醒了还在睡梦中的他们。

她温柔地叫醒每一个孩子，打扫卫生，清洗桌椅板凳，帮他们洗漱、穿衣。

她的动作轻柔而细致，就像对待自己的亲生子女一般。

她会细心地为孩子们整理好衣领，轻轻擦拭他们脸上的污垢，然后微笑着对他们说："孩子们，新的一天开始啦，要开开心心的哦！"

孩子们看着她那温暖的笑容，心中的恐惧和不安也渐渐消散，一个个都露出了纯真的笑容。

白天，张子英除了干完分内的工作，还会耐心地教孩子们读书识字。

她找来一些破旧的书本和纸张，用自己节省下来的钱买了几支铅笔，然后带着孩子们坐在院子里的大树下，开始了一天的学习。

她一个字一个字地教孩子们念，一笔一画地教他们写，不厌其烦地解答孩子们提出的每一个问题。

孩子们都学得很认真，他们的眼睛里闪烁着求知的光芒，仿佛在这知识的海洋里找到了一丝希望。

每当夜深人静，张子英独自一人躺在床上，望着窗外那皎洁的月光，脑海中总会浮现出妹妹的模样。

妹妹那甜美的笑容、清脆的笑声，仿佛就在耳边回荡。

她想着，要是妹妹也在这里，自己一定能保护好她，一定不会让她受到任何伤害。

她在心中暗暗发誓，一定要带着妹妹，还有这些可怜的孩子，逃离这个充满虚伪和压迫的地方，去寻找一个真正属于他们的温暖家园。

这家孤儿院地处各方势力交错的敏感地带，平日里看似平静，实则暗流涌动。

周边的势力盘根错节，彼此之间维持着一种微妙而脆弱的平衡，而孤儿院则像是夹缝中求生的孤舟，稍有不慎就可能被卷入无尽的纷争。

张子英在院子的角落，专注地收拾着杂物。

四周静谧得有些压抑，唯有她手中那把破旧的扫帚，一下又一下地摩挲着地面，发出单调的沙沙声，仿佛在低吟着这沉闷时光里的无奈。

“救…… 救我……”一阵微弱却又透着万分急切的呼救声，如同一把尖锐的匕首，瞬间划破了这份死寂。

张子英猛地抬起头，手上的动作戛然而止，眼神中满是惊愕与警惕。

她循声望去，只见一个身影正沿着墙脚，艰难地朝她爬来。

那人浑身是血，破旧不堪的衣衫被鲜血浸透，紧紧地贴在他那瘦骨嶙峋的身躯上。

他的脸上写满了痛苦与绝望，每挪动一下，都伴随着一声痛苦的低吟。

鲜血顺着他的指尖、手肘，源源不断地流淌，在地面上拖出一道触目惊心的血痕，那殷红的颜色在阳光的映照下，显得格外刺眼。

看到这一幕，张子英的心跳陡然失控，如急促的鼓点般在胸腔中剧烈跳动，呼吸也变得急促而紊乱。

她的眼神中闪过一丝慌乱，握着扫帚的手不自觉地颤抖起来。

刹那间，那段被深埋在心底的痛苦回忆，如汹涌的潮水涌上心头。

在峄县的那次经历，是她心中一道难以愈合的伤疤。

那时，她出于本能的善良，毫不犹豫地向一个陌生人伸出了援手，可换来的却是无尽的麻烦。她被卷入了一场惊心动魄的危机之中，差一点就丢了性命。

救，还是不救?

这个问题如同一个巨大的旋涡，将她的理智与情感无情地卷入其中，搅得她的内心天翻地覆。她的双手死死地握住扫帚，手背上的青筋也高高凸起。

她的眼神中满是挣扎与痛苦，额头上也因为内心的纠结而渗出了细密的汗珠。

她的内心仿佛有两个声音在激烈地交锋。

善良的那一方在呐喊："你不能眼睁睁地看着他死去，那是一条活生生的生命啊！"

而恐惧的那一方却在不断地警告："别忘了峄县的遭遇，你要是再插手，说不定连自己的命都保不住了。更为关键的是，这个人的样子，有些怪异，说不定就是一个圈套。"

她的嘴唇微微颤抖着，想要说些什么，却又被内心的矛盾硬生生地堵了回去，只能发出几声无奈的叹息。

经过一番激烈到近乎惨烈的思想斗争，张子英的眼神中闪过一丝决绝，她咬着牙，艰难地从牙缝中挤出几个字："对…… 对不起，我帮不了你。"

说出这句话的时候，她的声音因为内心的痛苦和愧疚而颤抖不已，眼睛里也噙满了泪水，那泪水里饱含着无奈与不忍。

那个浑身是血的人听到她的回答，原本还闪烁着一丝希望的眼睛瞬间黯淡无光，如同被狂风扑灭的烛火。

没过多久，主管刘大炮那熟悉的身影便出现在了张子英的视野中。

主管刘大炮双手背在身后，迈着不紧不慢的步子，脸上挂着似笑非笑的表情，那笑容里透着一丝狡黠，又带着几分捉摸不透的意味。

他的眼神中透露出尖锐的审视，如同一只狡猾的狐狸，在打量着眼前这个陷入困境的猎物。

“你做得还凑合。”

主管刘大炮终于开口了，声音低沉而冷漠，像是从牙缝中挤出来的一般。

“这是对你的考验，看来你还不算太傻。你要知道，咱们孤儿院处在这复杂的局势里，周围的势力都盯着呢，稍有不慎，就会给院里的孩子们带来灭顶之灾。随意救助陌生人，可能就会打破现在勉强维持的平衡，引发不必要的麻烦。遵守规则，是在这儿活下去的关键，这次考验，就是要让你明白，有些规则和潜在的秩序是不能轻易打破的。”

听到这话，张子英原本紧绷到极点的神经瞬间松弛下来，心中的一块大石头“咚”地落了地。

她暗暗庆幸自己通过了这场可怕的考验。

然而，主管刘大炮的话锋却陡然一转，他向前跨了一步，微微仰起头，居高临下地看着张子英：“不过，你为什么不第一时间向我报告？你眼里还有没有我这个主管？”

他的声音陡然提高，如同一声炸雷在张子英耳边响起。

脸上的笑容也在瞬间消失得无影无踪，取而代之的是一脸的严厉与不满，那眼神仿佛能将人穿透。

张子英心中猛地一紧，身体下意识地颤抖了一下，急忙低下头，脑袋几乎要埋进胸口。

她的双手不安地绞在一起，小声说道：“刘主管，我…… 我一时慌了神，忘了……”声音小得如同蚊子嗡嗡。

“哼，下次再这样，可就没这么简单了。”主管刘大炮狠狠地瞪了她一眼，那眼神中充满了警告的意味。

随后，他甩了甩衣袖，大踏步地离开了。

张子英望着主管刘大炮离去的背影，心中五味杂陈。

她的肩膀微微颤抖着，脸上露出一丝苦涩的笑容。

她知道，在这个充满危险与未知的地方，每一步都如履薄冰，自己必须更加小心谨慎，才能在这乱世中求得一丝生存的希望 。

在孤儿院的每一日，铅灰色的阴霾沉甸甸地压在天空，仿佛永无尽头。

压抑与悲伤如同隐匿在暗处的幽灵，紧紧缠绕着每一寸空气，每一个角落。

张子英时常在傍晚，或是忙碌的白日，听闻那些让人心如刀绞的消息：无数手无寸铁的普通百姓，被日本人如驱赶牲畜般无情掳走。

日本人占领枣庄后，对早就虎视眈眈的煤矿，采取“吃肥丢瘦，取易撇难”的方式掠夺开发。

他们企图凭借中国的物质战胜中国，“以战养战”是日寇的侵略手段之一。

因此，他们凭借刺刀管理生产，根本不考虑任何安全设备和措施。

矿工们被押送至那暗无天日、弥漫着腐臭与死亡气息的矿井之中。

中兴煤矿矿井里，幽暗中滴着冰冷的水珠，地面泥泞湿滑，四处弥漫着呛人的煤尘。

在那里，繁重的劳作如同一座大山，压得他们腰都直不起来。

每天天未亮，他们就被皮鞭抽打驱赶着下井，直到夜色深沉才被允许拖着几乎散架的身体回到狭小潮湿的工棚。

长时间地弯腰挖矿，让他们的脊柱变形，双手布满老茧和伤口，溃烂的地方混合着煤渣，散发着阵阵恶臭。

恶劣的环境像一双无情的手，一寸一寸地侵蚀着他们的身体。

潮湿的空气让他们关节疼痛，煤尘充斥肺部，咳嗽声日夜不停，而残酷的剥削，更如一把把利刃，割碎他们生存的希望。

微薄的报酬难以维持温饱，稍有懈怠便是一顿毒打。

一个个鲜活的生命，在侵略者的铁蹄下，脆弱得如同风中残烛，轻轻一晃便悄无声息地熄灭。

张子英的内心被愤怒与悲痛彻底填满，她的双手不自觉地攥紧，仿佛这样就能将内心的痛苦与不甘宣泄出来。

然而，她深知自己的渺小，在这黑暗的世道中，她无力改变这一切，只能在夜深人静、万籁俱寂之时，独自蜷缩在狭小的床铺，于心底默默悼念那些无辜逝去的灵魂，泪水悄然浸湿了枕头。

这天，孤儿院的宁静被一阵喧闹打破。

主管刘大炮，脸上堆满了谄媚的笑容，那笑容夸张得如同涂抹了过多颜料的面具，嘴角咧到耳根，眼睛眯成了两条缝，活像一只摇尾乞怜的哈巴狗。

刘大炮急切地在孤儿院院子里来回奔走，扯着破锣般的嗓子叫嚷着：“都听好了，有一位和日本交情匪浅的大富豪要来，人家大发善心，打算给咱们孤儿院再修一座宿舍，都给我把精神头提起来。”

众人听后，心中满是疑虑，互相交换着眼神，可在主管刘大炮不断催促与呵斥下，也只能不情不愿地纷纷来到院子里，等待着这位神秘富豪的到来。

张子英夹杂在人群之中，眼神里透着警惕与不安。

她看着周围忙乱的场景，有人在匆忙整理着并不整洁的衣衫，有人在低声议论猜测，主管刘大炮则在一旁颐指气使地指挥。

张子英心中莫名地涌起一股强烈的不安，好似有一只无形的手，正将她推向未知的危险深渊。

当一辆锃亮的黑色轿车缓缓驶入孤儿院时，车轮碾过地面的石子，发出细微的嘎吱声。

所有人都瞬间安静下来，原本嘈杂的议论声戛然而止，目光不由自主地聚焦在那辆车上，仿佛被一股无形的强大力量牵引着。

随着“吱呀”一声，车门缓缓打开，一位身着笔挺西装的男人迈着从容的步伐走了出来。

他的西装剪裁精致，每一道缝线都彰显着不凡的品质，皮鞋在阳光下闪烁着冷硬的光泽。

他抬手轻轻整理了一下领口的领带，动作儒雅而自然。

张子英定睛一看，刹那间，只感觉脑袋里“嗡”的一声巨响，仿佛有一颗炸弹在颅内轰然炸开。整个人像是被施了定身咒一般，僵立在原地，动弹不得。

来的人竟然是刘丹锡！

她的眼神中瞬间闪过一丝惊愕，双眼瞪得滚圆，眼白中布满了因震惊而泛起的血丝。

紧接着，瞳孔猛地收缩，像受惊的小鹿，脸上的血色也在瞬间褪去，变得一片惨白，毫无血色的嘴唇微微颤抖，却发不出一丝声音。

她无论如何也想象不到，会在这个地方与刘丹锡再次相遇。

一时间，无数复杂的情绪如汹涌的潮水般涌上心头，有震惊，有疑惑，更有一丝难以言说的恐惧。

那些与刘丹锡有关的过往记忆，如同走马灯般在她脑海中快速闪现。

但多年的漂泊流浪和历经的苦难，早已将她磨砺得沉稳内敛，学会了将情绪深深隐藏。

她深吸一口气，胸膛剧烈起伏，努力让自己的心跳恢复平静，迅速调整好状态，缓缓垂下眼帘，浓密的睫毛如扇子般遮挡住眼中翻涌的波澜。

在伪军主管刘大炮面前，张子英挺直了脊背，肩胛骨微微后收，整个人如同一棵坚韧的白杨。

她神色平静如水，没有露出丝毫破绽，仿佛刚才的震惊从未发生。

她的双手微微攥紧衣角，通过这种方式来强压内心的慌乱。

她微微低下头，装作若无其事地看向别处，可余光却始终紧紧盯着刘丹锡的一举一动。

表面上，她就像一个与任何人都无关的普通人，冷静得让人丝毫察觉不出她与刘丹锡曾有过一丝一毫的交集。

第二十一章　寻找光明

待人群稍稍散开，张子英仿若一只受伤后急于寻找庇护的孤兽，脚步踉跄地独自走到角落里。

此时，天空不知何时被厚重的乌云遮蔽，四周弥漫着压抑的气息，沉闷得让人喘不过气。

她的身体微微颤抖，双手无力地垂在身侧，眉头紧锁，那深深的纹路里，刻满了她的痛苦与不解。

眼眶微微泛红，像是被一层薄薄的雾气笼罩，随时都可能决堤。

脑海中不断回响着：“怎么会这样？我敬重多年的人，怎么会和日本人搅在一起？他到底为什么要这么做？”

这些疑问像一把把尖锐的匕首，反复刺痛着她的心。

她的呼吸变得急促而沉重，每一次吸气都像是在抽噎。

她下意识地靠着墙壁缓缓蹲下，双手抱头，将脸深深地埋进膝盖间。

肩膀微微耸动，发出压抑的呜咽声。

周围的喧嚣与她无关，此刻的她，仿佛置身于一片黑暗的深渊，被无尽的困惑与愤懑紧紧缠绕，却怎么也挣脱不开，只能在这痛苦的泥沼中独自挣扎、煎熬。

张子英怀揣着无数的疑问与满心的愤懑，在辗转反侧了无数个日夜后，终于迎来了与刘丹锡单独见面的机会。

这是一个略显破旧的房间，四周的墙壁因岁月的侵蚀而斑驳不堪，几缕微弱的光线透过那扇满是灰尘的窗户，艰难地洒落在屋内，在地面上形成一片片不规则的光斑。空气中弥漫着一股陈旧的气息，混合着淡淡的潮湿味，让人莫名地感到压抑。

张子英站在门口，深吸一口气，努力平复着自己剧烈跳动的心脏。

她的手微微颤抖着，缓缓抬起，轻轻推开那扇半掩的门。门轴发出一阵“嘎吱”的声响，在这寂静的空间里显得格外刺耳。

刘丹锡早已等候在此，他身着一件洗得有些发白的长衫，身形挺拔，面容虽略显疲惫，但眼神中却透着一种坚定与深邃。

见张子英进来，他微微起身，脸上露出一丝温和的笑容，抬手示意她坐下，动作轻柔而沉稳，仿佛想要借此驱散张子英心中的疑虑。

“子英，你一直以来可好！我知道你这几日心中定是充满了疑惑与愤怒。”

刘丹锡率先打破沉默，他的声音低沉而醇厚，带着一种让人安心的力量：“之前，我不辞而别是因为接受了上级组织交给的秘密任务，不便把一切都原原本本地告诉你。”

张子英的双手不自觉地揪紧了衣角。

她缓缓落座，目光紧紧地锁住刘丹锡，眼神中充满了警惕与探寻，仿佛要从他的每一个表情、每一个眼神中，找到那个她一直期待的答案。

“可是，我实在想不明白，曾经让我无比敬佩的您，为何如今会与日本人混在一起？他们是侵略者，给我们的同胞带来了无尽的痛苦和灾难！”张子英的声音微微颤抖，情绪有些激动，眼眶也微微泛红。

刘丹锡神色凝重，他向前倾了倾身，目光坚定地看着张子英，缓缓说道：“你所看到的，不过是表面现象。在这看似平静却暗潮汹涌的局势下，有这样一群战士，他们虽不冲锋在硝烟弥漫的战场上，却在更加危险的暗处，为了国家和民族的尊严，默默地战斗着。他们，就是双重身份的地下工作者。”

听到“双重身份的地下工作者”这几个字，张子英微微皱了皱眉头，眼中闪过一丝诧异与不解。

她的身体不自觉地前倾，似乎想要将刘丹锡的每一个字都听得更加真切。

“你之前认识的人当中，也有一名双重身份的地下工作者。只是，由于工作需要和生命安全不能暴露其真实的身份。因为我们隶属于不同的组织。”

刘丹锡的脸上露出一丝无奈的苦笑：“在这复杂多变的局势中，我们有时因为共同的目标而并肩作战，成为亲密无间的朋友；有时又因立场和任务的不同，不得不站在对立面，成为看似针锋相对的敌人。”

张子英静静地听着，嘴唇微微张开，似乎想要说些什么，但又被内心深处那无尽的疑惑堵住了喉咙。

她的脑海中不断地回想着与陈明地相处的点点滴滴，那些曾经看似平常的对话和举动，此刻在她的心中都有了别样的含义。

刘丹锡顿了顿，眼神中突然燃起了一团炽热的火焰，他的声音也变得更加激昂：“为了抵抗日寇，我们在暗中建立了鲁南抗日义勇队和战地服务团，目的就是团结一切可以团结的力量，将侵略者彻底赶出我们的土地，每一个加入其中的人，都在为了这个共同的目标而努力奋斗着。”

听到这里，张子英眼中的警惕和疑惑渐渐消散，取而代之的是一丝动容和坚定。

她想起了峄县、滕县、枣庄沦陷后，那些在战火中流离失所的百姓，孩子们那惊恐无助的眼神，老人们那饱经沧桑的面容。

想起了自己一直以来深埋在心底的那份报国之志，那份想要为这片土地和人民做点什么的强烈愿望。

她的内心开始更加地坚定，那扇紧闭的心门，正在缓缓地打开。共产党的队伍是人民的队伍，是可以信赖的。

刘丹锡继续说道："我现在是鲁南抗日义勇队的战士，这几天正在进行秘密的除奸行动，因此才到了孤儿院。许多事，只能到此为止，不便细说。"

"我相信您，我愿意加入鲁南抗日义勇队！"张子英挺直了脊背，眼神中闪烁着坚定的光芒，声音清脆而坚决，仿佛挣脱了所有的束缚。

这一刻，她不再犹豫，不再迷茫，像是找到了更加明确的人生方向，毅然决然地踏上了这条充满未知与挑战的抗日之路，准备用自己的力量，为这片饱经战火的土地带来一丝希望。

自从投身鲁南抗日义勇队和战地服务团以来，张子英的生活便被忙碌与充实填得满满当当。

每天，她都被内心深处熊熊燃烧的使命感和责任感驱使，像是不知疲倦的陀螺，一刻不停地旋转着。

晨曦微露时，她便穿梭在各个秘密联络点之间，小心翼翼地传递着那些关乎战局走向的重要情报，每一个字、每一个符号，都承载着无数战士的生死与国家的命运，她不敢有丝毫懈怠。

午后，她又忙着组织物资调配，清点枪支弹药、粮食药品，安排运输路线，确保前线的战士们能得到及时的补给。

在这战火纷飞、硝烟弥漫的岁月里，她将自己的全部精力都毫无保留地奉献给了抗日事业，只盼着能为这片饱经沧桑的土地和苦难深重的同胞，带来一丝胜利的曙光。

日子在忙碌与奔波中悄然流逝，不知不觉间，来到了那个看似平常却又注定不平凡的午后。

温暖的阳光如同金色的丝线，穿过茂密枝叶的重重缝隙，在地面上投射出一片片斑驳陆离的金色光斑，宛如大自然精心绘制的一幅绝美画卷。

微风轻拂，树叶沙沙作响，与不远处鸟儿的啼鸣声交织在一起，奏响了一曲和谐的自然乐章。

此时，八路军第一一五师，以东进支队的名义到达鲁西南，9月挺进抱犊崮，建立以抱犊崮为中心的抗日根据地，开创了鲁南抗日的崭新局面。

峄县是最早建立的革命根据地，在鲁南抗日义勇队临时指挥部里，四周堆满了各种文件和地图。

张子英全神贯注地整理着一份份关乎战局的重要资料，纸张的摩挲声和笔尖划过纸面的沙沙声，交织成这个午后独有的旋律。

她的眼神专注而坚定，时而微微皱眉，陷入沉思；时而又轻轻点头，像是在确认着什么。就在她沉浸在工作中时，一阵轻微而急促的脚步声打破了这份宁静。

她下意识地抬起头，只见队员刘胜民神色匆匆又略带神秘地朝她走来。

“张子英，有件特别重要的事，得跟你说。”刘胜民队员的声音压得很低，几乎听不见，眼神里透着几分难以言喻的复杂情绪，有兴奋，有紧张，还有一丝期待。

张子英心中顿时涌起一阵强烈的疑惑，整理资料的手不自觉地停了下来，她下意识地站起身来，跟着队员走向营地一处人迹罕至、格外安静的角落。

一路上，她的脑海里像走马灯一样不断猜测着究竟发生了什么，心跳也不由自主地加快，一种莫名的紧张感在心底蔓延开来。

在那个安静的角落，张子英看到了吴家兄弟。

他们静静地站在那里，和煦的阳光洒在他们身上，却没能驱散他们脸上那一抹凝重。

吴大川的面容依旧和善，嘴角微微上扬，带着一丝淡淡的微笑，可眼神中却藏着一些张子英从未见过的东西，那是一种混合着欣慰、期待与些许不安的复杂情绪。

还没等张子英开口询问，吴大川率先打破了沉默。

“张子英，有些事，到了该告诉你的时候了。”吴大川的声音低沉而平稳，却像一颗投入平静湖面的石子，在张子英心中激起层层涟漪。

张子英的心跳陡然剧烈起来，她下意识地攥紧了拳头，手心也早已被汗水湿透。

她的呼吸变得急促起来，眼睛紧紧地盯着吴大川，紧张地等待着即将揭晓的答案。

“你应该还记得在火车上，我们把你救下的情景吧。”吴大川缓缓地说道，目光紧紧地盯着张子英，仿佛要从她的反应中捕捉每一丝情绪的变化。

他的眼神中透露出一种回忆的神情，似乎又回到了那个惊心动魄的时刻。

“其实，我们当初救下你，没有任何的目的。但是，后来在你的身上，我们看到了一种别样的坚韧和善良，在面对困境时，你没有丝毫的退缩和畏惧，反而展现出了超乎常人的勇气和毅力。我们认定你是能为革命事业发挥重要作用的可塑之才，我们希望你参加我们的飞虎队，共同抗击日寇。”

听到这番话，张子英瞪大了双眼，眼中满是不可置信的惊讶。

她的嘴唇微微张开，想要说些什么，却又被这突如其来的意外惊得一时语塞。

她的脑海中瞬间浮现出火车上那混乱而又惊险的场景，那些陌生而又熟悉的面孔，以及自己当时的恐惧与无助。

她怎么也想不到，那场改变自己命运的营救，竟然隐藏着如此深远的意义。

“把你安排进孤儿院，是希望你能先有个安稳的容身之所，然后我们再慢慢观察你。”吴小川接着说道，他的声音温和而带着一丝愧疚。

他微微低下头，眼神中流露出一丝自责。

“那时候，你刚刚经历家人失散的巨大变故，整个人都沉浸在痛苦和迷茫之中，情绪极其不稳定。我们默默在暗中观察，对你进行全面了解，你能胜任我们的工作。”

张子英静静地听着，脑海中不由自主地浮现出在孤儿院度过的那些孤独又迷茫的日子。

那些在黑暗中独自落泪的夜晚，她蜷缩在冰冷的被窝里，思念着远方的亲人，泪水打湿了枕头。

那些对未来感到绝望的时刻，她望着孤儿院的围墙，觉得自己仿佛被困在了一个永远无法逃脱的牢笼里。

原来，在那些艰难的日子里，背后一直都有一双双关切的眼睛在默默注视着她，守护着她。

她的眼眶渐渐湿润，泪水在眼眶里打转，一股难以言喻的感动从心底涌起，迅速蔓延至全身。

“我们知道，这样的做法或许有些唐突，有些事情还隐瞒了你。”吴大川的声音里带着一丝歉意，但更多的是对革命事业的负责。

他微微抬起头，目光坚定地望向远方，仿佛看到了革命胜利的那一天。

“但这一切，都是为了伟大的革命事业，为了能让更多像你一样心怀正义、充满热血的人，在这乱世之中有机会为国家和民族贡献自己的力量。”

张子英深吸一口气，努力平复着内心翻涌的情绪。她抬起头，目光中闪烁着感激与坚定的光芒：“我理解，真的。”

她的声音虽然因为激动而微微颤抖，却充满了力量：“谢谢你们为我做的一切，如果不是你们，我可能早就葬身在这残酷的乱世之中了。但是，我现在已经有了很重要的事情要做，不参加飞虎队，咱们也一样共同抗击日寇。”

吴家兄弟有些遗憾，但是，仍然很高兴地说道：“理解你的选择，不论干什么，我们的目标是一致的，赶走日本鬼子。”

此刻，她更加深刻地理解了自己所肩负的责任，也对未来充满未知与挑战的抗日之路，涌起了前所未有的信心和勇气。

她暗暗发誓，一定要为革命事业全力以赴，不辜负党组织和吴家兄弟的信任，不辜负自己的使命。

在抗日工作的忙碌中，张子英始终将对家人的思念深埋心底。

那是个寻常的日子，午后的阳光带着些许慵懒，轻柔地洒在鲁南抗日义勇队指挥部里。

指挥部内，文件整齐地堆满了桌面，墙上挂着的作战地图被风微微吹动，发出簌簌的声响。

张子英刚结束一场紧张的物资调配会议，她揉了揉酸涩的太阳穴，长时间的高强度工作让她的面容略显憔悴，发丝也有些凌乱地贴在脸颊旁，但眼神中却透着坚韧与执着。

这时，吴家兄弟匆匆赶来，他们的脚步急促，带起一阵微风，吹得桌上的纸张沙沙作响。

两人神色中带着一种难以言喻的复杂情绪，既有着兴奋，又夹杂着一丝不忍。

吴大川率先开口，声音微微颤抖，仿佛在努力克制着内心的激动，每一个字都像是从颤抖的喉咙中挤出来："子英，我们有消息了，关于你的孩子。"

张子英猛地抬起头，双眼瞬间燃起希望的光芒，那光芒如此耀眼，仿佛能穿透这战争的阴霾。

她的身体不受控制地微微前倾，双手不自觉地抓紧了椅子的扶手。

她急切地问道："真的吗？他们在哪里？快告诉我。"她的声音带着一丝颤抖，那是对家人深深的牵挂与思念，颤抖中还夹杂着一丝哽咽，仿佛这些日子所有的思念与担忧都在这一刻决堤。

吴小川走上前，脚步放得很轻，像是生怕惊扰到这份即将揭晓的答案。他轻轻拍了拍张子英的肩膀，手在她肩上短暂停留，手掌的温度传递着无声的安慰。

他语气沉重地说："大姐，我们找到了，他们还活着。可是…… 你的丈夫，他已经在路上被害了。"

张子英的身子猛地一震，仿佛被一记重锤击中，眼中的光芒瞬间黯淡下去，脸上的血色也渐渐褪去，就像一朵被狂风骤雨打蔫的花朵。

她张了张嘴，却发不出一点声音，喉咙像是被什么东西哽住，干涸得发不出一丝响动，泪水在眼眶中打转。

她的嘴唇微微颤抖，想要说些什么，却又被无尽的悲痛堵住了喉咙，只能发出几声微弱的、难以辨认的呜咽。

吴大川接着说："据了解，他临危时说，后悔自己一辈子懦弱，没能早点跟日本人拼了。"

张子英的泪水夺眶而出，顺着脸颊滑落，滴在她粗糙的手背上。她缓缓低下头，双手捂住脸，肩膀微微颤抖着，整个人都沉浸在悲痛之中。

她想起丈夫平日里的温和与怯懦，那些一起度过的平淡日子，如今都化作了无尽的悲伤。

她的脑海中浮现出丈夫的面容，曾经的点点滴滴如潮水般涌上心头，泪水浸湿了她的手掌，也浸湿了她那颗破碎的心。

得知孩子的下落后，张子英迫不及待地赶去与他们团聚。

一路上，风声在耳边呼啸，她的心跳随着步伐越发急促。

当她远远地看到那两个熟悉又瘦弱的身影时，泪水再次模糊了双眼。

她飞奔过去，脚下的尘土被带起，嘴里大喊着："孩子，妈妈来了！"

大儿子马大明听到声音，转过头来，眼中先是闪过一丝难以置信，像是不敢相信自己的耳朵，随后泪水夺眶而出，那泪水里包含着这些日子所有的委屈与思念。

他拉着弟弟的手，朝着张子英的方向拼命跑来，脚步踉跄，却一刻也不停歇。

小儿子马三亮还不太明白发生了什么，但看到哥哥哭了，也跟着哭了起来，稚嫩的哭声在空气中回荡。

张子英一把将两个孩子紧紧地搂在怀里，仿佛要把他们融入自己的身体，用自己的怀抱为他们筑起一道永远的保护墙。

她的手颤抖着，轻轻抚摸着孩子们的头，感受着他们的温度："娘对不起你们，让你们受苦了。"

她泣不成声地说着，每一个字都带着无尽的愧疚与心疼。

大儿子马大明靠在张子英的怀里，哭着说："娘，爹爹死了，让日本人开枪打死了，我们以为再也见不到你了。"

小儿子马三亮也抽噎着："娘，我害怕，我好想你。"

张子英紧紧地抱着他们，泪水不停地流淌，她在心里默默发誓，以后无论发生什么，都不会再让孩子们离开自己，一定要保护他们，给他们一个充满爱的未来，让他们在阳光中无忧无虑地成长。

"孩子们，你们是怎么熬过来的？"张子英抬起头，眼中满是担忧与心疼，泪水在眼眶中打转，眼神中透着母爱的温柔与关切，仿佛能跨越千山万水，触摸到孩子们的伤痛。

大明哭着说道："娘，我爹爹带着我们沿着铁路先往南走找你和妹妹，走到徐州没有你们的消息。爹爹又带着我们沿着铁路往回走，一路走一路找。"

张子英给儿子擦了擦眼泪，大明抓住她的手说道："有一次，为了不被日军发现，我们在一个废弃的破屋里躲了整整三天，饿到只能吃野菜和草根。"

"那破屋四处漏风，夜晚的风像刀子一样刮过我们的身体。还有一回，弟弟生病发烧，爹爹背着他四处找药，差点就被日军的巡逻队抓住。有一天，我们很多人在沙沟火车站被日本人逮住了，后来，听说是八路军的人跟日本人打了起来，死了很多人，爹爹也被打死了，呜，呜……”孩子一边说，一边哭着。

张子英听着，泪水止不住地流，她难以想象自己的孩子在那样艰难的环境中是如何生存下来的，心中满是对孩子的愧疚与心疼。

她暗暗发誓，等战争结束，一定要好好弥补他们，给他们一个安稳幸福的家 。

第二十二章　组织罢工

张子英终于见到了两个孩子，由于她的工作十分危险，考虑到孩子的安全，加之外面兵荒马乱，随时随地都会遭遇生命危险，随后，她把大明安排到育英中学读书，把三亮送回老家四马寨，交给婆婆照顾。

在一个看似平常却又暗藏波澜的日子里，暖烘烘的阳光带着几分慵懒，毫无保留地肆意洒落在鲁南抗日义勇队营地。

营地里，队员们忙碌地穿梭其间，嘈杂的人声、物资搬运时的碰撞声，还有偶尔传来的几声呼喊。

张子英像往常一样，全身心投入抗日工作中，她身姿矫健，在人群与物资之间快速穿梭，干练又敏捷。

她的眼神专注而坚定，紧紧盯着手中那张被汗水浸湿了一角的任务清单，时不时抬起头，目光如炬，条理清晰地指挥着队员搬运物资。

她的每一个动作都精准而迅速，彰显出在长期艰苦工作中锻炼出的高效与沉稳。

突然，一阵熟悉又陌生的脚步声由远及近传来。

那脚步声急促而杂乱，在这一片喧闹声中，却格外清晰地传入张子英耳中。

她下意识地转过头，只见陈明地正朝着她匆匆走来。

陈明地的脸色十分凝重，眉头紧紧拧在一起，像是被一股无形的力量拉扯着，额头上的皱纹层层叠叠，仿佛镌刻着无数不为人知的秘密。

他的眼神中透露出一种复杂到难以言喻的情绪，其中有焦急，那是一种恨不得立刻把话说出口的急切。

也有一丝不忍，像是在为即将打破的平静和可能带来的伤害而愧疚，整个人仿佛承载着千斤重担，每一步都踏得沉重而艰难。

他的脚步急促，带起地上的尘土。他的衣角随着步伐飘动，仿佛在诉说着此刻他内心的不平静。

陈明地快步走到张子英面前，站定后，胸膛剧烈起伏，大口大口地喘着粗气。

他深吸一口气，那气息在胸腔中微微颤抖，似乎在努力平复自己如汹涌波涛般的情绪，又像是在为即将说出的话，从心底最深处积蓄力量。

“子英，我有个极其重要的事要告诉你。”陈明地的声音低沉而沙哑，带着几分沉重。

这声音在嘈杂的鲁南抗日义勇队营地中显得格外突兀，像是一把锐利的剑，瞬间斩断了周围的喧闹，让周围的一切都仿佛静止了片刻。

张子英微微一愣，手中的笔不自觉地停下，她疑惑地看着陈明地，心中涌起一股莫名的不安，这不安就像一只无形的手，紧紧揪住了她的心。

她轻轻放下手中的清单，动作缓慢而迟疑。

张子英心里想着，咱们的目标都是日本人，难道还有什么隐情？

她语气中带着一丝警惕问道："什么事，这么神秘？"

她的眼神紧紧地盯着陈明地，仿佛要将他的每一个表情、每一丝细微的变化都看穿。

陈明地咬了咬牙，像是在和自己做着最后的斗争，下了很大的决心。他的嘴唇微微颤抖，缓缓说道："那个刘丹锡，是杀害你丈夫的真正凶手。"

这句话如同一颗威力巨大的重磅炸弹，在张子英的心中激起了惊涛骇浪。

她的眼睛瞬间瞪大，眼眸中满是不可置信，那眼神就像一个人突然坠入了无尽的黑暗深渊，充满了恐惧与迷茫。

脸上的表情瞬间凝固了，仿佛时间都在这一刻停止，整个世界都安静了下来。

她的嘴唇微微张开，却发不出一点声音，喉咙像是被一团棉花紧紧哽住，干涩而又难受："你说什么？你一定是搞错了！"

张子英的声音不自觉地提高，带着一丝颤抖，那颤抖中蕴含着无尽的愤怒和质疑，仿佛是一头被激怒的母狮，在捍卫着自己心中的信念。

她的脑海中瞬间浮现出刘丹锡的身影，那个曾经让她无比敬重，并且向她讲述理想和信仰的人。

她想起刘丹锡沉稳的声音，每次说话时都不紧不慢，仿佛一切都在他的掌控之中，那声音就像一潭平静的湖水，没有一丝波澜；他坚定的眼神，透露出对革命事业的无限忠诚，那眼神仿佛能穿透一切黑暗，带来光明和希望；还有那些关于为了抗日事业默默奉献的话语，曾像温暖的火焰，在无数个艰难的日子里，给予她力量和鼓舞。

"不可能，他不是那样的人。"张子英用力地摇着头，她试图用这样简单的动作，否定陈明地所说的一切，坚守自己内心的那份信任。

在张子英看来，陈明地的话是别有用心的挑拨离间。

她的眼神中透露出一丝厌恶，看向陈明地的目光也变得冰冷，那冰冷的目光仿佛能将周围的空气都冻结，仿佛在看一个完全陌生的敌人。

“你为什么要这么说？你到底有什么目的？”张子英的语气中充满了质问，身体微微前倾，像是要将心中的愤怒和疑惑都倾泻而出。

她的双手不自觉地攥成拳头，对陈明地的信任在这一瞬间彻底崩塌，碎成了无数片。

想到刘丹锡讲述的那些为了国家和民族而奋斗的理想，再对比陈明地此刻的指控，张子英心中对国民党人的反感越发强烈。

她一直认为国民党内部存在着诸多问题，而现在陈明地的这番话，就像一把盐，撒在了她心中对国民党人不满的伤口上，让她更加坚信国民党在故意制造混乱，破坏抗日的团结。

“我不会相信你的，你走吧。”张子英转过身去，不再看陈明地，她的肩膀微微颤抖，那颤抖是内心波澜的外在表现，她的内心被愤怒和疑惑这团乱麻紧紧缠绕，越缠越紧，让她难以平静。

在这看似平常的日子里，她的世界却已天翻地覆，曾经坚定的信念开始动摇，未来的道路也变得更加迷茫。

日寇为了加紧在枣庄中兴煤矿的战争以及对煤炭的掠夺，拼命压榨工人的血汗。

他们制定了一套压制办法。名为8小时工作制，实际上长达12个小时，工人要提前3个小时排队领灯、领牌，并被要求见日本人时要脱帽敬礼，下井上井还要全部搜身。

日寇开办的“北井技术训练班”，实际是日本人训练特务的专门机关。

中兴煤矿成了日本侵略者的兵站基地。

按照上级党组织的指示，要在中兴煤矿公司有计划地组织一次罢工。一场意义非凡的活动正在悄悄地拉开帷幕。

在刘丹锡、张子英等一帮热血青年的秘密努力下，中兴煤矿的罢工筹备工作，就好似一场隐蔽又激烈的地下大战，在暗地里紧锣密鼓地往前拱。

白日里，矿区周边的小道、胡同口，都是他们忙活的身影。

那些破旧的工棚，就跟些累瘫了的大汉似的，蔫巴巴地戳在矿区边上。

一走进工棚，那昏黄的灯光，就跟个病得快不行的老头一样，有气无力地晃悠着，把工人们疲惫又无奈的脸照得更显黯淡。

张子英一手提着装着煎饼的篮子，一手拎着一串馓子，口中轻轻地吆喝着："煎饼卷馓子，又酥又香的煎饼卷馓子。"轻手轻脚地迈进工棚，就怕惊着这些饱经风霜的爷儿们。

她寻了个旮旯坐下，细声细语地跟身旁的工人唠起嗑来："大哥，您在这儿干了多长时间了？一天干几个时辰啊？挣那俩钱儿，够家里嚼裹儿不？"

那语气，就跟邻家小妹关心自家大哥似的，每一个字都透着实实在在的热乎劲儿。

矿工们一听这话，就像找到了撒气口子，立马打开了话匣子："俺滴个娘来，一天干七八个时辰，累得俺腰都直不起来喽，挣那点钱儿，还不够给俺家娃买口吃的……"

到了夜里，一间隐蔽的小屋里，烟雾呛得人直咳嗽，秘密会议就在这儿悄没声儿地开场了。

刘丹锡皱着个眉头，神情严肃得跟庙里的泥胎似的，小心翼翼地把手里的图纸在桌上摊开。

那图纸上，详详细细地标着矿区的各个要害地方，就跟一张通往胜利的路线图似的。

他压低了嗓门儿，可话里透着一股不容置疑的劲儿：“咱这次罢工，可得计算得门儿清，一丝儿差错都出不得。这就跟打大仗一样，稍有个闪失，就全完犊子了。”

众人围在桌前，眼睛瞪得溜圆，跟铜铃似的，仔仔细细地研究着每一处细节。

有人扯着嗓子喊：“要不咱先磨洋工试试，探探那矿主的底儿？”

另一个人赶忙接上话茬儿：“俺看行，罢工那天，咱把矿区出入口一封，看他们还能咋鼓捣。”

大家你一言我一语，各有各的主意，思维的火花在这窄巴的空间里噼里啪啦地碰撞，就跟过年放鞭炮似的，热闹得不行。

张子英在一旁静静听着，脑海里突然浮现出家中那本泛黄的《火龙经》。

她灵机一动，心想：“能不能从这里头寻摸出些法子，帮咱这次罢工呢？”

于是，她清了清嗓子说道：“俺寻思着，咱能不能参考《火龙经》里的法子，搞些动静出来，既能壮咱的声势，又能让矿主不敢轻易动咱。”

众人听了，纷纷投来好奇的目光，催促她赶紧说。

张子英拿起一根树枝，在地上边画边解释：“《火龙经》里有讲用烟雾迷惑敌人的法子，咱可以在矿区周围弄些简易的烟雾装置，到时候一发动，烟雾弥漫，让保安队摸不清咱的虚实。还有，它提到的一些机关设计原理，咱也能参考，做些简易的路障，挡住他们的去路。”

大家听后，都觉得这主意妙极了，纷纷点头称赞。

终于，在一个天色阴沉得像锅底的大清早，一声尖厉的哨响“吱 ——”地划破了寂静，就跟一道闪电一样，“唰”地拉开了罢工的大幕。

工人们就像听到冲锋号的战士，麻溜地放下手里的家伙，从各个矿井、车间，跟潮水似的涌出来，眨眼间就汇聚在矿区的广场上。

他们脸上写满了坚定，那是被压迫老长时间后憋出来的一股子劲儿。

手里举着自家做的标语牌，上头歪歪扭扭地写着：

涨工资，减工时；

盖澡堂，换窑灯；

年分红，扶工农。

还有“反对欺压，还俺尊严”等字样，每一个字都像是从他们心窝子里喊出来的。

人群里，一位头发花白的老工人，声音颤抖着，可透着一股子狠劲儿喊道：“咱可不能再这么窝囊下去，任人拿捏了。”

这一嗓子喊出去，就跟点着了一把火，“轰”的一下，把所有人心里的怒火都给点着了。

众人扯着嗓子齐声高呼口号，那声音震得人耳朵嗡嗡响，就好像要把这压抑得让人喘不过气的天给捅破了，在整个矿区来回回荡。

矿主听说这事儿后，气得直蹦高，脸涨得通红，嘴里骂骂咧咧：“反了天了，这些穷小子还敢闹事！”

他麻溜地派出保安队，就跟放出一群恶狗似的，想把工人给驱散喽。

保安队手持警棍，气势汹汹地冲过来，那架势就跟要把工人们生吞活剥了似的。

可工人们一点儿都不带怕的，他们手挽着手，就跟筑起了一道铁打的城墙，跟保安队杠上了。两边剑拔弩张，气氛紧张得就像划根火柴就能点着。

就在这时候，刘丹锡“嗖”地站了出来，胸脯挺得高高的，大声说道：“俺们就是在争取自己该有的权益，你们要是敢动手，就先从俺们身上踏过去。”

他的声音又响又亮，眼神里透着一股天不怕地不怕的劲儿。

保安队被他这股子气势给震住了，一时间，就跟被施了定身咒似的，愣是不敢往前迈一步。

在持续了好些日子的罢工里，工人们自始至终一条心，没一个当孬种的。他们轮流守着，就跟忠诚的卫士似的，把矿区的各个出入口都看得死死的。

刘丹锡组织矿工向矿主交涉，他一条一条地叫矿主看看是不是合情合理，本着人道主义是不是得支持。

外头的关注也慢慢都聚焦到这场罢工上，舆论的压力就跟汹涌的海浪似的，一波接着一波朝着矿主涌过去。

日寇考虑到长久的掠夺，同时也被这罢工的气势弄得晕头转向，招架不住，最后没办法，只能做出三条让步：

一、同意给工人涨工资；

二、缩短工作时长；

三、改善工作环境。

当这个消息传来的时候，工人们高兴得又蹦又跳，激动的眼泪止不住地往下淌。

这场罢工的胜利，不光给工人们争来了实实在在的好处，更让他们瞧见了团结的力量，也为往后的抗日斗争拢住了人心，就像在黑咕隆咚的夜里燃起了一把希望的大火，把前行的道儿照得亮堂堂的。

罢工胜利后的那段日子，中兴煤矿矿区仿若从寒冬苏醒，处处洋溢着新生的气息。

共产党组织的影响不断扩大，刘丹锡和张子英在工人群体里的威望如日中天，他们的名字在矿区内外口口相传，成了大家心中的主心骨。

可就在这看似平静的表象下，张子英的内心却像被暴风雨侵袭的湖面，久久无法平静。

似乎在她的心中，始终有一个未解之谜困扰着她。

一天，一位神秘的联络员悄然出现在她面前。联络员身着朴素衣衫，神色间透着几分谨慎与神秘。

他微微凑近张子英，声音压得极低，却又透着一股不容置疑的坚定："张子英同志，党组织关注到了你的努力和付出，诚挚地邀请你加入我们组织，一起为广大人民谋福祉，为民族独立而奋斗。"

这突如其来的邀约，如同一颗投入心湖的石子，在张子英的内心掀起了层层波澜。她既感到无上的荣幸，又陷入了深深的思索。

在这个人生的重大抉择面前，往昔的种种经历如潮水般涌上心头，再加上丈夫遇害的谜团，像一块沉甸甸的石头，压得她喘不过气来。

张子英对这个神秘的联络员的邀请感觉有些怪异，她的脑海里不断地思考着，为什么不是刘丹锡的邀约？这个邀约是不是个阴谋？

于是，在一个月色如水的夜晚，张子英怀着忐忑的心情，来到了与刘丹锡约定见面的地方。

那是一处废弃的仓库，四周荒草丛生，寂静得只能听到偶尔传来的虫鸣声。月光透过斑驳的屋顶，洒在他们身上，勾勒出两人略显沉重的身影。

张子英深吸一口气，她努力让自己镇定下来，缓缓开口，声音微微颤抖：“刘丹锡，我有件事，憋在心里很久了。陈明地告诉我，是你开枪打死了我丈夫，这到底是不是真的？”

她的眼睛紧紧盯着刘丹锡，那目光仿佛要穿透他的灵魂，从中找到那个她一直不敢面对的答案。

刘丹锡的身体猛地一震，像是被一道电流击中。他的脸上瞬间闪过一丝痛苦与愧疚，眼神也变得黯淡无光。他低下头，沉默了许久，双脚不安地挪动着，似乎在寻找一个合适的理由。

终于，他缓缓抬起头，眼中满是懊悔，月光下，他的眼眶微微泛红：“是我。但那真的是个意外。”

他向前迈了一步，像是想要靠近张子英，却又被无形的力量阻挡。

“当时情况万分危急，敌人的包围圈越来越小，火车站有很多的老百姓，我们的行动面临着彻底失败的危险。”刘丹锡的声音低沉而沙哑，每一个字都像是从心底最深处挤出来的。

他的手在空中挥舞着，仿佛在重现当时的紧张场景：“我为了掩护大家撤退，与敌人展开了激烈交火。就在我扣动扳机的瞬间，一颗流弹擦过我的手臂，我的手猛地一抖，那颗子弹就…… 就误中了人群中你的丈夫。”

说到这里，刘丹锡的声音渐渐哽咽，他的双手紧紧捂住脸，身体微微颤抖，仿佛想要把自己藏起来，躲避这份无法承受的愧疚。

张子英听到这个答案，只觉得天旋地转，整个世界仿佛在这一刻崩塌。

她的双腿一软，差点跌倒，刘丹锡连忙上前搀扶，却被她一把甩开。“我的命真的就那么苦吗？你知道我这些年是怎么过的吗？”张子英的泪水夺眶而出，声音带着哭腔，“我的哥哥被敌人杀害，妹妹和女儿至今下落不明，我拼命努力工作，就是想为他们报仇。可没想到，我丈夫竟然是你……”

她的肩膀剧烈颤抖，心中的痛苦与愤怒交织在一起，让她几乎失去了理智。

刘丹锡满脸自责，他的嘴唇动了动，却发不出一点声音。他的眼神中充满了悔恨和无奈。

“我知道，无论我怎么解释，都无法弥补我犯下的过错。”他的声音低沉而无力，“这些日子，我也一直活在愧疚之中，无数个夜晚，我都被这个噩梦纠缠。”

张子英望着眼前这个曾经无比敬重的人，心中五味杂陈。

她想起了与丈夫相处的点点滴滴，那些温暖的回忆此刻却如同一把把利刃，刺痛着她的心。她又想起了刘丹锡对自己的帮助和教导，曾经的信任与依赖，此刻都变得无比复杂。

良久，她擦了擦眼泪，泪水在月光下闪烁着晶莹的光芒。她缓缓说道："我需要时间，慢慢淡化这些痛苦。"说罢，她转身离去，脚步沉重而缓慢。

月光拉长了她的身影，留下刘丹锡独自站在原地，望着她离去的方向，身影显得格外孤独和落寞。

张子英失魂落魄地往营地走去，每一步都像是踩在荆棘之上，沉重得近乎凝滞，周围的一切都变得模糊不清，她的视线里只剩下一片混沌。

“怎么会是他？那个我一直视作精神灯塔，无比敬仰的人，怎么可能做出这样的事？”

她的心底不断回响着这声质问，那声音仿佛带着尖锐的刺，一下又一下地扎在她的心上。

她的眼神空洞而茫然，曾经闪烁着坚毅光芒的双眸，此刻被痛苦和迷茫彻底吞噬，整个人如同在暴风雨中漂摇的孤舟，找不到可以停靠的港湾，寻不到一丝慰藉。

回到房间，双腿一软，她便无力地瘫倒在床边。双手下意识地紧紧抱住头，每一根手指都在微微颤抖，那颤抖里满是无法言说的恐惧与绝望。

身体不受控制地剧烈颤抖，仿佛被一只无形的大手死死攥住，难以挣脱。压抑的呜咽声从她的喉咙深处挤出，那声音带着哭腔，每一声都饱含着难以言说的痛苦和绝望，像一把把钝刀，在她的心上反复拉扯。

泪水不受控制地涌出，如决堤的洪水，汹涌而下，顺着脸颊滑落，打湿了胸前的衣襟，那痕迹恰似她内心深处无法愈合的伤痛，触目惊心。

过去，刘丹锡在她心中是乱世里的希望之光，他的每一句教导，都像是为她点亮的一盏明灯；每一次鼓励，都如同注入她体内的一股力量，让她在艰难的岁月里坚定地前行。

而如今，这些回忆却成了一把把锋利的匕首。每当她回想起来，就会被反复刺痛。不知过了多久，同志们察觉到了张子英的异样。

他们轻轻推开房门，只见张子英蜷缩在床边，身体微微颤抖，泣不成声，她的模样让人心疼不已。

队员李长安率先走上前，脚步放得极轻，生怕惊扰到她那脆弱得如同琉璃般的神经。

他缓缓蹲下身，轻轻地拍了拍张子英的肩膀，声音轻柔而充满关切：“子英姐，我们都知道你现在心里苦，别太难过了，我们都在呢。”

队员王春风也在一旁附和，语气中满是担忧：“是啊，这种事换作谁都难以承受，可你得振作起来，我们还需要你呢。”

政委徐文武走上前，手里端着一杯还冒着热气的水。

他将水递到张子英面前，语重心长地说道：“子英同志，我们理解你此刻的心情，并感同身受。但你静下心来好好想想，为什么有人偏偏在这个时候跟你说这些消息？”

张子英缓缓抬起头，眼神中依旧满是痛苦与迷茫，泪水在眼眶里打转，像是即将决堤的湖水。

她的嘴唇微微颤抖，想要说些什么，却又被无尽的痛苦哽住了喉咙，一句话也说不出来。

徐政委接着说道：“这些年，国民党为了破坏我们和民众之间的团结，各种下作手段无所不用其极。他们见不得我们齐心协力对抗外敌，就想尽办法从内部制造矛盾，搞破坏。那个传播信息的人说不定就是他们精心安排的一颗棋子，专门来扰乱你的心智，破坏我们队伍的凝聚力。”

队友王春风也在一旁点头，神色认真：“没错，暗地里他们就盼着你因为这件事对我们共产党产生误解，进而破坏我们的团结，好让他们的阴谋得逞。”

张子英静静地听着队员们的话，内心的痛苦像是被一只温柔的手轻轻抚慰，稍微减轻了一些，情绪也逐渐冷静下来，开始陷入沉思。

队友们的分析不无道理，这些年国民党的种种恶行她都看在眼里，或许这真的是他们精心策划的一场阴谋。随着时间的推移，张子英渐渐想通。

虽然丈夫的确是被刘丹锡失手打死，但在这残酷的战争年代，生死本就如风中残烛般脆弱。

她深知刘丹锡并非故意，他也是在混乱的局势中，为了保护更多的人，才会出现这样的意外。

张子英也明白了陈明地所做的一切。陈明地接近她，告诉她这个消息，就是想利用她对亲人的深厚感情，让自己为国民党工作。

忽然间，她想起几天前，那个神秘的联络员，告诉她的那些话。一直没有想明白的事情，突然间豁然开朗。

国民党的人试图用这种卑劣的手段，将张子英拉到他们的阵营，为其所用。

想到这里，张子英心中涌起一股愤怒，同时也更加坚定了自己的信念。

她深知，不能被国民党的阴谋左右，要继续和同志们一起，为了抗日事业，为了哥哥未竟的理想，坚定不移地走下去。

她缓缓站起身来，伸手轻轻擦干眼泪，那曾经黯淡的眼神中重新燃起了斗志，犹如在黑暗中点亮的火把，准备迎接新的挑战。

第二十三章　假扮夫妻

当张子英洞悉陈明地的阴谋那一刻，内心仿佛被一只无形的大手狠狠搅乱，酸甜苦辣咸各种滋味交织翻涌，令她几乎窒息。

她独自蜷缩在昏暗房间的角落，那盏昏黄的油灯在呼啸的北风中摇曳不定，豆大的火苗忽明忽暗，将她眉头紧锁、神情凝重的面庞映照得越发深沉。

她的手指机械地在粗糙的桌面上轻轻敲击，每一下都像是在叩问自己的灵魂深处。

窗外，狂风如猛兽般肆虐，裹挟着尘土与杂物，发出凄厉的嘶吼，仿佛是被战火无情践踏的山河在痛苦悲号。

她静静地坐着，脑海中不断浮现出日军烧杀抢掠的残忍画面，那些无辜百姓的惨叫、流离失所的悲戚面容，如同一把把利刃刺痛她的心。

她深知，日本侵略者的铁蹄已无情地踏破了山东的宁静，乃至整个中国的半壁江山都陷入了水深火热之中。山河破碎，大地满目疮痍，每一寸土地都在侵略者的暴行下痛苦呻吟。

在这民族危亡的至暗时刻，抗日的任务如泰山般沉重地压在每一个爱国志士的肩头，每一份力量的汇聚都关乎着国家的生死存亡，与陈明地背后势力的合作暂时还不能轻易破裂，哪怕这合作的背后隐藏着无尽的虚伪与危险。

此后，每次与陈明地见面，张子英都像是一位在悬崖边起舞的舞者，时刻保持着警惕与伪装。

她嘴角微微上扬，露出微笑，那笑容里带着一丝恰到好处的热忱，眼神中刻意流露出一丝信任，语气诚恳而温和地说道："陈处长，多亏你告诉我这些，我会好好考虑的。"

可当陈明地转身离去，她的笑容瞬间消失不见，眼神变得如寒夜的冰川般冰冷刺骨。

她紧咬着牙关，腮帮子因用力而微微鼓起，双手不自觉地紧紧攥成拳头，仿佛要将内心的愤怒与厌恶都通过这紧握的双拳发泄出来。

随着时间的缓缓流逝，张子英心中对刘丹锡的怨恨在时光的沉淀与理智的反复思索下渐渐消散。

在一个月色如水的夜晚，如银的月光毫无保留地倾洒在大地上，给世间万物都披上了一层如梦似幻的银纱。

张子英约刘丹锡来到一处幽静的角落，四周静谧得只剩下偶尔传来的细微虫鸣声。

张子英深吸一口气，胸腔微微起伏，缓缓开口，声音轻柔却又带着一种不容置疑的坚定："我知道你不是故意的，在那样混乱危险、生死一线的情况下，意外在所难免。我不怪你。"

刘丹锡听到这话，眼中瞬间闪过一抹惊讶与深深的感激，那眼神如同在黑暗中看到了一丝曙光。

他的嘴唇微微颤抖，像是有千言万语想要倾诉，却又被激动的情绪哽住了喉咙，只能发出一些含糊不清的声音。

张子英顿了顿，目光坚定地望向远方，那眼神仿佛能穿透眼前的黑暗，看到未来胜利的曙光，接着说道："如果有一天，是为了民众，为了解救深陷苦难深渊的中国，你也可以朝我的身体开枪。我这条命，本就属于这片饱经沧桑的土地，属于千千万万正在受苦受难的同胞。"

刘丹锡的眼眶瞬间湿润，他望着张子英，心中满是敬佩与感动，千言万语最终只化作一句："你放心，我绝不会让这一天到来。"

经历了这一系列的跌宕起伏后，张子英更加坚定地将信任的天平倾向了共产党。

在往后的日子里，她如同一名无畏的战士，全身心地积极参与共产党组织的各项抗日活动。

刘丹锡给了她《论新阶段》和《论持久战》两本油印的小册子，她心里琢磨着参加抗日工作后，发现同志们很多文化水平比较低，甚至能认识的字都没有几个，她是不是可以组织同志们利用业余时间学习，她把这个想法向李长安队长进行了汇报，得到了李队长的高度认可。

于是，张子英白天在义勇队忙碌，晚上忙着给队友们上课。这期间，她还组织了妇女训练班，把她学到的尽可能地传授给队友们。

斗争形势变得更加严峻，在秘密传递情报时，她总是如履薄冰、小心翼翼。每次出门前，她都会对着镜子仔细整理自己的着装，不放过任何一个可能暴露身份的细节，将情报藏在最隐蔽却又方便取用的地方，比如衣服的夹层、发髻的深处。

有时她会把自己弄得臭臭的，这样，在遇到敌人盘查时，更容易过关。

她走在街头巷尾，眼神警惕地观察着周围的一切，哪怕是一丝细微的风吹草动都能引起她的高度警觉。

一旦察觉到危险，她的心跳会瞬间加速，但脸上却依然保持着镇定自若的神情，巧妙地应对各种突发状况。

在组织群众开展抗日宣传时，她站在临时搭建的简易台子上，身姿挺拔如松。

台下的群众被她的热情与坚定感染，眼中闪烁着泪光，纷纷握紧拳头，高声响应：“打倒日本帝国主义！不做亡国奴！”那一声声激昂的口号，汇聚成一股强大的力量，仿佛要冲破这黑暗的夜空。

她用自己的智慧和力量，毫无保留地奉献着，成为抗日队伍中的优秀分子。

当兰陵县城沦陷的噩耗传来，张子英和刘丹锡的心像是被重锤狠狠击中，瞬间沉入了无尽的悲痛深渊。

那一日，整个天地仿佛都被悲怆的情绪笼罩，空气里弥漫着让人窒息的压抑气息，连平日里叽叽喳喳的鸟儿都噤了声。

两人目光交汇，眼神中没有丝毫的犹豫，只有视死如归的坚定与决绝。

上级党组织决定让刘丹锡和张子英假扮夫妻去执行新的任务，他们毫不犹豫地接下了奔赴兰陵县城执行任务的艰巨使命。

出发那天，天空阴沉沉的，厚重的铅灰色云层如同一口倒扣的大锅，沉甸甸地压在头顶，仿佛在预示着他们即将踏上的是一条布满荆棘、危机四伏的艰难之路。

张子英身着一件洗得有些发白的粗布褂子，这是鲁南地区常见的农家服饰，颜色虽朴素，却透着一股质朴的劲儿。

她的头发简单地绾成一个发髻，上面插着一根木质的簪子，那是鲁南女子常见的装扮。

她的脸上带着些许疲惫的憔悴之色，但眼神中时不时闪过的警惕，还是暴露了她内心的紧张和不安。

刘丹锡则穿着一件洗得泛黄的长衫，背着一个略显破旧的包袱，那包袱里装着他们简单的行装，还有一些路上可能用得上的物件。他的模样看起来书生气十足,却闪烁着果敢的光芒,好似藏着无尽的智慧和勇气。

他们一路晓行夜宿，时刻保持着高度的警惕。刚踏入四马寨山口，就碰上了日军的盘查。几个日本兵荷枪实弹，端着明晃晃的刺刀，气势汹汹地将他们拦了下来。

张子英的心猛地一紧，心脏在胸腔里剧烈跳动，仿佛要冲破胸膛。她下意识地紧紧抓住刘丹锡的胳膊，手心瞬间沁出了一层冷汗，那冷汗顺着手指滑落。

刘丹锡感受到了她的紧张，轻轻拍了拍她的手，用眼神示意她镇定。随后，他脸上堆满了憨厚的笑容。

那笑容里带着几分鲁南人特有的朴实和真诚，操着一口地道的鲁南方言说道："太君哪，俺们是去兰陵哩，家里老母亲病重，急得俺们火急火燎地去请看病的先生。"说着，还从包袱里掏出几个自家烙的煎饼，那煎饼散发着麦香，是鲁南百姓最常吃的主食。

他递向日本兵，接着说道："太君，这是俺们自家做的干粮，你尝尝。"

日本兵用怀疑的目光将他们上下打量了好几遍，像是要把他们看穿似的。

随后用生硬的中文喝问道："从哪来？到哪去？"

张子英强装镇定，努力让自己的声音听起来平稳一些，可那微微颤抖的尾音还是泄露了她内心的紧张："俺们从吴家林来，要去兰陵县城里找郎中给俺娘瞧病哩。”

日本兵在他们的包袱里翻来翻去，用刺刀挑开每一件衣物，仔细检查了个遍，连包袱的角落都没放过，见确实没什么可疑的东西，才满脸不情愿地挥了挥手，让他们通过。

好不容易摆脱了日军的纠缠，走了不久两人还没来得及松口气，就又遭遇了土匪的抢劫。一群土匪手持大刀，从山林里呼啸着冲了出来，瞬间将他们团团围住。

为首的土匪满脸横肉，脸上一道狰狞的伤疤在阳光下显得格外恐怖，他恶狠狠地喊道："识相的，就把值钱的玩意儿都交出来！"

张子英的心跳陡然加快，她的呼吸变得急促起来，紧紧靠在刘丹锡身后，眼神中透露出一丝恐惧，那恐惧如同夜空中的乌云，瞬间笼罩了她的眼眸。

刘丹锡却镇定自若，他不慌不忙地从怀里掏出一些银圆，这些银圆是他们为了应对各种突发情况准备的，放在地上，说道："各位好汉，俺们都是穷苦人家，家中老母亲病重，这是去请先生抓汤药的钱，就这点家底，都给你们，求你们高抬贵手，放俺们一条生路。"

土匪们一拥而上，争抢着银圆，现场一片混乱。

就在这时，刘丹锡悄悄给张子英使了个眼色，张子英心领神会，两人趁土匪们不注意，猛地转身，朝着山林深处跑去。

土匪们发现后，在后面紧追不舍，一边追一边喊："别跑！"

张子英和刘丹锡在山林中拼命奔跑，树枝划破了他们的衣服，锋利的树枝也划伤了他们的脸颊，鲜血顺着脸颊滑落，滴在脚下的土地上。

脚下的路崎岖难行，到处都是坑洼和荆棘，但他们不敢有丝毫停歇，心中只有一个念头：摆脱土匪，继续前行。

终于，他们甩掉了土匪，累得瘫倒在一片草丛中，大口大口地喘着粗气，汗水湿透了他们的衣衫，与草丛里的露水混在一起。

历经漫长而艰辛的跋涉，张子英和刘丹锡终于踏入了沦陷的兰陵县城。

那一刻，他们仿若一脚迈进了传说中的人间地狱，周遭的景象令人毛骨悚然，满心皆是绝望与悲痛。

残阳如血，无力地洒落在这片饱经摧残的土地上，为断壁残垣勾勒出一圈圈冷寂而又阴森的轮廓。

那些曾经承载着百姓生活与梦想的房屋，如今仅剩下破败的框架，在斜阳的余晖下，投下一道道仿若鬼魅般的长长影子，仿佛在无声地诉说着侵略者的暴行。

街道上，刺鼻的血腥味与腐臭味交织弥漫，那是死亡与苦难的气息，直往人的鼻腔里钻，让人几欲作呕。

一具具焦黑的尸体横七竖八地散落各处，毫无生气地躺在冰冷的地面上。

有的尸首分离，头颅滚落一旁，空洞的双眼还大睁着，似乎在死前目睹了无尽的恐惧；有的肢体残缺不全，四肢扭曲地伸展着，仿佛还在诉说着遭受折磨时的痛苦。

更让人痛心的是，不少百姓至死都保持着挣扎反抗的姿态，他们的双手紧握成拳，指甲里甚至嵌入了泥土，那是他们在生命最后一刻，对侵略者不屈的抗争。

衣衫褴褛的幸存者们，如同行尸走肉般麻木地穿梭在这片废墟之中。他们的眼神空洞而呆滞，仿佛灵魂已被这场灾难抽离，只剩下一副空荡荡的躯壳。

时不时地，从他们干裂的嘴唇中发出几声绝望的悲号，那悲号声在死寂的空气中回荡，久久不散，刺痛着每一个听闻者的心。

张子英的眼眶瞬间被泪水填满，泪水不受控制地夺眶而出，大颗大颗地顺着她那满是尘土的脸颊滑落，滴落在满是鲜血与泥泞的地面上。

她的嘴唇微微颤抖着，像是想要说些什么，却又被无尽的悲痛哽住了喉咙。她双手下意识地捂住嘴，努力压抑着内心翻涌的悲痛与愤怒，可那压抑的呜咽声，声声泣血。

刘丹锡的脸色阴沉得仿若暴风雨来临前的天空，格外凝重。他的眼神中燃烧着熊熊怒火，那火焰仿佛能将眼前的一切罪恶焚烧殆尽。

他的双手紧紧握拳，手臂上的青筋也根根暴起，那是他对侵略者深深的仇恨与愤怒的宣泄。

他缓缓走到张子英身边，动作轻柔却又带着不容置疑的力量，轻轻拍了拍她的肩膀。

“子英，鲁南是至关重要的军事要地，只要日军占据此地，山东乃至整个中国的胜利之路就会布满荆棘，困难重重。中国人民想要取得最终的胜利，必须夺回鲁南。咱们现在所做的一切，都是为了把这些侵略者赶出我们的家园，为这些受苦受难的百姓报仇雪恨。”

“我明白，我们一定要完成任务，绝不能让这些无辜百姓白白死去。他们的血不能白流，我们要为他们讨回公道！”

两人默默地整理了一下略显凌乱的行装，那行装里承载着他们的希望与信念。

怀揣着满腔的悲愤与坚定的决心，他们挺直了脊梁，一步一步朝着城中走去。

他们每一步都迈得沉稳而有力，仿佛在向这片苦难的土地宣告，他们绝不会退缩，必将迎接未知的挑战，为这片土地的解放而战，为那些逝去的生命而战 。

暮色沉沉，兰陵县城的轮廓在硝烟与残阳的交织下显得格外凄凉。

张子英和刘丹锡拖着疲惫却坚定的步伐，踏入这片被战火蹂躏的土地。

就在他们高度警惕、四处张望时，一个身形精瘦的男人从一处墙角迅速闪出，他操着一口地道的鲁南方言，声音压得极低：“天都黑了，为什么不走大路？”

刘丹锡回答道：“黑天了有什么可怕的，有月亮照着。”暗号对上了。身形精瘦的男人紧紧地拉着他俩的手说道：“恁俩可算来了，快跟俺走！”

说罢，他领着二人在狭窄曲折的小巷中穿梭，那些小巷如同迷宫一般，两旁是斑驳的土墙，墙上偶尔还能看到几处用红土写就的抗日标语，虽已被风雨侵蚀，却依然醒目。

七拐八绕之后，他们来到一处不起眼的小院。

院子里有棵老槐树，枝叶在微风中轻轻摇曳，仿佛在诉说着往昔的宁静。

身形精瘦的男人打开那扇破旧的木门，低声交代了几句，便匆匆离去。

这里，便是他们在临沂的秘密据点，虽简陋，却满是温暖与希望。为了融入当地生活，同时更好地开展工作，张子英重操养羊的营生。

每天清晨，当第一缕阳光还未完全驱散薄雾，她便赶着羊群来到城外的山坡。

山坡上的青草带着露珠，鲜嫩欲滴，羊儿们欢快地奔跑着，咩咩的叫声此起彼伏。

张子英坐在一旁，手中拿着一根牧羊鞭，看似悠闲，实则时刻留意着周围的动静。

偶尔有路过的老乡，她便用方言热情地打招呼：“大哥，恁这是上哪去啊？”在与老乡们的闲聊中，她巧妙地收集着情报，将有用的信息默默记在心里。

刘丹锡则以收购粮食的小商贩的身份，频繁穿梭在兰陵的乡间和城区。

他推着一辆破旧的木制板车，走村串巷，那板车的轮子在土路上发出嘎吱嘎吱的声响，每一声都像是在诉说着生活的艰辛。

他大声吆喝着：“收粮食咯，收麦子、玉米嘞！地瓜干！”每到一处村庄，他总是先和村民们唠上几句家常，聊聊今年的收成，问问家里的老人孩子。

“婶子，今年这麦子长得咋样啊？”在与村民们的交谈中，他会巧妙地将抗日思想融入其中，讲述着沂蒙山区抗日战士们的英勇事迹。

他绘声绘色地描述着八路军在山东的战斗，讲着民兵们自制土雷抗击日寇的故事，村民们围坐在他身边，听得热血沸腾。

“乡亲们哪，咱山东人可不能孬种，只要咱拧成一股绳，小鬼子迟早得滚回老家去。”他的话语带着浓浓的乡音，充满力量，点燃了村民们心中的抗日火焰。

在城区，刘丹锡与各个店铺老板打交道，以买卖农作物为掩护，传递着重要的情报。他常常出入粮行，与老板们讨价还价，看似为了几文钱斤斤计较，实则在暗中进行情报交接。

他会将情报藏在粮食袋的夹层里，或是用特殊的符号标记在货物上。每次交易结束后，他都会在不经意间留下一些用山东方言编写的抗日宣传小册子，让更多的人了解抗日的意义和决心。

而且，他们把收购的粮食，秘密地交给从抱犊崮来的共产党地下交通员，将这些粮食以最快的速度运回抱犊崮，为一一五师输送粮食。

在这个艰难的时期，张子英和刘丹锡就像两颗坚韧的种子，在鲁南大地的土地上生根发芽，他们用自己的方式，为抗日事业默默奉献着，期待着胜利的曙光早日穿透阴霾，照亮这片饱经沧桑的土地。

在兰陵县城开展传递情报、收购粮食、开展抗日工作的日子，每一分每一秒都充斥着艰难与未知，就像在荆棘密布的丛林中摸索前行，稍不留意就会被尖锐的刺划伤。

这日，阳光透过层层阴霾，洒在热闹却又暗藏危机的集市上。

张子英身着一件洗得有些发白的粗布褂子，这是鲁南农村妇女常见的装扮，头上还裹着一块蓝花布头巾，巧妙地融入熙熙攘攘的人群，正与一位秘密联络人看似平常地交谈着，眼神中却时刻保持着警惕。

就在不经意转头的瞬间，一个熟悉的身影猛地撞入她的眼帘——是陈明地。

那一刻，张子英的心脏猛地一缩，呼吸瞬间急促起来。

她的眉头下意识地微微皱起，像是被什么厌恶的东西狠狠蜇了一下。眼神中迅速闪过一丝难以察觉的嫌恶，那是源自内心深处对陈明地过往行径的深深不满。

她的手不自觉地抓紧了衣角，随后，她像是躲避瘟疫一般，下意识地别过头，试图将陈明地隔绝在自己的视线之外，不想与他有哪怕一丝一毫的交集。

回忆如潮水般汹涌袭来，那些被时间尘封却又刻骨铭心的画面在张子英的脑海中不断闪现。

陈明地之前种种挑拨离间的行为，就像一把把尖锐的匕首，狠狠地刺痛着她的心。

他利用她对丈夫的深切思念，企图破坏她与同志之间的信任，那一幕幕场景至今仍历历在目，让张子英心中泛起一阵难以抑制的恶心，就像吞了一只苍蝇般难受，满心都是愤怒与不甘。

然而，理智又在不断提醒着她，陈明地在抗日行动中也并非毫无作为。

上次运送重要物资的危急时刻，日军的封锁线如同一道难以逾越的天堑，重重地横亘在面前。

但陈明地却不顾个人安危，眼神中透着视死如归的决绝，亲自带队冲锋陷阵。

他灵活地躲避着日军的枪林弹雨，带领队员们巧妙地突破了封锁线，成功地将那些承载着希望的物资送到了抗日队伍手中。

那惊险的一幕，同样深深地印在了张子英的脑海里，让她不得不承认，陈明地在抗日这件事上，确实有着不可忽视的贡献。

当晚，月色如水，清冷的月光洒在简陋的房间里，为整个屋子蒙上了一层淡淡的银纱。

张子英坐在床边，脸上写满了纠结与困惑，内心的矛盾如同汹涌的潮水，不断地冲击着她的理智。

她告诉刘丹锡："今天在集市上，我看到陈明地了，心里总是不舒服。还有，他为什么也来到兰陵？"

片刻的沉默，像过了很久很久。

刘丹锡坐在昏暗的灯光下，他的身影被灯光拉得长长的，显得有些落寞。他静静地看着张子英，神色凝重，似乎早已洞悉她内心的挣扎。

沉思片刻后，他缓缓开口，声音低沉却又充满力量："子英，我太理解你的感受了，陈明地之前做的那些事，确实让人不齿，换作谁都难以释怀。但你也清楚，现在是抗日的关键时期，每一份力量对于我们来说都无比重要。”

“他既然愿意为抗日出力，我们就得放下个人成见，以大局为重。只有先把日本人彻底打跑，我们才有精力去处理其他的事情。”张子英静静地听着，微微低下头，发丝垂落在脸颊两侧，遮住了她复杂的神情。

她的手指不自觉地揪着衣角，一下又一下，仿佛这样就能缓解内心的焦虑与矛盾。

她的内心在不断地挣扎，一方面是对陈明地过往恶行的痛恨，另一方面是对刘丹锡那充满理性与大局观的劝说的敬佩。

她心里明白，刘丹锡说得句句在理，这些日子国民党在抗日战场上的浴血奋战她也都看在眼里。

那些战士奋勇杀敌的场景，他们为了国家和民族不惜牺牲一切的精神，同样让她深受触动，眼眶也不禁微微湿润。

良久，张子英缓缓抬起头，眼中的纠结渐渐退去，取而代之的是一种坚定与决绝。

她深吸一口气，说道：“你说得对，我同意。在这生死存亡的关头，个人恩怨实在是微不足道。”

从那以后，再面对陈明地时，张子英就像一位坚韧的战士，努力克制着内心深处的厌恶，积极投入工作中。

转眼间，竟然有了一次近距离面对面的相遇。

在一次联合抗日行动联络会议上，气氛紧张而压抑，每个人的脸上都写满了严肃。

陈明地站起身来，提出了一个大胆的作战方案：“主动出击，打开抗日的新局面。寻求时机攻打日伪军的据点，偷袭炮楼，教育争取一批伪保长、伪警察。”他的眼神中透着自信与坚定。

张子英听到这个方案时，心中先是涌起一阵疑虑，她微微皱起眉头，眼神中闪过一丝担忧。

但她还是努力平复自己的情绪，认真地与陈明地讨论每一个细节，她的眼神专注而坚定，时而提出自己的见解，时而又陷入沉思。

会议结束后，陈明地有些惊讶地看着张子英，眼中满是诧异与敬佩，他微微张了张嘴，似乎想说些什么，却又犹豫了一下，最终说道：“没想到你能这么配合，之前是我对不住你。”

张子英只是淡淡地笑了笑，那笑容里带着一丝释然，回答道：“为了抗日，过去的事就别提了。”在后续的行动中，张子英和陈明地就像一对默契的搭档，紧密配合。

每一次面临危险，他们都能相互信任，共同克服重重困难，成功完成了多次艰巨的任务。每一次完成任务后，张子英心中对陈明地的抵触情绪都在不知不觉中逐渐减轻。

她深知，在这民族危亡的至暗时刻，个人的恩怨必须暂时深埋心底，只有团结一切可以团结的力量，汇聚成一股坚不可摧的洪流，才能冲破黑暗，迎来最终的胜利曙光。

第二十四章　游行风波

在兰陵的任务很快完成后，他们返回了峄县。刘丹锡又回到了民生学校，继续当国文老师。

战火连天，日子就像被战火舔舐过一样，每分每秒都紧绷着，让人喘不过气。

刘丹锡心里很清楚，要想在敌人眼皮子底下干抗日的大事，得有个稳稳当当、藏得严实的落脚地。

于是，刘丹锡和张子英组织的一场秘密又意义非凡的行动，悄悄开场了。

太阳像个大火球，烤得人头皮发麻。

此时的王维高已经是鲁南抗日义勇队的战士，他把裤脚高高挽起，露出被太阳晒得黝黑的小腿，粗壮的胳膊上青筋暴起，每抡一下锄头，都带着一股不服输的狠劲。

大颗大颗的汗珠从他黑黝黝的脸上滚落，砸在干巴巴的土地上。他喘着粗气，扯着嗓子喊：“大伙再加把劲，早点把这鱼塘挖好，咱的事儿就能顺当了。”

旁边的李二娃，年纪小，可志气不小，双手紧紧攥着锄头，小脸憋得通红。

额头的汗珠一个劲儿地冒，顺着脸颊滑落，他咬着牙说：“维高哥，这个活，比你卖报纸累多了吧？”

“那可不一样，这个活费力气，那个活累脑袋。”王维高乐呵呵地说道。

就这样，经过好些天没日没夜的忙活，一个鱼塘总算是挖好了。

清凌凌的水灌进去，鱼儿欢快地游来游去，溅起一圈圈好看的涟漪。

打眼一瞧，这就是个普普通通的鱼塘，安安静静、和和美美，可谁能想到，这每一道水波下面，都藏着咱们抗日的大秘密。

同一时间，县城一条热闹的街上，一家榨油坊热热闹闹地开张了。崭新的招牌挂在门口，被风一吹，轻轻晃动，看着就让人心里欢喜。

走进店里，各种榨油的家伙什摆放得整整齐齐，大个儿的石碾子在骡子的拉动下，慢悠悠地转着，发出沉闷又有节奏的声响。

浓郁的油香飘散在空气里，路过的人都忍不住吸吸鼻子，往店里瞧上几眼。

伙计们在里头忙得脚不沾地，有的往机器里添料，有的仔细查看出油的情况，吆喝声、劳作声混在一起，热热闹闹。

可谁也不知道，在这榨油坊的最里头，藏着一个秘密救助站，这儿就是受伤革命同志的避风港。

昏暗的屋子里，摆着几张简单的病床，墙上挂着些常用的医疗用品，虽说看着简陋，可每一样东西，都承载着生的希望，是同志们在黑暗里的一丝曙光。

张子英也一门心思扑到了救助站的工作里。那间又小又暗的屋子，就是她学习医疗知识的战场。

她坐在一张破木桌前，桌上放着一本破旧的医书，纸张泛黄，边角都卷了起来，一看就是被人翻了无数遍。

她眼睛死死地盯着书上的字，仿佛要把这些救命的知识都刻进骨子里。手指轻轻划过书页，碰到不懂的地方，就停下来，眉头拧成个疙瘩，认真琢磨。

“赵大哥，这个止血的法子，我咋想都想不明白。”她抬起头，眼里满是渴望知识的光。

赵医生赶忙走过来，一边耐心地讲解，一边比画着动作，张子英就歪着头，全神贯注地听，时不时恍然大悟地点点头。

一遍又一遍地练习，她的包扎手法从一开始的笨手笨脚，变得又快又稳，每一个动作都透着自信。

可救助伤员哪有那么容易，到处都是艰难险阻，每一步都充满未知。张子英救过好几个受伤的同志，每一回，她都拼尽了全力。

伤员被送来的时候，她总是第一个冲上去，眼里带着焦急和关切。赶紧用温热的毛巾，轻轻擦去伤口的血迹。接着，小心翼翼地用纱布包扎，手法娴熟，每缠一圈纱布，就多一分希望。她的额头布满了细密的汗珠，嘴唇微微颤抖，轻声安慰着伤员：“别怕，有我在，很快就会好起来的。”

可命运有时候就是这么残酷，不管张子英怎么努力，有些同志还是因医治无效一个接着一个地走了。

那些时候，张子英觉得自己的心像被重锤狠狠砸了一下，整个人掉进了无尽的痛苦和困惑里。

她呆呆地坐在角落里，眼神空洞，双手紧紧抱住头，好像这样就能把那些逝去的生命留住。

泪水不受控制地涌出来，顺着脸颊滑落，一滴一滴。

肩膀微微颤抖着，压抑的啜泣声从她喉咙里传出：“为啥呀？我都拼尽全力了，咋还是救不了他们……”心里一遍又一遍地问，全是不甘和自责。

刘丹锡知道了这事，轻轻走到张子英身边，慢慢蹲下身子，抬手轻轻拍了拍她的肩膀。

他的眼神里满是心疼和理解，声音低沉又温和：“子英，你已经做得够好了，这些同志伤得太重，咱们手头的条件有限，好多伤实在是治不了。你别太难过，你的付出大伙都看在眼里，你做的每一件事，都有大意义。”

张子英慢慢抬起头，用袖子胡乱擦去脸上的泪水，眼神里还有迷茫和痛苦，可也多了一股坚定。

她深吸一口气，说：“我懂了，我不会放弃的，不能让他们白白牺牲。”

在这残酷的战争岁月里，张子英在痛苦和挫折里摸爬滚打，一步一步成长，她的信念，也在这一次次的磨砺中，变得越来越坚定。

山河破碎的动荡岁月，日军的铁蹄无情地践踏着华夏大地，每一寸土地都被战火与血泪浸染。

所到之处，生灵涂炭，暴行累累，一桩桩、一件件，皆是令人发指的罪孽。

鲁南地区的城镇与村庄，被恐惧与绝望笼罩，袅袅炊烟不再，只剩残垣断壁与百姓的哀号。

为了掩盖罄竹难书的罪行，日军竟与伪军沆瀣一气，将罪恶的黑手伸向了校园，在各所学校展开了一场令人不齿的洗脑行动。

学校的墙壁上到处张贴着标语，踏入学校的教室，往日那琅琅的读书声早已消失不见，取而代之的是日军和伪军刺耳的歪曲言论。

他们站在讲台上，神情傲慢，口沫横飞，大言不惭地宣扬着“东亚共荣”。

灯光昏黄，映照着他们丑恶的嘴脸，那狰狞的模样，仿佛是来自地狱的恶鬼，妄图将侵略行径粉饰成友好合作，荒谬至极。

他们鼓吹“中日亲善”，试图用虚假的言辞掩盖烧杀抢掠的血腥过往，可那身上散发的血腥戾气，又怎能被几句谎言轻易掩盖？

更为可恶的是，他们大肆灌输所谓的武士道精神，一张张写满蛊惑话语的宣传单，如一片片毒叶，妄图毒害学生们纯净的思想。

学校教室的墙壁上，挂着一幅幅精心炮制的虚假宣传画，画面中日本士兵与中国百姓“和谐相处”，笑容满面。

可现实里，百姓们却生活在水深火热之中，家园被焚毁，亲人遭屠戮，这鲜明的对比，像一把把利刃，直直刺痛着每一个人的眼睛，显得无比讽刺。

学生们虽然年纪尚小，但他们的心中却燃烧着熊熊的爱国火焰，那火焰炽热而浓烈，足以驱散眼前的阴霾。

他们不愿被侵略者的谎言蒙蔽双眼，更不愿屈服于侵略者的残暴淫威。

于是，一场自发的罢课游行在各所学校悄然酝酿。

那是一个看似平常的日子，阳光透过斑驳的树叶，洒在校园的小径上，可这阳光却照不进被侵略者阴霾笼罩的角落。

学生们纷纷放下手中的书本，那一本本被合上的书本，仿佛是他们对侵略者无声的抗议。

他们神情严肃，稚嫩的脸庞上写满了坚定与愤怒，手挽手，肩并肩，从各个教室鱼贯而出，迅速汇聚成一支浩浩荡荡的队伍。

他们手中高举着自制的标语牌，那标语牌或许制作得并不精美，纸张粗糙，字迹也歪歪扭扭，可上面写着的“反对侵略”“还我河山”等字样，每一笔每一画都饱含着他们对祖国炽热的热爱和对侵略者深深的痛恨。

游行的队伍沿着街道缓缓前行，整齐的脚步声如同激昂的战鼓，一下又一下，重重地敲击着侵略者的心脏。

学生们的口号声此起彼伏，一声高过一声，仿佛要冲破这压抑的天空，响彻云霄。

“打倒日本侵略者！”

“我们要自由！”

“不做亡国奴！”

他们的声音虽然稚嫩，却充满了力量，那是正义的呐喊，是不屈的抗争，如同汹涌澎湃的浪潮，一波接着一波，猛烈地冲击着侵略者的虚假宣传。

然而，日军伪军却对这些手无寸铁的学生下起了狠手。

他们手持警棍和枪械，眼神中透露出凶狠与残暴，面露狰狞，如同恶狼一般，张牙舞爪地冲向游行的队伍。

一时间，街道上乱作一团，警棍挥舞的呼呼声、枪械的撞击声、学生们的呼喊声交织在一起，令人胆战心惊。

学生们四处躲避，有的惊慌失措地逃跑，脚步踉跄，摔倒了又迅速爬起；有的勇敢地与侵略者对峙，尽管身体在颤抖，眼神却依旧坚定。

可在这暴力的镇压下，仍有不少人被击中倒地。

有的学生被警棍击中头部，鲜血瞬间染红了头发，顺着脸颊汩汩流下，滴落在街道的石板上；有的学生腿部骨折，痛苦地蜷缩在地上，双手紧紧抱住受伤的腿，发出凄惨的叫声。

惨叫声、呼喊声回荡在街道上空，原本宁静祥和的街道，瞬间变成了人间炼狱，空气中弥漫着血腥与恐惧的气息。

两日后，这场残酷的镇压造成了许多学生受伤。

医院的病房里，躺满了受伤的学生，他们有的被打得头破血流，头上缠着厚厚的纱布，纱布上渗出的血迹触目惊心。

有的甚至骨折重伤，肢体被固定在冰冷的支架上，苍白的脸上写满了痛苦。

可他们的眼神中却依然透着不屈，那是对侵略者的抗争，对自由的向往。

张子英得知这个消息时，正在救助站忙碌。

她微微躬着身子，专注地为一位受伤的同志包扎伤口，手中的纱布在伤口上轻轻缠绕，动作轻柔而熟练。

当听到这个噩耗的瞬间，她的动作猛地一顿，手中的纱布停在半空中，脸色瞬间变得煞白，如同被抽去了所有的血色，嘴唇也微微颤抖着。

她的孩子也在学校上课，而且参加了这次游行活动。

她的心猛地一揪，仿佛被一只无形的大手紧紧攥住，呼吸都变得急促起来。

她心急如焚，脑海中不断浮现出孩子受伤的画面，那可能是孩子满脸是血地躺在地上，也可能是孩子痛苦地呼喊着妈妈。

她匆匆朝着孩子的学校飞奔而去。

一路上，她的心跳急速加快，仿佛要跳出嗓子眼儿，呼吸也变得急促而沉重，每一步都迈得又快又急，像是在与时间赛跑。

她在心中默默祈祷，嘴唇微微颤抖，一遍又一遍地念着："孩子，你一定要平安无事，一定要等着妈妈。"

好在马大明平安无事，当她看到孩子毫发无损地站在自己面前时，一颗悬着的心才总算落了地，紧绷的神经也瞬间放松，脸上露出了欣慰的笑容，那笑容里满是劫后余生的庆幸。

可当她的目光转向那些受伤的学生，看到他们或躺在地上痛苦呻吟，或被家人搀扶着一瘸一拐地走着，张子英的内心又被悲痛与担忧填满。

她的眉头再次紧紧皱起，眼神中满是忧虑，仿佛能看到这些孩子未来的艰难，也能感受到他们内心的痛苦与不甘。

就在这时，上级党组织下达了新的指示。

张子英和刘丹锡接到命令的那一刻，神色变得格外凝重，他们深知这任务的艰巨与重要。

为了保护广大学生的生命安全，减少伤亡，党组织要求他们暗中保护学生，并且在学生里面宣传暂时不要游行。

刘丹锡和张子英没有丝毫犹豫，共同研究化解危情的工作方案，把学校的分布情况和不同类型，进行了明确的分工，分头行动。

她以一个普通百姓、学生母亲的身份，挨家挨户地劝告学生家长。每到一户人家，她都会在门口稍作停留，深吸一口气，平复一下内心的紧张与焦急，然后才轻轻地叩响门环。

门打开后，她总是先微微鞠躬，眼神中满是关切与焦急，诚恳地说："大哥大嫂，我知道咱孩子都有一腔爱国热血，他们的勇气和担当我都看在眼里，打心眼里儿佩服。可现在这形势，实在是太严峻了。再游行下去，孩子们只会白白受苦啊。那些侵略者心狠手辣，根本不会手下留情，咱们不能眼睁睁看着孩子们去送死，不能让他们稚嫩的生命就这么被无情地夺走。”

说着，她的眼眶微微泛红，泪水在眼眶里打转，那是为孩子们的遭遇而心疼，也是为这个动荡的时代而悲哀。

她的声音也有些哽咽，喉咙像是被什么东西哽住了，抬手轻轻擦了擦眼角，试图掩饰自己的情绪。

张子英的大儿子马大明，在看到母亲为了这个任务如此奔波劳累后，也毫不犹豫地加入了劝说的队伍。

他穿梭在同学们中间，神色略显紧张，双手不自觉地搓动着，眼神中透露出一丝不安。

他努力让自己的声音听起来镇定一些，试图将母亲的意思传达给每一个人。

然而，同学们并不理解他的苦心。当他们看到马大明四处劝说大家停止游行时，都以为他背叛了大家，成了“汉奸”。

有一次，马大明在学校走廊里劝说几个同学，话还没说完，一个同学就满脸怒容，眼睛瞪得像铜铃，额头上青筋暴起，冲上前，狠狠地推了他一把，大声骂道：“你这个叛徒，亏我们还把你当朋友，没想到你居然帮着侵略者说话！”

那股冲击力让马大明一个踉跄，脚步慌乱地往后退了好几步，差点摔倒，双手下意识地在空中挥舞了几下才勉强站稳。

但他站稳后，并没有生气，只是无奈地解释：“我真的是为了大家好，现在游行太危险了……”

还没等他说完，另一个同学就朝他吐了口唾沫，恶狠狠地说：“别假惺惺了，汉奸！”

他的身子微微一颤，像是被一阵寒风吹过，脸上露出一丝痛苦的神情，那是被误解后的委屈与难过。

马大明的心里像被刀割一样难受，委屈的泪水在眼眶里打转，但他强忍着没有让眼泪掉下来。

他不想让同学们看到自己的脆弱，更不想让他们觉得自己是在博取同情。

回到家后，他径直走进自己的房间，“砰”的一声关上了门，把自己关在房间里，一声不吭。

他的内心充满了痛苦和迷茫，不明白为什么自己的一片好心会被同学们误解成这样。

张子英察觉到了儿子的异样，她走到儿子的房门前，犹豫了一下，还是轻轻敲开了房门。

她动作轻柔地坐在马大明身边，伸出手，温柔地抚摸着他的头，就像小时候安慰受伤的他一样。轻声说：“孩子，我知道你心里苦，被最信任的同学误解，这种滋味不好受。可咱们这是为了大局，为了更多孩子的安全。现在的忍耐，是为了以后能有更多的机会去抗争，等赶走了侵略者，大家会明白你的苦心的。”

马大明抬起头，看着母亲坚定的眼神，那眼神里充满了信任和鼓励，他的眼中还带着一丝委屈，但还是用力地点了点头。

从那以后，他和张子英依然默默地为了这个艰难的任务努力着，即使遭受再多的误解和委屈，他们也没有丝毫退缩。

每一次劝说，他们都带着对同胞的爱与对和平的期盼，一步一步地朝着希望前行。

第二十五章　顽强抗战

学校的学生游行活动，在刘丹锡老师和张子英的说服疏导下，暂时平息了下来。

由于前线战争的激烈和残酷，一些伤员被秘密地送到救助站抢救。

在那昏暗而压抑的救助站里，浓烈的消毒水味仿佛一张无形且密不透风的大网，严严实实地裹住每一寸空气。

这股刺鼻的气味，与伤员们痛苦的低吟交织在一起，如同一把把锐利的小刀，一下又一下地割扯着人们的心，紧张的气息浓稠得几乎要将人窒息。

张子英守在一位重伤员的床边，她的眼睛一眨不眨地盯着伤员，那眼神里满是关切与焦急，仿佛伤员的安危就是她此刻世界的全部。

她的额头布满了细密的汗珠，颗颗汗珠顺着她那略显憔悴的脸颊滚落，滴在她那件洗得有些发白、打着补丁的衣衫上，迅速洇出一小片深色的水渍。

她的双手微微颤抖着，那是因为长时间的精神高度紧张和过度劳累，但她仍稳稳地拿着毛巾，轻轻为伤员擦拭着额头，每一下动作都无比轻柔，生怕稍一用力就会弄疼对方。

她还时不时凑近伤员的耳边，声音轻柔却带着难以掩饰的颤抖，轻声呼唤着："同志，你醒醒，一定要坚持住啊。"

那声音里带着满满的期许，每一个字都饱含着她对同志深深的牵挂与担忧 。

然而，由于缺少药品，特别是用于消炎的西药盘尼西林几乎没有。伤情得不到消炎治疗，伤员的情况急转直下。

他的呼吸变得急促又微弱，胸膛剧烈地起伏着，像是一台老旧且即将报废的风箱，每一次起伏都伴随着艰难的喘息，仿佛正与死神进行着一场惊心动魄的拔河比赛。

紧接着，他的双眼猛地紧闭，陷入了昏迷。张子英的心猛地一紧，像是被一只无形且有力的大手狠狠攥住，一种强烈的不祥预感迅速涌上心头。

她慌乱地转身，双脚像是被什么绊住了一般，几乎踉跄摔倒。

她顾不上整理自己略显凌乱的头发，大声呼喊着："快来人啊，六号同志的情况不好了！"

她的声音因为焦急而变得沙哑、破碎，在这压抑的救助站里回荡，那声音里的恐惧与无助，让每一个听到的人都心头一颤。

救助站里的同志们闻声纷纷赶来，他们脚步匆忙而慌乱，有的甚至鞋都没穿好就冲了过来。

众人瞬间将六号伤员的病床围得水泄不通，大家的脸上都写满了担忧，眉头紧紧地锁在一起，形成一道道深深的沟壑，眼神中透露出一丝无助与迷茫。

这时，一位年轻的护士罗文兰从人群中挤了出来，她脚步急切，带起一阵小小的风，神色冷峻得如同寒冬的冰霜。

她的眼神在张子英和六号伤员之间来回游移，那眼神像两把锐利的钩子，仿佛在探寻着什么不为人知的秘密，眉头紧皱，满脸写着怀疑与审视，仿佛她已经站在了正义的审判席上。

罗文兰上下打量了张子英一番，那目光像一把冰冷的手术刀，一寸一寸地扫过张子英的身体，语气冰冷地说道："我看是你的操作有问题。"

她的声音不大，但在这安静得只能听到呼吸声的救助站里，却像一颗重磅炸弹，瞬间掀起了轩然大波。

众人的目光瞬间聚焦在张子英身上，原本关切的眼神瞬间被疑惑与怀疑填满。

有的人微微皱眉，眼中满是猜忌，像是在看一个隐藏极深的敌人；有的人则目光灼灼，紧紧盯着张子英，似乎在等待她的回应，期待着能从她的回答中找到真相。

张子英听到这话，整个人如遭雷击，身体不由自主地颤抖起来，像是被一阵强烈的电流击中。

她瞪大了眼睛，那眼睛里满是震惊与委屈，那眼神仿佛在质问这无端的指责，像是在说"我如此尽心尽力，为何要遭受这般怀疑"？

她的嘴唇微微颤抖着，想要辩解，可喉咙却像被一团棉花堵住了一般，一时语塞。

"我…… 我怎么会……"她的声音带着一丝颤抖，像是被汹涌的情绪哽住，眼眶也瞬间红了起来，泪水在眼眶里打转。

罗文兰护士却不依不饶，向前走了一步，手指直直地指着张子英。

罗文兰提高了音量，声音尖锐得如同夜枭的啼叫：“你是不是加入了日伪军？不然怎么解释这些伤员的离奇死亡？”

她的眼神中透露出一丝愤怒与指责，仿佛已经认定了张子英是叛徒，那眼神里的笃定与不容置疑让人寒心，仿佛她已经站在了道德的制高点，对张子英进行着无情的审判。

张子英的心中涌起一股强烈的愤怒与委屈，她紧咬着下唇，牙齿几乎要嵌入肉里，下唇瞬间出现一排深深的齿痕。

泪水在眼眶里打转，却倔强地不肯落下，那泪水里饱含着被冤枉的不甘与愤怒。

“我没有！我一心为了革命，为了救助同志们，怎么可能背叛？”她大声反驳道，声音因为激动而有些颤抖，胸膛剧烈起伏，像一座即将喷发的火山，脸上写满了愤怒与不甘，那涨红的脸颊和喷火的双眼，都在诉说着她的冤屈。

周围的同志们也开始交头接耳，有的面露怀疑之色，凑在一起小声议论着，时不时投来质疑的目光，那目光像一把把小箭，射在张子英的身上。

有的则选择相信张子英，眼神中透露出一丝犹豫，似乎在权衡着事实与情感，在怀疑与信任之间艰难地抉择。

救助站里的气氛变得异常紧张，剑拔弩张，仿佛空气中都弥漫着火花，暴风雨即将来临。

在这混乱的局面中，张子英感到无比的孤立无援，她多么希望有人能站出来，相信她的清白，打破这可怕的怀疑，可她只能无助地站在那里，承受着众人的目光 。

就在这剑拔弩张的时刻，躺在病床上昏迷的六号伤员，手指突然轻轻动了一下。

张子英眼角余光瞥见，心脏猛地一缩，那一瞬间，她感觉自己的心跳都要停止了。

不一会儿，六号伤员缓缓睁开双眼，发出微弱的呻吟。张子英顺势紧紧握住他的手，那双手因为激动而微微颤抖，她的声音带着惊喜与激动，微微颤抖着说道：“六号同志，你可算醒了，可把我们急坏了！”

周围的同志们见状，都长舒了一口气，脸上露出欣慰的神色，有的甚至伸手轻轻拍了拍身边同志的肩膀，像是在传递着劫后余生的喜悦。

然而，张子英却猛地站起身，她目光如炬，直直地看向那位质疑她的罗文兰护士，那眼神仿佛能穿透一切伪装，语气冰冷而坚定：“别装了，你就是藏在我们之中的内鬼！”

这话一出，众人皆是一愣，目光在张子英和罗文兰之间来回游走，满脸疑惑，仿佛在一瞬间无法理解这突如其来的转变。

罗文兰的脸色瞬间变得煞白，像被抽去了所有的血色，眼神里闪过一丝慌乱，但她仍强装镇定，反驳道：“你别血口喷人，我怎么会是内鬼？”

张子英冷哼一声，那声冷哼里满是不屑与愤怒，向前走了一步，目光紧紧锁住罗文兰的眼睛，那眼神像两把锐利的匕首，似乎要将罗文兰的内心看穿，说道：“自从前面几个同志因救治不当而过世，我就留了心眼儿。每次照顾伤员，我都格外小心，仔细检查每一样药品。这次，我提前就发现你用的药品不对劲，和这位受伤的同志商量好了，演了这么一出戏。就是为了把你这个隐藏在暗处的叛徒揪出来！”

听到这话，罗文兰的双腿开始微微颤抖，像是筛糠一般，额头上也冒出了细密的汗珠。

但她还是不死心，还想狡辩。

这时，一直躺在病床上的六号同志艰难地坐起身来，他的脸色苍白如纸，额头上满是汗珠，每一个动作都像是用尽了全身的力气，声音虽然虚弱，却充满力量：“没错，就是她！刚才我昏迷时，隐约听到她在和人小声交谈，说什么计划要成功了。”

罗文兰听到这话，脸色变得更加难看，像被霜打了的茄子，身体也开始不受控制地剧烈颤抖起来，那颤抖从她的双腿蔓延到全身，她知道，自己的伪装已经彻底被撕开。

众人听闻，纷纷怒目而视，那眼神里的愤怒仿佛能将人燃烧殆尽，他们迅速将护士团团围住。

有的人挥舞着拳头，大声叫骂；有的人则一脸厌恶，不停地摇头。

在众人的逼视下，罗文兰终于崩溃了，双腿一软，瘫倒在地，双手抱头，哭喊道：“我错了，我错了。我也是被人指使，被逼无奈，不然，他们就要杀了我全家……”

她的声音充满了绝望与恐惧，那是阴谋败露后的无助与悔恨。

经过审问，令人震惊的是，这一切竟是陈明地联合日伪军的人安排的。

他们妄图通过破坏救助站，来削弱抗日力量。

张子英得知这个消息后，心中的愤怒如同熊熊燃烧的烈火，再也无法抑制。

她的眼中燃烧着仇恨的火焰，咬牙切齿地说道：“陈明地，你们这些虚伪狡诈的国民党，竟然做出这种事，我绝不会放过你们。”

从这一刻起，张子英对国民党的仇恨又加深了几分，也更加坚定了她为真正的革命事业奋斗的决心 。

上级党组织对张子英在过往各项任务中的表现赞赏有加，她于艰难处境里展现出的机智，面对危险时彰显的勇敢，以及全身心投入革命事业的赤诚与忠诚，都深深烙印在组织的记忆中。

不久之后，一项意义重大且充满挑战的秘密任务，悄然落在了她和刘丹锡的肩头——组织安排他们，继续假扮夫妻，前往滕县开展秘密行动。

一踏入滕县的地界，张子英的心便被一股难以言喻的复杂情绪紧紧揪住。

这片土地，承载着她多年来对妹妹无尽的牵挂与思念。

尽管在漫长的寻亲岁月里，遭遇的皆是坎坷与波折，每一次满怀希望地寻找，都以失望告终，但在她内心深处，始终留存着那么一丝微弱却顽强的期待，如同黑暗中的一点烛火，摇曳却未曾熄灭。

于是，她顾不上旅途的疲惫，马不停蹄地朝着天主教的孤儿院赶去。

一路上，她的脚步匆忙而急切，街边的喧嚣声、人们的交谈声，都如同过眼云烟，被她自动隔绝在外。

此刻，她的整个世界里，只剩下那个可能藏着妹妹踪迹的地方。

当她终于站在孤儿院的大门前，心跳陡然加快，如同急促的鼓点，呼吸也变得粗重而急促。

她下意识地抬手，轻轻抚了抚胸口，深吸一口气，试图让自己狂躁不安的心平静下来。

稍作平复后，她才缓缓抬起脚，迈进那扇承载着希望与未知的大门。

她的目光在院子里急切地搜寻着，脚步略显慌乱地走向院长办公室。

当她终于站在美国女院长面前，嘴唇微微颤抖，声音带着一丝不易察觉的颤抖，小心翼翼地询问关于妹妹的消息时，得到的却是一个让她如坠冰窟的回答——妹妹并不在这里，再次失去了线索。

那一刻，张子英的身体像是被施了定身咒，猛地一僵，原本明亮的眼眸瞬间黯淡下去。

她的脸上露出一丝难以掩饰的失落，那是一种深入骨髓的失望，仿佛整个世界都在这一刻崩塌。

她的手不自觉地抓紧衣角，指尖微微颤抖着，心中五味杂陈。

曾经，寻找妹妹是支撑她熬过无数艰难日子的重要动力，为了能与妹妹重逢，她不惜付出一切代价，四处奔波。

但如今，在共产党先进思想的长期熏陶下，张子英的内心已然发生了翻天覆地的深刻转变。她缓缓抬起头，目光望向远方，那里是祖国的山河，是无数受苦百姓的家园。

此刻，她的眼神中透露出一种超脱个人情感的坚定与豁达，那是一种为了民族大义、为了国家未来而甘愿舍弃小我、成全大我的崇高境界。

她深信，只要自己和同志们齐心协力，将日本侵略者和反动派彻底赶出中国，让这片饱经沧桑、千疮百孔的土地重归和平与安宁，那么无论妹妹身在何处，她和所有中国苦难的百姓，都将迎来幸福美好的生活。

从孤儿院出来后，张子英挺直了脊梁，迈着坚定有力的步伐，朝着与刘丹锡约定的地点走去。

日寇联合地方顽固势力，对根据地进行疯狂的“扫荡”，鲁南的抗日形势异常严峻。

鲁南是山东南部的门户，也是重要的战略地区，向南可以直接威胁兵家必争之地徐州，向北威胁济南，并牵制津浦、东陇海的交通运输线。

鲁南地区山岗起伏，地势险要，有利于我军开展游击战争，于是，鲁南地区的革命根据地就逐渐扩大了。

此时，八路军的主力和地方抗日武装，一方面要对付国民党集团军的步步紧逼，一方面又要抵抗十倍于我的日伪和土匪、顽固势力的进攻。

面对严峻的形势和犹如乱麻般错综复杂的抗战局面，党组织以其卓越的智慧和无畏的勇气，带领老百姓撤退到滕县东北部的崇山峻岭之间，艰难地开辟出了一块广袤无垠的根据地。

张子英他们踏入这片土地时，清晨的薄雾还像一层轻纱般在山间缭绕，尚未完全散去。

错落有致的房屋沿着山势层层叠叠地排列着，屋顶升起的袅袅炊烟，悠悠地融入这朦胧的雾气之中，带着生活最本真的质朴与希望。

孩子们在空地上嬉笑玩耍，他们纯真的笑声清脆悦耳，如同银铃般在山谷间回荡，这欢快的声音，暂时冲淡了那如乌云般笼罩的战争阴霾。

张子英和她的孩子们，以及众多同志被妥善地安置在这里，就此开启了一段全新且充满挑战的战斗历程。

张子英将自己的全部身心都投入工作中。

每一个清晨，第一缕阳光还在努力穿透薄雾，她就已经在田间忙碌起来。

除了农事，她还积极参与组织群众开展生产自救。

她耐心地向乡亲们传授种植技巧，手把手地教他们如何翻土、播种、施肥，组织大家互帮互助，谁家缺少劳动力，就组织人手前去帮忙。

协助同志进行情报收集时，她更是心思缜密，不放过任何一个细节。

然而，敌人的威胁如同一团浓重的阴霾，始终笼罩着这片土地。

日伪军不断向山区发动“扫荡”，他们的铁蹄无情地践踏着每一寸土地，所到之处，烧杀抢掠，无恶不作。

村庄在大火中熊熊燃烧，火光冲天，滚滚浓烟遮天蔽日，百姓们流离失所，哭声、喊声交织在一起，那场景令人痛心。

敌人还采取了“蚕食”政策，像饥饿的恶狼一般，一点点吞噬着根据地的生存空间。

他们在交通要道和重要据点修筑碉堡，碉堡坚固厚实，墙壁上布满了密密麻麻的射击孔，黑洞洞的枪口时刻对准着根据地，仿佛一双双恶狠狠的眼睛，时刻窥视着这片土地。

日伪据点周围还拉上了铁丝网，挖出了深沟，沟里布满了尖锐的竹签，在阳光下闪烁着寒光，妄图将革命根据地困死在狭小的范围内。

张子英深知局势的严峻，她表面上依旧忙着养牲畜、种地。

每天清晨，她都会赶着羊群去山上放牧。

傍晚，她又赶着羊群回到家中。

看似平凡的生活，实则暗藏玄机。她借着这个由头，走遍了根据地的各个区域，对每一处地形都了如指掌。

她留意着每一条蜿蜒曲折的小路，这些小路有的狭窄崎岖，仅能容一人通过；有的则较为宽阔，能供马车行驶。

它们或是通往隐蔽的山谷，或是连接着各个村庄。她仔细观察每一处山谷的位置，山谷的地形、地势如何，山谷的两侧是陡峭的山崖还是平缓的山坡，是否适合设伏；每一片树林的分布，树林的茂密程度，树林里的树木是高大挺拔还是低矮丛生，能否可以掩护。

这些看似琐碎的信息，日后都成为重要的情报资源。

上级党组织要求他们适时反击，偷袭敌人的碉堡，打击日本侵略者的嚣张气焰。

经过几天的周密侦察和谋划，终于，攻打东大庙村日伪据点的战斗打响，这是一场惊心动魄的生死较量。

破晓时分，天际刚泛起一丝微光，鲁南抗日义勇军已悄然潜伏在东大庙村日伪据点周边。

东大庙村日伪据点仿若一头蛰伏的巨兽，碉堡林立，坚固厚实的墙壁上，密密麻麻的射击孔犹如狰狞的兽口，时刻准备吞噬一切敢于靠近的生命。

此时张子英是担架队的队长，她负责组织妇女们抢救伤病员的任务。

她站在不远处的山岗上，望着那即将被战火点燃的东大庙村日伪据点，心中满是紧张与期待。

她深知自己提供的情报，此刻正决定着这场战斗的走向。

随着一声令下，冲锋号骤然响起，尖锐的号声划破寂静的清晨，瞬间点燃了战场的战火。

战士们如离弦之箭般从掩体后一跃而出，呐喊声震耳欲聋，那声音饱含着对敌人的仇恨与对胜利的渴望，在山谷间久久回荡。

张子英看着战士们冲锋的身影，心中涌起一股难以言喻的激动，她为这些英勇无畏的战士感到骄傲。

东大庙村日伪据点敌人迅速反击，机枪从碉堡的射击孔中疯狂扫射，子弹如暴雨般倾泻而出，打在地面上溅起层层尘土。

一时间，枪声、爆炸声交织在一起，震耳欲聋。

战士们毫无惧色，猫着腰，借助地形的掩护快速前进。

鲁南抗日义勇军中有的战士在弹坑间灵活穿梭，利用每一处凹陷躲避敌人的子弹；有的战士则紧紧贴着土坡，凭借着顽强的毅力和无畏的勇气，一寸一寸地向敌人逼近。

张子英之前化装成乞丐，提前侦察提供的情报在此时发挥了关键作用。

一队战士沿着她指出的隐蔽小路，迅速绕到敌人后方。这条小路狭窄崎岖，两旁是茂密的灌木丛。战士们小心翼翼地前行，尽量不发出一丝声响。

当他们靠近敌人后方的暗堡时，一名战士猛地起身，将手中的手榴弹用力掷出，“轰”的一声巨响，暗堡瞬间被火光吞噬，敌人的惨叫声不绝于耳。

在正面战场，另一名战士端起枪，双眼紧紧盯着敌人的碉堡，眼神坚定而专注，手指稳稳地扣在扳机上，每一次射击都精准地压制着敌人的火力。

他的脸上满是愤怒与坚毅，汗水混合着尘土，顺着脸颊滑落，但他全然不顾，心中只有一个信念——消灭敌人。

鲁南抗日义勇军的爆破手，在战友们的掩护下，抱着炸药包，不顾一切地冲向敌人的碉堡。

敌人的子弹在他身边呼啸而过，他却毫不退缩，脚步坚定而有力。

当他终于靠近碉堡时，迅速拉开导火索，将炸药包用力塞进射击孔，然后转身飞奔。

紧接着，一声惊天动地的爆炸声响起，碉堡被炸得粉碎，砖石横飞，硝烟弥漫。

战士们趁着硝烟弥漫，如猛虎下山般冲进据点，与敌人展开了激烈的近身搏斗。

他们挥舞着手中的武器，喊杀声震破云霄，每一次攻击都带着必杀的决心。

有的战士与敌人扭打在一起，用尽全力将敌人摔倒在地；有的战士则手持刺刀，精准地刺向敌人的要害。

战场上，鲜血染红了土地，生命在战火中消逝，但战士们的斗志却越发高昂。

凭借着对地形的熟悉和顽强的战斗意志，鲁南抗日义勇军成功突破了敌人的防线。

敌人的抵抗逐渐减弱，最终纷纷举手投降。

当胜利的旗帜在据点上空缓缓升起，战士们欢呼雀跃，他们的脸上洋溢着胜利的喜悦，但眼中仍透着疲惫与对牺牲战友的悲痛。

张子英望着那飘扬的旗帜，泪水模糊了双眼，她知道，自己的努力没有白费，这场胜利来之不易，是无数战士用生命和鲜血换来的。

第二十六章　攻克据点

滕县革命根据地的天空，恰似一块被战火反复炙烤、熏染得黯淡又破旧的幕布，沉甸甸地低垂着，压抑之感如一张无形的大网，密不透风地裹住每一寸空气，让人胸口发闷，连呼吸都变得滞重且艰难。

张子英刚结束一天的劳作，正准备拖着疲惫不堪的身躯返回住处，这时，一位同志行色匆匆地赶来。急切地向张子英传达了一个十万火急的情报：日伪军即将对滕县的庄里村展开大规模“扫荡”，而那里，隐匿着共产党抗日的一个重要据点。

张子英听到这个消息，心脏猛地一缩，心跳陡然加快，像是有一面急促的战鼓在胸腔里疯狂敲击。

她的双眼瞬间瞪大，深知这个据点的重要性，一旦被日军发现，后果不堪设想。

没有丝毫犹豫，她紧抿着嘴唇，眼神中透露出坚定的决绝，立刻接受了传递情报的任务。

夜幕如同一块巨大的黑色绸缎，悄然无声地笼罩了整个大地。

张子英借着夜色的掩护，熟练地乔装成普通农妇。

她站在昏暗的房间里，光线昏黄而黯淡，在破旧的木桌上，一盏小小的油灯摇曳着微弱的火苗，光影在她脸上跳跃，衬出她越发坚毅的轮廓。

她对着一面破旧的铜镜，小心翼翼地将情报藏进发髻之中。

藏好情报后，她对着镜子左右看看，眼睛紧紧盯着镜中的自己，仔细审视每一处细节，确认没有丝毫破绽。

她悄无声息地迈出家门，月光洒在她的身上，偶尔有夜鸟的叫声划破寂静。

一路上，她的脚步轻盈而迅速，每一步都踏得小心翼翼，却又坚定有力。

当她清晨终于抵达庄里村时，看到几位妇女正按照组织的安排，在河边佯装洗衣服。

她们挽起的裤脚沾着河水，河水冰冷刺骨，让她们的小腿微微发红，双手在冰冷的水中不停揉搓着衣物，冻得通红的手指在衣物间快速穿梭。

神情看似平静，可张子英能从她们微微颤抖的双手和不时望向村口的眼神中，感受到她们内心的紧张。

张子英深吸一口气，缓缓靠近，蹲下身子，装作若无其事地帮忙。

她微微侧身，靠近身旁的妇女，低声向姐妹们传达着情报的内容。

她们迅速调整了“洗衣”的节奏和位置，这是她们与部队约定好的暗号；不一会儿，远处传来了日伪军沉重的脚步声和叽里咕噜的说话声。

那声音越来越近，像一阵令人胆寒的阴风吹来，带着死亡的气息。

张子英的心提到了嗓子眼儿，双手不自觉地紧紧攥着衣角，她努力让自己镇定下来，深呼吸几次，调整着紊乱的呼吸，胸膛剧烈起伏，试图平复内心的紧张。

日军越来越近，他们的身影在村口逐渐清晰。

为首的军官身材高大，穿着笔挺的军装，腰间别着一把锋利的军刀。

就在日军踏入村落的瞬间，暗号发出。

早已埋伏在四周的抗日战士们如猛虎出山般冲了出来，喊杀声震破云霄，那声音中饱含着对侵略者的愤怒和对胜利的渴望，如同一股汹涌的浪潮，要将敌人彻底淹没。

日军被这突如其来的攻击打得措手不及，慌乱地举起枪还击，子弹在空气中呼啸而过，打破了原本的宁静，发出尖锐的声响，如鬼哭狼嚎。

张子英也拿起身边的武器，那是一把简陋的匕首，刀刃在微弱的光线下闪烁着寒光，可在她手中却仿佛变成了一把利刃，承载着她的勇气与仇恨。

她的眼神中燃烧着仇恨的火焰，那火焰炽热而浓烈，仿佛能将敌人吞噬。

一名日军士兵朝着张子英冲了过来，他面目狰狞，脸上的肌肉扭曲着，端着枪疯狂扫射，子弹在张子英身边呼啸而过。

张子英毫不畏惧，迅速捡起一块石头，手臂用力一挥，肌肉紧绷，石头在空中划过一道弧线，带着风声，正中敌人的额头。

日军士兵摇晃了几下，眼神中露出一丝惊恐，随后倒在了地上。

战斗激烈地进行着，呛人的气味弥漫在空气中，让人呼吸困难，仿佛置身于地狱。子弹横飞，打在地面上溅起层层尘土。尘土飞扬，模糊了人们的视线。

张子英和妇女们巧妙地利用地形，时而躲在土堆后，土堆被炮火打得千疮百孔，她们紧紧贴着土堆，躲避着敌人的攻击；时而藏身于树木旁，树木的枝叶被炮火打得七零八落，她们借助树干的掩护，向敌人发起反击。

经过一番激烈的战斗，日伪军被打得节节败退，最终狼狈逃窜。

战士们欢呼雀跃，他们挥舞着手中的武器，脸上洋溢着胜利的喜悦，那喜悦如同阳光，驱散了战争的阴霾。

面对日伪军的大“扫荡”，革命根据地军民团结一致奋起反抗。

空气中弥漫着硝烟与危险的气息，每一寸土地都被战争的阴霾笼罩。

为了给予日伪军沉重一击，拔掉那一颗牢牢钉在根据地周边的“钉子”—— 防守严密的日伪据点，组织经过深思熟虑，将勘察敌情这一艰巨而又至关重要的任务，郑重地交到了张子英手中。

张子英深知此次任务关乎重大，容不得半点差错。

她在昏暗的房间里，借着摇曳的烛火，开始精心准备。

她轻轻拿起那件洗得微微发白的碎花布衫，穿上后，对着有些斑驳的铜镜，一丝不苟地梳理头发，乌黑的发丝在她指尖缠绕，被她熟练地绾成一个端庄的发髻，随后插上一支质朴无华的木簪。

准备妥当后，她走向一旁的竹篮，里面摆放着精心挑选的新鲜水果。

还有自家做的糕点，那是她在忙碌中抽出时间，精心制成的。

她深吸一口气，眼神中透露出坚定与决然，迈着轻盈而稳健的步伐朝着据点附近的寺庙走去。

一路上，她看似悠然自得，眼神却像警惕的猎鹰，不放过任何一个细节。

路边的日伪军巡逻队迈着整齐而沉重的步伐来回穿梭，他们的皮靴踏在地面上，发出沉闷的声响，吆喝声在寂静的街道上回荡，打破了原本的宁静。

张子英的心也随之微微紧绷，她的手心微微沁出了汗，但她的脸上依旧挂着淡淡的微笑，神态自若。

当她踏入寺庙的那一刻，香烟缭绕，佛音阵阵，本应是一片祥和之地，然而危险却悄然降临。

一个贼眉鼠眼的伪军头子，像一只嗅到猎物的恶犬，立刻盯上了她。

这个伪军头子身形佝偻，脸上带着常年作恶留下的狡黠与奸诈，嘴里叼着一支快要燃尽的香烟，烟雾在他的头顶缭绕，更衬出他的阴鸷。

他迈着略显拖沓的步子，一步一步靠近张子英，每一步都像是在试探。

他围着张子英绕了一圈，上下打量着，眼神中满是怀疑与不怀好意，阴阳怪气地说道："小娘子，一个人来还愿啊？这兵荒马乱的，可少见你这样胆子大的。"

"长官，我这是来还愿的。之前家里人平安度过灾祸，就想着来拜拜，感谢菩萨保佑。"

说着，她微微低下头，眼中闪过一丝不易察觉的紧张，但很快又恢复了温婉的模样。

然而，伪军头子却并不打算轻易放过她，他眉头紧皱，脸上的皱纹像沟壑一般，怀疑之色越发浓重，继续步步紧逼，嘴里还嘟囔着："哼，说得轻巧，我看你可不像是个简单的人物。"

他的眼神像两把尖锐的刀，在张子英的脸上来回扫视，试图从她的表情中找到一丝破绽。

就在张子英感到压力如排山倒海般袭来，思维飞速运转却不知如何应对时，一个农家女如同一缕曙光般出现了。

她穿着一身打着补丁的粗布麻衣，衣服上还沾着星星点点未洗净的泥土，手上满是劳作留下的粗糙痕迹，裤脚随意地挽起，露出沾满泥土的脚踝，一看就是刚从田间劳作回来。

她大大咧咧地走到张子英身边，动作自然而亲昵地挽住张子英的胳膊，笑着说："哎呀，嫂子你可算来了，我都等你好久了，还以为你路上出啥事了呢！"

张子英先是一愣，随即反应过来，心中涌起一股暖流，暗自感激这位及时出现的救星。

农家女转头看向伪军头子，脸上带着一丝佯装的不满，语气中带着几分泼辣："马长官，这是我表嫂，我们约好一起来还愿的，您可别吓唬她。"

她的脸颊因为激动而微微泛红，眼神坚定地直视着伪军头子，毫无惧色。

伪军头子看着眼前这一幕，心中虽仍有疑虑，但在农家女理直气壮的目光下，也不好再继续纠缠，只能撇了撇嘴，不耐烦地挥挥手，像驱赶一只苍蝇般让她们离开。

两人走出一段距离后，确定伪军头子没有跟上来，张子英才长舒了一口气，她的肩膀微微放松，紧绷的神经终于得以舒缓。

她感激地看向农家女，这才发现，她竟是上次在河边以洗衣服为暗号的姑娘。

两人相视而笑，一种莫名的亲切感涌上心头，仿佛多年的老友重逢。

农家女悄悄对张子英说："姐，我就知道你肯定有任务，看到你被那家伙纠缠，可把我急坏了。"

张子英轻轻拍了拍农家女的手，眼中满是温暖与感激："多亏了你，不然我今天可不好脱身。"她的手指轻轻握住农家女粗糙的手，传递着彼此的信任与情谊。

张子英顺利完成了勘察任务，带着珍贵的情报回到组织。

她将自己看到的一切，包括敌人的兵力分布、武器装备、据点的防御工事以及巡逻规律等情况，都详细地汇报给上级。

组织根据她提供的情报，制订了周密的作战计划。

战斗打响的那天，枪炮声震耳欲聋，火光冲天。

我军战士们如猛虎下山般勇猛无畏，凭借着张子英提供的情报，准确地找到了敌人的弱点，迅速突破了敌人的防线。

经过一番激烈的战斗，成功端掉了日伪军的据点，歼灭日伪军六十余人。

这场胜利，不仅鼓舞了我军的士气，也让这片饱受战火的土地，看到了更多胜利的希望。

第二十七章　日本投降

随着反“扫荡”的战斗不断打响，战士们中的伤病员也在增加。

抗战服务团的救助站里，灰暗的光线艰难地从破旧且满是污渍的窗户透进来，在坑洼不平的地面上投射出形状各异、边缘模糊的光斑。

空气中弥漫着一股陈旧与潮湿混杂的气息，灰尘在这并不明亮的光束中肆意飞舞，像是这场巨大灾难所扬起的无数叹息，无声地诉说着战争带来的动荡与不安。

张子英的身影在这略显杂乱的空间里忙碌穿梭，她的发丝被汗水浸湿后变得凌乱不堪。

她的脸颊因长时间的劳累而显得憔悴不堪，眼神中却透着坚韧与悲悯，坚毅中带着对难民的同情。

她将物资小心翼翼地递给每一位难民。在每一份物资交接时，她都会轻声细语地嘱咐几句，给予难民在这艰难时世里一丝难得的慰藉。

就在她转身准备去拿更多物资时，一个熟悉的身影在熙熙攘攘的人群中如幻影般一闪而过。

张子英的脚步猛地顿住，像是被一只无形的大手紧紧抓住脚踝，整个人瞬间定在原地，手中刚刚拿起的衣物也险些滑落。

她缓缓转过头，目光急切地在人群中搜寻，那眼神犹如在黑暗中寻找曙光，不放过任何一个角落，她的眼睛瞪得大大的，眼珠快速转动，不放过任何一点细微的动静。

终于，在不远处的物资堆放处，她再次捕捉到那个身影。

“这…… 怎么会这么像？”张子英在心中喃喃自语。

一种强烈的预感如潮水般涌上心头，让她的呼吸变得急促而沉重，胸脯剧烈地起伏着。

她缓缓走近那个姑娘，随着距离的拉近，张子英的心跳越发剧烈，那种期待与紧张交织的情绪让她的手心沁出了一层细密的汗。

这时，姑娘不经意间撩起裤脚。张子英的目光瞬间被吸引过去，看到了那熟悉的胎记。那胎记如同一把钥匙，瞬间打开了她记忆深处的大门。

一瞬间，张子英的眼眶迅速湿润，泪水不受控制地涌出，模糊了她的视线，泪水顺着脸颊滑落，滴在她的衣襟上，洇出一片深色的痕迹。

“张子惠！”张子英的嘴唇颤抖着，声音带着一丝颤抖，几乎是下意识地喊出了这个名字。

声音不大，却在这略显嘈杂的救助站里清晰地传开，仿佛一道惊雷，打破了周围的喧嚣，周围的人们纷纷投来诧异的目光。

姑娘听到声音，猛地转过头来，眼中同样充满了震惊与惊喜。

她的嘴巴微微张开，想要说些什么，却被突如其来的情绪哽住了喉咙，只能发出一声含混不清的呜咽。

“你，是姐姐？”张子惠的眼眶瞬间湿润，泪水夺眶而出，她扔下手中正帮忙整理的包裹，包裹里的物品散落一地，她却全然不顾。

她扑向姐姐，脚步有些踉跄，险些被地上的杂物绊倒，但她顾不上这些，心中只有一个念头——奔向姐姐。

张子英的手轻轻抚摸着张子惠的后背，一下又一下，感受着妹妹的体温，仿佛这样就能弥补多年的分离。

她的脑海中浮现出小时候的画面：夏日的午后，阳光透过斑驳的树叶洒在她们身上，张子惠还很小，总是跟在她身后，脆生生地喊着“姐姐”，声音清脆悦耳，如同山间的清泉。

她们一起在田野间奔跑嬉戏，张子惠不小心摔倒，膝盖擦破了皮，她哭着扑进张子英的怀里，张子英心疼地为她吹着伤口，轻轻擦拭血迹。张子惠紧紧拉住她的衣角，那依赖的眼神让张子英下定决心要永远保护她，那眼神里满是信任与依赖，让张子英感受到了作为姐姐的责任。

“妹妹，我找了你好久好久。”张子英哽咽着说道，声音中满是这些年寻亲的艰辛与此刻重逢的喜悦。

她的声音带着哭腔，微微颤抖，每一个字都像是从心底最深处挤出来的，饱含着无数个日夜的思念与牵挂，她的声音颤抖得厉害，几乎说不出完整的句子。

张子惠抬起头，眼中闪烁着泪光，脸上却洋溢着幸福的笑容：“姐，我也一直在找你。这些年，我也成了一名革命战士，为了我们的国家，为了我们的人民而战斗。”

她一边说着，一边用手擦去脸上的泪水，嘴角却始终挂着那抹幸福的笑容，那笑容里有对过去苦难的释怀，更有对未来并肩战斗的期待，她的笑容如同春日里盛开的花朵，充满了生机与希望。

张子英看着眼前这个已然成长为优秀革命战士的妹妹，心中满是骄傲与欣慰。

她轻轻擦去张子惠脸上的泪水，手指轻轻拂过妹妹的脸颊，说道：“好，以后我们一起战斗，再也不分开了。”

在救助站的角落里，姐妹俩紧紧依偎在一起，多年的分离和思念在这一刻化作了无尽的温暖。

窗外的阳光越发灿烂，透过斑驳的窗户洒在她们身上，似乎也在为这份来之不易的团聚而欢呼。

姐妹相认的惊喜，来得太突然。

在救助站那略显昏暗又嘈杂的角落里，张子英和张子惠紧紧依偎着。

“妹妹，这些年你到底是怎么熬过来的？”张子英的声音轻柔，却带着难以掩饰的急切。

张子惠微微抬起头，灯光下，她的眼眸中闪过一丝复杂难辨的情绪，有对往昔苦难的感慨，有劫后余生的庆幸，更多的是与姐姐重逢的欣喜。

她深吸一口气，那气息里似乎还带着过去岁月的苦涩，缓缓开口：“姐，当年我被卖给了一户做买卖的人家，这户人家也姓张，他们带着我一路辗转，来到了滕县。”

张子英的手不自觉地握紧了张子惠的手，眼中满是心疼。

她轻轻抚摸着张子惠的手背，动作轻柔，像是要用自己的温度驱散妹妹曾经的伤痛，哪怕只是一丝一毫。

“后来呢？”她轻声问道，声音里带着一丝哽咽，喉咙像是被什么东西哽住，难以顺畅发声。

“我在那户人家做女用人，日子过得暗无天日。”张子惠的眼神渐渐变得深邃，像是陷入了那段不堪回首的回忆之中，“每天天还没亮，我就得起床，生火、做饭、洗衣、打扫，大大小小的活儿像潮水一样涌来，根本做不完。稍有不慎，换来的就是一顿打骂。”

说到这儿，张子惠的嘴唇微微颤抖，那是过去的痛苦仍在心底留下的余悸。

“不过，在为主人采购物品的时候，我认识了滕县街上的一家书店。”张子惠的语气稍稍缓和，眼中闪过一丝光亮，“书店的店主是位姓王的年轻人，他叫王临之，是国民书店的老板，他和我见过的所有人都不一样。”

张子惠的脸上浮现出一丝淡淡的微笑，那是对那段珍贵时光的怀念：“他很善良，特别愿意教穷苦人读书识字。只要一有空闲，我就跑去国民书店，听他讲书中的道理，讲外面的世界。”

张子英静静地听着，眼中闪烁着泪光，脑海中仿佛浮现出妹妹在国民书店里，坐在角落里认真学习的模样。妹妹专注的神情、渴望知识的眼神，就像一道光照进了黑暗的岁月。

“然后呢？”她轻声催促道，声音里充满了对妹妹经历的好奇和关心，也想尽快知晓妹妹是如何走出那段艰难岁月的。

“我在那里学会了读书看报，结识了不少有志青年。”张子惠的眼神中闪烁着光芒，那是对曾经志同道合伙伴的怀念，“他们和我讲国家正遭受的苦难，讲日军的侵略，讲革命的道理。我第一次知道，原来这世上还有那么多人，为了国家，为了百姓，在奋力抗争。”

张子惠的语气中带着一丝自豪，她挺直了腰板，仿佛在展示自己这些年的成长和蜕变：“慢慢地，我明白了自己想要做什么。在他们的影响下，我毅然加入了中国共产党，也开始为革命事业贡献自己的力量。”

张子英听着张子惠的讲述，心中满是骄傲。

她轻轻摸了摸张子惠的头，就像小时候那样：“妹妹，你真的长大了，变得这么勇敢，这么了不起。”

张子英的声音里带着一丝颤抖，那为妹妹感到骄傲的泪水在眼眶里打转，顺着脸颊滑落，滴在两人紧握的手上。

张子惠靠在张子英的肩膀上，轻声说道："姐，我一直想着有一天能再见到你，能和你一起为革命奋斗。现在，终于实现了。"

姐妹俩紧紧相拥，她们知道，未来的路还很长，充满了未知和挑战，但她们不再孤单。

她们将携手并肩，为了心中的理想和信念，为了国家的解放，继续坚定地前行。

1945 年 8 月，炽热的阳光毫无保留地倾洒在这片饱经战火蹂躏的土地上，每一寸泥土都仿佛承载着战争的残酷记忆，弥漫着伤痛与沧桑的气息。

就在这样的时刻，一则足以震撼世界的消息，如同一股强劲且温暖的春风，瞬间冲破了笼罩在人们心头长达数年的阴霾——美国先后向日本广岛和长崎投下原子弹。

彼时，张子英和张子惠正在救助站里忙碌得不可开交。

救助站中，嘈杂的人声、物资碰撞的声响交织在一起。张子英双手捧着一堆衣物，正准备分发给难民，张子惠则在一旁认真地整理着生活用品。

王维高神色匆匆，脚步急促，几乎是一路小跑着冲进救助站，手中挥舞着一份皱巴巴、边角都有些磨损的报纸，声音因激动而变得沙哑且颤抖："快，快看看，小日本要撑不住了。"

张子英和张子惠闻声，手中的动作瞬间定格，像是被时间凝固。

她们手中的衣物和物品险些滑落，两人下意识地对视一眼，那一瞬间，她们的眼中满是震惊与疑惑，瞳孔因惊讶而微微放大，眼神中闪烁着难以言喻的复杂情绪。

张子英率先回过神来，她动作迅速，脚步急切地快步上前，从王维高的手中接过报纸，双手不受控制地微微颤抖着缓缓展开，每一个动作都充满了小心翼翼与期待。

张子惠也紧跟其后，身体前倾，脑袋紧紧凑到张子英身旁，两人的目光像是被磁铁吸引，急切而专注地扫过报纸上的每一个字，眼神中满是对胜利渴望的光芒。

“广岛……长崎……原子弹……”张子英轻声念着，声音轻柔却带着难以掩饰的激动，喉咙像是被情绪哽住，发音都有些含糊不清。

张子惠的眼睛越睁越大，眼眶逐渐泛起一层淡淡的红色，像是被喜悦的潮水慢慢浸润，嘴唇也开始轻轻颤抖，像是想说些什么，却又被这突如其来的惊喜堵住了喉咙：“姐，这是真的吗？我们真的要迎来胜利了吗？”

张子英重重地点了点头，手中的报纸被她攥得更紧，她的声音微微哽咽，带着哭腔说道：“是真的，妹妹，我们的苦日子就要到头了。”

多年来的艰辛与期盼，在这一刻如同决堤的洪水，化作汹涌的泪水，模糊了她的双眼，泪水顺着脸颊滑落，滴落在报纸上，洇湿了一片。

救助站里的其他人也纷纷被这阵骚动吸引，像是被一股无形的力量牵引，从四面八方围拢过来。

大家你一言我一语，七嘴八舌地议论着，脸上洋溢着前所未有的喜悦。

有的人激动得满脸通红，高高挥舞着拳头，声嘶力竭地大声呼喊着：“太好了，战争终于要结束了！”

那声音在救助站里回荡，充满了力量与喜悦；有的人则眼眶泛红，默默流泪。

日子在人们的翘首以盼中一天天过去，整个世界都仿佛屏住了呼吸，等待着最终的结果。

终于，1945 年 8 月 15 日，这个注定被历史永远铭记的日子，日本无条件投降。

消息传来的那一刻，张子英和张子惠正在救助站外的空地上晾晒衣物。

午后的阳光洒在空地上，微风轻轻拂过。张子惠最先听到了远处传来的隐隐约约的欢呼声，她疑惑地抬起头，手中正晾晒的衣物不知不觉滑落都未曾察觉。

紧接着，一个孩子满脸通红，跑得气喘吁吁，边跑边扯着嗓子大喊："日本投降啦！日本投降啦！"

张子惠先是一愣，大脑一片空白，似乎还没反应过来。

但仅仅一瞬间，她的眼睛猛地睁大，眼神中闪过惊喜与激动，她猛地转身，看向正在不远处的张子英，声音因为激动而变得尖锐："姐，姐，日本投降了！"

张子英手中的竹竿"哐当"一声掉落在地，发出清脆的声响。

她瞪大了眼睛，眼神中满是不可置信，嘴巴微微张开，却一时说不出话来。

张子惠飞奔到她身边，脚步有些踉跄，险些摔倒，她紧紧抓住张子英的胳膊，又重复了一遍："姐，是真的，日本投降了！"

张子英的眼眶瞬间湿润，泪水夺眶而出，顺着脸颊肆意流淌。

她张开双臂，动作急切而用力，紧紧抱住张子惠，两人的身体因为激动而微微颤抖。

张子惠的肩膀剧烈地颤抖着，一边哭一边笑，脸上的泪水和笑容交织在一起："姐，我们赢了，我们终于赢了！"

她们周围，救助站里的人们像是听到了冲锋的号角，纷纷涌出。

大家欢呼着、跳跃着，脸上的笑容无比灿烂，那笑容仿佛能驱散世间所有的黑暗。

有的人激动地抱在一起，又哭又笑，泪水和笑声交织成一曲胜利的乐章；有的人跪在地上，双手合十，眼睛紧闭，默默感谢着这来之不易的胜利，嘴唇微微嚅动，似乎在诉说着多年来的苦难与期盼。

街道上，人们自发地从各个角落聚集起来，欢呼声响彻云霄，那声音仿佛要冲破天际。

商店里的老板们纷纷从柜台下、角落里拿出珍藏许久的鞭炮，鞭炮的红纸因为长时间存放而有些褪色，但此刻却显得格外鲜艳。

一时间，噼里啪啦的鞭炮声此起彼伏，硝烟弥漫在空气中，混合着人们的喜悦与激动，却满是喜庆的味道。

孩子们在人群中嬉笑奔跑，像是一群欢快的小鸟，手中挥舞着自制的小彩旗，彩旗在风中猎猎作响，孩子们兴奋地叫嚷着，稚嫩的声音为这欢庆的场景增添了几分活泼与生机。

张子英和张子惠手牵着手，漫步在这欢庆的人群中。

她们看着周围的一切，心中感慨万千。

多年的战争，让她们失去了太多，但也正是这些磨难，让她们变得更加坚强，如同在风雨中挺立的苍松。

如今，胜利的曙光终于照耀在这片土地上。她们知道，未来的日子充满了希望。那希望如同初升的朝阳，照亮了她们前行的道路。

第二十八章　内战爆发

战争的硝烟终于散去，往昔弥漫着战火与恐惧的天空，如今渐渐恢复了澄澈与安宁。

在这来之不易的和平岁月里，刘丹锡与张子英，这对历经风雨的伴侣，经过上级党组织的批准，终于携手走进了婚姻的殿堂，组建起一个真正意义上的温暖家庭。

他们的家是一座质朴的农家小院，院子里摆放着几件简单却实用的农具，岁月在这些农具上留下了斑驳的痕迹，见证着生活的沧桑与变迁。

墙角处，几株不知名的野花在微风中轻轻摇曳，它们肆意绽放着，五彩斑斓的花瓣为这个朴素的小院增添了几分灵动与生机。

婚后的日子，看似平淡无奇，却处处洋溢着幸福的味道。

每天清晨，第一缕曙光还未完全洒进院子，刘丹锡与张子英就已早早起身。他们相互扶持着走向羊圈，羊儿们一见到主人，便欢快地“咩咩”叫起来，声音此起彼伏，仿佛在热烈地欢迎他们，又像是在急切地诉说着对食物的渴望。

刘丹锡熟练地将草料撒进食槽，张子英则在一旁，眼神中满是温柔与关切，她仔细地观察着每一只羊的状态，时不时伸出手，轻轻抚摸着羊儿毛茸茸的脊背，嘴里还轻声念叨着：“好羊儿，快快长大。”

阳光轻柔地洒落在他们身上，勾勒出一幅温馨而美好的田园画面，这画面里，满是生活的烟火气与宁静的幸福。

在日常生活的点点滴滴中，刘丹锡和张子英始终相濡以沫，彼此关心呵护。

结束了一天的辛勤劳作后，他们拖着略显疲惫的身躯回到家中。

这时，张子英总会微笑着走进厨房，为辛苦的刘丹锡泡上一杯热气腾腾的香茶。

而刘丹锡也会和张子英一起在厨房忙碌，两人有说有笑地准备晚餐，烟火缭绕中，弥漫着的是家的温暖与甜蜜。

饭后，他们一同在院子里收拾晾晒的衣物，月光如水，洒在他们身上，映照着他们脸上幸福的笑容。

然而，他们看似平凡的生活之下，却隐藏着更为重要的使命。

在一个静谧的夜晚，月光如水银般倾泻而下，洒在小院的屋顶上。

院子里，刘丹锡和张子英静静地坐在石凳上，周围一片寂静，只有偶尔传来的虫鸣声，为这宁静的夜晚增添了几分生机。

刘丹锡缓缓起身，他的神情庄重而严肃，平日里温和的双眼此刻满是坚定与期待。

他整理了一下自己略显破旧的衣衫，随后，他缓缓走到张子英面前，伸出双手，轻轻握住张子英的手。

刘丹锡凝视着张子英的眼睛，目光中饱含深情与信任：“子英，今天，我正式介绍你加入中国共产党。档案材料已上报上级党组织并得到批准，党欢迎你成为一名共产党员。从这一刻起，我们将肩负起更重大的使命，为了祖国，为了人民，我们要奉献出自己的一切。”

他的声音低沉而有力，每一个字都仿佛带着千钧的重量。

张子英的眼眶瞬间湿润，眼中闪烁着坚定而炽热的光芒。

她挺直了脊背，微微仰起头，深吸一口气，努力平复着内心的激动。

月光洒在她的脸上，映出她脸颊上闪烁的泪光，那是激动与自豪的泪水。

她重重地点点头，声音因为激动而微微颤抖：“我愿意！我将坚定不移地追随党的脚步，为了革命事业，为了让更多的人过上幸福的生活，我不怕任何困难，不惜一切代价！”

她的声音虽然不大，但在这寂静的夜里，却格外清晰，充满了力量。

刘丹锡用食指蘸着清水，在一块木板上画上镰刀与锤头一个党徽的形状：“来，跟我一起向党宣誓。”

张子英学着刘丹锡的样子举起了拳头宣誓完毕，刘丹锡将木板投进了燃烧的灶膛。烈焰燃起，熊熊之势，炊天铄地。

此时，微风轻轻拂过，院子里的野花轻轻摇曳，仿佛在为张子英加入中国共产党而欢呼。

张子英感到一种前所未有的使命感与责任感涌上心头，她深知自己未来的道路虽充满挑战，但却无比光荣。

从这一刻起，她不再只是一个普通的农家妇女，她是一名共产党员，她将为了心中的理想与信念，奉献出自己的全部力量。

日本侵略者投降后，好景不长。

国民党军队为了抢占大城市和主要交通要道，迅速沿津浦路北进。

党中央指示：截断津浦路，阻止国民党北犯。

刘丹锡和张子英夫妻两人，又开始了传递情报、服务前线的工作。

他们的家成为一个秘密的联络点，为革命事业默默奉献着。

每当有同志前来传递情报，他们总是小心翼翼地接待。

张子英会提前在院子里观察周围的动静，确保没有异常情况后，才会打开门迎接同志。

尽管他们为革命事业付出了诸多努力，但他们也有着自己的无奈与艰难。

由于各种复杂的局势和原因，他们还不能将自己的革命身份公之于众。

在村子里，他们时刻保持着低调，言行举止都极为谨慎，生怕引起任何人的怀疑。

每次与同志接头，他们都会提前精心选择最隐蔽的地点，或是在偏僻的山林深处，或是在废弃的旧仓库里。

接头时，他们的眼神时刻警惕地扫视着周围的动静，不放过任何一个异常的情况。

每次传递情报，他们都会将情报藏在最隐蔽的地方，或是藏在羊毛捆的深处，或是藏在羊油桶的夹层里，确保情报能够安全送达。

这种充满压力与危险的生活，并未让他们有过一丝退缩。

他们深知，自己所做的一切，都是为了祖国的未来，为了人民能够过上真正幸福安宁的生活。

尽管不能公开身份，但他们坚信，总有一天，他们的努力与付出会被人们知晓，他们也将继续在这条充满挑战的革命道路上坚定地走下去，携手并肩，为了心中的理想与信念，为了中国的美好未来，默默奉献着自己的全部力量。

日本侵略者虽然投降了，可战争的硝烟还未完全散去，空气中依旧弥漫着刺鼻的火药味和血腥气息。

就在这时，王麓水将军率兵围攻滕县城。

那是一场同样艰苦卓绝的战斗，王麓水将军身先士卒，冲锋在最前线，壮烈牺牲。

他那高大的身影在战火中格外醒目，眼神中透着坚定与无畏，仿佛能穿透一切黑暗，为战士们指引着胜利的方向。

他挥舞着手中的武器，大声呼喊着口号，声音在战场上回荡，鼓舞着每一位战士的士气。

然而，敌人的抵抗异常顽强，密集的子弹如雨点般袭来。

在激烈的战斗中，王麓水不幸身负重伤，一颗子弹击中了他的胸膛，他的身体猛地一颤，鲜血染红了他的衣衫。

但他仍坚持指挥战斗，他用手捂住伤口，咬着牙，强忍着剧痛，不愿退下火线。他的眼神中没有丝毫的畏惧和退缩，只有对胜利的执着和对战友的信任。

最终，他因伤势过重，英勇牺牲。

“身是萍乡一雇工，参加革命显英雄。鲁南解放开新局，痛惜滕郊未竟功。”当张子英听到这首诗时，泪水再次模糊了她的双眼，她的嘴唇微微颤抖，心中满是悲痛与敬仰。

张子英虽未亲身参与滕县城的战斗，但王麓水将军的事迹深深震撼着她。

她想起平日里与同志们一起为革命事业奋斗的点点滴滴，那些在艰苦环境中相互扶持、共同战斗的日子。

在寒冷的冬夜，大家围坐在一起，分享着微薄的食物，互相鼓励；在执行任务时，面对敌人的搜捕，大家齐心协力，共渡难关。

如今，王麓水将军为了革命的胜利，为了百姓的安宁，献出了自己宝贵的生命。

这让张子英更加深刻地认识到革命道路的艰难与曲折，也更加坚定了她继续战斗的决心。

此后的日子里，张子英更加积极地投入各项工作中，她将对王麓水将军的敬仰化作动力，在每一次传递情报、每一次组织群众时，都带着那股坚定的信念，仿佛王麓水将军的精神一直在她身边，鼓舞着她不断前行。

抗日战争胜利之后，饱受战乱之苦的老百姓终于看到了和平的曙光，大家都盼望着过上安稳日子。

但喘息未定的劳苦大众，再次被卷入内战的旋涡。

张子英走在熟悉的街巷，心中却被阴霾填满。

街边的房屋千疮百孔，墙壁上战争的痕迹触目惊心。弹孔密密麻麻，像狰狞的伤口；焦黑的印记仿佛是岁月的伤疤，无声地诉说着往昔的苦难。

十里八乡老百姓们的脸上，再次出现了恐慌，战争的硝烟让渴望和平的乡亲们更加的惊恐与惶然，依旧被战争的血腥和生活的艰辛笼罩。

孩子们穿着打着补丁、破旧不堪的衣服，衣角在风中微微摆动。

瘦骨嶙峋的小手紧紧攥着在田野里拾到的子弹壳当玩具，那玩具意味着什么，孩子们并不明白。

他们的眼中满是对未来的迷茫，眼神中透露出与年龄不符的忧虑。

老人们坐在门口，眼神空洞，望着远方，似乎在思索着生活的出路。

他们脸上的皱纹如沟壑般深邃，每一道都刻满了岁月的沧桑。

年轻力壮的人，即便在田间地头奋力劳作，汗水湿透了衣衫，也只能勉强维持生计。

收获的粮食难以填满一家人饥饿的肚子，他们望着那微薄的收成，无奈地叹息。

张子英看着这一切，心中满是沉重，她深知，战争虽已结束，但百姓们想要过上真正富足、安稳的生活，还有很长的路要走。

日子在看似平静却又暗藏波澜中缓缓流逝。

阳光洒满小院，张子英和刘丹锡像往常一样，在院子里忙碌地照料羊群。羊儿们悠闲地吃着草料，时不时发出“咩咩”的叫声，为这宁静的小院增添了几分生机。

张子英弯着腰，手中拿着草料，轻轻撒在羊槽里，她的眼神中满是温柔与关切，注视着每一只羊。

刘丹锡则在一旁，拿着刷子，仔细地为羊儿梳理着毛发，动作娴熟而专注。

就在这时，一阵急促的脚步声打破了这份宁静。

一位交通员同志行色匆匆地赶来，他的脚步急促而慌乱。

他额头的汗珠顺着鬓角滑落，滴在干燥的土地上，瞬间消失不见。

他喘着粗气，胸膛剧烈起伏，眼神中透露出一丝紧张与凝重，快步走到刘丹锡和张子英面前，将一份秘密文件递给刘丹锡。

刘丹锡和张子英对视一眼，从对方的眼中看到了不安与疑惑。

刘丹锡的手微微颤抖着，迅速打开文件，两人的目光急切地扫过上面的内容。

“南京政府大肆屠杀共产党人……”张子英的声音不自觉地颤抖起来，手中的草料篓子险些掉落。

她的眼睛瞪大，眼神中满是震惊与担忧，原本明亮的眼眸瞬间黯淡下来，脸上的血色也渐渐褪去。

“怎么会这样？”刘丹锡眉头紧锁，脸上的肌肉微微抽搐，他的拳头不自觉地握紧，手背上的青筋凸起，显示出他内心的愤怒与无奈。

第二十九章　热血支前

他们深知，内战的爆发意味着百姓们又将陷入水深火热之中，刚刚看到一丝曙光的生活，又将被战争的阴影笼罩。

张子英望着院子外的天空，湛蓝的天空此刻却仿佛被一层阴霾笼罩。

她的心中五味杂陈，有对和平的渴望，有对百姓的担忧，更有对未来的迷茫。

但她也清楚，作为一名共产党员，无论面临多大的困难与挑战，都要坚定地站出来，为了百姓的幸福，为了国家的和平，贡献自己的力量。

那是一个看似平常的午后，暖烘烘的阳光穿过层层叠叠、斑驳交错的树叶，在地上洒下一片片形状各异的碎金。

微风拂过，光影轻轻晃动。

张子英在院子里有条不紊地忙碌着，手中熟练地操持着家务，晾晒的衣物在绳索上随风轻摆，她时不时停下手中的活，抬头望向门口，眼神中满是期待，盼着孩子们玩耍归来。

突然，一阵急促且凌乱的脚步声打破了这份宁静，张子英的手猛地一抖，手中的衣物差点滑落。

她迅速转头望去，只见小儿子满脸通红，气喘吁吁地冲进院子，脸上写满了焦急与紧张，胸膛剧烈地起伏着。

“娘！”小儿子的声音因为急切和大口喘气而变得沙哑，还带着一丝颤抖，“娘…… 我救回来一个人！”

张子英的心猛地一紧，一种不好的预感如乌云般迅速笼罩心头。

她顾不上擦拭手上的水渍，快步走到门口，看到小儿子身后，一个满身是血的战士正艰难地支撑着身体，摇摇欲坠。

战士的衣服被鲜血浸透，呈现出触目惊心的暗红色，那颜色就像燃烧的火焰，却带着无尽的痛苦与绝望。

他的脸上满是疲惫与痛苦，额头上豆大的汗珠与血水混在一起，顺着脸颊滑落。

张子英的脑海中瞬间闪过之前遭遇日本人的可怕场景，恐惧如汹涌的潮水般涌上心头，她的双手不自觉地颤抖起来。

她的眼神中透露出惊慌与犹豫，脚步也不受控制地微微往后退了一步，仿佛面前的战士是一头凶猛的野兽。

这时，刘丹锡听到动静也急忙赶了过来。

他神色凝重，眉头紧锁，眼神中透露出警惕与关切，仔细打量着眼前的战士。

“你是？”刘丹锡问道。

“我是鲁南独立支队二大队的政委白余良，被国民党特务追杀……”

刘丹锡心中一动，他轻轻翻开白余良政委的衣领，看到了一些被折磨的伤痕，那些伤痕交错纵横，刘丹锡心中已然明白。

“别怕，他是我们的同志。”

他们赶忙将白余良政委扶到屋里。

刘丹锡转头看向张子英，眼神中满是安抚与信任，他伸出手，轻轻拍了拍张子英的肩膀：“国民党开始对共产党人下手了。”

张子英深吸一口气，努力平复内心的恐惧，她的胸脯剧烈起伏，像是要把恐惧都随着呼吸排出体外。

她想起自己在妇救会学到的急救知识，急切且坚定地说：“快！赶快抢救。”

张子英迅速翻箱倒柜地找出急救的工具。她的双手微微颤抖，但眼神却无比专注，像是即将奔赴战场的战士。

她轻轻为白余良政委擦拭着伤口周围的血迹，动作轻柔，生怕弄疼了他。

白余良政委紧咬着牙关，牙齿咬得咯咯作响，额头上的青筋凸起，强忍着疼痛，没有发出一声呻吟。

“忍着点，马上就好。”张子英轻声安慰着。

她拿起镊子，手微微颤抖着，小心翼翼地伸进伤口，试图取出那颗罪恶的子弹。

每一个动作都仿佛经过了漫长的时间，空气仿佛都凝固了，只有张子英沉稳的呼吸声和白余良政委轻微的喘息声，这两种声音交织在一起，仿佛是一场无声的战斗。

终于，随着一声轻响，子弹被成功取出。

张子英长舒一口气，额头上满是细密的汗珠。

她用纱布仔细地为白余良政委包扎好伤口，动作熟练而利落。

在之后养伤的日子里，白余良政委的身体逐渐好转，他的脸上也渐渐有了血色。

这天，阳光正好，白余良政委坐在院子里，张子英为他端来一碗热粥，坐在他身边。

白余良政委的眼神中满是感激，他轻轻放下粥碗，嘴唇微微颤抖，像是有千言万语要说。

“大姐，你不知道，国民党的人太狠了。”白余良政委的声音低沉而沙哑，带着一丝哽咽。

“他们四处搜捕共产党人，只要被他们怀疑，就会被抓去严刑拷打。”

原来，宿北战役期间，山东野战军开赴江苏北部作战，只有鲁南十师和滨海警备旅留在鲁南坚持战斗。

国民党二十六师趁后方我军力薄弱，在国民党第一快速纵队的配合下，向鲁南首府临沂方向发起猛攻。

这时，鲁南独立支队二大队和运河支队配合主力鲁南十师进行了全面反击，他在打十里桥伏击战斗中受伤后，在老乡家养伤，被汉奸发现告密，遭到国民党特务的追杀。

白余良政委的眼神中透露出痛苦，他的手不自觉地握紧，手背上的青筋凸起：“我们的好多同志，都被他们折磨得不成人形，有的甚至……”

白余良政委说不下去了，他的眼眶泛红，泪水在眼眶里打转。

张子英静静地听着，她的眼神中满是愤怒与震惊，拳头也不自觉地握紧。

“怎么能这样？”张子英的声音因为愤怒而微微颤抖，“他们怎么能对自己的同胞下此毒手！”

白余良政委继续说道：“他们用尽各种酷刑，老虎凳、辣椒水，还有竹签钉手指……”

白余良政委的声音越来越低，像是被痛苦扼住了喉咙：“好多同志宁死不屈，他们到最后一刻，都没有出卖组织。”

张子英的眼眶湿润了，泪水顺着脸颊滑落，她的心中充满了对那些牺牲同志的敬佩和对蒋介石的痛恨。

“你们都是英雄。”张子英哽咽着说，“我们一定会为你们讨回公道。”

从那以后，张子英更加坚定了自己的信念，她知道，自己和刘丹锡必须为了正义和和平，继续战斗下去。

在那个局势如暴风雨前的海面般越发紧张的时期，厚重的乌云仿若被上苍死死钉在天幕之上，沉甸甸地压在每一个人的心头，压抑得让人几乎窒息。

街头巷尾弥漫着一股死寂的气息，冷风呼啸着穿梭其中，发出如鬼哭狼嚎般的声响，仿佛在为这个动荡不安的时代哀鸣。

人们的脸上写满了恐惧与不安，行色匆匆，低垂着头，生怕与这乱世的灾祸有任何交集，每一个眼神中都透着对未知危险的惊惶与闪躲。

妹妹张子惠再次接到了组织下达的重要任务——继续传递情报。

以往，她传递的是关于日本侵略者动向的情报，每一次行动都如同在悬崖边缘行走，稍有不慎便会粉身碎骨。

而如今，她肩负的则是传递关于国民党反动派的情报，敌人的残暴与狡猾让这份任务的艰巨程度更甚于从前，危险如影随形，每一个瞬间都可能成为生死关头。

张子惠深知这份责任重如泰山，她的眼神中透着坚定与决绝，那是一种将生死置之度外、为了理想勇往直前的无畏。

她像往常一样，以各种巧妙的伪装为掩护，如一只灵动却又警惕的猫，穿梭在大街小巷。

她的眼神敏锐而警惕，不放过任何一个可能隐藏危险的角落，街边的每一个路人、每一扇紧闭的门窗，都可能暗藏危机。

她的脚步轻盈而稳健，每一步都像是在试探着这个危险的世界，随时准备应对突发状况。

每一次与接头人碰面，她都如履薄冰，提前反复确认周围环境，确保没有丝毫异样才敢靠近。

她的手在暗中微微颤抖，却又因坚定的信念而稳稳地完成情报交接，确保情报能够安全送达。

她的心跳声在寂静的空气中格外清晰，每一次跳动都像是在敲响命运的警钟，但她从未退缩，始终坚守着自己的使命。

她的目光在四周快速扫视，不放过任何一点细微的动静，哪怕是一片落叶的飘落，都能引起她的警觉。

然而，就在一个看似平常的日子里，天空中阴云密布，铅灰色的云层沉甸甸地压向大地，空气中弥漫着令人窒息的压抑气息，妹妹却毫无征兆地失踪了。

张子英发现妹妹许久未归，心中涌起一股强烈的不安，就像有一只无形的手紧紧揪住了她的心。

她在院子里来回踱步，眼神中满是焦急与担忧，额头上的皱纹仿佛在这一刻被岁月狠狠镌刻。

"妹妹怎么还不回来？"她喃喃自语，声音中带着一丝颤抖，那颤抖里藏着无尽的恐惧与牵挂。

她不断地望向门口，眼睛一眨不眨，期待着妹妹熟悉的身影出现，可每一次的张望都换来失望，每一次落空都让她的心下沉一分。

她的脑海中不断浮现出妹妹可能遭遇的危险场景，那些画面如噩梦般缠绕着她，让她几近崩溃。

她的双手不自觉地揪着衣角，仿佛这样就能抓住那逐渐远去的希望。

刘丹锡也察觉到了异样，他原本就严肃的脸上此刻眉头紧锁，皱纹如沟壑般深刻，表情异常凝重。

他轻轻握住张子英的手，那双手宽厚却也因为紧张而微微有些潮湿，试图安抚她的情绪："别太着急，我们先冷静想想。"

但他的眼神中同样透露出忧虑，那是一种对未知危险的深深恐惧，仿佛暴风雨即将来临，却不知何时会落下第一滴雨。

经过一番分析，刘丹锡的脸色变得越发阴沉，仿佛被乌云笼罩，看不到一丝光亮。

"多半是被国民党反动派抓住了。现在的形势太严峻，他们到处抓捕我们的同志。"

他的声音低沉而沉重，每一个字都像是从牙缝中挤出来的，带着无尽的愤怒与无奈。

他的拳头不自觉地握紧，手背上的青筋凸起，显示出他内心的不甘与挣扎。

他的脑海中不断浮现出同志们被抓捕时的惨状，心中充满了愤怒与悲痛。

张子英的眼眶瞬间湿润，泪水在眼眶里打转，她的嘴唇微微颤抖，像是寒风中瑟瑟发抖的树叶："那怎么办？妹妹会不会有危险？"

她的声音带着哭腔，满心都是对妹妹的担忧，那哭声仿佛是黑暗中无助的呼喊。

她的肩膀微微颤抖，双手紧紧地抓住刘丹锡的手臂，仿佛那是她此刻唯一的依靠。

刘丹锡深吸一口气，胸膛剧烈起伏，努力让自己镇定下来：“幸好我们都接受过严格的训练，没有人知道我们的身份。但从现在起，我们必须更加小心行事。”

他的眼神中透露出坚定的决心，仿佛在向这个黑暗的世界宣告，他们不会被轻易打倒。

从那以后，张子英和刘丹锡的生活变得更加谨慎。

每次与同志接头，他们都会提前很久到达约定地点，在周围反复观察，不放过任何一点细微的动静。

传递情报时，他们会将情报隐藏得更加隐蔽，用各种巧妙的方式进行交接，每一个动作都小心翼翼，仿佛周围有无数双眼睛在窥视。

在一个阴霾密布的日子里，天空仿若被一块巨大的铅板严严实实地笼罩着，厚重的云层沉甸甸地压向大地，每一寸空气都弥漫着令人窒息的压抑。

张子英怀揣着那份关乎革命生死存亡的重要情报，疾步走在一条略显偏僻的小巷中。

她行色匆匆，眼神如鹰隼般警惕地扫视着四周，每一步都踏得急促而又轻盈，仿佛稍有不慎，便会被潜伏在暗处的危险盯上。

就在她路过一处长满青苔的转角时，一阵狂风裹挟着寒意突然呼啸而过，吹得周围的杂物沙沙作响。

慌乱之中，张子英丝毫没有察觉到，口袋里那块承载着组织秘密的特殊手帕悄然滑落。

这个手帕上的图画，看似凌乱，其实是她与共产党地下情报交通员接头的许多暗号和地点。

当然，上面的内容，也只有她自己才能看得明白。

手帕在空中悠悠地飘动，宛如一片脆弱的花瓣，在风中无助地打着旋儿，随后被那股强风无情地吹到了路边杂乱的草丛里，静静地躺在那里。

手帕上那独特而醒目的图案，在这略显灰暗、破败的背景下，显得格外扎眼，仿佛是黑暗中一盏不该亮起的明灯。

张子英丝毫没有察觉自己的失误，依旧匆匆前行，脚步急切，很快便消失在了小巷的尽头。

没过多久，一个身形消瘦、面容冷峻的男人迈着看似随意却又暗藏警惕的步子路过此地。

他的眼神中透着一股与生俱来的狡黠，在不经意间瞥见草丛里的手帕时，瞳孔瞬间急剧收缩，眼神中闪过一丝难以掩饰的异样光芒，那光芒中既有意外的惊喜，又夹杂着一丝按捺不住的兴奋。

他以极快的速度将手帕捡起，紧紧攥在手中，随后若无其事地站起身，将手帕不动声色地塞进自己的口袋。

他左右张望着，眼神中满是警惕，不停地扫视着四周，不放过任何一个可能潜藏危险的角落。

他的眼睛像两把锐利的刀子，在巷子里来回穿梭，确定周围无人注意后，才微微松了一口气，随后便匆匆离去，脚步急促而慌乱，每一步都踏得又快又重，仿佛在与时间赛跑。

而这一切，都被隐藏在巷子拐角处一个阴暗角落里的一双眼睛默默注视着。

这双眼睛的主人，身形完全隐匿在黑暗之中，只能模糊看到他嘴角微微上扬，露出一丝不易察觉的冷笑，那笑容中充满了得意与贪婪，仿佛已经嗅到了猎物的气息。

他的嘴唇微微开合，轻轻舔了舔干涩的嘴唇，低声喃喃道：“终于有线索了……”

声音低沉而沙哑，仿佛是从黑暗深渊中传来的恶魔低语。

说完，他便悄无声息地消失在了黑暗里，只留下那回荡在空气中的阴森笑声，像是在宣告着一场即将到来的危机 。

这个看似不起眼的小插曲，却如同一颗悄然埋下的定时炸弹，为张子英的命运埋下了危险的伏笔。

那手帕上的暗记，就像一把打开危险之门的钥匙，即将把张子英推向未知的深渊，而她对此却浑然不知，依旧在为了革命的使命，无畏地前行着。

在这个充满危险的时期，她如同在黑暗中潜行的勇士，小心翼翼地守护着自己的身份和使命，同时也在心中默默祈祷着妹妹能够平安归来。

每一个夜晚，张子英都会在梦中与妹妹重逢，可当她醒来，面对的却是无尽的黑暗与孤独。

但她从未放弃，始终坚守着心中的希望，等待着妹妹回家的那一天。

妹妹张子惠失踪后，张子英的世界仿佛被一层阴霾笼罩，不安与担忧如影随形。

但她就像一棵在狂风中屹立不倒的白杨，没有被情绪击垮，反而将全部精力都倾注到了革命工作中。

在这战火纷飞、山河破碎的岁月里，每一项任务都犹如在荆棘丛中艰难前行，危机四伏，却又承载着无数的希望与使命。

那是一个阴云密布的日子，铅灰色的云层沉甸甸地压向大地，仿佛随时都会崩塌。

张子英接到上级紧急任务，要求妇救会在极短的时间内采购大量粮食，支援前线子弟兵团。

当任务传达的那一刻，张子英的眼神瞬间锐利如鹰，紧紧盯着任务指令，仿佛要将其刻入心底。

她的眼神中没有一丝畏惧，只有破釜沉舟的决绝与坚定。

她迅速召集妇救会的姐妹们，在一间昏暗且弥漫着陈旧气息的屋子里，张子英站在众人面前，身姿挺拔如松。

她的神情严肃而庄重，仿佛一位即将奔赴战场的将军："姐妹们！前线的战士们正在浴血奋战，他们饿着肚子与敌人拼杀，我们怎能坐视不管？这粮食，是他们的力量源泉，是胜利的希望！我们必须争分夺秒，把粮食送过去，这是我们义不容辞的责任，也是我们对国家和人民的承诺！"

她的声音激昂有力，每一个字都像是一颗投入平静湖面的巨石，在屋内激起层层波澜，震撼着每一个人的心灵。

采购粮食的过程，犹如在荆棘丛中艰难穿行。

物资极度匮乏，村民们自己的生活也陷入了绝境，每一粒粮食都显得无比珍贵。

张子英带着姐妹们挨家挨户地劝说，每走进一户人家，她都用饱含深情的目光看着村民，耐心且诚恳地讲解前线的危急状况。

在一户贫苦的大爷家，大爷满脸愁容，无奈地叹着气："闺女啊，你瞧瞧我这家里，米缸都见底了，实在是拿不出多少粮食，这可咋整啊？"

张子英轻轻握住大爷粗糙干裂、布满老茧的手，眼中满是真诚与恳切，声音微微颤抖却又充满力量："大爷，我知道您为难，可哪怕是一小把粮食，那也是对战士们的莫大支持啊！战士们在前线抛头颅、洒热血，就是为了守护我们的家园，守护像您这样的亲人。您的这份心意，他们一定能感受到，这不仅是粮食，更是我们对他们的信任与期盼哪！"

大爷被她的真诚和坚定深深打动，眼眶微微泛红，从角落里小心翼翼地拿出一小袋粮食，双手递给张子英：“闺女，拿着，让他们吃饱了，多杀几个敌人。”

张子英接过粮食，眼眶瞬间湿润，声音哽咽：“大爷，太感谢您了。您的这份恩情，战士们不会忘，我们都不会忘。”

回到据点，大家顾不上片刻休息，便一头扎进了紧张的劳作中。

简陋的磨坊里，弥漫着面粉的气息，那是希望的味道。

石磨在姐妹们的推动下，缓缓转动，发出沉闷而又有节奏的声响，仿佛在诉说着她们的坚韧与不屈。

张子英和姐妹们一起，双手紧紧握住磨杆，身体前倾，用尽全身的力气推动。

一旁的小兰，年纪最小，力气也小，推了一会儿就气喘吁吁，脚步踉跄，身体摇摇欲坠。

张子英见状，迅速走过去，有力地拍了拍她的肩膀：“小兰，累了就歇会儿，我来。”

小兰倔强地抬起头，眼神中透着不服输的劲头：“英姐，我不累。我也要像你们一样，为战士们出份力，为革命尽一份心。”

张子英看着她坚定的眼神，欣慰地笑了，笑容中满是赞赏与鼓励：“好，那咱们一起加油，咱们妇救会的姐妹们，没有一个是孬种。”

经过无数个日夜的不懈努力，她们终于磨制了一万多斤面粉。

然而，任务的紧迫让她们来不及有丝毫喘息，又马不停蹄地开始制作煎饼。

热气腾腾的灶台前，张子英和姐妹们忙碌的身影从未停歇。

张子英熟练地将面糊摊在烧热的鏊子上，动作行云流水，一气呵成。

在紧张忙碌的情况下，新的任务又如暴风雨般骤然降临。

我们的战士要在今晚迅速渡过运河，这是一场与时间的生死较量，也是一场关乎战争成败的关键挑战。

张子英接到消息后，心急如焚，心仿佛被一只无形的大手紧紧揪住。

她在院子里来回踱步，脚步急促而沉重，每一步都仿佛踏在自己的心跳上。

她眉头紧锁，额头上刻满了深深的皱纹，大脑在飞速运转，试图寻找解决问题的办法。

突然，她眼前一亮，急中生智，一个大胆而又充满勇气的想法涌上心头。

她迅速发动带领三十位妇女，回到各自家中，拆下自家的门板。

寒风如刀子般呼啸着，吹得人瑟瑟发抖，仿佛要将她们的身体和意志一同冻结。

但她们没有丝毫退缩，坚定的信念如同熊熊燃烧的火焰，驱散了所有的寒意。

来到运河边，冰冷刺骨的河水让每个人都倒吸一口凉气，那寒意仿佛能直接穿透骨髓。

张子英深吸一口气，没有丝毫犹豫，第一个踏入水中。

河水没过她的膝盖，寒意瞬间如电流般传遍全身，她的身体忍不住剧烈颤抖，牙齿也开始打战，但她的眼神却无比坚定，犹如寒夜中闪耀的星辰。

她大声招呼着姐妹们，将门板依次放入水中，用身体支撑着，搭建起了一座临时的“生命桥梁”。

战士们开始渡河，他们的脚步匆忙而坚定，每一步都踏在张子英和姐妹们的心头。

身体在水中冻得麻木，失去了知觉，但她始终咬牙坚持着，脸上写满了坚韧与顽强。

她的嘴唇颤抖着，却不停地大声鼓励着战士们：“同志们，加快速度！时间就是生命，胜利就在前方，冲过去！”

这时，旁边的姐妹春秀不小心滑倒，半个身子浸入水中，她惊恐地叫了一声。

张子英连忙伸手拉住她，手臂上的青筋暴起，用尽全身力气将春秀拉起：“春秀，别怕！站稳了，我们一起坚持住，战士们需要我们！”

春秀脸色苍白如纸，嘴唇发紫，却用力点头，声音颤抖却坚定：“子英姐，我没事，我能坚持！为了战士们，为了革命，我死也要撑住！”

看着战士们顺利渡河，张子英心中的一块大石头终于落了地。

但她知道，危险并未完全解除，战斗还在继续，革命的道路依旧漫长而艰辛。

妹妹子惠依旧没有回来，张子英的心中满是担忧与牵挂，那是对亲人的深深眷恋和无尽思念。

但她没有被情绪左右，凭借着在各个领域积累的丰富战斗经验，加上她那质朴的模样，组织暗中安排她接替妹妹的工作。

刘丹锡找到张子英，表情严肃而凝重，眼神中透露出深深的担忧与关切。

他缓缓说道：“子英，这次战斗很可能比以往更加残酷，敌人也更加狡猾，你一定要做好充分的心理准备，这不仅关乎你的安危，更关乎大局的成败。”

张子英微微点头，眼神中透露出无畏的勇气和坚定的信念，犹如燃烧的火炬：“我不怕。为了胜利，为了无数像我妹妹一样生死未卜的同志，我会全力以赴，哪怕前方是刀山火海，我也决不退缩。”

她的声音坚定有力，在空气中回荡，仿佛是向这个残酷世界发出的最强音，宣告着她的不屈与抗争，无论前方等待她的是什么，她都将勇敢面对，直至胜利的曙光穿透阴霾，照亮这片饱经沧桑的土地。

第三十章　囚室炼狱

1946 年冬月，寒冬凛冽，整个世界仿佛被一层冰冷的纱幕笼罩。

张子英携带着组织交给的国民党军事布防图，向隐秘在山中的共产党情报交通点走去。

皓月高悬夜空，清冷的光辉倾洒而下，却无法穿透那片阴郁的森林。

森林像是一个巨大的黑暗迷宫，弥漫着神秘而压抑的气息。

银白色的雪厚厚地铺在大地上，整条小路寂静得如同死寂一般，张子英正艰难地背着满满一大筐羊毛，沿着山路蹒跚走着。

她身上的棉衣和毛裤都打着密密麻麻的补丁，每一块补丁都像是一段艰苦岁月的见证。

手上的粗白绳手套也因沾满污秽而变得发黄，诉说着生活的艰辛。

“又是一个难熬的冬天。”

她的眼睛直直地望向远方绵延山脉的上空，那里，黑压压的沉云层层堆积，却嵌着月光的一点白。

“但我们总能熬过去的。每年都是这样，熬过去，就是春天了。”

她的目光轻柔，却带着不容置疑的坚定，在寂静的山间回荡。

她的思绪飘向了孤儿院的孩子们，那一张张纯真无邪的脸。

他们的世界里，充满了爱与希望，相信长大后的世界会装满光怪陆离的美好。

想到这里，张子英脸上忧郁的线条被浅浅的笑容轻快地洗涤，她仿佛已经看到了春天的美景：要在山上、路上、乡亲们的房子里，种满最红、最艳的石榴花，让那一抹抹鲜艳的红色点亮整个世界。

忽然，一片雪花轻盈地落到张子英的眉毛上，她下意识地把眼睛闭上，“哎呀”地轻叫一声，同时感到眼皮上一阵发凉。

不远处传来像蛇爬行的“窸窸窣窣”的响声，森林中朦朦胧胧地出现了几条若隐若现的黑影。

这时一种莫名的沉重感笼罩在她全身，寒意从她的眉毛蔓延到指尖。

这是长期身处战斗中所培养出的对危险的敏锐感，虽然并没有看到敌人，但她清楚地知道，自己因为大意，已经踏入敌人的包围圈中。

她迅速地将自己的围巾系在一棵树的树杈上。

“我已被捕，快跑！”这是撤退的信号。

远在一旁的地下党交通员看到这一幕，便得知国民党动手了，我们的同志被捕了。

他顿时心如刀绞，但是，为了党的计划，还是忍住悲痛发出撤退的信号，保住了更多的地下党。

走到这里，远远地，她已经能看见山脚下袅袅升起的白烟，指尖开始泛起柴火送赠的温暖。

可是，还能走到那里吗？

她知道，无论前方等待她的是什么，她都必须勇敢面对，因为她肩负传递消息的重任。

“这张布防图是攻打峄县的关键，能否取得最终胜利，系于你一身了。”临行前刘丹锡的嘱托尚且萦绕在耳边，自身安危尚不打紧，唯独这份情报……

张子英深吸一口气，试图平复内心如汹涌潮水般的慌乱，那气息在胸腔中剧烈地起伏，仿佛要冲破胸膛。

藏好了情报，她内心里完全放松了下来，不再紧张、恐惧。

脚下的步伐不自觉地加快，干枯的树叶在脚下发出细碎的“簌簌”声，每一步都踏得急促而又沉重，仿佛是在与命运进行一场争分夺秒的生死较量，试图在这如死寂般的氛围中寻得一丝生机。

然而，还没等她走出多远，一阵杂乱的脚步声从四面八方像潮水般汹涌袭来，越来越近，那声音好似密集的战鼓被疯狂敲击，重重地撞击在她的心头，震得她的心仿佛要跳出嗓子眼儿。

张子英的心猛地一紧，仿佛被一只无形的大手狠狠攥住，指尖都因紧张而微微泛白，她知道，躲避已然来不及，危险已如影随形，近在咫尺。

但此刻，她仍强装镇定，牙关下意识地咬紧，她想着绝不能自乱阵脚，或许这只是巧合，只要自己足够镇定，或许还能逃过一劫。

很快，一群敌人如饥饿的恶狼般从树林中疯狂蹿出，将她团团围住。

凛冽的寒风如锋利的刀刃呼啸而过，吹得树枝“沙沙”作响，仿佛也在为这场突如其来的危机而瑟瑟发抖。

为首的军官身材高大，他脸上带着一道狰狞的伤疤，在清冷的月光下，那道伤疤宛如恶魔的印记，显得格外可怖，伤疤处的皮肤扭曲着，仿佛在无声地诉说着他的残暴与凶狠。

他迈着沉重的步伐，一步一步缓缓走近张子英，皮鞋踩在雪地上发出“嘎吱嘎吱”的声响，每一步都像是踏在张子英急速跳动的心跳上，震得她内心越发慌乱，呼吸也变得急促而沉重。

他上下打量着张子英，眼神中充满了怀疑与贪婪，那目光犹如两把寒光闪闪的锋利刀子，仿佛要将她的伪装彻底看穿：“哼，可算把你等来了，别再装了，知道你不简单。”

他的声音如同破锣般刺耳，在寂静的山间回荡，也让这压抑的氛围越发沉重。

张子英深吸一口气，努力让自己的声音听起来平静，可微微颤抖的语调还是像叛徒一般，泄露了她内心的紧张：“长官，您这话什么意思？俺就是个卖羊毛线的，在山上收了些羊毛兽皮，想拿去换点钱过日子。这大冷天的，不出来找点营生，一家人可怎么活呀。”

说罢，便从筐中翻出一坨羊毛递到为首的军官面前：“长官您看看，这上好的羊毛啊……”

她的眼神中透露出一丝恰到好处的畏惧，双手不自觉地揪着衣角，仿佛真的是一个被吓坏的农妇，在这残暴的敌人面前瑟瑟发抖，无助又可怜。

国民党军官冷哼一声，指使手下开始在她的筐里疯狂翻找，双手如粗鲁的野兽，肆意地把里面的东西扔得到处都是。

羊毛和兽皮散落一地，在冰冷的雪地上显得格外凌乱，就像张子英此刻混乱不堪的心情。

张子英看着自己的东西被肆意破坏，心中的愤怒如熊熊燃烧的烈火般越烧越旺，双手紧紧握拳，将这股怒火深埋心底，脸上依旧装出一副惊恐又委屈的模样，嘴唇微微颤抖，像是在寒风中无助地呜咽。

突然，为首的军官从腰间掏出那块特殊手帕，在张子英面前晃了晃，手帕上的图案在月光下格外刺眼，仿佛是死亡的倒计时牌。

他脸上挂着扭曲的得意笑容，那笑容仿佛是胜利的恶魔在肆意嘲笑，嘴角上扬的弧度带着无尽的恶意，牙齿在月光下闪烁着森冷的光：“看看这是什么？还想狡辩？跟我们走一趟。”

他的声音中带着嘲讽与得意，在这空旷的山间回荡，显得格外刺耳，也彻底击碎了张子英最后的幻想，她只觉一阵天旋地转，眼前的世界仿佛都在这一刻崩塌。

但张子英仍不愿放弃伪装，瞪大了眼睛，装出一副茫然又无辜的样子：“长官，这手帕是俺在路上捡的，看着好看就收起来了，真不知道有啥问题啊。您可别冤枉俺，天娘嘞，俺就是个本本分分的老百姓。”

她的声音带着哭腔，试图做最后的挣扎，心里却在飞速盘算着脱身之计，目光在敌人之间来回游移，寻找着任何可能的破绽。

敌人恼羞成怒，为首的军官猛地伸出手，一把抓住张子英的胳膊，手指如铁钳般紧紧扣住她的肌肤，仿佛要将她的手臂捏碎。

张子英只感觉手臂一阵剧痛，她挣扎着，双脚用力蹬地，试图挣脱敌人的束缚。

然而，敌人的力量太大，她的挣扎显得如此无力，就像一只被困在蛛网中的蝴蝶，无论怎么扑腾，都难以逃脱。

她的心中充满了不甘，还没有看到革命胜利的那一天，那些孤儿院的孩子纯真的笑脸在她脑海中不断浮现，成为她此刻心中最柔软也是最坚定的牵挂，支撑着她在这绝望的处境中不放弃。

埋伏在不远处的地下党交通员，看着眼前发生的一切，泪水在眼眶中打转，但是，为了更大的胜利，他只能选择默默地隐忍。

在被敌人押走的那一刻，张子英回头望了望那片熟悉的山林，月光洒在雪地上，泛出清冷的光，山林在夜色中显得格外寂静。

她的眼神中充满了不舍和牵挂，每一棵树、每一寸土地，都承载着她的回忆和希望，那些与同志们并肩作战的日子，那些为了理想而奋斗的时光，此刻在她脑海中一一闪现。

她知道，自己即将面临一场严峻的考验，但她坚信，革命的火焰永远不会被扑灭，胜利终会属于他们。

那片山林在她的视线中渐渐模糊，可她心中的信念却越发坚定，如同黑暗中的灯塔，照亮她前行的道路。

尽管此刻她被黑暗笼罩，但她知道，只要信念不灭，光明总会到来。

只是这光明到来之前的黑暗，似乎格外漫长。

而她，或许将成为这黑暗中沉默的英雄，等待着黎明的曙光为她正名。

远处的地下党交通员，等他们渐行渐远，迅速地在那个大石头下找到了方才张子英留下的那张国民党的军事布防图……

峄县国民党警察局审讯室。

在一个阴暗潮湿的房间里，中间一个大大的十字形刑架摆在那里，两边则是各种各样的刑具，上面有些暗红色的血迹，旁边还有一个烧得红红的炉子，到处弥漫着血腥的气息。

“快走，快走！”张子英被两个人羁押着，坐上了老虎凳，国民党开始对她进行新一轮的折磨。

国民党特务已经五天五夜没有让她睡觉，这是一种对精神和肉体的双重折磨。

恍恍惚惚的她仿佛看到了自己的哥哥张子林，看到他们一起接受新思想的画面；看到了自己和心爱的人一起加入中国共产党的骄傲和自豪，想到了他们一起宣的誓言：“对党要有绝对的忠诚，我要继续完成任务，帮助战友脱离危险。”

此时，被国民党折磨得死去活来的她，意志和灵魂却坚定得可怕。

空气仿若被寒霜冻结，冷冽而令人窒息，仿佛连墙上陈年的血迹都被这股寒意凝固。

房间的角落里，阴暗潮湿的气息如汹涌的潮水肆意弥漫，成群的蟑螂和臭虫在堆积如山的血肉筋骨间疯狂穿梭涌动。

它们那黑褐色的外壳在微光下闪烁着令人作呕的光泽，恰似从地狱深渊爬出的恶魔，得意扬扬地探出细长的触须，在这死亡气息浓重的空间里肆意横行，贪婪地啃食着、吮吸着尚在空气中飘浮的腐臭味道，那是生命消逝后留下的绝望残痕。

潮湿的霉味与刺鼻的血腥在这密闭空间里疯狂发酵，西墙裂缝透进的月光在血泊中碎成扭曲的银蛇，好似恶魔狰狞的笑容。

国民党军官背后的铁架上，三盏煤油灯摇曳着昏黄的光，将人影投射在斑驳的墙面上，那影子不断晃动，仿佛某种正在蜕皮的巨兽，散发着诡异的气息。

角落里堆积的残肢突然发出黏腻的蠕动声，竟是一只老鼠从暗渠钻了进来，正疯狂撕咬着半截青灰色的手指，它的眼睛闪烁着嗜血的光，喉咙里发出“吱吱”的叫声。

张子英瘫坐在老虎凳上，她的双手被粗粝且坚韧的绳索紧紧捆绑在靠背之后，绳索深深嵌入她的肌肤，勒出一道道青紫泛红的血痕。

她袒露着的肌肤上布满铜钱大小的血红窟窿，犹如被凶猛恶兽用尖锐獠牙撕咬过一般，伤口处的皮肉向外翻卷，几缕鲜血如细长的蜈蚣般蜿蜒着从伤口缓缓爬出，顺着她那瘦弱的身体流淌到脚边，汇聚成黑乎乎、黏糊糊的一片，散发出一股浓烈刺鼻、令人作呕的腥味，在这狭小的空间里弥漫开来，让人几近窒息。

“各位长官，你们究竟为啥要为难我这平头小百姓哟？”

张子英双眼呆滞，神情恍惚，嘴唇不停地颤抖，一直只重复这一句话。

她的声音带着哭腔，在这死寂的房间里回荡，显得格外无助。身前的军官并不言语，只是一味地清洗着手里锐利光滑的小刀。

军官熨烫笔挺的制服袖口沾着星点褐渍，当他俯身时，领口隐约露出一道横贯锁骨的旧刀疤，那刀疤像是岁月留下的狰狞烙印，诉说着他过往的血腥与残暴。

清洗刀具的动作带着诡异的仪式感——先用浸透酒精的棉布擦拭三遍，再就着灯光检查刃口，最后将沾血棉布整齐叠放在檀木匣中，匣盖内侧用金漆绘着朵九瓣莲花，那莲花在这血腥的场景中显得格外妖异。

他冷笑着，脸上的肌肉扭曲成一种诡异的弧度，那笑容中没有一丝温度，只有无尽的残忍与冷酷。

他保持着居高临下的高贵姿态，像是一位审判世间万物的主宰，缓缓将下巴凑近张子英的耳垂，阴沉沉地呼着气说道：“我们不是神仙，你也不是小百姓。”

他的声音低沉而冰冷，如同寒夜中呼啸而过的冷风，带着刺骨的寒意，让人脊背发凉，浑身的血液都仿佛瞬间凝固。

说罢，他猛地将手腕一抖，动作干净利落，没有丝毫拖泥带水，一道银光如闪电般划过，伴随着一声沉闷的声响，又是干净利落地从张子英的肩上旋出一块血窟窿。

鲜血瞬间如泉涌般涌出，染红了张子英的衣衫，那殷红的鲜血在灰暗的背景下显得格外刺眼，仿佛是黑暗中燃烧的火焰，却带着无尽的痛苦与绝望。

张子英的身体因剧痛而剧烈颤抖，她的双手用力挣扎，试图挣脱那束缚着她的绳索，可绳索却越勒越紧，让她的挣扎显得徒劳无功。

她的指甲在老虎凳上划出一道道痕迹："老天哟，我春花是造了什么孽哟，你罚我在这挨刀子。"

张子英一时间双眼翻白，脸上的表情因痛苦而扭曲成一种狰狞的模样，怪叫一声后开始发出撕心裂肺的哀号，那声音仿佛是从灵魂深处迸发出来的。

她的喉咙因嘶吼而变得沙哑，可痛苦的声音仍在不断传出。

她的身体在老虎凳上剧烈扭动，双脚用力蹬地，试图摆脱这无尽的痛苦，可一切都是徒劳，她只能在这痛苦的深渊中苦苦挣扎。

汗水从她的额头不断冒出，与血水混合在一起，顺着脸颊滑落。

军官听着张子英的胡言乱语，嘴角一咧，露出一个更加残忍的笑容，那笑容中带着一种变态的兴奋，仿佛在欣赏一场精彩绝伦的表演。

他呵呵地笑着，笑声在房间里回荡，充满了邪恶的意味，将手中沾着肉片的刀尖在张子英眼前晃了几下，那刀尖上的肉片还在微微颤动，散发着浓烈的血腥味，那刀尖犹如恶魔的獠牙。

"我听闻，古代凌迟行刑，最多的，能割上三千五百七十刀。你说，你要挨上几刀，才肯承认你就是张子英？老实说，你去给谁送情报？"他的眼神中透露出一种疯狂的渴望，仿佛在期待着一场更加残酷、更加刺激的游戏。

他的眼睛紧紧盯着张子英，不放过她脸上任何一个细微的表情变化。

顿时，张子英呼吸变得急促又困难，喉咙里发出断断续续的抽泣声，每一次呼吸都像是在艰难地攀爬一座陡峭的山峰。

她的脸色苍白如纸，毫无血色，仿佛被抽干了所有的生命力，冷汗和泪水顺着脸颊滑落，滴在她那满是血污的衣衫上。

“长官大人！你们认错人了，认错人了啊！”她的哀号在寂静的空间里回荡，如同踩入陷阱，双腿被铁夹子夹断的待死母狼，充满了绝望与悲戚。

“好，好，好！行，行，行！你的骨头比我想的硬多了。那我倒要看看，你的心肠是不是也是这么硬！”国民党军官直起身来，狠狠地拍了几下手掌，“带进来。”

在来者踏入房间的一瞬，房间的声音似乎被全部扼断在张子英上下滚动的喉咙里。她昏蒙的视线里，突然流溢出撕裂黑暗的灿烂。

她知道，自己或许即将走到生命的尽头，但她所坚守的信念，她的同志们，从未输过，也永远不会输。

第三十一章　血沃信仰

审讯室，宛如一座被诅咒的炼狱，绝望与痛苦如同浓稠的墨汁，肆意地渗透进每一寸空气，将人死死笼罩，压抑得令人几近窒息。

昏黄黯淡的灯光，在潮湿发霉、满是水渍的墙壁上摇曳跳跃，像是随时都会被黑暗吞噬。

那昏黄的光晕，把张子英的身影扭曲成一幅破碎不堪、摇摇欲坠的剪影，仿佛下一秒就会被这黑暗的空间彻底吞没。

张子英瘫坐在老虎凳上，身体不受控制地微微颤抖。

她的呼吸急促而艰难，每一次吸气，都伴随着伤口撕裂般的剧痛，仿佛有无数根钢针深深刺入她的身体，让她的胸腔都在隐隐作痛。

她的双手被粗糙坚硬、带着倒刺的绳索死死捆绑在椅背上，绳索深深勒进她的肌肤，嵌入那脆弱的血肉之中，渗出的鲜血早已干涸，在皮肤上结成一道道暗红色的痂，每一道痂痕，都在无声地诉说着她所遭受的非人折磨。

她的衣衫破碎褴褛，就像一片片被狂风撕扯的破布，大片大片的肌肤袒露在外，上面布满了密密麻麻、深浅不一的瘀青，以及一道道狰狞恐怖、皮肉翻卷的伤口，伤口处散发着令人作呕、刺鼻难闻的气味，每一道伤痕，都是敌人残暴行径的铁证，是这段黑暗历史的残酷印记。

此时，走进审讯室的是陈明地。

他迈着令人胆寒的步伐走进审讯室，身着国民党的黄色军装，脸上那复杂难辨的神情，却将他内心的纠结与疯狂毫无保留地泄露出来。

他的眼神中，既有对张子英曾经的一丝惋惜，那是对往昔情谊的微弱留恋；又燃烧着不达目的誓不罢休的执拗火焰，那火焰中满是疯狂与贪婪。

他缓缓走近张子英，每一步都重重地踏在这令人窒息、仿佛凝固的空气中，发出沉闷而又压抑的声响，那声响仿佛是命运倒计时的钟声，一下又一下，重重地敲击在张子英的心头。

“张子英，你我相识一场，何必如此固执？只要你肯说出你与谁去接头，那份情报是什么内容，我保证你能免受皮肉之苦，还能让你有享不尽的荣华富贵。”

陈明地的声音低沉，却暗藏着致命的威胁，如同一条隐匿在黑暗深处、蓄势待发的毒蛇，缓缓吐出冰冷的芯子，随时准备给人致命一击。

张子英艰难地抬起头，她的眼神疲惫不堪，却又充满了不屑与坚定，干裂起皮、满是血痕的嘴唇微微颤抖，像是在与这残酷的命运做最后的抗争。她吐出铿锵有力、掷地有声的话语：“陈明地，你以为荣华富贵能收买我？你错了！从你背叛信仰、投向敌人的那一刻起，你就已经沦为了行尸走肉，一具没有灵魂的躯壳，我绝不会与你同流合污！”

她的声音虽然因为伤痛和疲惫而虚弱，却如同洪钟般在这阴暗潮湿、弥漫着死亡气息的审讯室里回荡，撞击着每一个冰冷的角落，也撞击着陈明地那看似坚硬、实则脆弱的内心防线。

陈明地的脸色瞬间阴沉得如同暴风雨来临前墨色翻涌的天空，乌云密布，电闪雷鸣，眼中闪过一丝难以抑制、喷薄而出的恼怒。

他猛地一挥手，那动作带着一股狠劲，像是要把所有的愤怒都发泄出来。

几个凶神恶煞的敌人便押着一个奄奄一息的人走进来。

张子英定睛一看，那熟悉的面容让她的心猛地一揪，像是被一只无形的大手狠狠攥住，疼得她几乎窒息。

是妹妹张子惠！

妹妹的头发凌乱地散落在脸上，原本清澈明亮、充满活力的双眼此刻布满了血丝，黯淡无光，毫无神采，嘴角还挂着凝结的血迹。

身上的衣服破破烂烂，满是被折磨的痕迹，每一道伤口，都像是一张无声呐喊的嘴，诉说着无尽的痛苦与折磨。

看到妹妹的那一刻，张子英的眼眶瞬间湿润，泪水不受控制地在眼眶里打转，像是决堤的洪水，即将汹涌而出。

她的身体不受控制地向前挣扎，双手用力拉扯着绳索，想要挣脱这束缚，去拥抱受伤的妹妹，去为她分担痛苦。然而，她越挣扎，那绳索勒得越深，鲜血再次渗出，她却浑然不觉，只能发出痛苦的呜咽："妹妹！他们怎么把你折磨成这样……"

她的声音颤抖，带着无尽的心疼与愤怒，那愤怒如同熊熊燃烧的火焰，在她的胸腔中越烧越旺。

陈明地冷冷一笑，那笑容如同冬日里最凛冽的寒风，冰冷刺骨，能冻彻人的灵魂。

他走上前，伸出手捏住妹妹的下巴，动作粗暴而凶狠，像是在对待一个毫无价值的物件，把妹妹的脸抬起，让张子英能看得更清楚：“张子英，只要你说出共产党地下交通站的秘密，我立刻放了她，不然，下一秒，她就会命丧黄泉！”

妹妹虚弱地摇了摇头，用尽全身最后的力气，用微弱却坚定的声音说道：“姐，别管我，我和你一样，绝不会向他们屈服！”

妹妹的眼神中闪烁着坚定的光芒，那光芒如同黑暗中的星辰，是对信仰的坚守，对敌人的蔑视，也是对张子英的鼓励。

张子英咬着牙，脸上的肌肉因痛苦与挣扎而扭曲变形，豆大的汗珠从额头滚落，滴在满是血污、散发着恶臭的地面上。

但她眼中的坚定从未动摇，仿佛是黑暗中永不熄灭的灯塔，为她指引着希望的方向：“陈明地，你别做梦了，我们就算死，也不会出卖组织。”

陈明地见状，恼羞成怒，一脚踢倒旁边的凳子，他又一挥手，那动作带着一股疯狂的意味，敌人再次出去，不一会儿，抓来了张子英的小儿子。

小儿子三亮被吓得哇哇大哭，小小的身躯在敌人的手中拼命挣扎，稚嫩的脸上满是恐惧，那恐惧如同阴影，笼罩着他纯真的脸庞。

张子英看到儿子的那一刻，心都要碎了，泪水夺眶而出，顺着脸颊滑落。

她颤抖地喊道：“你们放开我的孩子！冲我来！”

陈明地走到孩子身边，一把揪住孩子的衣领，动作粗暴而蛮横，像是要把孩子生吞活剥，孩子的双脚离地，在空中无助地踢蹬，小手在空中乱抓，想要抓住一丝希望。

陈明地恶狠狠地说：“张子英，这可是你的亲骨肉，你要是再不说，我可就对他不客气了。”

张子英的身体剧烈颤抖着，内心痛苦至极，仿佛被千万根钢针同时穿刺。

她的目光在孩子和妹妹之间来回游走，那是一位母亲和姐姐最深的牵挂与煎熬，是人性中最柔软与最坚强的碰撞。

“陈明地，你以为这样就能威胁到我？你错了，我不会让你们得逞的！”

儿子哭着喊：“娘，我怕……”

张子英仿佛被万箭穿心，但她依旧坚定地说：“孩子，别怕，妈妈在这里，他们不敢把你怎么样。”

她的声音虽然温柔，却带着一种不可动摇的力量，那力量源自她对信仰的忠诚，对家人的爱。

这时，张子英突然说道：“陈明地，念在咱们认识多年的分上，你过来，我只告诉你一个人。”

陈明地信以为真地靠近张子英。

“距离太远了，不能让他们听见。”张子英神秘且缓缓地说道。

陈明地将耳朵靠近她，张子英猛然间把他的耳朵撕咬下了一片：“啊啊！疼死我了！”瞬间，鲜血随着鬼哭狼嚎的叫声流了下来。

陈明地彻底被激怒，他把孩子扔到地上，孩子摔倒在地，发出一声痛苦的哭声，那哭声像是一把利刃，刺进张子英的心里。

陈明地对着手下狂吼：“去，把她其他的孩子都抓来，就在她面前杀掉！我倒要看看她能有多硬气！”

就在刽子手准备冲出去的时候，一个国民党士兵慌慌张张地跑进来，在陈明地耳边低语几句。

陈明地的脸色瞬间变得煞白，如同被抽干了所有的血色，他难以置信地瞪大眼睛，那眼神中满是震惊与恐惧，怒吼道：“不可能，这怎么可能？”

他的双手下意识地紧紧握拳，身体因为愤怒和震惊而剧烈颤抖，像是一片在狂风中飘摇的落叶，脸上的肌肉不受控制地抽搐着，原本笔挺的军装此刻也显得有些凌乱，领口的扣子被他在慌乱中扯开，露出里面褶皱的衬衫，狼狈不堪。

张子英听到陈明地的怒吼，心中不禁一动，她强撑着疲惫不堪、伤痕累累的身体，用尽全身的力气抬起头，眼神中透露出一丝疑惑和期待。

虽然不知道发生了什么，但陈明地的失态让她隐隐感觉到，一定是有什么对敌人不利的事情发生了。

当隐约得知山东野战军已经开始对国民党二十六师展开作战，二十六师八十旅被围歼时，张子英的眼中闪过一丝不易察觉的欣慰，那欣慰如同黑暗中的一缕曙光，照亮了她疲惫的心灵。

她干裂的嘴唇微微上扬，露出一抹虚弱却又自豪的笑容，那笑容中带着对胜利的喜悦，对同志们的骄傲。

尽管身体被折磨得千疮百孔，每一处伤口都在诉说着痛苦，但此刻，她的心中却充满了力量，那力量源自对胜利的渴望，对信仰的坚守。

她知道，同志们正在为了胜利而拼搏，而自己所遭受的一切痛苦，在这一刻都变得值得。

她转头看向妹妹和孩子，眼中满是温柔与坚定：“妹妹，孩子，我们的人赢了，胜利就要来了。”

张子惠微微点头，眼中闪烁着泪光，那是欣慰的泪光，也是对张子英的敬佩，那泪光中，闪烁着希望的光芒。

孩子虽然还不太明白发生了什么，但看到妈妈的笑容，哭声也渐渐小了下去，那纯真的脸上，也露出了一丝懵懂的喜悦。

陈明地在审讯室里来回踱步，嘴里不停地咒骂着，那咒骂声中满是不甘与愤怒，他的眼神中充满了慌乱和恐惧，像是一只困兽。

他突然停下脚步，恶狠狠地看向张子英：“就算你们这次赢了又怎样，我不会善罢甘休的！”

张子英冷冷地看着他，没有说话，那眼神仿佛在告诉他，他的挣扎不过是徒劳，胜利的天平已经倾斜，光明即将驱散黑暗 。

暗无天日、潮湿阴冷的牢房里，时间仿佛被一只无形的大手肆意拉扯，失去了正常的流速。

牢房的墙壁上，水渍如同贪婪的墨汁，肆意漫延，勾勒出一张张扭曲、狰狞的鬼脸。

昏黄黯淡的灯光，在潮湿的空气中摇曳不定，仿佛随时都会被黑暗吞噬，为这鬼脸添上了几分阴森可怖的色彩。

空气中弥漫着令人作呕的腐臭气息，混合着浓重刺鼻的血腥味道，犹如一张密不透风的网，将人紧紧裹缠，让人几乎窒息。

张子英拖着伤痕累累的身躯蹭着墙壁蜷曲起来，那角落宛如她在这残酷世界里最后的避风港，即便寒冷彻骨、潮湿难耐。

宿北战役取得胜利后，延安指示山东野战军和华中野战军回师鲁南，集中 27 个主力团，集中歼灭峄县、台儿庄进犯临沂之国民党整编第二十六师及第一快速纵队。

张子英执行的任务，就是给山东野战军传递国民党在滕县、峄县、枣庄、临沂的军事布防地图。在山上，当她发现有敌人围追她时，假装小解，迅速地将情报藏在了大石头底下。

她的身上布满了敌人严刑拷打留下的瘀青和伤口。

那些伤口，有的已经开始溃烂，散发着恶臭，蛆虫在腐肉间蠕动，让人不忍直视。有的则刚刚结疤，却又被新的伤痛无情撕裂，鲜血渗出，染红了破旧的衣衫。

她的衣衫早已破碎不堪，勉强遮掩着那伤痕累累的身体。凌乱的发丝，黏腻地贴在满是血污和泪痕的脸上。

一日日过去，监狱里已经隐隐约约听到远处的炮声，每当有一丝关于我军胜利的消息，如微弱却珍贵的曙光，艰难地穿透这黑暗如渊的牢笼，传入她的耳中时，张子英那黯淡无光、满是疲惫的眼睛里，便会闪烁起一丝欣慰的光芒。

那光芒虽然微弱，却如同寒夜中最明亮的星辰，瞬间照亮了她那被痛苦和绝望笼罩的内心。

她仿佛看到胜利的旗帜在风中高高飘扬，那鲜艳的红色，如同燃烧的火焰，炽热而耀眼，充满了希望和力量。

她仿佛看到那充满希望的未来正在一步步向他们走来。

孩子们在和平的阳光下欢笑，百姓们安居乐业，街道上车水马龙，一片繁荣祥和。

那是一个没有战争、没有压迫的世界，一个充满自由与正义的世界。

“同志们，加油啊！一定要彻底打败敌人！”

张子英在心中默默呼喊着，声音虽然微弱，却充满了力量，那是信仰赋予她的力量。

她的双手紧紧地攥在一起，手背上的青筋凸起，仿佛这样就能给予同志们力量，就能让胜利的天平更快地向他们倾斜。

她的嘴唇微微颤抖，喃喃自语，像是在为同志们祈祷，又像是在给自己打气，每一个字都承载着她对胜利的期盼和对信仰的执着。

然而，敌人的残暴与冷酷超出了所有人的想象。

一个狂风呼啸的夜晚，风声如同恶魔的咆哮，在牢房外肆虐。

狂风拍打着牢房的窗户，发出“砰砰”的声响。

每一声撞击，都让牢房里的空气为之震颤。

陈明地带着几个凶神恶煞的手下，如同一群从地狱爬出的恶鬼，闯进了牢房。

他们的脸上没有一丝人性，只有无尽的残忍与疯狂。

陈明地的脸上挂着一抹扭曲的笑容，他的眼神中透露出一种疯狂的快感，看着张子英痛苦，似乎能让他得到极大的满足。

他的嘴角微微上扬，在昏暗的灯光下显得格外狰狞。

“张子英，你不是一直盼着你们胜利吗？今天，我就让你看看，你们的胜利救不了你和你的家人。”

陈明地的声音如同破锣般刺耳，在牢房里回荡。

“如果你把那张共产党的地下交通站和联络员的名单交出来，我保你全家团圆，而且给你一大笔钱，保你三辈子的荣华富贵，怎么样？”

他的声音在狭小的牢房里不断回响，每一个字都像是一把尖锐的刀，直直地刺进张子英的心里，让她的心一阵刺痛。

他一边说着，一边慢慢地踱步靠近张子英，脚步沉重而缓慢，仿佛在故意折磨她的神经。

“呸！败类，痴心妄想！”张子英用尽力气，狠狠地吐出一口唾沫。

此刻，张子英的妹妹被他们粗暴地拖了进来。妹妹的身体虽然软绵绵的，但她的眼神却透着一股倔强与坚定。

她强撑着精神，尽管脸上满是痛苦的神情，原本红润的嘴唇此刻变得苍白干裂，上面还残留着凝固的血迹。

头发凌乱地散落在脸上，像一堆杂乱的枯草，毫无生气。

身上的衣服破烂不堪，到处都是血迹和伤痕，那些伤痕触目惊心，有的是被鞭子抽打的痕迹，一道道红肿的鞭痕交错纵横。

有的是被烙铁烫伤的印记，皮肤被烫得焦黑，散发着焦煳味。

可她依然挺直脊梁，毫不畏惧地瞪着陈明地。

“子惠！”

张子英发出一声撕心裂肺的呼喊，她拼尽全身的力气，想要站起来，想要冲向妹妹，去保护她，可她虚弱的身体根本无法支撑她的行动。

她的双腿颤抖着，刚一用力，便重重地摔倒在地，膝盖擦在粗糙的地面上，鲜血瞬间渗出，在地面上晕染出一小摊红色。

她的双手在地上用力地抓着，指甲嵌入了地面的缝隙中，仿佛这样就能抓住妹妹，就能阻止即将发生的悲剧。

她看着妹妹，仿佛看到了自己最珍贵的东西即将被毁灭。

妹妹艰难地转过头，望向张子英，目光交汇的瞬间，父母去世前那些相依相伴的温暖时光如潮水般涌上心头。

那时候，一家人挤在虽不宽敞却充满温暖的小屋里。

每至夜晚，姐妹俩便会依偎在父母身旁，听父亲讲古老的英雄故事。

父亲的声音低沉而富有磁性，仿佛带着她们穿越时空，来到了那些英雄辈出的年代。

母亲则在一旁微笑着为他们缝补衣物，手中的针线在昏暗的灯光下上下飞舞。

柔和的灯光映照着一家人的脸庞，欢声笑语回荡在小屋的每一个角落。

妹妹总是听得入神，听到惊险处，便会紧紧抓住张子英的手，她的小手冰凉，微微颤抖着，张子英则回握住妹妹的小手，用温暖的掌心传递力量和安心，轻声安慰着妹妹。

农忙时节，一家人一同下田劳作。

烈日高悬，阳光毫无遮拦地洒在大地上，炽热的温度仿佛要将一切都融化。

父母在田间辛勤耕耘，汗水湿透了他们的衣衫。

张子英和妹妹也不甘示弱，帮父母在田间劳作。

妹妹累得小脸通红，发丝黏在她那满是汗水的小脸上。

张子英便拉着妹妹到田边的树荫下，用手帕轻轻为她擦拭汗水，她还会从水壶里倒出清凉的水，给妹妹喝下。

妹妹总会笑着说："姐姐，等我长大了，也要像你一样照顾家人。"

那笑容纯真而灿烂，仿佛世间所有的苦难都与她们无关。

逢年过节，母亲会亲手做一些可口的糕点，一家人围坐在一起，分享着这份甜蜜。妹妹总是把最大的一块留给父母，然后和张子英一起开心地吃着属于她们的那份。

妹妹吃得津津有味，嘴角还粘着糕点的碎屑，张子英会笑着帮她擦掉，两人相视而笑，眼中满是幸福。

虽然日子清苦，但一家人在一起，便是最幸福的时光。

回忆如走马灯般闪过，妹妹扯动着干裂的嘴唇，用微弱却坚定的声音说道："姐，别难过，我们没做错，胜利总会来的。"

她的声音沙哑，带着一丝颤抖，却充满了力量。

张子英拼命点头，泪水决堤而出，顺着她那满是血污的脸颊滑落，滴在地上，与鲜血混合在一起。

“对，我们没做错，妹妹，你要撑住！”

她的声音带着哭腔，却又无比坚定。

陈明地冷冷地看着这一切，脸上露出一丝狰狞的笑容。

他一挥手，一个手下便抽出一把寒光闪闪的匕首，匕首在昏暗的灯光下闪烁着冰冷的光束，仿佛是死神的镰刀。

手下毫不犹豫地刺向了妹妹的胸口，然后又刺向了儿子，刽子手动作干脆而残忍。

“你们这群丧尽天良的恶魔！”

张子惠大声呵斥道，声音虽因虚弱而沙哑，但依旧充满力量：“你们以为这样就能吓倒我们？胜利迟早是属于正义的！”

她的眼神中燃烧着不屈的火焰，直视着敌人，没有丝毫退缩。

“不——”张子英的声音响彻整个牢房，她的双眼瞪得极大。

她的身体在地上不停地抽搐，双手在空中无助地挥舞，仿佛在试图抓住那即将消逝的生命。她的指甲因为用力而断裂，鲜血从指尖流出，却浑然不觉。

妹妹和儿子的身体缓缓倒下，鲜血在他们的身下漫延开来，形成一片触目惊心的血泊。

那血泊越来越大，仿佛要将整个世界都染成红色。

光芒闪过，恍惚中，血泊化作黢黑的巨手，道道掌纹蔓延在妹妹和儿子断线的躯体上，贪婪地咀嚼吞噬所剩无多的生机。

仿佛儿子静静地躺在掌心上，她的眼窝里长出一朵花，轻轻地，轻轻地摇曳着。

张子英的眼神空洞，望着妹妹和儿子的尸体，仿佛灵魂也随着他们一起离去。

她的嘴唇微微颤抖，喃喃自语，仿佛在呼唤着他们的名字。

缓缓地，她抬起头，凌乱的发丝如枯萎的藤蔓般垂落在脸颊两侧，汗水、血水与泪水交织在一起，让发丝紧紧地黏在脸上。

然而，这一切都无法掩盖她眼中那熠熠生辉的光芒。

她的双眸，原本因伤痛而黯淡无光，此刻却平静得如同深邃的幽潭，不见一丝涟漪。

那眼神中，往昔面对陈明地时的愤怒与仇恨已然消失殆尽，取而代之的是一种超脱生死的淡然，以及对胜利矢志不渝的执着与笃定。

她的目光缓缓扫过牢房的每一处角落，墙壁上那斑驳的水渍，地上散落的刑具。

这一切，在她眼中都将成为生命中的过往云烟。

她微微仰头，脖子上的青筋因用力而微微凸起，她的目光透过牢房那狭小的、布满灰尘的窗户，那窗户仿佛是她与外界胜利曙光之间的唯一通道。

尽管窗户上的铁栅栏如同禁锢自由的枷锁，但她的目光却穿越了层层阻碍，仿佛已经看到了远方胜利的曙光。

“陈明地，你以为杀了我和我的家人，就能阻止这一切吗？”

张子英开口，声音虽因伤痛而微弱，却沉稳有力，每个字都像是从她心底最深处发出，带着不容置疑的坚定。

她的嘴唇干裂，渗着丝丝血迹，每说一个字，都像是在撕裂已经干涸的伤口，钻心的疼痛让她的身体微微一颤，但她却浑然不觉：“死亡对我来说，不过是生命的另一种归宿，而胜利，才是唯一的方向。”

她的声音在这狭小而压抑的牢房中回荡，带着一种穿透人心的力量，仿佛要将这黑暗的牢房彻底点亮。

“你们的挣扎不过是困兽之斗，胜利的天平早已向正义倾斜，这是历史的必然，谁也无法阻挡。”说到此处，张子英的嘴角微微上扬，露出一抹淡淡的，却充满力量的微笑，那笑容里满是对胜利的自信。

陈明地原本挂着得意冷笑的脸，在听到张子英这番话的瞬间，彻底扭曲。

他的双眼瞪得滚圆，眼球仿佛要从眼眶中迸出，眼中燃烧着无法遏制的狂怒。

他的双手紧紧握拳，手背上的青筋如同一条条暴怒的小蛇，蜿蜒凸起。

他的胸膛剧烈起伏，大口大口地喘着粗气，每一次呼吸都像是在向外喷出火焰。

“你别在这里痴心妄想！”陈明地怒吼道，声音因愤怒而变得沙哑，带着一丝歇斯底里的颤抖，“你们这群人，不过是在做最后的垂死挣扎！”

他猛地一脚踢向旁边的桌子，桌子轰然倒地，发出巨大的声响，在这狭小的牢房里回荡。

他脸上的肌肉不受控制地抽搐着，额头上的青筋跳动得越发剧烈。他恶狠狠地盯着张子英，仿佛要用眼神将她生吞活剥。

他向前跨了一步，双手在空中挥舞着，像是要抓住什么，又像是在发泄着内心的愤怒与不甘。

张子英没有丝毫畏惧，她挺直了身体，尽管身体虚弱得摇摇欲坠，但她的眼神却无比坚定。

“你们杀了我吧，但你们永远无法战胜我们的信仰！胜利，一定会属于我们！”

她的声音虽然微弱，却充满了力量，那是信仰的力量，是对未来的坚定信念。

她的嘴角微微上扬，露出一丝轻蔑的笑容，仿佛在向陈明地宣告，他的一切行为都是徒劳的。

她的眼神中闪烁着光芒，那是对信仰的忠诚和对胜利的执着。

她拼尽了全部力量高喊道：

“打倒国民党反动派！”

“中国共产党万岁！”

“砰，砰”两声枪响之后，窗外的风落下一声叹息。

流浪的太阳在此处泯灭，身体仿佛被填满棉花和泡沫，卖火柴的小女孩在墙角咯咯作笑。

秃鹫散去，连月光都变得刺眼。

历史的参与者成为历史，但在逾越死亡的旅程中，她并不孤单。

第三十二章　日月新天

遥远的鲁南横山村外，一个没穿鞋的小女孩，轻轻走进傍晚的森林。

她回过身，笑吟吟地看着不远处袅袅升起的白烟。她像下定了决心，追着月牙尖尖翻过山脊，再也没回来。

她在软软的土壤上留下的足印，于暮色中变成了来年的花海。

峄县解放的第一天，1947 年 1 月 11 日清早，峄县城内，稀疏的枪声仍震响四野。

一些刚缴获的战防炮、山炮，通过东城门和县政府，每家商店门前都有若干店员在刷掉敌军所留的法西斯痕迹。

许多老百姓挤在野战军宣传队刚绘制的漫画《美军在华干些什么》跟前纷纷议论着。

另一些乡亲正在努力排除敌军设置的各种障碍物。刘丹锡很奇怪昨天战斗的激烈程度比太子堂歼灭战有过之而无不及，为何不见敌军的尸体和血迹。

他向路人发问，他们说，尸体多得很，但在民主政府指示下早已掩埋了。

大街小巷中，鲁南人民又掀起了慰问人民解放军的热潮。机关、工厂、商店、学校、群众团体，纷纷献款献物，什么肉、禽、鱼、蛋、粉丝、干菜、花生米等应有尽有，送到部队，慰劳英勇杀敌的指战员。

虽然老百姓的生活还很艰苦，但为了支援前线，前方需要什么，就供应什么，前方需要他们干什么，他们就干什么。乡亲们的口号是：一切为了前线，一切为了胜利。

县府门前早已张贴了恢复民主秩序的布告，职员们正忙着对受难民众登记，准备马上施行救济。县府围墙里停着许多卡车和轻中型坦克，它们是5小时前被战士们缴获来的。

民生学校门口同样挤满了人，这是山东野战军部队的征兵登记处，许多年轻人都在踊跃报名。马大明正在认真地填写表格，刘丹锡走了过来：“大明，想好了，不去读书了？去参军。”

“是的，我一定要为我娘和弟弟报仇雪恨。”马大明望着远方的天空，握紧了拳头。

“好样的。告诉你个好消息，你姐姐瑾侠去了延安，还当了连长。你娘在天之灵，一定会感到欣慰。”刘丹锡拍了拍马大明的肩膀。

1947年1月2日至1月20日，在鲁南地区，山东野战军与华中野战军，以无畏的勇气和坚定的信念，对国民党军发起了一场规模宏大且意义深远的进攻作战。

战役期间，人民解放军始终秉持着为人民谋幸福、为民族谋复兴的崇高使命。在广大民众的衷心拥护与全力支持下，充分运用集中优势兵力、各个歼灭敌人的卓越战术，全体将士以钢铁般的意志和大无畏的精神，冲锋陷阵、浴血奋战。

此役战果辉煌，成功歼灭国民党军整编第二十六师、第一快速纵队、整编第五十一师、整编第五十二师1个团，共计歼敌5.3万余人。同时，缴获了大量包括坦克、火炮和汽车等在内的重型装备。

这场胜利，沉重地打击了国民党反动派的嚣张气焰，极大地削弱了其军事力量。

更为重要的是，进一步巩固了解放区的战略态势，在解放战争的壮丽篇章中，留下了浓墨重彩的一笔，彰显出人民军队不可战胜的磅礴力量。

当中国人民解放军的红旗插遍鲁南大地的时候，那高高飘扬的旗帜，仿佛在为张子英等无数英雄高歌，战场上胜利的消息抚慰着逝去英烈们的灵魂：

鲁南的原野，邂逅久别的暖阳。
光焰倾洒，是英雄不朽的魂芒。
幻化成绮丽的虹彩，晕染山河万象。
每一寸土地，都被这光芒深情照亮。
漫山遍野的松柏，傲然挺立，
恰似无名的勇士，怀揣着炽热的信仰。
扎根于岁月的土壤，向着苍穹凝望。
它们的沉默，是最深情的诗行，
诉说着往昔的鲁南硝烟，热血滚烫的篇章。
坦克与火炮，在时光中沉默安睡，
烈士的故事，却如不熄的火焰，永远滚烫。
这片土地，深深镌刻着他们的无畏与刚强。

每一阵清风，都在传颂着英雄的荣光，

在天地间，奏响一曲永恒的赞歌，悠悠回荡！